【文学名家作品集】

郁达夫精选集

郁达夫——著

吉林出版集团股份有限公司
全国百佳图书出版单位

图书在版编目（CIP）数据

郁达夫精选集 / 郁达夫著. -- 长春：吉林出版集团股份有限公司, 2025. 1. -- ISBN 978-7-5731-6076-8

Ⅰ. I216.2

中国国家版本馆CIP数据核字第2025L2S262号

郁达夫精选集
YU DAFU JINGXUANJI

著　　者：	郁达夫
责任编辑：	颜　明
封面设计：	言　午
出　　版：	吉林出版集团股份有限公司
发　　行：	吉林出版集团青少年书刊发行有限公司
电　　话：	0431-81629808
印　　刷：	德富泰（唐山）印务有限公司
开　　本：	880mm×1230mm　1/32
字　　数：	290千字
印　　张：	10.25
版　　次：	2025年1月第1版
印　　次：	2025年1月第1次印刷
书　　号：	ISBN 978-7-5731-6076-8
定　　价：	39.80元

如发现印装质量问题，影响阅读，请与印刷厂联系调换。022-58708299

出版说明

中国现当代文学的百年长河,承载着民族精神的觉醒、时代风云的激荡与个体生命的沉思。从五四新文化运动破开的思想冰层,到改革开放后多元思潮的奔涌,再到全球化语境下的文化自觉,一代代作家以笔为舟,在浩瀚的汉语中探索人性的深度、丈量社会的广度。他们的文字既是时代的精神切片,也是超越时空的永恒对话。然而,在信息碎片蚕食深度思考、流量算法重塑阅读习惯的今天,经典文学正面临被稀释为文化符号的危机。为此,我们倾力编纂"文学名家作品集",以系统性、权威性、开放性的编选理念,重新打捞现当代文学星河中的璀璨群星,为当代人构筑一座可触摸、可对话、可传承的精神殿堂。

中国现当代文学的价值,不仅在于记录时代的脉搏,更在于其始终以先锋姿态回应人类生存的根本命题。从启蒙时期对封建桎梏的猛烈批判,到战争年代对人性善恶的深刻拷问,从市场经济浪潮下的欲望书写,到后现代语境中的身份焦虑,作家们以文字为手术刀,解剖社会肌理,也以文学为镜子,映照出每个个体的精神褶皱。在社交媒体制造对立、公共讨论日益极化的当下,现当代文学提供了一种超越非黑即白的"第三种语言"。它用意象容纳矛盾,以复调消解霸权,借荒诞保持清醒。这一系列图书的价值,不仅在于保存文化记忆,更在于为每个困在信息茧房中的现代人,提供破壁的思想工具——当我们重读这些作品,实则是在练习如何用文学的复杂性理解现实的复杂性,用历史的纵深感穿透当下的迷雾。

本系列图书以文学史为经纬，横跨新文学发轫至今的百年历程，汇聚现当代文学史上最具标志性的作家群体。编选作品既注重文学史坐标中的经典地位，亦关注作品穿透时光的艺术生命力——那些在时代浪潮中始终震颤灵魂的语言，那些于个体命运里照见普遍人性的叙事，那些以独特美学重塑汉语表达的创造。每位作家的作品独立成卷，涵盖小说、散文、书信、戏剧等多重文体，既呈现其创作全貌的丰饶，又凸显精神世界的纵深。散文如行云流水，信手拈来，展现作家们对生活的感悟和对人生的思考；小说跌宕起伏，引人入胜，揭示社会现实和人性百态；书信则字里行间流露真情，展现作家们真挚的情感和丰富的内心世界。编纂团队以文献考古的严谨，校勘千万字原始文本，甄选初版本、修订稿、未刊手迹等珍贵材料，辅以创作年表、思想评述、时代语境解析等副文本，构建起立体的阅读生态。在这里，读者不仅能遇见作家最成熟的文学结晶，还能透过书信中的私人絮语、日记里的创作阵痛，触摸文字背后滚烫的生命温度。本系列图书在保留特定时代的语言特色的同时，对入选作品进行现代汉语规范化处理，兼顾历史原貌与当代阅读习惯。中国现代文学处于不断发展变化的动态过程中，新的作家和作品不断涌现。本系列图书将秉持开放包容的态度，不断更新和完善，将更多优秀的作家和作品纳入其中，以展现中国现代文学的整体风貌和发展趋势。

当人工智能开始模拟人类的情感表达，我们更需要确认文学不可替代的真诚与锐利。这并非一次怀旧的文化巡礼，而是一场面向未来的精神播种——让大学生在作家群像中读懂民族心灵的演变，让研究者在多维文献里发现未被言说的历史细节，让普通读者在经典重读中寻获对抗虚无的力量。正如那句箴言所说："所有伟大的文学，都是对'人为何存在'的永恒回答。"我们期待本系列图书能够成为家庭书架的"文学博物馆"，高校图书馆的"纸上文献库"，更希望它成为连接过去与未来的文化桥梁。当翻开泛着墨香的书页，读者或许能重新发现：文学经典从不是博物馆里的青铜器，而是永远跳动着时代脉搏的生命体。

最后，本系列图书的开放性编选理念，本身便是对文学史书写的反思。它拒绝将"经典"视为权威的钦定，而是将其还原为动态的、可争议的、始终向未来敞开的过程。"我们今天选择的每一部作品，既是终点，也是起点——它终结了某种遗忘，开启了无数新的解读可能。"在这个意义上，"文学名家作品集"的出版，不仅是对过去的致敬，更是对未来的邀约：邀请每一位读者，以自己的目光重新定义经典，以当下的问题意识重启对话，让文学永远保持"在场"的锋芒与温度。

扫码了解

五四以来浪漫主义的先声

走进作家世界
了解作者，追忆创作历程。

交流阅读感悟
分享思考，享受思想碰撞。

品读文学名著
提炼精华，体悟文字之美。

目 录

小说编

银灰色的死 ………………………… 003
沉沦 ………………………………… 015
南迁 ………………………………… 048
茫茫夜 ……………………………… 087
怀乡病者 …………………………… 113
空虚 ………………………………… 118
采石矶 ……………………………… 135
茑萝行 ……………………………… 153
青烟 ………………………………… 167
A Phantom（一个幻影）………… 170
Epilogue（尾声）………………… 174
春风沉醉的晚上 …………………… 175
薄奠 ………………………………… 188
清冷的午后 ………………………… 198
东梓关 ……………………………… 205
迟桂花 ……………………………… 214

散文编

故都的秋 …………………………… 245
钓台的春昼 ………………………… 248
雁荡山的秋月 ……………………… 255
江南的冬景 ………………………… 262

001

目录

北平的四季 …………………… 265
花坞 …………………………… 271
给一位文学青年的公开状 …… 274
归航 …………………………… 279
还乡记 ………………………… 286
一个人在途上 ………………… 305
志摩在回忆里 ………………… 311
光慈的晚年 …………………… 316

小说编

银灰色的死 / 沉沦 / 南迁 / 茫茫夜 / 怀乡病者 / 空虚 / 采石矶 / 茑萝行 / 青烟 / A Phantom（一个幻影）/ Epilogue（尾声）/ 春风沉醉的晚上 / 薄奠 / 清冷的午后 / 东梓关 / 迟桂花

银灰色的死

上

雪后的东京，比平时更添了几分生气。从富士山顶上吹下来的微风，总凉不了满都男女的白热的心肠。一千九百二十年前在伯利恒的天空游动的那颗明星出现的日期又快到了。街街巷巷的店铺，都装饰得同新郎新妇一样，竭力地想多吸收几个顾客，好添些年终的利泽。这正是贫儿富主，一样多忙的时候。这也是逐客离人，无穷伤感的时候。

在上野不忍池的近边，在一群乱杂的住屋的中间，有一间楼房，立在澄明的冬天的空气里。这一家人家，在这年终忙碌的时候，好像也没有什么生气似的。楼上的门窗，还紧紧地闭在那里。金黄的日球，离开了上野的丛林，已经高挂在海青色的天体中间，悠悠地在那里笑人间的多事了。

太阳的光线，从那紧闭的门缝中间，斜射到他的枕上的时候，他那一双胡桃似的眼睛，就睁开了。他已经有二十四五岁的年纪。在黑漆漆的房内的光线里，他的脸色更加觉得灰白，从他面上左右高出的颧骨，同眼下的深深的眼窝看来，他却是一个清瘦的人。

他开了半只眼睛，看看桌上的钟，长短针正重叠在X字的上面。开了口，打了一个呵欠，他并不知道他自家是一个大悲剧的主人公，又仍旧嘶嘶地睡着了。半醒半觉地睡了一忽，听着间壁的挂钟打了十一点之后，他才跳出被来。胡乱地穿好了衣服，跑下了楼，洗了手面，他就套上了一双破皮鞋，跑到外面去了。

他近来的生活状态，比从前大有不同的地方。自从十月底到如今，两个月的中间，他总每是昼夜颠倒地要到各处酒馆里去喝酒。东京的酒馆，当垆的都是十七八岁的少妇。他虽然知道她们是想骗他的金钱，所以肯同他闹，同他玩的，然而一到了太阳西下的时候，他总不能在家里好好地住着。有时候他想改过这恶习惯来，故意到图书馆里去取他平时所爱读的书来看，然而到了上灯的时候，他的耳朵里，忽然会有各种悲凉的小曲儿声听见起来。他的鼻孔里，会有脂粉、香油、油沸鱼肉、香烟、醇酒的混合的香味到来。他的书的字里行间，忽然会跳出一个红白的脸色来。一双迷人的眼睛，一点一点地扩大起来。同蔷薇花苞似的嘴唇，渐渐儿地开放起来，两颗笑靥，也看得出来了。洋磁似的一排牙齿，也看得出来了。他把眼睛一闭，他的面前，就有许多妙年的妇女坐在红灯的影里，微微地在那里笑着。也有斜视他的，也有点头的，也有把上下的衣服脱下来的，也有把雪样嫩的纤手伸给他的。到了那个时候，他总会不知不觉地跟了那只纤手跑去，同做梦的一样，走了出来。等到他的怀里有温软的肉体坐着的时候，他才知道他已经不在图书馆内了。

昨天晚上，他也在这样的一家酒馆里坐到半夜过后一点钟的时候，才走出来，那时候他的神志已经不清了。在路上跌来跌去地走了一会儿，看看四面并不能看见一个人影，万户千门，都寂寂地闭在那里，只有一行参差不齐的门灯，黄黄的，在街上投射出了几处朦胧的黑影。街心的两条电车的路线，在那里放磷火似的青光。他立住了足，靠着了大学的铁栏杆，仰起头来就看见了那十三夜的明月，同银盆似的浮在淡青色的空中。他再向四面一看，才知道清静的电车线路上、电柱上、电线上、歪歪斜斜的人家的屋顶上，都洒满了同霜也似的月光。他觉得自家一个人孤冷得很，好像同遇着了风浪后的船夫，一个人在北极的雪世界里漂泊着的样子。背靠着了铁栏杆，他尽在那里看月亮。看了一会儿，他那一双衰弱得同老犬似的眼睛里，忽然滚下了两颗眼泪来。去年夏天，他结婚的时候的景象,同走马灯一样,旋转到他的眼前来了。

  三面都是高低的山岭,一面宽广的空中,好像有江水的气味蒸发过来的样子。立在山中的平原里,向这空空荡荡的方面一望,人们便能生出一种灵异的感觉来,知道这天空的底下,就是江水了。在山坡的煞尾的地方,在平原的起头的区中,有几点人家,沿了一条同曲线似的青溪,散在疏林蔓草的中间。在一个多情多梦的夏天的深更里,因为天气热得很,他同他新婚的夫人,睡了一会儿,又从床上爬了起来,到朝溪的窗口去纳凉。灯火已经吹灭了,月光从窗里射了进来。在藤椅上坐下之后,他看见月光射在他夫人的脸上。定睛一看,他觉得她的脸色,同大理白石的雕刻没有半点儿分别。看了一会儿,他心里害怕起来,就不知不觉地伸出了右手,摸上她的面上去。

  "怎么你的面上会这样凉的?"

  "轻些儿吧,快三更了,人家已经睡着在那里,别惊醒了他们。"

  "我问你,唉,怎么你的面上会一点儿血色都没有的呢?"

  "所以我总是要早死的呀!"

  听了她这一句话,他觉得眼睛里一霎时地热了起来。不知是什么缘故,他就忽然伸了两手,把她紧紧地抱住了。他的嘴唇贴上她的面上的时候,他觉得她的眼睛里,也有两条同山泉似的眼泪在流下来。他们两人肉贴肉地泣了许久,他觉得胸中渐渐儿地舒爽起来了,望望窗外,远近都洒满了皎洁的月光。抬头看看天,苍苍的天空里,有一条薄薄的云影,浮漾在那里。

  "你看那天河……"

  "大约河边的那颗小小的星儿,就是我的星宿了。"

  "什么星呀?"

  "织女星。"

  说到这里,他们就停着不说下去了。两人默默地坐了一会儿,他又眼看着那一颗小小的星,低声地对她说:

"我明年未必能回来，恐怕你要比那织女星更苦咧。"

他靠住了大学的铁栏杆，呆呆地尽在那里对了月光追想那些过去的情节。一想到最后的那一句话，他的眼泪便连连续续地流了下来。他的眼睛里，忽然看得见一条溪水来了。那一口朝溪的小窗，也映到了他的眼睛里来。沿窗摆着的一张漆的桌子，也映到了他的眼睛里来。桌上的一张半明不灭的洋灯，灯下坐着的一个二十岁前后的女子，那女子的苍白的脸色，一双迷人的大眼，小小的嘴唇的曲线，灰白的嘴唇，都映到了他的眼睛里来。他再也支持不住了，摇了一摇头，便自言自语地说：

"她死了，她是死了，十月二十八日那一个电报，总是真的。十一月初四的那一封信，总也是真的。可怜她吐血吐到气绝的时候，还在那里叫我的名字。"

一边流泪，一边他就站起来走，他的酒已经醒了，所以他觉得冷起来。到了这深更半夜，他也不愿意再回到他那同地狱似的家里去。他原来是寄寓在他的朋友的家里的，他住的楼上，也没有火钵，也没有生气，只有几本旧书，横摊在黄灰色的电灯光里等他，他愈想愈不愿意回去了，所以他就慢慢地走上上野的火车站去。原来日本火车站上的人是通宵不睡的，待车室里，有火炉生在那里，他上火车站去，就是想去烤火的。

一直地走到了火车站，清冷的路上并没有一个人同他遇见，进了车站，他在空空寂寂的长廊上，只看见两排电灯，在那里黄黄地放光。卖票房里，坐着了二三个女事务员，在那里打呵欠。进了二等待车室，半醒半睡地坐了两个钟头，他看看火炉里的火也快完了。远远地有机关车的车轮声传来。车站里也来了几个穿制服的人在那里跑来跑去。等了一会儿，从东北来的火车到了。车站上忽然热闹了起来，下车的旅客的脚步声同种种的呼唤声，混作了一处，传到他的耳膜上来，跟了一群旅客，他也走出火车站来了。出了车站，他仰起头来一看，只见苍色圆形的天空里，有无数星辰，在那里微动。从北方忽然来了一阵凉风，他觉得有点儿冷得难耐的样子。月亮已经下山了。街上有几个早起的工人，拉了车慢慢地在那里行走,各店家的门灯,都像倦了似的还在那里放光。走到上野公园的西边的时候,他忽然长叹了一声。朦胧的灯影里,悉悉索索地飞了几张黄叶下来,四边的枯树都好像活了起来的样子,他不觉打了一个冷噤,就默默地站住了。静静儿地听了一会儿,他觉得四边并没有动静,只有那辘辘的车轮声,同在梦里似的很远很远,断断续续地仍在传到他的耳朵里来,他才知道刚才的不过是几张落叶的声音。他走过观月桥的时候,只见池的彼岸一排不夜的楼台都沉在酣睡的中间。两行灯火,好像在那里嘲笑他的样子。他到家睡下的时候,东方已经灰白起来了。

中

这一天又是一个初冬好天气,午前十一点钟的时候,他急急忙忙地洗了手面,套上了一双破皮鞋,就跑到外面来。

在蓝苍的天盖下,在和软的阳光里,无头无脑地走了一个钟头的样子,他才觉得饥饿起来了。身边摸摸看,他的皮包里,还有五元余钱剩在那里。半月前头,他看看身边的物件,都已卖完了,所以不得不把他亡妻的一个金刚石的戒指当入当铺。他的亡妻的最后的这纪念物,只质了一百六十元钱,用不上半个月,如今也只有五元钱存在了。

"亡妻呀亡妻,你饶了我吧!"

他凄凉了一阵,羞愧了一阵,终究还不得不想到他目下的紧急的事情上去。他的肚里尽管在那里叽哩咕噜地响。他算算看这五元余钱,断不能在上等的酒馆里去吃得醉饱。所以他就决意想到他无钱的时候常去的那一家酒馆里去。

那一家酒家,开设在植物园的近边,主人是一个五十光景的寡妇,当垆的就是这老寡妇的女儿,名叫静儿。静儿今年已经是二十岁了,容貌也只平常,但是她那一双同秋水似的眼睛,同白色人种似的高鼻,不识是什么理由,使得见过她一面的人,总忘她不了。并且静儿的性格和善得非常，对什么人总是一视同仁，装着笑脸的。她们那里，因为客人不多，所以并没有厨子。静儿的母亲，从前也在西洋菜馆里当过垆的，因此她颇晓得些调味的妙诀。他从前身边没有钱的时候，大抵总跑上静儿家里去的，一则因为静儿待他周到得很，二则因为他去惯了，静儿的母亲也信用他，无论多少，总肯替他挂账的。他酒醉的时候，每对静儿说他的亡妻是怎么好，怎么好，怎么被他母亲虐待，怎么染了肺病，死的时候，怎么盼望他。说到伤心的地方，他每流下泪来，静儿有时候也肯陪他哭的。他在静儿家里进出，虽然还不上两个月，然而静儿待他，竟好像同待几年前的老友一样了，静儿有时候有不快活的事情，也都告诉他的。据静儿说，无论男人女人，有秘密的事情，或者有伤心的事情的时候，总要有一个朋友，互相劝慰的能够讲讲才好。他同静儿，大约就是一对能互相劝慰的朋友了。

　　半月前头，他也不知道从什么地方听来的，只听说静儿"要嫁人去了"。他因为不愿意直接把这话来问静儿，所以他只是默默地在那里察静儿的行状。因为心里有了这一条疑心，所以他觉得静儿待他的态度，比从前总有些不同的地方。有一天将夜的时候，他正在静儿家坐着喝酒，忽然来了一个三十来岁的男人。静儿见了这男人，就丢下了他，去同那男人说话去。静儿走开了，所以他只能同静儿的母亲去说些无关紧要的闲话。然而他一边说话，一边却在那里注意静儿和那男人的举动。等了半点多钟，静儿还尽在那里同那男人说笑，他等得不耐烦起来，就同伤弓的野兽一般，匆匆地走了。从那一天起，到如今却有半个月的光景，他还没有上静儿家里去过。同静儿绝交之后，他酒喝得更加厉害，想他亡妻的心思，也比从前更加沉痛了。

　　"能互相劝慰的知心好友，我现在上哪里去找得出这样的一个朋友呢！"

　　近来他于追悼亡妻之后，总要想到这一段结论上去。有时候他的亡妻的面貌，竟会同静儿的混到一处来。同静儿绝交之后，他觉得更加哀伤,更加孤寂了。

他身边摸摸看,皮包里的钱只有五元余了。他就想把这事做了口实,跑上静儿的家里去。一边这样的想,一边他又想起"坦好直"(Tannhäuser)里边的"盍县罢哈"(Wolfram von Eschenbach)来。

"千古的诗人盍县罢哈呀!我佩服你的大量。我佩服你真能用高洁的心情来爱'爱利查陪脱'。"

想到这里,他就唱了两句"坦好直"里边的唱句,说:

Dort ist sie; ——nahe dich ihr ungestört!

So flieht für dieses Leben

Mir jeder Hoffnung schein!

(Wagner's tannhäuser.)

(你且去她的裙边,去算清了你们的相思旧债!)(可怜我一生孤冷!你看那镜里的名花,又成了泡影!)

念了几遍,他就自言自语地说:

"我可以去的,可以上她的家里去的,古人能够这样的爱他的情人,我难道不能这样的爱静儿么?"

看他的样子,好像是对了人家在那里辩护他目下的行为似的,其实除了他自家的良心以外,并没有人在那里责备他。

迟迟地走到静儿家里的时候,她们母女两个,还刚才起来。静儿见了他,对他微微地笑了一脸,就问他说:

"你怎么这许久不上我们家里来?"

他心里想说:

"你且问问你自家看吧!"

但是见了静儿的那一副柔和的笑容,他什么也说不出来了,所以他只回答说:"我因为近来忙得非常。"

静儿的母亲听了他这一句话之后,就半嗔半怒地问他说:

"忙得非常?静儿的男人说近来你倒还时常上他家里去喝酒的呢。"

009

静儿听了她母亲的话，好像有些难为情的样子，所以对她母亲说：

"妈妈！"

他看了这些情节，就追问静儿的母亲说：

"静儿的男人是谁呀？"

"大学前面的那一家酒馆的主人，你还不知道么？"

他就回转头来对静儿说：

"你们的婚期是什么时候？恭喜你：希望你早早生一个儿子，我们还要来吃喜酒哩。"

静儿对他呆看了一忽，好像要哭出来的样子。停了一会儿，静儿问他说："你喝酒么？"

他听她的声音，好像是在那里颤动似的。他也忽然觉得凄凉起来，一味悲酸，仿佛像晕船的人呕吐，从肚里挤上心来。他觉得一句话也说不出口了，只能把头点了几点，表明他是想喝酒的意思。他对静儿看了一眼，静儿也对他看了一眼，两人的视线，同电光似的闪发了一下，静儿就三脚两步地跑出外面替他买下酒的菜去了。

静儿回来之后，她的母亲就到厨下去做菜，菜还没有好，酒已经热了。静儿就照常坐在他面前，替他斟酒，然而他总不敢抬起头来看静儿一眼，静儿也不敢仰起头来看他。静儿也不言语，他也只默默地在那里喝酒。两人呆呆地坐了一会儿，静儿的母亲从厨下叫静儿说：

"菜做好了，你拿了去吧！"

静儿听了这话，却儿地仍是不动。他不知不觉地偷看了一眼，静儿好像是在那里落泪的样子。

他胡乱地喝了几杯酒，吃了几盘菜，就歪歪斜斜地走了出来。外边街上，人声嘈杂得很。穿过了一条街，他就走到了一条清净的路上。走了几步，走上一处朝西的长坡的时候，看看太阳已经打斜了。远远地回转头来一看，植物园内的树林的梢头，都染成了一片绛黄的颜色。他也不知是什么缘故，对了西边地平线上溶在太阳光里的远山，和远远的人家的屋瓦上的残阳，都起了一种惜别的心情。呆呆地看了一会儿，他就回转了身，背负了夕阳的残照，向东走上长坡去了。

同在梦里一样，昏昏地走进了大学的正门之后，他忽听见有人叫他说：

"Y君，你上哪里去？年底你住在东京么？"

他仰起头来一看，原来是他的一个同学。新剪的头发，穿了一套新做的洋服，手里拿了一只旅行的藤箧，他大约是预备回家过年去的。他对他同学一看，就做了笑容，慌慌忙忙地回答说：

"是的，我什么地方都不去，你回家去过年么？"

"对了，我是回家去的。"

"你看见你情人的时候，请你替我问问安吧。"

"可以的，她恐怕也在那里想你咧。"

"别取笑了，愿你平安回去，再会，再会。"

"再会，再会，哈……"

他的同学走开之后，他一个人冷冷清清地在薄暮的大学园中，呆呆地立了许多时候，好像是疯了似的。呆了一会儿，他一边慢慢地向前走去，一边却在自言自语地说：

"他们都回家去了。他们都是有家庭的人。Oh！Home！Sweet home！"

他无头无脑地走到了家里，上了楼，在电灯底下坐了一会儿，他那昏乱的脑髓，把刚才在静儿家里听见过的话又重新想了出来：

"不错不错，静儿的婚期，就在新年的正月里了。"

他想了一会儿，就站了起来，把几本旧书，捆作了一包，不慌不忙地把那一包旧书拿到了学校前边的一家旧书铺里。办了一个天大的交涉，把几个大天才的思想，仅仅换了九元余钱，还有一本英文的诗文集，因为旧书铺的主人，还价还得太低了，所以他仍旧留着，没有卖去。

得了九元余钱，他心里虽然在那里替那些著书的天才抱不平，然而一边却满足得很。因为有了这九元余钱，他就可以谋一晚的醉饱，并且他的最大的目的，也能达到了——就是用几元钱去买些礼物送给静儿这一件事情。

从旧书铺走出来的时候,街上已经是黄昏的世界了,在一家卖给女子用的装饰品的店里,买了些丽绷(Ribbon)的犀簪同两瓶紫罗兰的香水,他就一直跑回到了静儿的家里。

静儿不在家,她的母亲只一个人在那里烤火。见他又进来了,静儿的母亲好像有些嫌恶他的样子,问他说:

"怎么你又来了?"

"静儿上哪里去了?"

"去洗澡了。"

听了这话,他就走近她的身边去,把怀里藏着的那些丽绷香水拿了出来,并且对她说:

"这一些儿微物,请你替我送给静儿,就算作我送给她的嫁礼吧。"

静儿的母亲见了那些礼物,就满脸装起笑容来说:

"多谢多谢,静儿回来的时候,我再叫她来道谢吧。"

他看看天色已经晚了,就叫静儿的母亲再去替他烫一瓶酒,做几盘菜来。他喝酒喝到第二瓶的时候,静儿回来了。静儿见他又坐在那里喝酒,不觉呆了一呆,就对他说:

"啊,你又……"

静儿到厨下去转了一转,同她的母亲说了几句话,就回到他这里来。他以为她是来道谢的,然而关于刚才的礼物的话,她却一句也不说,呆呆地坐在他的面前,尽杯杯地在那里替他斟酒。到后来他拼命地叫她取酒的时候,静儿就红了两眼,对他说:

"你不喝了吧,喝了这许多酒,难道还不够么?"

他听了这话,更加痛饮起来了。他心里的悲哀的情调,正不知从哪里说起才好,他一边好像是对了静儿已经复了仇,一边好像也是在那里哀悼自家的样子。

在静儿的床上醉卧了许久,到了凌晨两点钟,他才跟跟跄跄地跑出静儿的家。街上岑寂得很,远近都洒满了银灰色的月光,四边并无半点儿动静,除了一声两声的幽幽的犬吠声之外,这广大的世界,好像是已经死绝了。跌来跌去地走了一会儿,他又忽然遇着了一个卖酒食的夜店。他摸摸身边看,袋里还有四五张五角钱的钞票剩在那里。在夜店里他又重新饮了一个尽量。他觉得大地高天,和四周的房屋,都在那里旋转的样子。倒前冲后地走了两个钟头,他只见他的面前现出了一块大大的空地来。月光的凉影,同各种物体的黑影,混作了一团,映到他的眼睛里来。

"此地大约已经是女子医学专门学校了吧。"

这样的想了一想,神志清了一清,他的脑里,又起了痉挛,他又不是现在的他了。几天前的一场情景,又同电影似的,飞到了他的眼前。

天上飞满了灰色的寒云,北风紧得很。在落叶萧萧的树影里,他站在上野公园的精养轩的门口,在那里接客。这一天是他们同乡开会欢迎W氏的日期。在人来人往之中,他忽然看见一个十七八岁的女子,穿了女子医学专门学校的制服,不忙不迫地走来赴会。他起初见她面的时候,不觉呆了一呆。等那女子走近他身边的时候,他才同梦里醒转来的人一样,慌慌忙忙走上前去,对她说:

"你把帽子外套脱下来交给我吧。"

两个钟头之后,欢迎会散了。那时候差不多已经有五点钟的光景。出口的地方,取帽子外套的人,挤得厉害。他走下楼来的时候,见那女子还没穿外套,呆呆地立在门口。所以他就走上去同她说:

"你的外套去取了没有?"

"还没有。"

"你把那铜牌交给我,我替你去取吧。"

"谢谢。"

在苍茫的夜色中,他见了她那一副细白的牙齿,觉得心里爽快得非常。把她的外套帽子取来了之后,他就跑过后面去,替她把外套穿上了。

她回转头来看了他一眼，就急急地从门口走了出去。他追上了一步，放大了眼睛看了一忽，她那细长的影子，就在黑暗的中间消失了。

想到这里，他觉得她那纤软的身体似乎刚在他面前擦过的样子。

"请你等一等吧！"

这样的叫了一声，上前冲了几步，他那又瘦又长的身体，就横倒在地上了。

月亮打斜了。女子医学校前的空地上，又增了一个黑影。四边静寂得很。银灰色的月光，洒满了那一块空地，把世界的物体都净化了。

下

十二月二十六日的早晨，太阳依旧由东方升了起来。太阳的光线，射到牛込区役所前的揭示场的时候，有一个区役所的老仆，拿了一张告示，正在贴上揭示场的板去。那一张告示说：

行路病者，年龄约可二十四五之男子一名，身长五尺五寸，貌瘦，色枯黄，颧骨颇高，发长数寸，乱披额上，此外更无特征。

衣黑色哔叽旧洋服一袭。衣袋中有 *Ernest Dowson's Poems and Prose* 一册，五角钞票一张，白绫手帕一方，女人物也，上有 S.S. 等略字。身边的遗留有黑色软帽一顶，脚穿黄色浅皮鞋，左右各已破损了。

病为脑溢血。本月二十六日午前九时，在牛込若松町女子医学专门学校前之空地上发见，距死时约可四小时。因不知死者姓名住址，故为代付火葬。

牛込区役所示

一九二〇年作

沉　沦

一

他近来觉得孤冷得可怜。

他的早熟的性情,竟把他挤到与世人绝不相容的境地去,世人与他的中间介在的那一道屏障,愈筑愈高了。

天气一天一天地清凉起来,他的学校开学已经快半个月了。那一天正是九月的二十二日。

晴天一碧,万里无云,终古常新的皎日,依旧在它的轨道上,一程一程地在那里行走。从南方吹来的微风,同醒酒的琼浆一般,带着一种香气,一阵阵地拂上面来。在黄苍未熟的稻田中间,在弯曲同白线似的乡间的官道上面,他一个人手里捧了本六寸长的 Wordsworth[①] 的诗集,尽在那里缓缓地独步。在这大平原内,四面并无人影:不知从何处飞来的一声两声的犬吠声,悠悠扬扬地传到他的耳膜上来。他眼睛离开了书,同做梦似的向有犬吠声的地方看去,但看见了一丛杂树,几处人家,同鱼鳞似的屋瓦上,有一层薄薄的蜃气楼,同轻纱似的在那里飘荡。

"Oh! You serene gossamer! You beautiful gossamer!"[②]

这样的叫了一声,他的眼睛里就涌出了两行清泪来,他自己也不知

[①] 华兹华斯(1770—1850),英国著名诗人。
[②] 英语:"啊!你这平静的轻纱!你这优美的轻纱!"

道是什么缘故。

呆呆地看了好久,他忽然觉得背上有一阵紫色的气息吹来,窸窣地一响,道旁的一棵小草竟把他的梦境打破了。他回转头来一看,那棵小草还是颠摇不已,一阵带着紫罗兰气息的和风,温微微地喷到他那苍白的脸上来。在这清和的早秋的世界里,在这澄清透明的以太(Ether)中,他的身体觉得同陶醉似的酥软起来。他好像是睡在慈母怀里的样子。他好像是梦到了桃花源里的样子。他好像是在南欧的海岸,躺在情人膝上,在那里贪午睡的样子。

他看看四边,觉得周围的草木,都在那里对他微笑。看看苍空,觉得悠久无穷的大自然,微微地在那里点头。一动也不动地向天看了一会儿,他觉得天空中有一群小天神,背上插着翅膀,肩上挂着弓箭,在那里跳舞。他觉得乐极了,便不知不觉开了口,自言自语地说:

"这里就是你的避难所。世间的一般庸人都在那里妒忌你,轻笑你,愚弄你;只有这大自然,这终古常新的苍空皎日,这晚夏的微风,这初秋的清气,还是你的朋友,还是你的慈母,还是你的情人;你也不必再到世上与那些轻薄的男女共处去,你就在这大自然的怀里,这纯朴的乡间终老了罢。"

这样的说了一遍,他觉得自家可怜起来,好像有千万哀怨,横亘在胸中,一口说不出来的样子。含了一双清泪,他的眼睛又看到他手里的书上去。

> Behold her, single in the field.
> You solitary Highland lass!
> Reaping and singing by herself;
> Stop here, or gently pass!
> Alone she cuts and binds the grain,
> And sings a melancholy strain;

> Oh, listen! For the vale profound,
> Is overflowing with the sound.

看了这一节之后,他又忽然翻过一张来,脱头脱脑地看到那第三节去。

> Will no one tell me what she sings?
> Perhaps the plaintive numbers flow
> For old, unhappy, far-off things,
> And battle long ago:
> Or is it some more humble lay,
> Familiar matter of today?
> Some natural sorrow, loss, or pain,
> That has been and may be again!

这也是他近来的一种习惯,看书的时候,并没有次序的。几百页的大书,更可不必说了,就是几十页的小册子,如爱美生的《自然论》(Emerson's *On Nature*),沙罗的《逍遥游》(Thoreau's *Excursion*)之类,也没有完完全全从头至尾地读完一篇过。当他起初翻开一册书来看的时候,读了四行五行或一页二页,他每被那一本书感动,恨不得要一口气把那一本书吞下肚子里去的样子,到读了三页四页之后,他又生起一种怜惜的心来,他心里似乎说:

"像这样的奇书,不应该一口气就把他念完,要留着细细儿地咀嚼才好。一下子就念完了之后,我的热望也就不得不消灭。那时候我就没有好望,没有梦想了,怎么使得呢?"

他的脑里虽然有这样的想头,其实他的心里早有一些儿厌倦起来,到了这时候,他总把那本书收过一边,不再看下去。过几天或者过几个钟头之后,他又用了满腔的热忱,同初读那一本书的时候一样的,去读另外的书去;几日前或者几点钟前那样感动他的那一本书,就不得不被他遗忘了。

放大了声音把渭迟渥斯①的那两节诗读了一遍之后,他忽然想把这一首诗用中国文翻译出来。

《孤寂的高原刈稻者》

他想想看,"The Solitary Reaper"诗题只有如此的译法。

你看那个女孩儿,她只一个人在田里,
你看那边的那个高原的女孩儿,她只一个人,冷清清地!
她一边刈稻,一边在那儿唱着不已;
她忽儿停了,忽儿又过去了,轻盈体态,风光细腻!
她一个人,刈了,又重把稻儿捆起,
她唱的山歌,颇有些儿悲凉的情味:
听呀听呀!这幽谷深深,
全充满了她歌唱的清音。
沉沦有人能说否,她唱的究是什么?
或者她那万千的痴话,
是唱的前代的哀歌,
或者是前朝的战事,千兵万马;
或者是些坊间的俗曲,
便是目前的家常闲说?
或者是些天然的哀怨,必然的丧苦,自然的悲楚,

---

① 即华兹华斯。

这些事虽是过去的回思，将来想亦必有人指诉。

他一口气译了出来之后，忽又觉得无聊起来，便自嘲自骂地说道：

"这算是什么东西呀，岂不同教会里的赞美歌一样的乏味么？英国诗是英国诗，中国诗是中国诗，又何必译来对去呢！"

这样的说了一句，他不知不觉便微微儿地笑起来。向四边一看，太阳已经打斜了；大平原的彼岸，西边的地平线上，有一座高山浮在那里，饱受了一天残照，山的周围酝酿成一层朦朦胧胧的岚气，反射出一种紫不紫红不红的颜色来。

他正在那里出神呆看的时候，喀地咳嗽了一声，他的背后忽然来了一个农夫。回头一看，他就把他脸上的笑容改装成一副忧郁的面色，好像他的笑容是怕被人看见的样子。

二

他的忧郁症愈闹愈甚了。

他觉得读学校里的教科书，真同嚼蜡一般，毫无半点生趣。天气晴朗的时候，他每捧了一本爱读的文学书，跑到人迹罕至的山腰水畔，去贪那孤寂的深味去。在万籁俱寂的瞬间，在水天相映的地方，他看看草木虫鱼，看看白云碧落，便觉得自家是一个孤高傲世的贤人，一个超然独立的隐者。有时在山中遇着一个农夫，他便把自己当作了 Zarathustra[①]，把 Zarathustra 所说的话，也在心里对那农夫讲了。他的 megalomaina[②] 也同他的 hypochondria[③] 成了正比例，一天一天地增加起来。在这样的时候，

[①] 查拉图斯特拉（约公元前 1000 年），古代波斯的国教祆教的始祖。为尼采著《查拉图斯特拉如是说》一书之主人公。

[②] 夸大妄想狂。

[③] 忧郁症。

也难怪他不愿意上学校去，去做那同机械一样的工夫去。他竟有接连四五天不上学校去听讲的时候。

有时候他到学校里去，他每觉得众人都在那里凝视他的样子。他避来避去想避他的同学，然而无论到了什么地方，他的同学的眼光，总好像怀了恶意，射在他背脊上的样子。

上课的时候，他虽然坐在全班学生的中间，然而总觉得孤独得很：在稠人广众之中感到的这种孤独，倒比一个人在冷清的地方感到的那种孤独还更难受。看看他的同学，一个个都是兴高采烈地在那里听先生的讲义，只有他一个人身体虽然坐在讲堂里头，心思却同飞云逝电一般，在那里做无边无际的空想。

好不容易下课的钟声响了！先生退去之后，他的同学说笑的说笑，谈天的谈天，个个都同春来的燕雀似的，在那里作乐；只有他一个人锁了愁眉，舌根好像被千钧的巨石锤住的样子，兀地不作一声。他也很希望他的同学来对他讲些闲话，然而他的同学却都自家管自家地寻欢作乐去，一见了他那一副愁容，没有一个不抱头奔散的，因此他愈加怨他的同学了。

"他们都是日本人，他们都是我的仇敌，我总有一天来复仇，我总要复他们的仇。"

一到了悲愤的时候，他总这样的想，然而到了安静之后，他又不得不嘲骂自家说：

"他们都是日本人，他们对你当然是没有同情的，因为你想得到他们的同情，所以你怨他们，这岂不是你自家的错误么？"

他的同学中的好事者，有时候也有人来向他说笑的，他心里虽然非常感激，想同那一个人谈几句知心的话，然而口中总说不出什么话来；所以有几个解他的意的人，也不得不同他疏远了。

他的日本同学在那里欢笑的时候，他总疑他们是在那里笑他，他就一霎时地红起脸来。他们在那里谈天的时候，若有偶然看他一眼的人，他又忽然红起脸来,以为他们是在那里讲他。他同他同学中间的距离,一天一天地远背起来。他的同学都以为他是爱孤独的人,所以谁也不敢来近他的身。

有一天放课之后,他挟了书包回到他的旅馆里来,有三个日本学生同他同路的。将要到他寄寓的旅馆的时候,前面忽然来了两个穿红裙的女学生。在这一区市外的地方,从没有看见女学生的,所以他一见了这两个女子,呼吸就紧缩起来。他们四个人同那两个女子擦过的时候,他的三个日本同学都问她们说:

"你们上哪儿去?"

那两个女学生就作起娇声来回答说:

"不知道!"

"不知道!"

那三个日本学生都高声笑起来,好像是很得意的样子;只有他一个人似乎是他自家同她们讲了话似的,匆匆跑回旅馆里来。进了他自家的房,把书包用力地向席上一丢,他就在席上躺下了——日本室内都铺的席子,坐也席地而坐,睡也睡在席上的——他的胸前还在那里乱跳;用了一只手枕着头,一只手按着胸口,他便自嘲自骂地说:

"You coward fellow, you are too coward!"①

"你既然怕羞,何以又要后悔?

"既要后悔,何以当时你又没有那样的胆量,不同她们去讲一句话?

"Oh, coward, coward!" ②

说到这里,他忽然想起刚才那两个女学生的眼波来了。

那两双活泼泼的眼睛!

那两双眼睛,确有惊喜的意思含在里头。然而再仔细想了一想,他

---

① 英语:"你这个懦夫,你太怯懦!"
② 英语:"啊,怯懦,怯懦!"

又忽然叫起来说：

"呆人呆人，她们虽有意思，与你又有什么相干？她们所送的秋波，不是单送给那三个日本人的么？唉！唉！她们已经知道了，已经知道我是支那人了，否则她们何以不来看我一眼呢！复仇复仇，我总要复她们的仇。"

说到这里，他那火热的颊上忽然滚了几颗冰冷的眼泪下来。他是伤心到极点了。这一天晚上，他记的日记说：

我何苦要到日本来，我何苦要求学问。既然到了日本，那自然不得不被他们日本人轻侮的。中国呀中国！你怎么不富强起来。我不能再隐忍过去了。

故乡岂不有明媚的山河，故乡岂不有如花的美女？我何苦要到这东海的岛国里来！

到日本来倒也罢了，我何苦又要进这该死的高等学校。他们留了五个月学回去的人，岂不在那里享荣华安乐么？这五六年的岁月，教我怎么能挨得过去。受尽了千辛万苦，积了十数年的学识，我回国去，难道定能比他们来胡闹的留学生更强么？

人生百岁，年少的时候，只有七八年的光景，这最佳最美的七八年，我就不得不在这无情的岛国里虚度过去，可怜我今年已经是二十一了。

槁木的二十一岁！

死灰的二十一岁！

我真还不如变了矿物质的好，我大约没有开花的日子了。

知识我也不要，名誉我也不要，我只要一个能安慰我体谅我的"心"。一副白热的心肠！从这一副心肠里生出来的同情！

从同情而来的爱情！

我所要求的就是爱情！

若有一个美人，能理解我的苦楚，她要我死，我也肯的。

若有一个妇人，无论她是美是丑，能真心真意地爱我，我也愿意为她死的。

我所要求的就是异性的爱情！

苍天呀苍天，我并不要知识，我并不要名誉，我也不要那些无用的金钱，你若能赐我一个伊甸园沉沦内的"伊扶"①，使她的肉体与心灵全归我所有，我就心满意足了。

三

他的故乡，是富春江上的一个小市，去杭州水程不过八九十里。这一条江水，发源安徽，贯流全浙，江形曲折，风景常新：唐朝有一个诗人赞这条江水说"一川如画"。他十四岁的时候，请了一位先生写了这四个字，贴在他的书斋里，因为他的书斋的小窗，是朝着江面的。虽则这书斋结构不大，然而风雨晦明，春秋朝夕的风景，也还抵得过滕王高阁。在这小小的书斋里过了十几个春秋，他才跟了他的哥哥到日本来留学。

他三岁时候就丧了父亲，那时候他家里困苦得不堪。好不容易他长兄在日本W大学卒了业，回到北京，考了一个进士，分发在法部当差，不上两年，武昌的革命起来了。那时候他已在县立小学堂卒了业，正在那里换来换去地换中学堂。他家里的人都怪他无恒心，说他的心思太活；然而依他自己讲来，他以为他一个人同别的学生不同，不能按部就班地同他们在一处求学的。所以他进了K府中学之后，不上半年又忽然转到H府中学来；在H府中学住了三个月，革命就起来了。H府中学停学之后，他依旧只能回到他那小小的书斋里来。第二年的春天，正是他十七

---

① 即夏娃。

岁的时候，他就进了 H 大学的预科。这大学是在杭州城外，本来是美国长老会捐钱创办的，所以学校里浸润了一种专制的弊风，学生的自由，几乎被压缩得同针眼儿一般的小。礼拜三的晚上有什么祈祷会，礼拜日非但不准出去游玩，并且在家里看别的书也不准的，除了唱赞美诗祈祷之外，只许看新旧约书；每天早晨从九点钟到九点二十分，定要去做礼拜，不去做礼拜，就要扣分数记过。他虽然非常爱那学校近旁的山水景物，然而他的心里，总有些反抗的意思，因为他是一个爱自由的人，对那些迷信的管束，怎么也不甘心服从的。住不上半年，那大学里的厨子，托了校长的势，竟打起学生来。学生中间有几个不服的，便去告诉校长，校长反说学生不是。他看看这些情形，实在是太无道理了，就立刻去告了退，仍复回家，到那小小的书斋里去。那时候已经是六月初了。

在家里住了三个多月，秋风吹到富春江上，两岸的绿树就快凋落的时候，他又坐了帆船，下富春江，上杭州去。却好那时候石牌楼的 W 中学正在那里招插班生，他进去见了校长 M 氏，把他的经历说给了 M 氏夫妻听，M 氏就许他插入最高的班里去。这 W 中学原来也是一个教会学校，校长 M 氏，也是一个糊涂的美国宣教师，他看看这学校的内容倒比 H 大学不如了。与一位很卑鄙的教务长——原来这一位先生就是 H 大学的卒业生——闹了一场，第二年的春天，他就出来了。出了 W 中学，他看看杭州的学校都不能如他的意，所以他就打算不再进别的学校去。

正是这个时候，他的长兄也在北京被人排斥了。原来他的长兄为人正直得很，在部里办事，铁面无私，并且比一般部内的人物又多了一些学识，所以部内上下都忌惮他。有一天，某次长的私人来问他要一个位置，他执意不肯，因此次长就同他闹起意见来，过了几天，他就辞了部里的职，改到司法界去做司法官去了。他的二兄，那时候正在绍兴军队里做军官，这一位二兄，军人习气颇深，挥金如土，专喜结交侠少。他们弟兄三人，到这时候都不能如意之所为，所以那一小市镇里的闲人都说他们的风水破了。

他回家之后,便整日整夜地蛰居在他那小小的书斋里。他父祖及他长兄所藏的书籍,就做了他的良师益友。他的日记上面,一天一天地记起诗来。有时候他也用了华丽的文章做起小说来;小说里就把他自己当作了一个多情的勇士,把他邻近的一家寡妇的两个女儿,当作了贵族的苗裔,把他故乡的风物,全编作了田园的清景;有兴的时候,他还把他自家的小说,用单纯的外国文翻译起来;他的幻想愈演愈大了,他的忧郁症的根苗,大概也就是在这时候培养成功的。

在家里住了半年,到了七月中旬,他接到他长兄的来信说:

院内近有派予赴日本考察司法事务之意,予已许院长以东行,大约此事不日可见命令,渡日之先,拟返里小住。三弟居家,断非上策,此次当偕赴日本也。

他接到了这一封信之后,心中日日盼他长兄南来,到了九月下旬,他的兄嫂才自北京到家。住了一月,他就同他的长兄长嫂同到日本去了。

到了日本之后,他的 dreams of the romantic age① 尚未醒悟,模模糊糊地过了半载,他就考入东京第一高等学校里去了。这正是他十九岁的秋天。

第一高等学校将开学的时候,他的长兄接到了院长的命令,要他回去。他的长兄便把他寄托在一家日本人的家里,几天之后,他的长兄长嫂和他的新生的侄女儿就回国去了。

东京的第一高等学校里有一个预备班,是为中国学生特设的。

在这预科里预备一年,卒业之后才能入各地高等学校的正科,与日本学生同学。他考入预科的时候,本来填的是文科,后来将在预科卒业的时候,他的长兄定要他改到医科去,他当时亦没有什么主见,就听了

---

① 浪漫代的梦幻。

他长兄的话把文科改了。

预科卒业之后,他听说N市的高等学校是最新的,并且N市是日本产美人的地方,所以他就要求到N市的高等学校去。

四

他的二十岁的八月二十九日的晚上,他一个人从东京的中央车站乘了夜行车到N市去。

那一天大约刚是旧历的初三四的样子,同天鹅绒似的又蓝又紫的天空里,洒满了星斗。半痕新月,斜挂在西天角上,却似仙女的蛾眉,未加翠黛的样子。他一个人靠着了三等车的车窗,默默地在那里数窗外人家的灯火。火车在暗黑的夜气中间,一程一程地进去,那大都市的星星灯火,也一点一点地朦胧起来,他的胸中忽然生了万千哀感,他的眼睛里就忽然觉得热起来了。

"Sentimental, too sentimental!"[①]

这样的叫了一声,把眼睛揩了一下,他反而自家笑起自家来:

"你也没有情人留在东京,你也没有弟兄知己住在东京,你的眼泪究竟是为谁洒的呀!或者是对于你过去的生活的伤感,或者是对你二年间的生活的余情,然而你平时不是说不爱东京的么?

"唉,住一年人岂无情。

"黄莺住久浑相识,欲别频啼四五声!"

胡思乱想了一会儿,他又忽然想到初次赴新大陆去的清教徒身上去。

"那些十字架下的流人,离开他故乡海岸的时候,大约也是悲壮淋漓,同我一样的。"

火车过了横滨,他的感情方才渐渐儿地平静下来。呆呆地坐了一忽,

[①] 英语:"感伤,太感伤了!"

他就取了一张明信片出来，垫在海涅（Heine）的诗集上，用铅笔写了一首诗寄他东京的朋友。

  蛾眉月上柳梢初，又向天涯别故居。
  四壁旗亭争赌酒，六街灯火远随车。
  乱离年少无多泪，行李家贫只旧书。
  夜后芦根秋水长，凭君南浦觅双鱼。

在朦胧的电灯光里，静悄悄地坐了一会儿，他又把海涅的诗集翻开来看了。

  Lebet wohl, ihr glatten Säle,
  Glatte Herren, glatte, Frauen!
  Auf die Berge will ich steigen,
  Lachend auf euch niederschauen!
  Heine's Harzreise.
  浮薄的尘寰，无情的男女，
  你看那隐隐的青山，我欲乘风飞去；
  且住且住，
  我将从那绝顶的高峰，笑看你终归何处。

  单调的轮声，一声声连连续续地飞到他的耳膜上来，不上三十分钟，他竟被这催眠的车轮声引诱到梦幻的仙境里去了。
  早晨五点钟，天空渐渐儿地明亮起来。在车窗里向外一望，他只见一线青天还被夜色包住在那里。探头出去一望，一层薄雾，笼罩着一幅天然的画图，他心里想了一想：
  "原来今天又是清秋的好天气，我的福分，真可算不薄了。"

过了一个钟头,火车就到了 N 市的停车场。

下了火车,在车站上遇见了一个日本学生;他看看那学生的制帽上也有两条白线,便知道他也是高等学校的学生。他走上前去,对那学生脱了一脱帽,问他说:

"第 X 高等学校是在什么地方?"

那学生回答说:

"我们一路去吧。"

他就跟了那学生跑出火车站来;在火车站的前头,乘了电车。

早晨还早得很,N 市的店家都还未曾起来。他同那日本学生坐了电车,经过了几条冷清的街巷,就在鹤舞公园前面下了车。他问那日本学生说:

"学校还远得很么?"

"还有二里多路。"

穿过了公园,走到稻田中间的细路上的时候,他看见太阳已经起来了。稻上的露滴,还同明珠似的挂在那里。前面有一丛树林,树林荫里,疏疏落落地看得见几椽农舍。有两三条烟囱筒子,突出在农舍的上面,隐隐约约地浮在清晨的空气里。一缕两缕的青烟,同炉香似的在那里浮动,他知道农家已在那里炊早饭了。

到学校近边的一家旅馆去一问,他一礼拜前头寄出的几件行李,早已经到在那里。原来那一家人家是住过中国留学生的,所以主人待他也很殷勤。在那一家旅馆里住下之后,他觉得前途好像有许多欢乐在那里等他的样子。

他的前途的希望,在第一天的晚上,就不得不被目前的实情嘲弄了。原来他的故里,也是一个小小的市镇。到了东京之后,在人山人海的中间,他虽然时常觉得孤独,然而东京的都市生活,同他幼时的习惯尚无十分龃龉的地方。如今到了这 N 市的乡下之后,他的旅馆,是一家孤立的人家,四面并无邻舍,左首门外便是一条如发的大道,前后都是稻田,西面是一方池水，并且因为学校还没有开课，别的学生还没有到来，这一家宽旷的旅馆里，只住了他一个客人。白天倒还可以支吾过去，一到了晚上，他开窗一望，四面都是沉沉的黑影，并且因 N 市的附近是一个大平原，所以望眼连天，四面并无遮障之处，远远里有一点灯火，明灭无常，森然有些鬼气。天花板里，又有许多虫鼠，息栗索落地在那里争食。窗外有几株梧桐，微风动叶，飒飒地响得不已，因为他住在二层楼上，所以梧桐的叶战声，近在他的耳边。他觉得害怕起来，几乎要哭出来了。他对于都市的怀乡病（nostalgia），从未有比那一晚更甚的。

学校开了课，他朋友也渐渐儿地多起来。感受性非常强烈的他的性情，也同天空大地丛林野水融和了。不上半年，他竟变成了一个大自然的宠儿，一刻也离不了那天然的野趣了。

他的学校是在 N 市外，刚才说过 N 市的附近是一个大平原，所以四边的地平线，界限广大得很。那时候日本的工业还没有十分发达，人口也还没有增加得同目下一样，所以他的学校的近边，还多是丛林空地，小阜低冈。除了几家与学生做买卖的文房具店及菜馆之外，附近并没有居民。荒野的中间，只有几家为学生而设的旅馆，同晓天的星影一般，散缀在麦田瓜地中。晚饭毕后，披了黑呢的缦斗（le manteau[①]），拿了爱读的书，在迟迟不落的夕照中间散步逍遥，是非常快乐的。他的田园趣味，大约也是在这 idyllic Wanderings[②] 中间养成的。

在生活竞争并不十分猛烈，逍遥自在，同中古时代一样的时候；在风气纯良，不与市井小人同处，清闲雅淡的地方，过日子正如做梦一般。他到了 N 市之后，转瞬之间，已经有半载多了。

熏风日夜地吹来，草色渐渐儿地绿起来。旅馆近旁麦田里的麦穗，也一寸一寸地长起来了。草木虫鱼都化育起来，他的从始祖传来的苦闷

[①] 斗篷。
[②] 田园诗般的徘徊。

也一日一日地增长起来。他每天早晨，在被窝里犯的罪恶，也一次一次地加起来了。

他本来是一个非常爱高尚爱洁净的人，然而一到了这邪念发生的时候，他的智力也无用了，他的良心也麻痹了，他从小服膺的"身体发肤""不敢毁伤"的圣训，也不能顾全了。他犯了罪之后，每深自痛悔，切齿地说，下次总不再犯了，然而到了第二天的那个时候，种种幻想，又活泼泼地到他的跟前来。他平时所看见的"伊扶"的遗类，都赤裸裸地来引诱他。中年以后的 madam① 的形体，在他的脑里，比处女更有挑发他情动的地方。他苦闷一场，恶斗一场，终究不得不做她们的俘虏。这样的一次成了两次，两次之后就成了习惯。他犯罪之后，每到图书馆里去翻出医书来看，医书上都千篇一律地说，于身体最有害的就是这一种犯罪。从此之后，他的恐惧心也一天一天地增加起来。有一天他不知道从什么地方得来的消息，好像是一本书上说，俄国近代文学的创设者 Gogol② 也犯这一宗病，他到死竟没有改过来，他想到了 Gogol 心里就宽了一宽，因为这《死了的灵魂》③的著者，也是同他一样的。然而这不过是自家对自家的宽慰而已，他的胸里，总有一种非常的忧虑存在那里。

因为他是非常爱洁净的，所以他每天总要去洗一次澡，因为他是非常爱惜身体的，所以他每天总要去吃几个生鸡子和牛乳；然而他去洗澡或吃牛乳鸡子的时候，他总觉得惭愧得很，因为这都是他的犯罪的证据。

他觉得身体一天一天地衰弱起来，记忆力也一天一天地减退了。他又渐渐儿地生了一种怕见人面的心，见了妇女的时候，他觉得更加难受。学校的教科书，他渐渐地嫌恶起来，法国自然派的小说和中国那几本有名的诲淫小说，他念了又念，几乎记熟了。

---

① 夫人。
② 果戈理。
③ 即《死魂灵》。

有时候他忽然作出一首好诗来,他自家便喜欢得非常,以为他的脑力还没有破坏。那时候他每对着自家起誓说:

"我的脑力还可以使得,还能作得出这样的诗,我以后决不再犯罪了。过去的事实是没法儿,我以后总不再犯罪了。若从此自新,我的脑力还是很可以的。"

然而,到了紧迫的时候,他的誓言又忘了。

每礼拜四五,或每月的二十六七的时候,他索性尽意地贪起欢来。他的心里想,自下礼拜一或下月初一起,我总不犯罪了。有时候正合到礼拜六或月底的晚上,去剃头洗澡,以为这就是改过自新的记号,然而过几天,他又不得不吃鸡子和牛乳了。

他的自责心同恐惧心,竟一日也不使他安闲,他的忧郁症也从此厉害起来了。这样的状态继续了一两个月,他的学校里就放了暑假。暑假的两个月内,他受的苦闷,更甚于平时;到了学校开课的时候,他的两颊的颧骨更高起来,他的青灰色的眼窝更大起来,他的一双灵活的瞳仁,变得同死鱼的眼睛一样了。

五

秋天又到了。浩浩的苍空,一天一天地高起来。他的旅馆旁边的稻田,都带起黄金色来。朝夕的凉风,同刀也似的刺到人的心骨里去,大约秋冬的佳日,来也不远了。

一个礼拜前的一天午后,他拿了一本 Wordsworth 的诗集,在田塍路上逍遥漫步了半天。从那一天以后,他的循环性的忧郁症,尚未离他的身过。前几天在路上遇着的那两个女学生,常在他的脑里,不使他安静,想起那一天的事情,他还是一个人要红起脸来。

他近来无论上什么地方去,总觉得有坐立难安的样子。他上学校去的时候,觉得他的日本同学都似在那里排斥他。他的几个中国同学,也许久不去寻访了,因为去寻访了回来,他心里反觉得空虚。他的几个中国同学,怎么也不能理解他的心理。他去寻访的时候,总想得些同情回来的,然而谈了几句之后,他又不得不自悔寻访错了。有时候讲得投机,他就任了一时的热意,把他的内外的生活都讲了出来,然而到了归途,他又自悔失言,心里的责备,倒反比不去访友的时候更加厉害。他的几个中国朋友,因此都说他是染了神经病。他听了这话之后,对了那几个中国同学,也同对日本学生一样,起了一种复仇的心。他同他的几个中国同学,一日一日地疏远起来。虽在路上,或在学校里遇见的时候,他同那几个中国同学,也不点头招呼。中国留学生开会的时候,他当然是不出席的。因此他同他的几个同胞,竟宛然成了两家仇敌。

他的中国同学的里边,也有一个很奇怪的人:因为他自家的结婚有些道德上的罪恶,所以他专喜讲人的丑事,以掩己之不善,说他是神经病,也是这一位同学说的。

他交游离绝之后,孤冷得几乎到将死的地步,幸而他住的旅馆里,还有一个主人的女儿,可以牵引他的心,否则他真只能自杀了。旅馆主人的女儿,今年正是十七岁,长方的脸儿,眼睛大得很,笑起来的时候,面上有两颗笑靥,嘴里有一颗金牙看得出来,因为她的笑容非常可爱,所以她也时常在那里笑的。

他心里虽然非常爱她,然而她送饭来或来替他铺被的时候,他总装出一种兀不可犯的样子来。他心里虽想对她讲几句话,然而一见了她,他总不能开口。她进他房里来的时候,他的呼吸竟急促到吐气不出的地步。他在她的面前实在是受苦不起了,所以近来她进他的房里来的时候,他每不得不跑出房外去。然而他思慕她的心情,却一天一天地浓厚起来。有一个礼拜六的晚上,旅馆里的学生都上 N 市去行乐了。他因为经济困难,所以吃了晚饭,上西面池上去走了一回,就回来了。

回家来坐了一会儿,他觉得那空旷的二层楼上,只有他一个人在家。静悄悄地坐了不耐烦起来的时候,他又想跑到外面去。然而要跑到外面去,不得不由主人的房门口经过,因为主人和他女儿的房,就在大门的边上。他记得刚才进来的时候,主人和他的女儿正在那儿吃饭。他一想到经过她面前的时候的苦楚,就把跑到外面去的心思丢了。

拿出一本 G.Gissing[①] 的小说来读了三四页之后,静寂的空气里,忽然传了几声煞煞的泼水声过来。他静静儿地听了一听,呼吸又一霎时地急了起来,面色也涨红了。迟疑了一会儿,他就轻轻地开了房门,拖鞋也不脱,幽手幽脚地走下扶梯去。轻轻地开了便所的门,他尽兀兀地站在便所的玻璃窗口偷看。原来他旅馆里的浴室,就在便所的间壁,从便所的玻璃窗口看去,浴室里的动静了了可见。他起初以为看一看就可以走的,然而到了一看之后,他竟同被钉子钉住的一样,动也不能动了。

那一双雪样的乳峰!

那一双肥白的大腿!

这全身的曲线!

呼气也不呼,仔仔细细地看了一会儿,他面上的筋肉都发起痉来。愈看愈颤得厉害,他那发颤的前额部竟同玻璃窗冲击了一下。被蒸气包住的那赤裸裸的"伊扶"便发了娇声问说:

"是谁呀……"

他一声也不响,急忙跳出了便所,就三脚两步地跑上楼去了。

他跑到了房里,面上同火烧的一样,口也干渴了。一边他自家打自家的嘴巴,一边就把他的被窝拿出来睡了。他在被窝里翻来覆去,总睡不着,便立起了两耳,听起楼下的动静来。他听听泼水的声音也息了,浴室的门开了之后,他听见她的脚步声好像是走上楼来的样子。用被包着了头,他心里的耳朵明明告诉他说:

她已经立在门外了。

他觉得全身的血液都往上奔注的样子。心里怕得非常,羞得非常,

---

① 乔治·吉辛(1857—1903),英国小说家。

也喜欢得非常，然而若有人问他，他无论如何，总不肯承认说，这时候他是喜欢的。

他屏住了气息，尖着了两耳听了一会儿，觉得门外并无动静，又故意咳嗽了一声，门外亦无声响。他正在那里疑惑的时候，忽听见她的声音，在楼下同她的父亲说话。他手里捏了一把冷汗，拼命想听出她的话来，然而无论如何总听不清楚。停了一会儿，她的父亲高声地笑了起来。他把被蒙头地一罩，咬紧了牙齿说：

"她告诉了他了！她告诉了他了！"

这一天的晚上，他一睡也不曾睡着。第二天的早晨，天亮的时候，他就提心吊胆地走下楼来。洗了手面，刷了牙，趁主人和他的女儿还没有起来之先，他就逃也似的出了那个旅馆，跑到外面来。

官道上的沙尘，染了朝露，还未曾干着。太阳已经起来了。他不问皂白，一直地往东走去。远远有一个农夫，拖了一车野菜慢慢地走来。那农夫同他擦过的时候，忽然对他说：

"你早啊！"

他倒惊了一跳，那清瘦的脸上又起了一层红潮，胸前又乱跳起来，他心里想：

"难道这农夫也知道了？"

无头无脑地跑了好久，他回转头来看看他的学校，已经远得很了。太阳也升高了。他摸摸表看，那银饼大的表也不在身边。从太阳的角度看起来，大约已经是九点钟的样子。他虽然觉得饥饿得很，然而无论如何，总不愿意再回到那旅馆里去，同主人和他的女儿相见。想去买些零食充一充饥，然而他摸摸自家的袋看，袋里只剩了一角二分钱。他到一家乡下的杂货店内，尽那一角二分钱，买了些零碎的食物，想去寻一处无人看见的地方去吃。走到了一处十字路口，他朝南一望，只见与他的去路横交的那一条自北趋南的路上，行人稀少得很。那一条路是向南斜下去的，两面更有高壁在那里，他知道这路是从一条小山中开辟出来的。

他刚才走来的那条大道,便是这山的岭脊,十字路当作了中心,与岭脊上的那条大道相交的横路,是两边低斜下去的。在十字路口迟疑了一会儿,他就取了那一条向南斜下的路走去。走尽了两面的高壁,他的去路就穿入大平原去,直通到彼岸的市内。平原的彼岸有一簇深林,划在碧空的心里,他心里想:

"这大约就是Ａ神宫了。"

他走尽了两面的高壁,向左手斜面上一望,见沿高壁的那山面上有一道女墙,围住几间茅舍,茅舍的门上悬着了"香雪海"三字的一方匾额。他离开了正路,走上几步,到那女墙的门前,顺手地向门一推,那两扇柴门竟自开了。他就随随便便地踏了进去:门内有一条曲径,自门口通过了斜面,直达到山上去的。曲径的两旁,有许多苍老的梅树种在那里,他知道这就是梅林了。顺了那一条曲径,往北的从斜面上走到山顶的时候,一片同图画似的平地,展开在他的眼前。这园自从山脚上起,跨有朝南的半山斜面,同顶上的一块平地,布置得非常幽雅。

山顶平地的西面是千仞的绝壁,与隔岸的绝壁相对峙,两壁的中间,便是他刚走过的那一条自北趋南的通路。背临着那绝壁,有一间楼屋,几间平屋造在那里。因为这几间屋,门窗都闭在那里,他所以知道这定是为梅花开日卖酒食用的。楼屋的前面有一块草地,草地中间有几方白石,围成了一个花圈,圈子里,卧着一支老梅。那草地的南尽头,山顶的平地正要向南斜下去的地方,有一块石碑立在那里,系记这梅林的历史的。他在碑前的草地上坐下之后,就把买来的零食拿出来吃了。

吃了之后,他兀兀地在草地上坐了一会儿。四面并无人声,远远地树枝上时有一声两声的鸟鸣声飞来。他仰起头来看看澄清的碧空,同那皎洁的日轮,觉得四面的树枝房屋,小草飞禽,都一样地在和平的太阳光里受大自然的化育。他那昨天晚上的犯罪的记忆,正同远海的帆影一般,不知消失到哪里去了。

这梅林的平地上和斜面上,又来又去的曲径很多。他站起来走来走去地走一会儿,方晓得斜面上梅树的中间,更有一间平屋造在那里。从这一间房屋往东走去几步,有眼古井,埋在松叶堆中。他摇摇井上的唧筒看:呷呷地响了几声,却抽不起水来。他心里想:

"这园大约只有梅花开的时候开放一下,平时总没有人住的。"

想到这里,他又自言自语地说:

"既然空在这里,我何妨去问园主人去借住借住?"

想定了主意,他就跑下山来,打算寻园主人去。他将走到门口的时候,却好遇见一个五十来岁的农夫走进园来。他对那农夫道歉之后,就问他说:

"这园是谁的,你可知道么?"

"这园是我经管的。"

"你住在什么地方的?"

"我住在路的那面的。"

那农民一边这样的说,一边指着道路西边的一间小屋给他看。他向西一看,果然在西边的高壁尽头,有一间小屋。他点了点头,又问说:

"你可以把园内的那间楼屋租给我住住么?"

"可以是可以的,你只一个人么?"

"我只一个人。"

"那你可不必搬来的。"

"这是什么缘故呢?"

"你们学校的学生,已经有几次搬来过了,大约都因为冷静不过,住不上十天就搬走的。"

"我可同别人不同,你但能租给我,我是不怕冷静的。"

"这样岂有不租的道理?你想什么时候搬来?"

"就是今天午后吧。"

"可以的,可以的。"

"请你替我扫一扫干净,免得搬来之后着忙。"

"可以可以，再会！"

"再会！"

六

搬进了山上梅园之后，他的忧郁症又变起形状来了。

他同他的北京的长兄，为了一些儿细事，竟生起龃龉来。他发了一封长长的信，寄到北京，同他的长兄绝了交。

那一封信发出之后，他呆呆地在楼前草地上想了许多时候。他自家想想看，他便是世界上最不幸的人了。其实这一次的决裂，是发始于他的。同室操戈，事更甚于他姓之相争，自此之后，他恨他的长兄竟同蛇蝎一样。他被他人欺侮的时候，每把他长兄拿出来作比：

"自家的弟兄尚且如此，何况他人呢！"

他每达到这一个结论的时候，必尽把他长兄待他苛刻的事情，细细回想出来。把各种过去的事迹列举出来之后，他就把他长兄判决是一个恶人，他自家是一个善人。他又把自家的好处列举出来，把他所受的苦处夸大地细数起来。他证明得自家是一个世界上最苦的人的时候，他的眼泪就同瀑布似的流下来。他在那里哭的时候，空中好像有一种柔和的声音对他说：

"啊呀，哭的是你么？那真是冤屈了你。像你这样的善人，受世人那样的虐待，这可真是冤屈了你。罢了罢了，这也是天命，你别再哭了，怕伤害了你的身体！"

他心里一听到这一种声音，就舒畅起来。他觉得悲苦的中间，也有无穷的甘味在那里。

他因为想复他长兄的仇，所以就把所学的医科丢弃了，改入文科。他的意思，以为医科是他长兄要他改的，仍旧改回文科，就是对他长兄宣战的一种明示。并且他由医科改入文科，在高等学校须迟卒业一年。

他心里想，迟卒业一年，就是早死一岁，你若因此迟了一年，就到死可以对你长兄含一种敌意。因为他恐怕一二年之后，他们兄弟两人的感情，仍旧和好起来；所以这一次的转科，便是帮他永久敌视他长兄的一个手段。

气候渐渐儿地寒冷起来，他搬上山来之后，已经有一个月了。几日来天气阴郁，灰色的层云，天天挂在空中。寒冷的北风吹来的时候，梅林的树叶已将凋落起来。

初搬来的时候，他卖了些旧书，买了许多炊饭的器具，自家烧了一个月饭，因为天冷了，他也懒得烧了。他每天的伙食，就一切包给了山脚下的园丁家，他近来只同退院的闲僧一样，除了怨人骂己之外，更没有别的事了。

有一天早晨，他侵早起来。把朝东的窗门开了之后，他看见前面的地平线上有几缕红云，在那里浮荡。东天半角，返照出一种银红的灰色。因为昨天下了一天微雨，所以他看了这清新的旭日，比平日更添了几分欢喜。他走到山的斜面上，从那古井里汲了水，洗了手面之后，觉得满身的气力，一霎时回复转来的样子。他便跑上楼去，拿了一本黄仲则[①]的诗集下来，一边高声朗读，一边尽在那梅林的曲径里，跑来跑去地跑圈子。不多一会儿，太阳起来了。

从他住的山顶向南方看去，眼下看得出一个大平原。平原里的稻田都尚未收割起。金黄的谷色，以绀碧的天空作了背景，反映着一天太阳的晨光，那风景正同密来（Millet）[②]的田园清画一般。

他觉得自家好像已经变了几千年前的原始基督教徒的样子，对了这自然的默示，他不觉笑起自家的气量狭小起来。

"饶赦了！饶赦了！你们世人得罪于我的地方，我都饶赦了你们罢！

---

① 清代诗人。
② 十九世纪法国画家，现在普遍译为米勒。

来,你们来,都来同我讲和罢!"

手里拿着了那一本诗集,眼里浮着了两泓清泪,正对了那平原的秋色呆呆的立在那里想这些事情的时候,他忽听见他的近边,有两人在那里低声的说:

"今晚上你一定要来的哩!"

这分明是男子的声音。

"我是非常想来的,但是恐怕……"

他听了这娇滴滴的女子的声音之后,好像是被电气贯穿了的样子,觉得自家的血液循环都停止了。原来他的身边有一丛长大的苇草生在那里,他立在苇草的右面,那一对男女,大约是在苇草的左面,所以他们两个还不晓得隔着苇草,有人站在那里。那男人又说:

"你心真好,请你今晚来吧,我们到如今还没在被窝里睡过觉。"

他忽然听见两人的嘴唇,啒啒地好像在那里吮吸的样子。他正同偷了食的野狗一样,就提心吊胆地把身子曲倒去听了。

"你去死罢,你去死罢,你怎么会下流到这样的地步。"

他心里虽然如此的在那里痛骂自己,然而他那一双尖着的耳朵却一言半语也不愿意遗漏,用了全副精神在那里听着。

地上的落叶索悉悉悉地响声。

解衣带的声音。

男人嘶嘶地吐了几口气。

舌尖吮吸的声音。

女人半轻半重,断断续续地说:

"你!……你!……你快……快××罢。……别……别……别被人……被人看见了。"

他的面色,一霎时地变了灰色。他的眼睛同火也似的红了起来。他的上颚骨同下颚骨呷呷地发起颤来。他再也站不住了。他想跑开去,但是他的两只脚,总不听他的话。他苦闷了一场,听听两人出去之后,就同落水的猫狗一样，回到楼上房里去，拿出被窝来睡了。

七

他饭也不吃，一直在被窝里睡到午后四点钟才起来。那时候夕阳洒满了远近。平原的彼岸的树林里，有一带苍烟，悠悠扬扬地笼罩在那里。他踉踉跄跄地走下了山，上了那一条自北趋南的大道，穿过了那平原，无头无绪地尽是向南走去。走尽了平原，他已经到了 A 神宫前的电车停留处。那时候恰好从南面有一乘电车到来，他不知不觉就乘了上去，既不知道他究竟为什么要乘电车，也不知道这电车是往什么地方去的。

走了十五六分钟，电车停了，开车的教他换车，他就换了一乘车。走了二三十分钟，电车又停了，他听见说是终点了，他就走了下来。他的面前就是筑港了。

前面一片汪洋大海，横在午后的太阳光里，在那里微笑。超海而南有一发青山，隐隐地浮在透明的空气里。西边是一脉长堤，直驰到海湾的心里去。堤外有一处灯台，同巨人似的立在那里。几艘空船和几只舢板，轻轻的在系着的地方浮荡。海中近岸的地方，有许多浮标，饱受了斜阳，红红的浮在那里。远处风来，带着几句单调的话声，既听不清楚是什么话，也不知道是从哪里来的。

他在岸边上走来走去走了一会儿，忽听见那一边传过了一阵击磬的声来。他跑过去一看，原来是为唤渡船而发的。他立了一会儿，看有一只小火轮从对岸过来了。跟着了一个四五十岁的工人，他也进了那只小火轮去坐下了。

渡到东岸之后，上前走了几步，他看见靠岸有一家大庄子在那里。大门开得很大，庭内的假山花草，布置得楚楚可爱。他不问是非，就踱了进去。走不上几步，他忽听得前面家中有女人的娇声叫他说：

"请进来吓！"

他不觉惊了一头,就呆呆地站住了。他心里想:

"这大约就是卖酒食的人家,但是我听见说,这样的地方,总有妓女的。"

一想到这里,他的精神就抖擞起来,好像是一桶冷水浇上身来的样子。他的面色立时变了。要想进去又不能进去,要想出来又不得出来;可怜他那同兔儿似的小胆,同猿猴似的淫心,竟把他陷到一个大大的难境里去了。

"进来吓!请进来吓!"里面又娇滴滴地叫了起来,带着笑声。

"可恶东西,你们竟敢欺我胆小么?"

这样的怒了一下,他的面色更同火也似的烧了起来。咬紧了牙齿,把脚在地上轻轻地蹬了一蹬,他就捏了两个拳头向前进去,好像是对了那几个年轻的侍女宣战的样子。但是他那青一阵红一阵的面色,和他的面上微微儿在那里振动的筋肉,他总隐藏不过。他走到那几个侍女的面前的时候,几乎要同小孩似的哭出来了。

"请上来!"

"请上来!"

他硬了头皮,跟了一个十七八岁的侍女走上楼去,那时候他的精神已经有些镇静下来了。走了几步,经过一条暗暗的夹道的时候,一阵恼人的粉花香气,同日本女人特有的一种肉的香味,和头发上的香油气息合作了一处,扑上他的鼻孔里来。他立刻觉得头晕起来,眼睛里看见了几颗火星,向后面跌也似的退了一步。他再定睛一看,只见他的前面黑暗暗的中间,有一长圆形的女人的粉面,堆着了微笑在那里问他说:

"你!你还是上靠海的地方去呢,还是怎样?"

他觉得女人口里吐出来的气息,也热和和地喷上他的面来。他不知不觉把这气息深深地吸了一口。他的意识感觉到他这行为的时候,他的面色又立刻红了起来。他不得已只能含糊糊地答应她说:

"上靠海的房间里去。"

进了一间靠海的小房间，那侍女便问他要什么菜。他就回答说：

"随便拿几样来吧。"

"酒要不要？"

"要的。"

那侍女出去之后，他就站起来推开了纸窗，从外边放了一阵空气进来。因为房里的空气沉浊得很，他刚才在夹道中闻过的那一阵女人的香味，还剩在那里，他实在是被这一阵气味压迫不过了。

一湾大海，静静地浮在他的面前。外边好像是起了微风的样子，一片一片的海浪，受了阳光的返照，同金鱼的鳞似的在那里微动。他立在窗前看了一会儿，低声地吟了一句诗出来：

"夕阳红上海边楼。"

他向西一望，见太阳离西南的地平线只有一丈多高了。呆呆地看了一会儿，他的心思怎么也离不开刚才的那个侍女。她的口里的头上的面上的和身体上的那一种香味，怎么也不容他的心思去想别的东西。他才知道他想吟诗的心是假的，想女人的肉体的心是真的了。

停了一会儿，那侍女把酒菜搬了进来，跪坐在他的面前，亲亲热热地替他上酒。他心里想仔仔细细地看她一眼，把他的心里的苦闷都告诉了她，然而他的眼睛怎么也不敢平视她一眼，他的舌根怎么也不能摇动一摇动。他不过同哑子一样，偷看着她那搁在膝上的一双纤嫩的白手，同衣缝里露出来的一条粉红的围裙角。

原来日本的妇人都不穿裤子，身上贴肉只围着一条短短的围裙。外边就是一件长袖的衣服，衣服上也没有纽扣，腰里只缚着一条一尺多宽的带子，后面结着一个方结。她们走路的时候，前面的衣服每一步一步地掀开来，所以红色的围裙，同肥白的腿肉，每能偷看。这是日本女子特别的美处，他在路上遇见女子的时候，注意的就是这些地方。他切齿地痛骂自己畜生、狗贼、卑怯的人，也便是这个时候。

他看了那侍女的围裙角，心便乱跳起来。愈想同她说话，他觉得愈

讲不出话来。大约那侍女是看得不耐烦起来了,便轻轻地问他说:

"你府上是什么地方?"

一听了这一句话,他那清瘦苍白的面上,又起了一层红色;含含糊糊地回答了一声,他呐呐地总说不出话来。可怜他又站在断头台上了。

原来日本人轻视中国人,同我们轻视猪狗一样。日本人都叫中国人作"支那人",这"支那人"三字,在日本,比我们骂人的"贱贼"更难听,如今在一个如花的少女前头,他不得不自认说"我是支那人"了。

"中国呀中国,你怎么不强大起来!"

他全身发起痉来,他的眼泪又快滚下来了。

那侍女看他发颤发得厉害,就想让他一个人在那里喝酒,好教他把精神安静安静,所以对他说:

"酒就快没有了,我再去拿一瓶来吧。"

停了一会儿,他听得那侍女的脚步声又走上楼来。他以为她是上他这里来的,所以就把衣服整了一整,姿势改了一改。但是他被她欺了。她原来是领了两三个另外的客人,上间壁的那一间房间里去的。那两三个客人都在那里对那侍女取笑,那侍女也娇滴滴地说:

"别胡闹了,间壁还有客人在呢。"

他听了就立刻发起怒来。他心里骂他们说:

"狗才!俗物!你们都敢来欺侮我么?复仇复仇,我总要复你们的仇。世间哪里有真心的女子!负心东西,你竟敢把我丢了么?罢了罢了,我再也不爱女人了,我再也不爱女人了。我就爱我的祖国,我就把我的祖国当作情人罢。"

他马上就想跑回去发愤用功。但是他的心里,却很羡慕那间壁的几个俗物。他的心里,还有一处地方在那里盼望那个侍女再回到他这里来。

他按住了怒,默默地喝干了几杯酒,觉得身上热起来。打开了窗门,他看看太阳就快要下山去了。又连饮了几杯,他觉得他面前的海景都朦胧起来。西面堤外的那灯台的黑影,长大了许多。一层茫茫的薄雾,把海天融混作了一处。在这一层混沌不明的薄纱影里,西方那将落不落的太阳,好像在那里惜别的样子。他看了一会儿,不知道是什么缘故,只觉得好笑。呵呵地笑了一回,他用手擦擦自家那火热的双颊,便自言自语地说:

"醉了醉了!"

那侍女果然进来了。见他红了脸,立在窗口痴笑,便问他说:

"窗开了这样大,你不冷的么?"

"不冷不冷,这样好的落照,谁舍得不看呢?"

"你真是一个诗人呀!酒拿来了。"

"诗人!我本来是一个诗人。你去把纸笔拿了来,我马上写一首诗给你看看。"

那侍女出去了之后,他自家觉得奇怪起来。他心里想:

"我怎么会变了这样大胆的?"

痛饮了几杯新拿来的热酒,他更觉得快活起来,又禁不得呵呵地笑了一阵。他听见间壁房间里的那几个俗物,高声地唱起日本歌来,他也放大了嗓子唱着说:

"醉拍栏杆酒意寒,江湖牢落又冬残。剧怜鹦鹉中州骨,未拜长沙太傅官。一饭千金图报易,五噫几辈出关难。茫茫烟水回头望,也为神州泪暗弹。"

高声地念了几遍,他就在席上醉倒了。

八

一醉醒来,他看见自家睡在一条红绸的被里,被上有一种奇怪的香气。这一间房间也不很大,但已不是白天的那一间房间了。房中挂着一盏十烛光的电灯,枕头边上摆着了一壶茶、两只杯子。他倒了两三杯茶,喝了之后,就踉踉跄跄地走到房外去。他开了门,却好白天的那侍女也跑过来了。她问他说：

"你！你醒了么？"

他点了一点头，笑微微地回答说：

"醒了。厕所是在什么地方的？"

"我领你去吧。"

他就跟了她去。他走过日间的那道夹道的时候，电灯点得明亮得很。远近有许多歌唱的声音、三弦的声音、大笑的声音，传到他的耳朵里来。白天的情节，他都想了出来。一想到酒醉之后，他对那侍女说的那些话的时候，他觉得面上又发起烧来。

从厕所回到房里之后，他问那侍女说：

"这被是你的么？"

侍女笑着说：

"是的。"

"现在是什么时候了？"

"大约是八点四十五分的样子。"

"你去开了账来罢！"

"是。"

他付清了账，又拿了一张纸币给那侍女，他的手不觉微颤起来。那侍女说：

"我是不要的。"

他知道她是嫌少了。他的面色又涨红了，袋里摸来摸去，只有一张纸币了，他就拿了出来给她说：

"你别嫌少了，请你收了吧。"

他的手振动得更加厉害。他的话声也颤动起来了。那侍女对他看了一眼，就低声地说：

"谢谢！"

他一直地跑下了楼，套上了皮鞋，就走到外面来。

外面冷得非常，这一天，大约是旧历的初八九的样子。半轮寒月，高挂在天空的左半边。淡青的圆形天盖里，也有几点星星，散在那里。

他在海边走了一会儿，看看远岸的渔灯，同鬼火似的在那里招引他。细浪中间，映着了银色的月光，好像是山鬼的眼波，在那里开闭的样子。不知是什么道理，他忽想跳入海里去死了。

他摸摸身边看，乘电车的钱也没有了。想想白天的事情看，他又不得不痛骂自己。

"我怎么会走上那样的地方去的，我已经变了一个最下等的人了。悔也无及，悔也无及。我就在这里死了吧。我所求的爱情，大约是求不到了。没有爱情的生涯，岂不同死灰一样么？唉，这干燥的生涯，这干燥的生涯。世上的人又都在那里仇视我，欺侮我，连我的亲兄弟，自家的手足，都在那里挤我出去到这世界外去。我将何以为生，我又何必生存在这多苦的世界里呢！"

想到这里，他的眼泪就连连续续地滴下来。他那灰白的面色，竟同死人没有分别了。他也不举起手来揩揩眼泪，月光射到他的面上，两条泪线倒变了叶上的朝露一样放起光来。他回转头来，看看他自家的那又瘦又长的影子，不觉心痛起来。

"可怜你这清影，跟了我二十一年，如今这大海就是你的葬身地了。我的身子，虽然被人家欺辱，我可不该累你也瘦弱到这地步的。影子呀影子，你饶了我罢！"

他向西面一看，那灯台的光，一霎变了红一霎变了绿地，在那里尽它的本职，那绿的光射到海面上的时候，海面就现出一条淡青的路来。再向西天一看，他只见西方青苍苍的天底下，有一颗明星，在那里摇动。

"那一颗摇摇不定的明星的底下，就是我的故国，也就是我的生地。我在那一颗星的底下，也曾送过十八个秋冬。我的乡土吓，我如今再不能见你的面了。"

他一边走着，一边尽在那里自伤自悼地想这些伤心的哀话。走了一会儿,再向那西方的明星看了一眼,他的眼泪便同骤雨似的落下来。他觉得四边的景物,都模糊起来。把眼泪揩了一下,立住了脚,长叹了一声,他便断断续续地说:

"祖国呀祖国!我的死是你害我的!

"你快富起来,强起来吧!

"你还有许多儿女在那里受苦呢!"

一九二一年五月九日改作

南　迁

一　南方

你若把日本的地图展开来一看,东京湾的东南,能看得见一条葫芦形的半岛,浮在浩渺无边的太平洋里,这便是有名的安房半岛!

安房半岛,虽然没有地中海内的长靴岛的风光明媚,然而成层的海浪、蔚蓝的天色、柔和的空气、平软的低峦、海岸的渔网,和村落的居民,也很具有南欧海岸的性质,能使旅客忘记他是身在异乡。若用英文来说,便是一个 Hospitable, inviting dream, land of the romantic age(中世浪漫时代的,乡风纯朴、山水秀丽的梦境)了。

东南的斜面沿着了太平洋,从铫子到大原,成一半月弯,正可当作葫芦的下面的狭处看。铫子是葫芦下层的最大的圆周上的一点,大原是葫芦的第二层膨胀处的圆周上的一点。葫芦的顶点一直地向西曲了。就成了一个大半岛里边的小半岛,地名西岬村。西岬村的顶点便是洲崎,朝西的横界在太平洋和东京湾的中间,洲崎以东是太平洋,洲崎以北是东京湾。洲崎遥遥与伊豆半岛、相模湾相对;安房半岛的住民每以它为界线,称洲崎以东沿着太平洋的一带为外房,洲崎以北沿着东京湾的一带为内房。原来半岛的住民通称半岛为房州,所以内房外房,便是内房州外房州的缩写。房州半岛的葫芦形的底面,连着东京,所以现在火车,从东京两国桥驿出发,内房能直达到馆山,外房能达到胜浦。

二　出京

　　一千九百二十年的春天，二月初旬的一天午后，东京上野精养轩的楼上朝公园的小客室里，有两个异乡人在那里吃茶果。一个是五十岁上下的西洋人，头顶已有一块秃了。皮肤带着浅黄的黑色，高高的鹰嘴鼻的左右，深深洼在肉里的两只眼睛，放出一种钝韧的光来。瞳神的黄黑色，大约就是他的血统的证明。他那五尺五寸的肉体中间，也许有姊泊西（Gypsy）的血液混在里头，或者有东方人的血液混在里头，但是生他的母亲，可确是一位爱尔兰的美妇人。他穿的是一套半旧的灰黑色的哔叽的洋服，带着一条圆领，圆领底下就连接着一件黑的小紧身，大约是代 Waist-Coat（腰褂）的。一个是二十四五岁的青年，身体也有五尺五寸多高，我们一见就能知道他是中国人，因为他那清瘦的面貌，和纤长的身体，是在日本人中间寻不出来的。他穿着一套藤青色的哔叽的大学制服，头发有一寸多深，因为蓬蓬直立在他那短短的脸面的上头，所以反映出一层忧郁的形容在他面上。他和那西洋人对坐在一张小小的桌上，他的左手，和那西洋人的右手是靠着朝公园的玻璃窗的。他们讲的是英国话，声气很幽，有一种梅兰刻烈（Melancholy）的余韵，与窗外的午后的阳光，和头上的万里的春空，却成了一个有趣的对照，若把他们的择要翻译出来，就是：

　　"你的脸色，近来更难看了；我劝你去转换转换空气，到乡下去静养几个礼拜。"西洋人。

　　"脸色不好么？转地疗养，也是很好的，但是一则因为我懒得行动，二则一个人到乡下去也寂寞得很，所以虽然寒冷得非常，我也不想到东京以外的地方去。"青年。

　　说到这里，窗外吹过一阵夹沙夹石的风来，玻璃窗振动了一下，响了一下，风就过去了。

　　"房州你去过没有？"西洋人。

"我没有去过。"青年。

"那一个地方才好呢！是突出在太平洋里的一个半岛，受了太平洋的暖流，外房的空气是非常和暖的，同东京大约要差十度的温度，这个时候，你若到太平洋岸去一看，怕还有些女人，赤裸裸地跳在海里捉鱼呢！一带山村水郭，风景又是很好的，你不是很喜欢我们英国的田园风景的么？你上房州去就对了。"

"你去过了么？"

"我是常去的，我有一个女朋友住在房州，她也是英国人，她的男人死了，只一个人住在海边上。她的房子宽大得很，造在沙岸树林的中间；她又是一个热心的基督教徒，你若要去，我可以替你介绍的，她非常喜欢中国人，因为她和她的男人从前也在中国做过医生的。"

"那么就请你介绍介绍，出去游行一次，或者我的生活的行程，能改变得过来也未可知。"

另外还有许多闲话，也不必去提及。

到了四点的时候，窗外的钟声响了。青年按了电铃，叫侍者进来，拿了一张五元的纸币给他。青年站起来要走的时候看看那西洋人还兀地不动，青年便催说："我们去罢！"

那西洋人便张圆了眼睛问他说：

"找头呢？"

"多的也没有几个钱，就给了他们茶房罢了。"

"茶房总不至于要五块钱的。你把找头拿来捐在教会的传道捐里多好啊！"

"罢了，罢了，多的也不过一块多钱。"

那西洋人还不肯走，青年就一个人走出房门来，西洋人一边还在那里轻轻地絮说，一边看见青年走了，也只能跟了走出房门，下楼，上大门口去。在大门口取了外套、帽子，走出门外的时候，残冬的日影，已经落在西天的地平线上，满城的房屋，都沉在薄暮的光线里了。

夜阴一刻一刻地张起她的翼膀来,那西洋人和青年在公园的大佛前面,缓步了一忽,远近的人家都点上电灯了。从上野公园的高台上向四面望去,只见同纱囊里的萤火虫一样,高下人家的灯火,在那晚烟里放异彩。远远的风来,带着市井的嘈杂的声音。电车的车轮声传近到他们两个耳边的时候,他们才知道现在是回家去的时刻了。急急地走了一下,他们已经走到了公园前大街上的电车停车处,却好向西的有一乘电车到来,他们两人就用了死力,挤了上去,因为这是工场休工的时候,劳动者都要乘了电车,回到他们的小小的住屋里去,所以车上人挤得不堪。

青年被挤在电车的后面,几乎吐气都吐不出来。电车开车的时候,上野的报时的钟声又响了。听了这如怨如诉的薄暮的钟声,他的心思又忽然消沉起来:

"这些可怜的有血肉的机械,他们家里或许也有妻子的。他们的衣不暖食不饱的小孩子有什么罪恶,一生出地上,就不得不同他们的父母,受这世界上的折磨,或者在猪圈似的贫民窟的门口,有同饿鬼似的小孩儿,在那里等候他们的父亲回来。这些同饿犬似的小孩儿,长到八九岁的时候,就不得不去做小机械去。渐渐长大了,成了一个工人,他们又不得不同他们的父祖曾祖一样,将自家的血液,去补充铁木的机械的不足。吃尽了千辛万苦,从幼到长,从生到死,他们的生活没有半点儿变更,唉,这人生究竟有什么趣味,劳动者吓劳动者,你们何苦要生存在世上?这多是有权势的人的坏处,可恶的这有权势的人,可恶的这有权势的阶级,总要使他们斩草除根地消灭尽了才好。"

他想到这里,就自家嘲笑起自家来:

"呵呵,你也被日本人的社会主义感染了。你要救日本的劳动者,你何不先去救救你自家的同胞呢?在军人和官僚的政治的底下,你的同胞所受的苦楚,难道比日本的劳动者更轻么?日本的劳动者,虽然没有财产,然而他们的生命总是安全的。你的同胞,乡下的农夫,若因纳捐输粟的事情,有一点儿违背,就不得不被军人来虐杀了。从前做大盗,现在做军官的人，进京出京的时候，若说乡下人不知道，在他们的专车停着的地方走过，就不得不被长枪短刀来斫死了。大盗的军阀的什么武装自动车，在街上冲死了百姓，还说百姓不好，对了死人的家族，还要他们赔罪罚钱。你同胞的妻女，若有美的，就不得不被军人来奸辱了。日本的劳动者到了日暮回家的时候，也许有他妻女来安慰他的，那时候他的一天的苦楚，便能忘在脑后，但是你的同胞如何？不问是不是你的结发妻小，若那些军长师长委员长县长等类要她去做一房第八、第九的小妾，你能拒绝么？有诉讼事件的时候，你若送裁判官的钱，送了比你的对争者少一点儿，或是在上级衙门里没有一个亲戚朋友，虽然受了冤屈，你难道能分诉得明白么？……"

想到这里的时候，青年的眼睛里，就酸软起来。他若不是被挤在这一群劳动者的中间，怕他的感情就要发起作用来，却好车到了本乡三丁目，他就推推让让地跟了几个劳动者下了电车。立在电车外边的日暮的大道上，寻来寻去地寻了一会儿，他才看见那西洋人的秃头，背朝着他，坐在电车中间的椅上。他走到电车的中央的地方，踮起了脚，从外面向电车的玻璃窗推了几下，那秃头的西洋人才回转头来，看见他立在车外的凉风里，那西洋人就从电车里面放下车窗来说：

"你到了么？今天可是对不起你。多谢多谢。身体要保养些。我……"

"再会再会。我已经到了。介绍信请你不要忘记了……"

话没有说完，电车已经开了。

三　浮萍

二月廿三日的午后两点半钟，房州半岛的北条火车站上的第四次自东京来的火车到了。这小小的乡下的火车站上，忽然热闹了一阵。客人也不多，七零八落的几个乘客，在收票的地方出去之后，火车站上仍复冷清起来。火车站的前面停着的一乘合乘的马车，接了几个下车的客人，留了几声哀寂的喇叭声在午后的澄明的空气里,促起了一阵灰土,就在泥成的乡下的天然的大路上,朝着了太阳向西地开出去了。

留在火车站上呆呆地站着的只剩了一位清瘦的青年,便是三个礼拜前和一个西洋宣教师在东京上野精养轩吃茶果的那一位大学生。他是伊尹的后裔,你们若把东京帝国大学的一览翻出来一看,在文科大学的学生名录里,头一个就能见他的名姓籍贯:

伊人,中华留学生,大正八年入学。

伊人自从十八岁到日本之后一直到去年夏天止,从没有回国去过。他的家庭里只有他的祖母是爱他的。伊人的母亲,因为他的父亲死得太早,所以竟变成了一个半男半女的性格,他自小的时候她就不知爱他,所以他渐渐地变成了一个厌世忧郁的人。到了日本之后,他的性格竟愈趋愈怪了,一年四季,绝不与人往来,只一个人默默地坐在寓室里沉思默想。他所读的都是那些在人生的战场上战败了的人的书,所以他所最敬爱的就是略名 B.V. 的 James Thomson, H.Heine, Leopaldi, Ernest Dowson 那些人。他下了火车,向行李房去取来的一只帆布包,里边藏着的,大约也就是这几位先生的诗文集和传记等类。他因为去年夏天被一个日本妇人欺骗了一场,所以精神身体,都变得同落水鸡一样,晚上梦醒的时候,身上每发冷汗,食欲不进,近来竟有一天不吃什么东西的时候。因为怕同去年那一个妇人遇见,他连午膳夜膳后的散步也不去了。他身体一天一天地瘦弱下去,他的面貌也一天一天地变起颜色来了。到房州的路程是在平坦的田畴中间,辟了一条小小的铁路,铁路的两旁,不是一边海一边山,便是一边枯树一边荒地。在红尘软舞的东京,失望伤心到极点的神经过敏的青年,一吸了这一处的田园空气,就能生出一种快感来。伊人到房州的最初的感觉,自然是觉得轻快得非常。伊人下车之后看了四边的松树的丛林,有几缕薄云飞着的青天,宽广的空地里浮荡着的阳光和车站前面的店里清清冷冷坐在账桌前的几个纯朴的商人，就觉得是自家已经到了十八世纪的乡下的样子。亚历山大·斯密司著的《村落的文章》里的Dreamthorp（by Alexander Smith）好像是被移到了这东海的小岛上的东南角上来了。

伊人取了行李，问了一声说：

"这里有一位西洋的妇人，你们知道不知道的？"

行李房里的人都说：

"是C夫人么？这近边谁都知道她的，你但对车夫讲她的名字就对了。"

伊人抱了他的一个帆布包坐在人力车上，在枯树的影里，摇摇不定地走上C夫人的家里去的时候，他心里又生了一种疑惑：

"C夫人不晓得究竟是怎的一个人，她不知道是不是同E某一样，也是非常节省鄙吝的。"

可怜他自小就受了社会的虐待，到了今日，还不敢信这尘世里有一个善人。所以他与人相遇的时候，总不忘记警戒，因为他被世人欺得太甚了。在一条有田园野趣的村路上弯弯曲曲地跑了三十分钟，树林里露出了一个木造的西洋馆的屋顶来。车夫指着了那一角屋顶说：

"这就是C夫人的住屋！"

车到了这洋房的近边，伊人看见有一圈小小的灌木沿了那洋房的庭园，生在那里，上面剪得虽然不齐，但是这一道灌木的围墙，比铁栅瓦墙究竟风雅，他小的时候在洋画里看见过的那阿凤河上的斯曲拉突的莎士比亚的古宅，又重新想了出来。开了那由几根木棒做的一道玲珑的小门进去，便是住宅的周围的庭园，园中有几处常青草，也变了颜色，躺在午后的微弱的太阳光里。小门的右边便是一眼古井，那只吊桶，一高一低地悬在井上的木架上。从门口一直向前沿了石砌的路进去，再进一道短小的竹篱，就是C夫人的住房，伊人因为不便直接到C夫人的住房里，所以就吩咐车夫拿了一封E某的介绍书往厨房门投去。厨房门须由石砌的正路叉往右去几步,人若立在灌木围住的门口,也可以看见这厨房门的。庭园中、井架上、红色的木板的洋房壁上都洒满了一层白色无力的午后的太阳光线,四边空空寂寂,并无一个生物看见,只有几只半大的雌雄鸡,呆呆地立在井旁,在那里惊看伊人和他的车夫。

车夫在厨房门口叫了许久,不见有人出来。伊人立在庭园外的木栅门口,听车夫的呼唤声反响在寂静的空气里,觉得声大得很。约略等了五分钟的样子,伊人听见背后忽然有脚步响,回转头来一看,看见一个五十来岁的日本老妇人,蓬着了头红着了眼走上伊人这边来。她见了伊人便行了一个礼,并且说:

"你是东京来的伊先生么?我们东家天天在这里盼望你来呢!请你等一等,我就去请东家出来。"

这样的说了几句,她就慢慢地挨过了伊人的身前,跑上厨房门口去了。在厨房门口站着的车夫把伊人带来的介绍信交给了她。她就跑进去了。不多一忽,她就同一个五十五六岁的西洋妇人从竹篱那面出来,伊人抢上去与那西洋妇人握手之后,她就请伊人到她的住房内去,一边却吩咐那日本女人说:

"把伊先生的行李搬上楼上的外边的室里去!"

她一边与伊人说话,一边在那里预备红茶。谈了三十分钟,红茶也吃完了,伊人就到楼上的一间小房里去整理行李。把行李整理了一半,那日本妇人上楼来对伊人说:

"伊先生!现在是祈祷的时候了!请先生下来到祈祷室里来罢。"

伊人下来到祈祷室里,见有两个日本的男学生和三个女学生已经先在那里了。夫人替伊人介绍过之后对伊人说:

"我们每天从午后三点到四点必聚在一处唱诗祈祷的。祈祷的时候就打那一个钟作为记号。(说着她就用手向檐下指了一指。)今天因为我到外面去了不在家,所以迟了两个钟头,因此就没有打钟。"

伊人向四周看了一眼,见第一个男学生头发长得很,同狮子一样地披在额上,戴着一双极近的钢丝眼镜,嘴唇上的一圈胡须长得很黑,已经有二十六七岁的样子。第二个男学生是一个二十岁前后的青年,也戴一双平光的银丝眼镜,一张圆形的粗黑脸,嘴唇向上的。两个人都是穿的日本的青花便服,所以一见就晓得他们是学生。女学生的方面伊人不便观察,所以只对了一个坐在他对面的年纪十六七岁的人,看了几眼,依他的一瞬间的观察看来,这一个十六七岁的女学生要算是最好的了,因为三人都是平常的相貌,依理而论,却彀不上水平线的。只有这一个女学生的长方面上有一双笑靥,所以她笑的时候,却有许多可爱的地方。读了一节《圣经》,唱了两首诗,祈祷了一回,会就散了。伊人问那两个男学生说:

"你们住在近边么?"

那长发的近视眼的人,恭恭敬敬地抢着回答说:

"是的,我们就住在这后面的。"

那年轻的学生对伊人笑着说:

"你的日本话讲得好得很,起初我们以为你只能讲英国话,不能讲日本话的。"

C夫人接着说:

"伊先生的英国话却比日本话讲得好,但是他的日本话要比我的日本话好得多呢!"

伊人红了脸说:

"C夫人!你未免过誉了。这几位女朋友是住在什么地方的?"

C夫人说:

"她们都住在前面的小屋里,也是同你一样来养病的。"

这样的说着,C夫人又对那几个女学生说:

"伊先生的学问是非常有根底的,礼拜天我们要请他说教给我们听哩!"

再会再会的声音,从各人的口中说了出来。来会的人都散去了。夜色已同死神一样,不声不响地来把屋中的空间占领了。伊人别了C夫人仍回到他楼上的房里来，在灰暗的日暮的光里，整理了一下，电灯来了。

六点四十分的时候，那日本妇人来请伊人吃夜饭去，吃了夜饭，谈了三十分钟，伊人就上楼去睡了。

四　亲力

第二天早晨，伊人被窗外的鸟雀声唤醒，起来的时候，鲜红的日光已射满了沙岸上的树林。他开了朝南的窗，看看四围的空地丛林，都披了一层健全的阳光，横躺在无穷的苍空底下。他远远地看见北条车站上，有一乘机关车在那里哼烟，机关车的后面，连接着几辆客车货车，他知道上东京去的第一次车快开了。太阳光被车烟在半空中遮住，他看见车烟带着一层红黑的灰色，车站的马口铁的屋顶上，横斜地映出了一层黑影来。从车站起，两条小小的轨道渐渐地阔大起来，在他的眼下不远的地方通过，他觉得磨光的铁轨上，隐隐地反映着同蓝色的天鹅绒一样的天空。他看看四边，觉得广大的天空，远近的人家、树林、空地、铁道、村路都饱受了日光，含着了生气，好像在那里微笑的样子，他就深深地吸了一口清新的空气，觉得自家的肠腑里也有些生气回转起来。含了微笑，他轻轻地对自家说：

"春到人间了，啊！Frühling ist gekommen！"

呆呆地站了好久，他才拿了牙刷牙粉肥皂手巾走下楼来到厨下去洗面。那红眼的日本妇人见了他，就大声地说：

"你昨天晚上睡得好不好？我们的东家出去传道去了，九点半钟的圣经班她是定能回来的。"

洗完了面，回到楼上坐了一忽，那日本妇人就送了一杯红茶和两块面包及白糖来。伊人吃完之后，看看C夫人还没有回来，就跑出去散步。从那一道木棒编成的小门里出去，沿了昨天来的那条村路向东地走了几步，他看见一家草舍的回廊上，有两个青年在那里享太阳，发议论。他看看好像是昨天见过的两个学生,所以就走了进去。两个青年见他进来,就恭恭敬敬地拿出垫子来,叫他坐了。那近视长发的青年,因为恭敬过度了,反要使人发起笑来。伊人坐定之后,那长发的近视眼就含了微笑,对他呆了一呆,嘴唇动了几动。伊人知道他想说话了,所以就对他说:

"你说今天的天气好不好?"

"Es, Es, beri gud, beri good, and how longu hab you been in Japan?"

(是,是,好得很,好得很,你住在日本多久了?)

那一位近视眼,突然说出了几句日本式的英国话来。伊人看看他那忽尖忽圆的嘴唇的变化,听听他那舌根底下好像含一块石子的发音,就想笑出来,但是因为是初次见面,又不便放声高笑,所以只得笑了一笑,回答他说:

"About eight years, quite a long time, isn't it?"

(差不多八年了,已经长得很呢,是不是?)

还有那一位二十岁前后的青年看了那近视眼说英文的样子,就笑了起来,一边却直直爽爽地对他说:

"不说了罢,你那不通的英文,还不如不说的好,哈哈。"

那近视眼听了伊人的回话,又说:

"Do you undastand my lngulish?"

(你懂得我讲的英文么?)

"Yes, of course I do, but……"

(那当然是懂的,但是……)

伊人还没有说完,他又抢着说:

"Alright, alright, leto us speaku lngulish heea afiar."

(很好,很好,以后我们就讲英文罢。)

那年轻的青年说:

"伊先生,你别再和他歪缠了,我们向海边上去走走罢。"

伊人就赞成了,那年轻的青年便从回廊上跳了下来,同小丑一样地

故意把衣服整了一整,把身体向左右前后摇了一摇,对了那近视眼恭恭敬敬地行了一礼,说:

"Gudo-bye! Mista K., gudo-bye!"

伊人忍不住地笑了起来,那近视眼的 K 也说:

"Gudo-bye, Mista B., gudo-Mista Yi."

走过了那草舍的院子,踏了松树的长影,出去二三步就是沙滩了。清静的海岸上并无人影,洒满了和煦的阳光。海水反射着太阳光线,好像在那里微笑的样子。沙上有几行行人的足迹,印在那里。远远地向东望去,有几处村落,有几间渔舍浮在空中,一层透明清洁的空气,包在那些树林屋脊的上面。西边湾里有一处小市,浮在海上,市内的人家,错错落落地排列在那里,人家的背后,有一带小山,小山的背后,便是无穷的碧落。市外的湾口有几艘帆船停泊着,那几艘船的帆樯,却能形容出一种港市的感觉来。年轻的 B 说:

"那就是馆山,你看湾外不是有两个小岛同青螺一样地浮在那里么?一个是鹰岛,一个是冲岛。"

伊人向 B 所说的方向一看,在薄薄的海气里,果然有两个小岛浮在那里。伊人看那小岛的时候,忽然注意到小岛的背景天空里去。他从地平线上一点一点地抬头起来,看看天空,觉得蓝苍色的天体,好像要溶化了的样子,他就不知不觉地说:

"唉,这碧海青天!"

B 一边仰起头来看天,一边对伊人说:

"伊先生!看了这青淡的天空,你们还以为有一位上帝,在这天空里坐着的么?若说上帝在那里坐着,怕在这样晴朗的时候,要跌下地来呢。"

伊人回答说:

"怎么不跌下来?你不曾看过弗兰斯著的 *Thais*(《泰衣斯》)么?那绝食断欲的圣者,就是为了泰衣斯的肉体,从天上跌下来的吓。"

"不错不错,那一位近视眼的神经病先生,也是很妙的。他说他要去进神学校,每天到了半夜三更就放大了嗓子,叫起上帝来。

"'主吓,唉,主吓,神吓,耶稣吓!'

"像这样的乱叫起来,到了第二天,去问他昨夜怎么了,他却一声也不响,把手摇几摇,嘴歪几歪。再过一天去问他,他就说:'昨天我是一天不言语的,因为这也是一种修行。一礼拜之内我有两天是断言的,不讲话的,无论如何,在这两天之内,总不开嘴的。'

"有的时候他赤足赤身地跑上雨天里去立在那里,我叫他,他默默地不应,到了晚上他却喀喀地咳嗽起来,你看这样寒冷的天气,赤了身到雨天里去,哪有不伤风的道理?到了第二天,我问他究竟为什么要上雨天里去,他说这也是一种修行。有一天晚上因为他叫'主吓!神吓!'叫得太厉害了,我在梦里头被他叫醒,在被里听听,我也害怕起来。以为有强盗来了,所以我就起来,披了衣服,上他那一间房里去看他。从房门的缝里一瞧,我就不得不笑起来。你猜怎么着?他老先生把衣服脱了精光,把头顶倒在地上,两只脚靠了墙壁跷在上面,闭了眼睛,做了一副苦闷难受的脸色,尽在那里瞎叫:'主吓!神吓!天吓!上帝吓!'

"第二天我去问,他却一句话也不答,我知道这又是他的断绝言语的日子,所以就不去问他了。"

B形容近视眼K的时候,同戏院的小丑一样,做脚做手地做得非常出神,伊人听一句笑一阵,笑得不得了。到后来伊人问B说:

"K何苦要这样呢!"

"他说他因为要预备进神学校去,但是依我看来,他还是去进疯狂病院的好。"

伊人又笑了起来。他们两人的健全的笑声,反响在寂静的海岸的空气里,更觉得这一天的天气的清新可爱了。他们两个人的影子,和两双皮鞋的足迹在海边的软沙上印来印去地走了一回,忽听见晴空里传了一阵清朗的钟声过来,他们知道圣经班的时候到了,所以就走上C夫人的家里去。

到 C 夫人家里的时候,那近视眼的 K,和三个女学生已经围住了 C 夫人坐在那里了。K 见了伊人和 B 来的时候,就跳起来放大了嗓子用了英文叫着说:

"Hulleo, where hab you been?"

(喂!你们上哪儿去了?)

三个女学生和 C 夫人都笑了起来。昨天伊人注意观察过的那个女学生的一排白白的牙齿,和她那面上的一双笑靥,愈加使她可爱了。伊人一边笑着,一边在那里偷看她。各人坐下来,伊人又占了昨天的那位置,和那女学生对面地坐着。唱了一首赞美诗,各人就轮读起《圣经》来。轮到那女学生读的时候,伊人便注意看她小嘴,她脸上自然而然地起了一层红潮。她读完之后,伊人还呆呆地在那里看她嘴上的曲线,她抬起头来的时候,她的视线同伊人的视线冲混了。她立时涨红了脸,把头低了下去。伊人也觉得难堪,就把视线集注到他手里的《圣经》上去。这些微妙的感情流露的地方,在座的人恐怕一个人也没有知道。圣经班完了,各人都要散回家去,近视眼的 K,又用了英文对伊人说:

"Mista Yi, leto us take a walk."

(伊先生,我们去散步罢。)

伊人还没有回答之先,他又对那坐在伊人对面的女学生说:

"Miss O, you will join us, would'nt you?"

(O 小姐,你也同我们去罢。)

那女学生原来姓 O。她听了这话,就立时红了脸,穿了鞋,跑回去了。

C 夫人对伊人说:

"今天天气好得很,你向海边上去散散步也是很好的。"

K 听了这话,就叫起来说:

"Es, es, alright, alright."

(不错,不错,是的,是的。)

伊人不好推却,只得同 K 和 B 三人同向海边上去。走了一回,伊人便说走乏了要回家来。K 拉住了他说：

"Leto us pray!"

（让我们来祷告罢。）

说着 K 就跪了下去，伊人被他惊了一跳，不得已也只能把双膝曲了。B 却一动也不动地站在那里看。K 又叫了许多主吓神吓上帝吓。叫了一忽，站起来说：

"Gud-bye! Gud-bye!"

（再会！再会！）

一边说，一边就回转身来大踏步地走开了。伊人摸不出头绪来，一边用手打着膝上的沙泥，一边对 B 说：

"是怎么一回事，他难道发怒了么？"

B 说：

"什么发怒，这便是他的神经病吓！"

说着，B 又学了 K 的样子，跪下地去，上帝吓、主吓、神吓地叫了起来。伊人又禁不住地笑了。远远地忽有唱赞美诗的声音传到他们的耳边上来。B 说：

"你瞧什么发怒不发怒，这就是他唱的赞美诗吓。"

伊人问 B 是不是基督教徒。B 说：

"我并不是基督教徒，因为 K 定要我去听《圣经》，所以我才去。其实我也想信一种宗教，因为我的为人太轻薄了，所以想得一种信仰，可以自重自重。"

伊人和他说了些宗教上的话，又各把自己的学籍说了。原来 B 是东京高等商业学校的学生，去年年底染了流行性感冒，到房州来是为了病后的保养。说到后来，伊人问他说：

"B 君，我住在 C 夫人家里，觉得不自由得很，你那里的主人，还肯把空着的那一间房借给我么？"

"肯的肯的，我回去就同主人说去，你今天午后就搬过来罢。那一位

C夫人是有名的吝啬家,你若在她那里住久了,怕要招怪呢!"

又在海边上走了一回,他们看看自家的影子渐渐儿地短起来了,快到十二点的时候,伊人就别了B,回到C夫人的家里来。

吃午膳的时候,伊人对C夫人把要搬往后面和K、B同住去的话说了。C夫人也并不挽留,吃完了午膳,伊人就搬往后面的别室里去了。

把行李书籍整顿了一整顿,看看时候已经不早了,伊人便一个人到海边上去散步。一片汪洋的碧海,竟平坦得同镜面一样。日光打斜了,光线射在松树的梢上,做成了几处阴影。午后的海岸,风景又同午前的不同。伊人静悄悄地看了一回,觉得四边的风景怎么也形容不出来。他想把午前的风景比作患肺病的纯洁处女,午后的风景比作成熟期以后的嫁过人的丰肥的妇人。然而仔细一想,又觉得比得太俗了。他站着看一忽,又俯了头走一忽,一条初春的海岸上,只有他一个人和他的清瘦的影子在那里动着。他向西地朝着太阳走了一回,看看自家已经走得远了,就想回转身来走回家去,低头一看,忽看见他的脚底下的沙上有一条新印的女人的脚印在那里。他前前后后地打量了一回,知道这脚印的主人必在这近边的树林里。并没有什么目的,他就跟了那一条脚印朝南地走向岸上的松树林里去。走不上三十步路,他看见树影里的枯草上有一条毡毯,几本书和妇人杂志等摊在那里。因为枯草长得很,所以他在海水的边上竟看不出来,他知道这定是属于那脚印的主人的,但是这脚印的主人不知上哪里去了。呆呆地站了一忽,正想走转来的时候,他忽见树林里来了一个妇人,他的好奇心又把他的脚缚住了。等那妇人走近来的时候,他不觉红起脸来,胸前的跳跃怎么也按不下去,所以他只能勉强把视线放低了,眼看了地面,他就回了那妇人一个礼,因为那时候,她已经走到他的面前来了,她原来就是那姓O的女学生。他好像是自家的卑陋的心情已经被她看破了的样子,红了脸对她赔罪说:

"对不起得很,我一个人闯到你休息的地方来。"

"不……不要……"

他看她也好像是没有什么懊恼的样子,便大着胆问她说:

"你府上也是东京么?"

"学校是在东京的上野……但是……家乡是足利。"

"你同C夫人是一向认识的么?"

"不是的……是到这里来之后认识的……"

"同K君呢?"

"那一个人……那一个人是糊涂虫!"

"今天早晨他邀你出来散步,是他对我的好意,实在唐突得很,你不要见怪了,我就在这里替他赔一个罪罢。"

伊人对她行了一个礼,她倒反觉难为情起来,就对伊人说:

"说什么话,我……我……又不在这里怨他。"

"我也走得乏了,你可以让我在你的毡毯上坐一坐么?"

"请,请坐!"

伊人坐下之后,她尽在那里站着,伊人就也站了起来说:

"我可失礼了,你站在那里,我倒反而坐起来。"

"不是这样的,不是这样的,我因为坐得太久,所以不愿意再坐了。"

"这样我们再去走一忽罢。"

"怕被人家看见了。"

"海边上清静得很,一个人也没有。"

她好像是无可无不可的样子。伊人就在前头走了,她也慢慢地跟了来。太阳已经快斜到三十度的角度了,他和她沿了海边向西走去,背后拖着了两个纤长的影子。东天的碧落里,已经有几片红云,在那里报将晚的时刻,一片白白的月亮也出来了。默默地走了三五分钟,伊人回转头来问她说:

"你也是这病么?"

一边说着一边就把自家的左手向左右肩的锁骨穴指了一下。她笑了一笑便低下头去。他觉得她的笑里有无限的悲凉的情意含在那里。默默

地又走了几步,他觉得被沉默压迫不过了,又对她说:

"我并没有什么症候,但是晚上每有虚汗出来,身体一天一天地清瘦下去,一礼拜前,我上大学病院去求诊的时候,医生教我休学一年,回家去静养,但是我想以后只有一年三个月了,怎么也不愿意再迟一年,所以今年暑假前我还想回东京去考试呢。"

"若能注意一点儿,大约总没有什么妨碍的。"

"我也是这么的想,毕业之后,还想上南欧去养病呢!"

"罗马的古墟原是好的,但是由我们病人看来,还是爱衣奥宁海岸的小岛好呀!"

"你学的是不是声乐?"

"不是的,我学的是钢琴,但是声乐也学的。"

"那么请你唱一个小曲儿罢。"

"今天嗓子不好。"

"我唐突了,请你恕我。"

"你又要多心了,我因为嗓子不好,所以不能唱高音。"

"并不是会场上,音的高低,又何必去问它呢!"

"但是这样被人强求的时候,反而唱不出来的。"

"不错不错,我们都是爱自然的人,不唱也罢了。"

"走太远了,我们回去罢。"

"你走乏了么?"

"乏倒没有,但是草堆里还有几本书在那里,怕被人看见了不好。"

"但是我可不曾看你的书。"

"你怎么会这样多心的,我又何尝说你看过来!"

"唉,这疑心病就是我半生的哀史的证明呀!"

"什么哀史?"

伊人就把他自小被人虐待,到了今日还不曾感得一些热情过的事情说了。两人背后的清影,一步一步地拖长起来,天空的四周,渐渐儿地带起紫色来了。残冬的余势，在这薄暮的时候，还能感觉得出来，从海上吹来的微风，透了两人的冬服，刺入他和她的高热的心里去。伊人向海上一看，见西北角的天空里一座倒擎的心样的雪山，带着了浓蓝的颜色，在和软的晚霞里做会心的微笑，伊人不觉高声地叫着说：

"你看那富士！"

这样的叫了一声，他不知不觉地伸出了五个指头去寻她那只同玉丝似的手去，他的双眼却同在梦里似的，还悬在富士山的顶上。几个柔软的指头和他那冰冷的手指遇着的时候，他不觉惊了一下，伸转了手，回头来一看，却好她也正在那里转过她的视线来。两人看了一眼，默默地就各把头低去了。站了一忽，伊人就改换了声音，光明正大地对她说：

"你怕走倦了罢，天也快晚了，我们回转去罢。"

"就回转去罢，可惜我们背后不能看太阳落山的光景。"

伊人向西天一看，太阳已经快落山去了。回转了身，两人并着地走了几步，她说：

"影子真长！"

"这就是太阳落山的光景呀！"

海风又吹过一阵来，岸边起了微波，同飞散了的金箔似的，浪影闪映出几条光线来。

"你觉得凉么，我把我的外套借给你好么？"

"不凉……女人披了男人的外套，像什么样子呀！"

又默默地走了几步，他看看远岸已经有一层晚霞起来了。他和K、B住的地方的岸上树林外，有几点黑影，围了一堆红红的野火坐在那里。

"那一边的小孩儿又在那里生火了。"

"这正是一幅画呀！我好像唱得出歌来的样子：

'Kennst du das Land, wo die Zitronen blühn.

Im dunkelu Laub die Goldorangen glühn,

Ein sanfter Wind vom blauen Himmel weht,
Die Myrte still und hoch der Lorbeer steht,'

"底下的是重复句,怕唱不好了!

'Kennst du es wohl?
Dahin! Dahin
Möcht'ich mit dir, O mein Geliebter, ziehn!'"

她那悲凉微颤的喉音,在薄暮的海边的空气里悠悠扬扬地浮荡着,他只觉得一层紫色的薄膜把他的五官都包住了。

"Kennst du das Haus, auf Säulen ruht sein Dach,
Es glänzt der Saal, es schimmert das Gemach,
Und Marmorbilder stehn und sehn mich an:
Was hat man dir, du armes Kind, getan?"

四边的空气一刻一刻地浓厚起来。海面上的凉风又掠过了他那火热的双颊,吹到她的头发上去。他听了那一句歌,忽然想起了去年夏天欺骗他的那一个轻薄的妇人的事情来。

"你这可怜的孩子呀,他们欺负了你么?唉!"

他自家好像是变了迷娘(Mignon)。无依无靠地一个人站在异乡的日暮的海边上的样子。用了悲凉的声调在那里幽幽唱曲的好像是从细浪里涌出来的宁妇(Nymph)魅妹(Mermaid)。他忽然觉得 Sentimental 起来,两颗同珍珠似的眼泪滚下他的颊际来了。

"Kennst du es wohl?

Dahin! Dahin

Möcht ich mit Dir, O mein Beschützer, ziehn!

Kennst du den Berg und sein Wolkensteg?

Das Maultier sucht im Nebel seinen Weg,

In Höhlen wohnt der Drachen alte Brut;

Es stürzt der Fels und über ihn de Flut:

Kennst du ihn wohl?

Dahin! Dahin

Geht unser Weg, O Vater, laβ uns ziehn!"

  她唱到了这一句，重复地唱了两遍。她那尾声悠扬同游丝似的哀寂的清音，与太阳的残照，都在薄暮的空气里消散了。西天的落日正挂在远远的地平线上，反射出一天红软的浮云，长空高冷，带起银蓝的颜色来，平波如镜的海面，也加了一层橙黄的色彩，与四围的紫色溶作了一团。她对他看了一眼，默默地走了几步，就对他说：

  "你确是一个 Sentimentalist！"

  他的感情脆弱的地方，怕被她看破，就故意地笑着说：

  "说什么话，这一个时期我早已经过去了。"

  但是他颊上的两颗珠泪，还未曾干落，圆圆的泪珠里，也反映着一条缩小的日暮的海岸。走到她放毡毯的书籍的地方，暮色已经从松树枝上走下来，空中悬着的半规上弦月，渐渐儿地放起光来了。

  "再会，再会！"

  "再会……再……会！"

五 月光

  伊人回到他住的地方，看见 B 一个人呆呆地坐在廊下看那从松树林里透过来的朦胧的海岸。听了伊人的脚步声，B就回转头来叫他说：

"伊君！你上什么地方去了？我们今天唱诗的时候只有四个人。你也不去，两个好看的女学生也不来，只有我和K君及一位最难看的女学生。C夫人在那里问你呢！"

"对不起得很，我因为上馆山去散步了，所以赶不及回来。你已经吃过晚饭了么？"

"吃过了。浴汤也好了，主人在那里等你洗澡。"

洗了澡，吃了晚饭，伊人就在电灯底下记了一篇长篇的日记。把迷娘（Mignon）的歌也记了进去，她说的话也记了进去，日暮的海岸的风景、悲凉的情调、他的眼泪、她的纤手、富士山的微笑、海浪的波纹、沙上的足迹，这一天午后他所看见听见感得的地方都记了进去。写了两个多钟头，他愈写愈加觉得有趣，写好之后，读了又读，改了又改，又费去了一个钟头，这海岸的村落的人家，都已沉沉地酣睡尽了。寒冷静寂的屋内的空气压在他的头上肩上身上，他回头看看屋里，只有壁上的他那扩大的影子在那里动着，除了屋顶上一声两声的鼠斗声之外，更无别的音响振动着空气。火钵里的火也消了，坐在屋里，觉得难受，他便轻轻地开了门，拖了草履，走下院子里去。初八九的上弦的半月，已经斜在西天，快落山去了。踏了松树的影子，披了一身灰白的月光，他又穿过了松林，走到海边上去。寂静的海边上的风景，比白天更加了一味凄惨洁净的情调。在将落未落的月光里，踏来踏去地走了一回，他走上白天他和她走过的地方去。差不多走到了时候，他就站住了脚，曲了身去看白天他两人的沙滩上的足迹。同寻梦的人一样，他寻了半天总寻不出两人的足印来。站起来又向西地走了一忽，伏倒去一寻，他自家的橡皮草履的足迹寻出来了。他的足迹的后边一步一步跟上去的她的足迹也寻了出来。他的胸前觉得似有跳跃的样子，《圣经》里的两节话忽然被他想出来了。

But I say unto you, that whosoever look the woman to lust after her hath committed adultery with her already in his heart.

And if thy right eye offend thee, pluck it out, and cast it from thee; for it is profitable for thee that one of thy members should perish, and not that thy whole body should be cast into hell.

伊人虽已经与妇人接触过几次，然而在这时候，他觉得他的身体又回到童贞未破的时候去了的一样，他对 O 的心，觉得真是纯洁高尚，并无半点儿邪念的样子，想到了这两节圣经，他的心里又起冲突来了。他站起来闭了眼睛，默默地想了一回。他想叫上帝来帮助他，但是他的哲学的理智性怎么也不许他祈祷，闭了眼睛，立了四五分钟，摇了一摇头，叹了一口气，他仍复走了回来。他一边走一边把头转向南面的树林，在深深地探视。那边并无灯火看得出来，只有一层蒙蒙的月光，罩在树林的上面，一块树林的黑影，教人想到神秘的事迹上去。他看了一回，自家对自家说：

"她定住在这树林的里边，不知她睡没有睡，她也许在那里看月光的。唉，可怜我的一生，可怜我的长失败的生涯！"

月亮又低了一段，光线更灰白起来，海面上好像有一只船在那里横驶的样子，他看了一眼，灰白的光里，只见一只怪兽似的一个黑影在海上微动，他忽觉得害怕起来。一阵凉风又横海地掠上他的颜面，他打了一个冷噤，就俯了首三脚两步地走回家来了。睡了之后，他觉得有女人的声音在门外叫他的样子，仔细听了一听，这确是唱《迷娘的歌》的声音。他就跑出来跟了她上海边上去。月亮正要落山的样子，西天尽变了红黑的颜色。他向四边一看，觉得海水树林沙滩也都变了红黑色。他对她一看，见她脸色被四边的红黑色反映起来，竟苍白得同死人一样。他想和她说话，但是总想不出什么话来。她也只含了两眼清泪，在那里默默地看他。两人在沉默的中间，动也不动地看了一忽，她就回转身向树林里走去。他马上追了过去,但是到树林的口头的时候,他忽然遇着了去年夏天欺骗他的淫妇,含着了微笑,从树林里走了出来。啊地叫了一声,他就想跑回到家里来,但是他的两脚,怎么也不能跑,苦闷了一回,他的梦才醒了。又发了一身冷汗,那一晚他再也不能睡了。去年夏天的事情,他又回想了出来。去年夏天他的身体还强健得很,在高等学校卒了业,正打算进大学去,他的前途还有许多希望在那里。我们更换一个高一级的学校或改迁一个好一点儿的地方的时候感得的那一种希望心和好奇心,也在他的胸中酝酿。那时候他的经济状态,也比现在宽裕,家里汇来的五百元钱,还有一大半存在银行里。他从他的高等学校的 N 市,迁到了东京,在芝区的赤仓旅馆里住了一个礼拜,有一天早晨在报上看见了一处招租的广告。因为广告上出租的地方近在第一高等学校的前面,所以去大学也不甚远。他坐了电车,到那个地方一看,是一家中流人家。姓 N 的主人是一个五六十岁的强壮的老人,身体伟巨得很,相貌虽然狞恶,然而应对却非常恭敬。出租的是楼上的两间房子,伊人上楼去一看,觉得房间也还清洁,正坐下去,同那老主人在那里讲话的时候,扶梯上走上了一个二十三四的优雅的妇人来,手里拿了一盆茶果,走到伊人的面前就恭恭敬敬跪下去对伊人行了一个礼。伊人对她看了一眼,她就含了微笑,对伊人丢了一个眼色。伊人倒反觉得害起羞来。她还是平平常常地好像得了胜利似的下楼去了。伊人说定了房间,就走下楼来,出门的时候,她又跪在门口,含了微笑在那里送他。他虽然不能仔仔细细地观察,然而就他一眼所及的地方看来,刚才的那个妇人,确是一个美人。小小的身材,长圆的脸儿,一头丛多的黑色的头发,坠在她的娇白的额上。一双眼睛活得很,也大得很。伊人一路回到他的旅馆里去,在电车上就做了许多空想。

"名誉我也有了,从九月起我便是帝国大学的学生了。金钱我也可以支持一年,现在还有二百八十余元的积贮在那里。第三个条件就是女人了。Ah, money, love and fame!"

他想到这里，不觉露了一脸微笑，电车里坐在他对面的一个中年的妇人，好像在那里看他的样子，他就在洋服袋里拿出一册当时新出版的日本的小说《一妇人》(*Aru Onnan*)来看了。

第二天一早，他就从赤仓旅馆搬到本乡的N的家里去。因为时候还早得很，昨天见的那个妇人还没有梳头，粗衣乱发的她的容姿，比梳妆后的样子还更可爱，他一见了她就红了脸，一句话也讲不出来。她只含着了微笑，帮他在那里整理从旅馆里搬来的物件。一只书箱重得很，伊人一个人搬不动，她就跑过来帮伊人搬上楼去。搬上扶梯的时候，伊人退了一步，却好冲在她的怀里，她便轻轻地把伊人抱住了说：

"危险呀！要没有我在这里，怕你要滚下去了。"

伊人觉得一层女人的电力，微微地传到他的身体上去。他的自制力已经没有了，好像在冬天寒冷的时候，突然进了热雾腾腾的浴室里去的样子，伊人只昏昏地说：

"危险危险！多谢多谢！对不起对不起！……"

伊人急忙走开了之后，她还在那里笑着，看了伊人的恼羞的样子，她就问他说：

"你怕羞么！你怕羞我就下楼去！"

伊人正想回话的时候，她却转了身走下楼去了。

夏天的暑热，一天一天地增加起来，伊人的神经衰弱也一天一天地重起来了。伊人在N家里住了两个礼拜，家里的情形，也都被他知道了。N老人便是那妇人的义父，那妇人名叫M，是N老人的朋友的亲生女。M有一个男人，是入赘的，现在乡下的中学校里做先生，所以不住在家里的。

那妇人天天梳洗的时候，总把上身的衣服脱得精光，把她的乳头胸口露出来。伊人起来洗面的时候每天总不得不受她的露体的诱惑，因此他的脑病更不得不一天重似一天起来。

有一天午后，伊人正在那里贪午睡，M一个人不声不响地走上扶梯钻到他的帐子里来。她一进帐子，伊人就醒了。伊人对她笑了一笑，她也对伊人笑着并且轻轻地说：

"底下一个人都不在那里。"

伊人从盖在身上的毛毯里伸出了一只手来，她就靠住了伊人的手把身体横下来转进毛毯里去。

第二日她和她的父亲要伊人带上镰仓去洗海水澡。伊人因为不喜欢海水浴，所以就说：

"海水浴俗得很，我们还不如上箱根温泉去罢。"

过了两天，伊人和M及M的父亲，从东京出发到箱根去了。在宫下的奈良屋旅馆住下的第二天，M定要伊人和她上芦湖去，N老人因为家里丢不下，就在那一天的中饭后回东京去了。

吃了中饭，送N老人上了车，伊人就同她上芦湖去。倒行的上山路缓缓的走不上一个钟头，她就不能走了。好不容易到了芦湖，伊人和她又投到纪国屋旅馆去住下。换了衣服，洗了汗水，吃了两杯冰激凌，觉得元气恢复起来，闭了纸窗，她又同伊人睡下了。

过了一点多钟，太阳沉西的时候，伊人又和她去洗澡。吃了夜饭，坐了二三十分钟，楼上还很热闹的时候，M就把电灯熄了。

第二天天气热得很，伊人和她又在芦湖住了一天，第三天的午后，他们才回到东京来。

伊人和M，回到本乡的家里的门口的时候，N老人就迎出来说：

"M儿！W君从病院里出来了！"

"啊！这……病好了么，完全好了么？"

M的面上露出了一种非常欢喜的样子来，伊人以为W是她的亲戚，所以也不惊异，走上家里去之后，他看见在她的房里坐着一个三十来岁的男子。这男子的身体雄伟得很，带着一脸酒肉气，见伊人进来，就和伊人叙起礼来。N老人就对伊人说：

"这一位就是W君，在我们家里住了两年。今年已经在文科大学卒业。你的名氏他也知道的,因为他学的是汉文,所以在杂志上他已经读过你的诗的。"

M一面对W说话,一面就把衣服脱下来,拿了一块手巾把身上的汗揩了,揩完之后,把手巾递给伊人说:

"你也揩一揩罢!"

伊人觉得不好看,就勉强地把面上的汗揩了。伊人与W虽是初次见面,但是总觉得不能与他合伴。不晓是什么理由,伊人总觉得W是他的仇敌。说了几句闲话,伊人上楼去拿了手巾肥皂,就出去洗澡了。洗了澡回来,伊人在门口听见M在那里说笑,好像是喜欢得了不得的样子。伊人进去之后,M就对他说:

"今天晚上W先生请我们吃鸡,因为他病好了,今天是他出病院的纪念日。"

M又说W因为害肾脏病,到病院去住了两个月,今天才出病院的。伊人含糊地答应了几句,就上楼去了。这一天的晚上,伊人又害了不眠症,开了眼睛,竟一睡也睡不着。到十二点钟的时候,他听见楼底下的M的房门轻轻儿地开了,一步一步的M的脚步声走上她的间壁的W的房里去。叽里咕噜地讲了几句之后,M特有的那一种呜呜的喘声出来了。伊人正好像被泼了一身冷水,他的心脏的鼓动也停止了,他的脑里的血液也凝住了。他的耳朵同大耳似的直竖了起来,楼下的一举一动他都好像看得出来的样子。W的肥胖的肉体,M的半开半闭的眼睛,散在枕上的她的头发,她的嘴唇和舌尖,她的那一种粉和汗混和的香气,下体的颤动……他想到这里,已经不能耐了。愈想睡愈睡不着。楼下悉悉索索的声响,更不止地从楼板上传到他的耳膜上来。他又不敢作声,身体又不敢动一动。他胸中的苦闷和后悔的心思,一时同暴风似的起来,两条冰冷的眼泪从眼角流到耳朵根前,从耳朵根前滴到枕上去了。

天将亮的时候,M才幽脚幽手地回到她自己的家里去,伊人听了一忽,觉得楼底下的声音息了,翻来覆去地翻了几个身,才睡着了。睡不上一点多钟,他又醒了。下楼去洗面的时候,M 和 W 都还睡在那里,只有 N 老人从院子对面的一间小屋里(原来老人是睡在这间小屋里的)走了下来,擦擦眼睛对伊人说:

"你早啊!"

伊人答应了一声,匆匆洗完了脸,就套上了皮鞋,跑到外面去。他的脑里正乱得同蜂巢一样,不晓得怎么才好。他胡乱地走了一阵,却走到了春日町的电车交换的十字路口。不问清白,他跳上了一乘电车就乘在那里,糊里糊涂地换了几次车,电车到了目黑的终点。太阳已经高得很,在田塍路上穿来穿去地走了十几分钟,他觉得头上晒得痛起来,用手向头上一摸,才知道出来的时候,他不曾把帽子戴来。向身上脚下一看,他自家也觉得好笑起来。身上只穿了一件白绸的寝衣,赤了脚穿了一双白皮的靴子。他觉得羞极了,要想回去,又不能回去,走来走去地走了一回,他就在一块树荫的草地上坐下了。把身边的钱包取出来一看,包里还有三张五元的钞票和二三元零钱在那里,幸喜银行的账簿也夹在钱包里面,翻开来一看,只有百二十元钱存在了。他静静地坐了一忽,想了一下,忽把一月前头住过的赤仓旅馆想了出来。他就站起来走,穿过了几条村路,寻到一间人力车夫的家里,坐了一乘人力车,便一直地奔上赤仓旅馆去。在车上的幌帘里,他想想一月前头看了房子回来在电车上的空想,不知不觉地就滴了两大颗眼泪下来。

"名誉、金钱、美女,我如今有一点儿什么?什么也没有,什么也没有。我……我只有我这一个将死的身体。"

到了赤仓旅馆,旅馆里的听差的看了他的样子,对他笑了起来:

"伊先生!你被强盗抢劫了么?"

伊人一句话也回答不出,就走上账桌去写了一张字条,对听差的说:

"你拿了这一张字条,上本乡 ×× 町 ××× 号地的 N 家去把我的东西搬了来。"

伊人默默地上一间空房间里去坐了一忽,种种伤心的事情,都同春潮似的涌上心来，他愈想愈恨，差不多想自家寻死了，两条眼泪连连续续地滴下他的腮来。

过了两个钟头，听差的人回来说：

"伊先生你也未免太好事了。那一个女人说你欺负了她，如今就要想远遁了。她怎么也不肯把你的东西交给我搬来。她说还有要紧的事情和你亲说，要你自家去一次。一个三十来岁的同牛也似的男人说你太无礼了。因为他出言不逊，所以我同他闹了一场，那一头牛大概是她的男人罢？"

"她另外还说什么？"

"她说的话多得很呢！她说你太卑怯了，并不像一个男子汉，那是她看了你的字条的时候说的。"

"是这样的么？对不起得很，要你空跑了一次。"

伊人一边这样的说，一边就拿了两张钞票，塞在那听差的手里。听差的要出去的时候，伊人又叫他回来，要他去拿几张信纸信封和笔砚来。笔砚信纸拿来了之后，伊人就写了一封长长的信给 M。

第三天的午前十时，横滨出发的春日丸轮船的二等舱板上，伊人呆呆地立在那里。他站在铁栏旁边，一瞬也不转地在那里看渐渐儿小下去的陆地。轮船出了东京湾，他还呆呆地立在那里，然而陆地早已看不明白了，因为船离开横滨港的时候，他的眼睛就模糊起来，他的眼睑毛上的同珍珠似的水球，还有几颗没有干着，所以他不能下舱去与别的客人接谈。

对面正屋里的挂钟敲了两下，伊人的枕上又滴了几滴眼泪下来，那一天午后的事情、箱根旅馆里的事情、从箱根回来那一天晚上的事情，他都记得清清楚楚，同昨天的事情一样。立在横滨港口春日丸船上的时候的懊恼又在他的胸里活了转来，那时候尝过的苦味他又不得不再尝一次。把头摇了一摇，翻了一转身，他就轻轻地说：

"O呀O，你是我的天使，你还该来救救我。"

伊人又把白天她在海边上唱的《迷娘的歌》想了出来：

"你这可怜的孩子吓，他们欺负了你么？唉！"

"Was hat man dir, du armes kind, getan？"

伊人流了一阵眼泪，心地渐渐儿地和平起来，对面的正屋里的挂钟敲三点的时候，他已经嘶嘶地睡着了。

六　崖上

伊人醒来的时候已经是九点多了。窗外好像在下雨，檐漏的滴声传到被里睡着的伊人的耳朵里来。开了眼又睡了一刻钟的样子，他起来了。开门一看，一层蒙蒙的微雨，把房屋树林海岸遮得同水墨画一样。伊人洗完了脸，拿出一本乔其墨亚（Geroge moore）的小说来，靠了火钵读了几页，早膳来了。吃了早膳，停了三四十分钟，K和B来说闲话，伊人问他们今天有没有圣经班，他们说没有，圣经班只有礼拜二、礼拜五两天有的。伊人一心想和O见面，所以很愿意早一刻上C夫人的家里去，听了他们的话，他也觉得有些失望的地方。B和K说到中饭的时候，各回自家的房里去了。

吃了中饭，伊人看了一篇乔其墨亚的《往事记》（*Memoirs of My Dead Life*），那钟声又当当地响了起来。伊人就跑也似的走到C夫人的家里去。K和B也来了，两个女学生也来了，只有O不来，伊人胸中硗硗落落的总平静不下去。一分钟过去了，五分钟过去了，O终究没有来。赞美诗也唱了，祈祷也完了，大家都快散去了，伊人想问她们一声，然而终究不能开口。两个女学生临去的时候，K倒问她们说：

"O君怎么今天又不来？"

一个年轻一点儿的女学生回答说：

"她今天身上又有热了。"

伊人本来在那里做种种的空想的，一听了这话，就好像是被宣告了死刑的样子，他的身上的血管一时都觉得胀破了。他穿了鞋子，急急地跟了那两个女学生出来。等到无人看见的时候，他就追上去问那两个女学生说：

"对不起得很，O君是住在什么地方的，你们可以领我去看看她么？"

两个女学生尽在前头走路，不留心他是跟在她们后边的，被他这样的一问就好像惊了似的回转身来看他。

"啊！你怎么雨伞都没有带来？我们也是上O君那里去的。就请同去罢！"

两个女学生就拿了一把伞借给了他，她们两个就合用了一把向前走去。在如烟似雾的微雨里走了一二十分钟，他们三人就走到了一间新造的平房门口，门上挂着一块O的名牌，一扇小小的门，却与那一间小小的屋相称。三人开门进去之后，就有一个老婆子迎出来说：

"请进来！这样的下雨，你们还来看她，真真是对不起得很了。"

伊人跟了她们进去，先在客室里坐下，那老婆子捧出茶来的时候，指着伊人对两个女学生问说：

"这一位是……"

这样的说了，她就对伊人行起礼来。两个女学生也一边说一边在那里赔礼。

"这一位是东京来的。C夫人的朋友，也是基督教徒。……"

伊人也说：

"我姓伊，初次见面，以后还请照顾照顾。……"

初见的礼完了，那老婆子就领伊人和两个女学生到O的卧室里去。O的卧室就在客室的间壁，伊人进去一看，见O红着了脸，睡在红花的绉布被里，枕边上有一本书摊在那里。脚后摆着一个火钵，火钵边上有一个坐的蒲团，这大约是那老婆子坐的地方。火钵上的铁瓶里，有一瓶热水，在那里发水蒸气，所以室内温暖得很。伊人一进这卧房，就闻得一阵香水和粉的香气，这大约是处女的闺房特有的气息。老婆子领他们进去之后,把火钵移上前来,又从客室里拿了三个坐的蒲团来,请他们坐了。伊人进这病室之后,就感觉到一种悲哀的预感,好像有人在他的耳朵根前告诉说:

"可怜这一位年轻的女孩,已经没有希望了。你何苦又要来看她,使她多一层烦忧?"

一见了她那被体热蒸红的清瘦的脸儿,和她那柔和悲寂的微笑,伊人更觉得难受。他红了眼,好久不能说话,只听她们三人轻轻地在那里说:

"啊!这样的下雨,你们还来看我,真对不起得很呀。"(O的话)

"哪里的话,我们横竖在家也没有事的。"(第一个女学生)

"C夫人来过了么?"(第二个女学生)

"C夫人还没有来过。这一点儿小病又何必去惊动她?你们可以不必和她说的。"

"但是我们已经告诉她了。"

"伊先生听了我们的话,才知道你不好。"

"啊!真对不起你们,这样的来看我,但是我怕明天就能起来的。"

伊人觉得O的视线,同他自家的一样,也在那里闪避。所以伊人只是俯了首,在那里听她们说闲话,后来那年纪小的女学生对伊人说:

"伊先生!你回去的时候,可以去对C夫人说一声,说O君的病并不厉害。"

伊人诚诚恳恳地举起视线来对O看了一眼,就马上把头低下去说:

"虽然是小病,但是也要保养……"

说到这里,他觉得说不下去了。

三人坐了一忽,说了许多闲话,就站起来走。

"请你保重些!"

"保养保养!"

"小心些……"

"多谢多谢,对不起你们!"

伊人临走的时候,又深深地对O看了一眼,O的一双眼睛,也在他的面上迟疑了一回。他们三人就回来了。

礼拜日天晴了,天气和暖了许多。吃了早饭,伊人就与K和B从太阳光里躺着的村路上走到北条市内的礼拜堂去做礼拜。雨后的乡村,满目都是清新的风景。一条沙泥和硅石结成的村路,被雨洗得干干净净,在那里反射太阳的光线。道旁的枯树,以青苍的天体作为背景,挺着枝干,像有一种新生的气力储蓄在那里的样子,大约发芽的时期也不远了。空地上的枯树投射下来的影子,同苍老的南画的粉本一样。伊人同K和B说了几句话,看看近视眼的K,好像有不喜欢的样子形容在面上,所以他就也不再说下去了。

到了礼拜堂里,一位三十来岁、身体短小、脸上有一簇络腮短胡子的牧师迎了出来。这牧师和伊人是初次见面,谈了几句话之后,伊人就觉得他也是一个沉静无言的好人。牧师也是近视眼,也戴着一副钢丝边的眼镜,说话的时候,语音是非常沉郁的。唱诗说教完了之后,是自由说教的时刻了。近视眼的K,就跳到坛上去说:

"我们东洋人不行不行。我们东洋人的信仰全是假的,有几个人大约因为想学几句外国话,或想与女教友交际交际才去信教的。所以我们东洋人是不行的。我们若要信教,要同原始基督教徒一样的去信才好。也不必讲外国话,也不必同女教友交际的。"

伊人觉得立时红起脸来,K的这几句话,分明是在那里攻击他的。第一何以不说"日本人"要说"东洋人"?在座的人除了伊人之外还有谁不是日本人呢?讲外国话,与女教友交际,这是伊人的近事。K的演说完了之后,大家起来祈祷,祈祷毕,礼拜就完了。伊人心里只是不解,何以K要反对他到这一个地步。来做礼拜的人,除了C夫人和那两个女学生之外,都是北条市内的住民,所以K的演说也许大家是不能理会的,伊人想到了这里,心里就得了几分安逸。众人还没有散去之先,伊人就

拉了 B 的手, 匆匆地走出教会来了。走尽了北条的热闹的街路, 在车站前面要向东折的时候, 伊人对 B 说:

"B 君, 我要问你几句话, 我们一直地去, 穿过车站, 走上海岸去罢。"

穿过了车站走到海边的时候, 伊人问说:

"B 君, 刚才 K 君讲的话, 你可知道是指谁说的?"

"那是指你说的。"

"K 何以要这样的攻击我呢?"

"你要晓得 K 的心里是在那里想 O 的。你前天同她上馆山去, 昨天上她家去看她的事情, 都被他知道了。他还在 C 夫人的面前说你呢!"

伊人听了这话, 默默不语, 但是他面上的一种难过的样子, 却是在那里说明他的心里的状态。他走了一段, 又问 B 说:

"你对这事情的意见如何? 你说我不应该同 O 君交际的么?"

"这话我也难说, 但是依我的良心而说, 我是对 K 君表同情的。"

伊人和 B 又默默地走了一段, 伊人自家对自家说:

"唉! 我又来做卢亭 (Roudine) 了。"

日光射在海岸上, 沙中的硅石同金刚石似的放了几点白光。一层蓝色透明的海水的细浪, 就打在他们的脚下。伊人俯了首走了一段, 仰起来看看苍空, 觉得一种悲凉孤冷的情怀, 充满了他的胸里, 他读过的卢骚著的《孤独者之散步》里边的情味, 同潮也似的涌到他的脑里来。他对 B 说:

"快十二点钟了, 我们快一点儿回去罢。"

七　南行

礼拜天的晚上, 北条市内的教会里, 又有祈祷会, 祈祷毕后, 牧师请伊人上坛去说话。伊人拣了一句《山上垂诫》里边的话做他的演题:

"Blessed are the poor in spirit; for theirs is the Kingdom of Heaven.

"Mattew 5.2.

"'心贫者福矣,天国为其国也.'

"说到这一个'心'字,英文译作 Spirit,德文译作 Geist,法文是 esprit,大约总是作'精神'讲的。精神上受苦的人是有福气的,因为耶稣所受的苦,也是精神上的苦。说到这'贫'字,我想是有两种意思,第一就是我们平常所说的贫苦的'贫',就是由物质上的苦而及于精神上的意思。第二就是孤苦的意思,这完全是精神上的苦楚。依我看来,耶稣的话里,这两种意思都是包含在内的。托尔斯泰说,山上的说教,就是耶稣教的中心要点,耶稣教义,是不外乎山上的垂诫,后世的各神学家的争论,都是牵强附会,离开正道的邪说,那些枝枝叶叶,都是掩藏耶稣的真意的议论,并不是显彰耶稣的道理的烛炬。我看托尔斯泰信仰论里的这几句话是很有价值的。耶稣教义,其实已经是被耶稣在山上说尽了。若说耶稣教义尽于山上的说教,那么我敢说山上的说教尽于这'心贫者福矣'的一句话。因为'心贫者福矣'是山上说教的大纲,耶稣默默地走上山去,心里在那里想的,就是一句可以总括他的意思的话。他看看群众都跟了他来,在山上坐下之后,开口就把他所想说的话纲领说了:

"'心贫者福矣,天国为其国也.'

"底下的一篇说教,就是这一个纲领的说明演绎。马太福音,想是诸君都研究过的,所以底下我也不要说下去。我现在想把我对于这一句纲领的话,究竟有什么感想,这一句话的证明,究竟在什么地方能寻得出来的话,说给诸君听听,可以供诸君做一个参考。我们的精神上的苦处,有一部分是从物质上的不满足而来的。比如游俄(Hugo)的《哀史》(Les Miserables)里的主人公详乏儿详(Jean Valjean)的偷盗,是由于物质上的贫苦而来的行动,后来他受的苦闷,就成了精神上的苦恼。更有一部分经济学者,从唯物论上立脚,想把一切厌世的思想的原因,都归到物质上的不满足的身上去。他们说要是萧本浩(Schopenhauer)有一个理想的情人，他的哲学'意志与表象的世界（Die welt als Wille und Vorstellung）'就没有了。这未免是极端之论，但是也有半面真理在那里。所以物质上的不满足，可以酿成精神上的愁苦的。耶稣的话，'心贫者福矣'，就是教我们应该耐贫苦，不要去贪物质上的满足。基督教的一个大长处，就是教人尊重清贫，不要去贪受世上的富贵。《圣经》上有一处说，有钱的人非要把钱丢了，不能进天国，因为天国的门是非常窄的。亚西其的圣人弗兰西斯（St. Francis of Assisi），就是一个尊贫轻富的榜样。他丢弃了父祖的家财，甘与清贫去做伴，依他自家说来，是与穷苦结了婚，这一件事有何等的毅力！在法庭上脱下衣服来还他父亲的时候，谁能不被他感动！这是由物质上的贫苦而酿成精神上的贫苦的说话，耶稣教我们轻富尊贫，就是想救我们精神上的这一层苦楚。由此看来，耶稣教毕竟是贫苦人的宗教，所以耶稣教与目下的暴富者，无良心的有权力者不能两立的。我们现在更要讲到纯粹的精神上的贫苦上去。纯粹的有精神上的贫苦的人，就是下文所说的有悲哀的人，心肠慈善的人，对正义如饥如渴的人，以及爱平和、施恩惠、为正义的缘故受逼迫的人。这些人在我们东洋就是所谓有德的人，古人说'德不孤，必有邻'，现在却是反对的了。为和平的缘故，劝人息战的人，反而要去坐监牢。为正义的缘故，替劳动者抱不平的人，反而要去做囚人服苦役。对于国家的无理的法律制度反抗的人，要被火来烧杀。我们读欧洲史读到清教徒被虐杀，路得被当时德国君主迫害的时候，谁能不发起怒来？这些甘受社会的虐待，愿意为民众做牺牲的人，都是精神上觉得贫苦的人吓！所以耶稣说：'心贫者福矣，天国为其国也。'最后还有一种精神上贫苦的人，就是有纯洁的心的人。这一种人抱了纯洁的精神，想来爱人爱物，但是因为社会的因习、国民的惯俗、国际的偏见的缘故，应当能完全做成耶稣的爱，在这一种人的精神上，不得不感受一种无穷的疾病，虽然知道神的意思是如何、耶稣的爱是如何，然而总不能去做的一种人。这一种人在精神上最苦，在世界上亦是最多。凡对现有在唯物的浮薄的世界不能满足,而对将来的欢喜的世界的希望不能达到的一种世纪 Fin de siecle 的病弱的理想家,都可算是这一类的精神上贫苦的人。他们在这堕落的现世虽然不能得一点儿同情与安慰,然而将来的极乐国定是属于他们的。"

伊人在北条市的那个小教会的坛上,在同淡水似的煤气灯光的底下说这些话的时候,他那一双水汪汪的眼光尽在一处凝视,我们若跟了他的视线看去,就能看出一张苍白的长圆的脸儿来。这就是O呀。

O昨天睡了一天,今天又睡了大半日,到午后三点钟的时候,才从被里起来,看看热度不高,她的母亲也由她去了。O起床洗了手脸,正想出去散步的时候,她的朋友那两个女学生来了。

"请进来,我正想出去看你们呢!"(O的话)

"你病好了么?"(第一个女学生)

"起来也不要紧的么?"(第二个女学生)

"这样恼人的好天气,谁愿意睡着不起来呀!"

"晚上能出去么?"

"听说伊先生今晚在教会里说教。"

"你们从哪里得来的消息?"

"是C夫人说的。"

"刚才唱赞美诗的时候说的。"

"我应该早一点儿起来。也到C夫人家去唱赞美诗的。"

在O的家里有了这会话之后,过了三个钟头,三个女学生就在北条市的小教会里听伊人的演讲了。

伊人平平稳稳地说完了之后,听了几声鼓掌的声音,就从讲坛上走了下来。听的人都站了起来,有几个人来同伊人握手攀谈,伊人心里虽然非常想跑上O的身边去问她的病状,然而看见有几个青年来和他说话,不得已只能在火炉旁边坐下了。说了十五分钟闲话,听讲的人都去了,女学生也去了,O也去了,只有K与B,和牧师还在那里。看看伊人和几个青年说完了话之后，B 就光着了两只眼睛，问伊人说：

"你说的轻富尊贫，是与现在的经济社会不合的，若说个人都不讲究致富的方法，国家不就要贫弱了么？我们还要读什么书，商人还要做什么买卖？你所讲的与你们捣乱的中国，或者相合也未可知，与日本帝国的国体完全是反对的。什么社会主义呀，无政府主义呀，那些东西是我所最恨的。你讲的简直是煽动无政府主义、社会主义的话，我是大反对的。"

K 也擎了两手叫着说：

"Es, es, alright, alright Mista B.yare, yare!"

（不错不错，赞成赞成，B 君讲下去讲下去！）

和伊人谈话的几个青年里边的一个年轻的人忽站了起来对 B 说：

"你这位先生大约总是一位资本家家里的食客。我们工人劳动者的受苦，全是因为了你们资本家的缘故吓！资本家就是因为有了几个臭钱，便那样的作威作福地凶恶起来，要是大家没有钱，倒不是好么？"

"你这黄口的小孩，晓得什么东西！"

"放你的屁！你在有钱的大老官那里拍拍马屁，倒要骂起人来！……"

B 和那个青年差不多要打起来了，伊人独自一个就悄悄地走到外面来。北条街上的商家，都已经睡了，一条静寂的长街上，洒满了寒冷的月光，从北面吹来的凉风，夹了沙石，打到伊人的面上来。伊人打了几个冷噤，默默地走回家去。走到北条火车站前，折向东去的时候，对面忽来了几个微醉的劳动者，幽幽地唱着了乡下的小曲儿过去了。劳动者和伊人的距离渐渐儿地远起来，他们的歌声也渐渐儿地幽了下去，在这春寒料峭的月下，在这深夜静寂的海岸渔村的市上，那尾声微颤的劳动者的歌音，真是哀婉可怜。伊人一边默默地走去，俯首看着他在树影里出没的影子，一边听着那劳动者的凄切悲凉的俗曲的歌声，忽然觉得鼻子里酸了起来，O 对他讲的一句话，他又想出来了：

"你确是一个生的闷脱列斯脱！"

伊人到家的时候，已经是十一点钟的光景，房里火钵内的炭火早已消去了。午后五点钟的时候从海上吹来的一阵北风，把内房州一带的空气吹得冰冷，他写好了日记，正在改读的时候，忽然打了两个喷嚏。衣服也不换，他就和衣睡了。

第二天醒来的时候，伊人觉得头痛得非常，鼻孔里吹出来的两条火热的鼻息，难受得很。房主人的女儿拿火来的时候，他问她要了一壶开水，他的喉音也变了。

"伊先生，你感冒了风寒了。身上热不热？"

伊人把检温计放到腋下去一测，体热高到了三十八度六分。他讲话也不愿意讲，只是沉沉地睡在那里。房主人来看了他两次。午后三点半钟的时候，C夫人也来看他的病了，他对她道一声谢，就不再说话了。晚上C夫人拿药来给他的时候，他听C夫人说：

"O也伤了风，体热高得很，大家正在那里替她忧愁。"

礼拜二的早晨，就是伊人伤风后的第二天，他觉得更加难受，看看体热已经增加到三十九度二分了。C夫人替他去叫了医生来一看，医生果然说：

"怕要变成肺炎，还不如使他入病院的好。"

午后四点钟的时候在夕阳的残照里，有一乘寝台车，从北条的八幡海岸走上北条市的北条病院去。

这一天的晚上，北条病院的楼上朝南的二号室里，幽暗的电灯光的底下，坐着了一个五十岁前后的秃头的西洋人和C夫人在那里幽幽地谈议，病室里的空气紧迫得很。铁床上白色的被褥里，有一个清瘦的青年睡在那里。若把他那瘦骨棱棱的脸上的两点被体热蒸烧出来的红影和口头的同微虫似的气息拿去了，我们定不能辨别他究竟是一个蜡人呢或是真正的肉体。这青年便是伊人。

一九二一年七月二十七日

茫茫夜

一

一天星光灿烂的秋天的朝上,大约时间总在十二点钟以后了,静寂的黄浦滩上,一个行人也没有。街灯的灰白的光线,散射在苍茫的夜色里,烘出了几处电杆和建筑物的黑影来。道旁尚有二三乘人力车停在那里,但是车夫好像已经睡着了,所以并没有什么动静。黄浦江中停着的船上,时有一声船板和货物相击的声音传来,和远远不知从何处来的汽车车轮声合在一起,更加形容得这初秋深夜的黄浦滩上的寂寞。在这沉默的夜色中,南京路口滩上忽然闪出了几个纤长的黑影来,他们好像是自家恐惧自家的脚步声的样子,走路走得很慢。他们的话声亦不很高,但是在这沉寂的空气中,他们的足音和话声,已经觉得很响了。

"于君,你现在觉得怎么样?你的酒完全醒了么?我只怕你上船之后,又要吐起来。"

讲这一句话的,是一个十九岁前后的纤弱的青年,他的面貌清秀得很。他那柔美的眼睛,和他那不大不小的嘴唇,有使人不得不爱他的魔力。他的身体好像是不十分强,所以在微笑的时候,他的苍白的脸上,也脱不了一味悲寂的形容。他讲的虽然是北方的普通话,但是他那幽徐的喉音,和婉转的声调,竟使听话的人辨不出南音北音来。被他叫作"于君"的,是一个二十五六岁的青年,大约是因为酒喝多了,颊上有一层红潮,同蔷薇似的罩在那里。眼睛里红红浮着的,不知是眼泪呢还是醉意，总之他的眉间，仔细看起来，却有些隐忧含着，他的勉强装出来的欢笑，正是在那里形容他的愁苦。他比刚才讲话的那青年，身体更高，穿着一套藤青的哔叽洋服，与刚才讲话的那青年的鱼白大衫，却成了一个巧妙的对称。他的面貌无俗气，但亦无特别可取的地方。在一副平正的面上，加上一双比较细小的眼睛，和一个粗大的鼻子，就是他的肖像了。由他那二寸宽的旧式的硬领和红格的领结看来，我们可以知道他是一个富有趣味的人。他听了青年的话，就把头向右转了一半，朝着了那青年，一边伸出右手来把青年的左手捏住，一边笑着回答说：

"谢谢，迟生，我酒已经醒了。今晚真对你们不起，要你们到了这深夜来送我上船。"

讲到这里，他就回转头来看跟在背后的两个年纪大约二十七八的青年，从这两个青年的洋服年龄面貌推想起来，他们定是姓于的青年修学时代的同学。两个中的一个年长一点儿的人听了姓于的青年的话，就抢上一步说：

"质夫，客气话可以不必说了。可是有一件要紧的事情，我还没有问你，你的钱够用了么？"

姓于的青年听了，就放了捏着的迟生的手，用右手指着迟生回答说：

"吴君借给我的二十元，还没有动着，大约总够用了，谢谢你。"

他们四个人——于质夫、吴迟生在前，后面跟着二个于质夫的同学，是刚从质夫的寓里出来，上长江轮船去的。

横过了电车路沿了滩外的冷清的步道走了二十分钟，他们已经走到招商局的轮船码头了。江里停着的几只轮船，前后都有几点黄黄的电灯点在那里。从黑暗的堆栈外的码头走上了船，招了一个在那里假睡的茶房，开了舱里的房门，在第四号官舱里坐了一会儿，于质夫就对吴迟生和另外的两个同学说：

"夜深了，你们可先请回去，诸君送我的好意，我已经谢不胜谢了。"

吴迟生也对另外的两个人说：

"那么你们请先回去,我就替你们做代表罢。"

于质夫又拍了迟生的肩说:

"你也请同去了罢。使你一个人回去,我更放心不下。"

迟生笑着回答说:

"我有什么要紧,只是他们两位,明天还要上公司去的,不可太睡迟了。"

质夫也接着对他的两位同学说:

"那么请你们两位先回去,我就留吴君在这儿谈罢。"

送他的两个同学上岸之后,于质夫就拉了迟生的手回到舱里来。原来今晚开的这只轮船,已经旧了,并且船身太大,所以航行颇慢。因此乘此船的乘客少得很。于质夫的第四号官舱,虽有两个舱位,单只住了他一个人。他拉了吴迟生的手进到舱里,把房门关上之后,忽觉得有一种神秘的感觉,同电流似的,在他的脑里经过了。在电灯下他的肩下坐定的迟生,也觉得有一种不可思议的感情发生,尽俯着首默默地坐在那里。质夫看着迟生的同蜡人似的脸色,感情竟压止不住了,就站起来紧紧地捏住了他的两手,面对面地对他幽幽地说:

"迟生,你同我去罢,你同我上 A 地去罢。"这话还没有说出之先,质夫正在那里想:

"二十一岁的青年诗人兰勃(Arthur Rimbaud)。一八七二年的佛尔兰(Paul Verlaine)。白儿其国的田园风景。两个人的纯洁的爱。……"

这些不近人情的空想,竟变了一句话,表现了出来。质夫的心里实在想邀迟生和他同到 A 地去住几时,一则可以安慰他自家的寂寞,一则可以看守迟生的病体。迟生听了质夫的话,呆呆地对质夫看了一忽,好像心里有两个主意,在那里战争,一霎时解决不下的样子。质夫看了他这一副形容,更加觉得有一种热情,涌上他的心来,便不知不觉地逼进一步说:

"迟生你不必细想了,就答应了我罢。我们就同乘了这一只船去。"

听了这话，迟生反恢复了平时的态度，便含着了他固有的微笑说：

"质夫，我们后会的日期正长得很，何必如此呢？我希望你到了Ａ地之后，能把你日常的生活，和心里的变化，详详细细写信来通报我，我也可以一样的写信给你，这岂不和同住在一块儿一样么？"

"话原是这样说，但是我只怕两人不见面的时候，感情就要疏冷下去。到了那时候我对你和你对我的目下的热情，就不得不被第三者夺去了。"

"要是这样，我们两个便算不得真朋友。人之相知，贵相知心，你难道还不能了解我的心么？"

听了这话，看看他那一双水盈盈的瞳人，质夫忽然觉得感情激动起来，便把头低下去，搁在他的肩上说：

"你说什么话，要是我不能了解你，那我就不劝你同我去了。"

讲到这里，他的语声同小孩悲咽时候似的发起颤来了。他就停着不再说下去，一边却把他的眼睛，伏在迟生的肩上。迟生觉得有两道同热水似的热气浸透了他的鱼白大衫和蓝绸夹袄，传到他的肩上去。迟生也觉得忍不住了，轻轻地举起手来，在面上揩了一下，只呆呆地坐在那里看那十烛光的电灯。这夜里的空气，觉得沉静得同在坟墓里一样。舱外舷上忽有几声水手呼唤声和起重机滚船索的声音传来，质夫知道船快开了，他想马上站起来送迟生上船去，但是心里又觉得这悲哀的甘味是不可多得的，无论如何总想多尝一忽。照原样的头靠在迟生的肩上，一动也不动地坐了几分钟，质夫听见房门外有人在敲门。他抬起头来问了一声是谁，门外的人便应声说：

"船快开了。送客的先生请上岸去罢。"

迟生听了，就慢慢地站了起来，质夫也默默地不作一声跟在迟生的后面，同他走上岸去。在灰黑的电灯光下同游水似的走到船侧的跳板上的时候，迟生忽然站住了。质夫抢上了一步，又把迟生的手紧紧地捏住，迟生脸上起了两处红晕，幽幽扬扬地说：

"质夫,我终究觉得对不起你,不能陪你在船上安慰你的长途的寂寞……"

"你不要替我担心思了,请你自家保重些。你上北京去的时候,千万请你写信来通知我。"

质夫一定要上岸来送迟生到码头外的路上。迟生怎么也不肯,质夫只能站在船侧,张大了两眼,看迟生回去。迟生转过了码头的堆栈,影子就小了下去,成了一点白点,向北在街灯光里出没了几次。那白点渐渐远了,更小了下去,过了六七分钟,站在船舷上的质夫就看不见迟生了。

质夫呆呆地在船舷上站了一会儿,深深地呼了一口空气,仰起头来看见了几颗明星在深蓝的天空里摇动,胸中忽然觉得悲哀起来。这种悲哀的感觉,就是质夫自身也不能解说,他自幼在日本留学,习惯了飘泊的生活,生离死别的情景,不知身尝了几多,照理论来,这一次与相交未久的吴迟生的离别,当然是没有什么悲伤的,但是他看看黄浦江上的夜景,看看一点一点小下去的吴迟生的瘦弱的影子,觉得将亡未亡的中国,将灭未灭的人类,茫茫的长夜,耿耿的秋星,都是伤心的种子。在这茫然不可捉摸的思想中间,他觉得他自家的黑暗的前程和吴迟生的纤弱的病体,更有使他泪落的地方。在船舷的灰色的空气中站了一会儿,他就慢慢地走到舱里去了。

二

长江轮船里的生活,虽然没有同海洋中间那么单调,然而与陆地隔绝后的心境,到底比平时平静。况且开船的第二天,天又降下了一天黄雾,长江两岸的风景,如烟如梦地带起伤惨的颜色来。在这悲哀的背景里,质夫把他过去几个月的生活,同手卷中的画幅一般回想出来了。

三月前头住在东京病院里的光景,出病院后和那少妇的关系,和污泥一样的他的性欲生活，向善的焦躁与贪恶的苦闷，逃往盐原温泉前后的心境，归国的决心。想到最后这一幕，他的忧郁的面上，忽然露出一痕微笑来，眼看着了江上午后的风景，背靠着了甲板上的栏杆，他便自言自语地说：

"泡影呀，昙花呀，我的新生活呀！唉！唉！"

这也是质夫的一种迷信，当他决计想把从来的腐败生活改善的时候，必要搬一次家，买几本新书或是旅行一次。半月前头，他动身回国的时候，也下了一次绝大的决心。他心里想：

"我这一次回国之后，必要把旧时的恶习改革得干干净净。戒烟戒酒戒女色。自家的品性上，也要加一段锻炼，使我的朋友全要惊异说我是与前相反了。……"

到了上海之后，他的生活仍旧是与从前一样，烟酒非但不戒下，并且更加加深了。女色虽然还没有去接近，但是他的性欲，不过变了一个方向，依旧在那里伸张。想到了这一个结果，他就觉得从前的决心，反成了一段讽刺，所以不觉叹气微笑起来。叹声还没有发完，他忽听见人在他的左肩下问他说：

"Was Seufzen Sie, Monsieur?"

（你为什么要发叹声？）

转过头来一看，原来这船的船长含了微笑，站在他的边上好久了，他因为尽在那里想过去的事情，所以没有觉得。这船长本来是丹麦人，在德国的留背克住过几年，所以德文讲得很好。质夫今天早晨在甲板上已经同他讲过话，因此这身材矮小的船长也把质夫当作了朋友。他们两人讲了些闲话，质夫就回到自己的舱里来了。

吃过了晚饭，在官舱的起坐室里看了一回书，他的思想又回到过去的生活上去，这一回的回想，却集中在吴迟生一个人的身上。原来质夫这一次回国来，本来是为转换生活状态而来，但是他正想动身的时候，接着了一封他的同学邝海如的信说：

"我住在上海觉得苦得很。中国的空气是同癫病院的空气一样,渐渐地使人腐烂下去。我不能再住在中国了。你若要回来,就请你来替了我的职,到此地来暂且当几个月编辑罢。万一你不愿意住在上海,那么A省的法政专门学校要聘你去做教员。"

所以他一到上海,就住在他同学在那里当编辑的T书局的编辑所里。有一天晚上,他同邝海如在外边吃了晚饭回来的时候,在编辑所里遇着了一个瘦弱的青年,他听了这青年的同音乐似的话声,就觉得被他迷住了。这青年就是吴迟生呀!过了几天,他的同学邝海如要回到日本去,他和吴迟生及另外几个人在汇山码头送邝海如的行,船开之后,他同吴迟生就同坐了电车,回到编辑所来。他看看吴迟生的苍白的脸色和他的纤弱的身体,便问他说:

"吴君,你身体好不好?"

吴迟生不动神色地回答说:

"我是有病的,我害的是肺病。"

质夫听了这话,就不觉张大了眼睛惊异起来。因为有肺病的人,大概都不肯说自家的病的,但是吴迟生对了才遇见过两次的新友,竟如旧交一般地把自家的秘密病都讲了。质夫看了迟生的这种态度,心里就非常爱他,所以就劝他说:

"你若害这病,那么我劝你跟我上日本养病去。"

他讲到这里,就把乔其慕亚的一篇诗想了出来,他的幻想一霎时地发展开来了。

"日本的郊外杂树丛生的地方,离东京不远,坐高架电车不过四五十分钟可达的地方,我愿和你两个人去租一间草舍来住。草舍的前后,要有青青的草地,草地的周围,要有一条小小的清溪。清溪里要有几尾游鱼。晚春时节,我好和你拿了锄耜,把花儿向草地里去种。在蔚蓝的天盖下,在和暖的熏风里,我与你躺在柔软的草上,好把那西洋的小曲儿来朗诵。初秋晚夏的时候,在将落未落的夕照中间,我好和你缓步逍遥,把落叶儿来数。冬天的早晨你未起来,我便替你做早饭,我不起来,你也好把早饭先做。我礼拜六的午后从学校里回来,你好到冷静的小车站上来候我。我和你去买些牛豚香片,便可做一夜的清谈,谈到礼拜的日中。书店里若有外国的新书到来,我和你省几日油盐,可去买一本新书来消那无聊的夜永。……"

质夫坐在电车上一边做这些空想,一边便不知不觉地把迟生的手捏住了。他捏捏迟生的柔软的小手,心里又起了一种别样的幻想。面上红了一红,把头摇了一摇,他就对迟生问起无关紧要的话来:

"你的故乡是在什么地方?"

"我的故乡是直隶乡下,但是现在住在苏州了。"

"你还有兄弟姊妹没有?"

"有是有的,但是全死了。"

"你住在上海干什么?"

"我因为北京天气太冷,所以休了学,打算在上海过冬。并且这里朋友比较多一点,所以觉得住在上海比北京更好些。"

这样的问答了几句,电车已经到了大马路外滩。换了静安寺路的电车在跑马厅尽头处下车之后,质夫就邀迟生到编辑所里来闲谈。从此以后,他们两人的交际,便渐渐儿地亲密起来了。

质夫的意思以为天地间的情爱,除了男女的真真的恋爱外,以友情为最美。他在日本飘流了十年来,从未曾得着一次满足的恋爱,所以这一次遇见了吴迟生,觉得他的一腔不可发泄的热情,得了一个可以自由灌注的目标,总起来虽是他平生的一大快事,但是亦是他半生沦落未曾遇着一个真心女人的哀史的证明。有一天晴朗的晚上,迟生到编辑所来和他谈到夜半,质夫忽然想去洗澡。邀了迟生和另外的两个朋友出编辑所走到马路上的时候,质夫觉得空气冷凉得很。他便问迟生说:

"你冷么?你若是怕冷,就钻到我的外套里来。"

迟生听了,在苍白的街灯光里,对质夫看了一眼,就把他那纤弱的身体倒在质夫的怀里。质夫觉得有一种不可名状的快感，从迟生的肉体传到他的身上去。

他们出浴室已经是十二点钟了。走到三岔路口，要和迟生分手的时候，质夫觉得怎么也不能放迟生一个人回去，所以就把迟生的手捏住说：

"你不要回去了，今天同我们上编辑所去睡罢。"

迟生也像有迟疑不忍回去的样子，质夫就用了强力把他拖来了。那一天晚上他们谈到午前五点钟才睡着。过了两天，A地就有电报来催，要质夫上A地的法政专门学校去当教员。

三

质夫登船后第三天的午前三点钟的时候，船到了A地。在昏黑的轮船码头上，质夫辨不出方向来，但看见有几颗淡淡的明星印在清冷的长江波影里。离开了码头上的嘈杂的群众，跟了一个法政专门学校里托好在那时招待他的人上岸之后，他觉得晚秋的凉气，已经到了这长江北岸的省城。在码头近旁一家同十八世纪的英国乡下的旅舍似的旅馆里住下之后，他心里觉得孤寂得很。他本来是在大都会里生活惯的人，在这夜静更深的时候，到了这一处不热闹的客舍内，从微明的洋灯影里，看看这客室里的粗略的陈设，心里当然是要惊惶的。一个招待他的酣睡未醒的人，对他说了几句话，从他的房里出去之后，他真觉得是闯入了龙王的水牢里的样子，他的脸上不觉有两颗泪珠滚下来了。

"要是迟生在这里，那我就不会这样的寂寞了。啊，迟生，这时候怕你正在电灯底下微微地笑着，在那里做好梦呢！"

在床上横靠了一忽，质夫看见格子窗一格一格地亮了起来，远远的鸡鸣声也听得见了。过了一会儿，有一部运载货物的单轮车，从窗外推过了，这车轮的仆独仆独的响声，好像是在那里报告天晴的样子。

侵旦，旅馆里有些动静的时候，从学校里差来接他的人也来了。把行李交给了他，质夫就坐了一乘人力车到学校里去。沿了长江，过了一条店家还未起来的冷清的小街，质夫的人力车就折向北去。车并着了一道城外的沟渠，在一条长堤上慢慢前进的时候，他就觉得元气恢复起来了。看看东边，以浓蓝的天空作为背景的一座白色的宝塔，把半规初出的太阳遮在那里。西边是一道古城，城外环绕着长沟，远近只有些起伏重叠的低岗和几排鹅黄疏淡的杨柳点缀在那里。他抬起头来远远见了几家如装在盆景假山上似的草舍。看看城墙上孤立在那里的一排电杆和电线，又看看远处的地平线和一湾苍茫无际的碧落，觉得在这自然的怀抱里，他的将来的成就定然是不少的。不晓是什么原因，不知不觉他竟起了一种感谢的心情。过了一忽，他自言自语地说：

"这谦虚的情！这谦虚的情！就是宗教的起源呀！淮尔特（Wilde）呀，佛尔兰（Verlaine）呀！你们从狱里叫出来的'要谦虚'（Be humble!）的意思我能了解了。"

车到了学校里，他就通名刺进去。跟了门房，转了几个弯，到了一处门上挂着"教务长"牌的房前的时候，他心里觉得不安得很。进了这房，他看见一位三十上下的清瘦的教务长迎了出来。这教务长戴着一副不深的老式近视眼镜，口角上有两丛微微的胡须黑影，讲一句话，眼睛必开闭几次。质夫因为是初次见面，所以应对非常留意，格外的拘谨。讲了几句寻常套话之后，他就领质夫上正厅上去吃早饭。在早膳席上，他为质夫介绍了一番。质夫对了这些新见的同事，胸中感到一种异常的压迫，他一个人心里想：

"新媳妇初见姑嫂的时候，她的心理应该同我一样的。唉，在山泉水清，出山泉水浊，我还不如什么事也不干，一个人回到家里去贪懒的好。"

吃了早膳，他把行李房屋整顿了一下，姓倪的那教务长就把功课时间表拿了过来。却好那一天是礼拜天，质夫就预备第二日去上课。倪教务长把编讲义上课的情形讲了一遍之后，便轻轻地对质夫说：

"现在我们校里正是五风十雨的时候，上课时候的讲义，请你用全副精神来对付。礼拜三用的讲义，是要今天发才赶得及，请你快些预备罢。"

他出去停了两个钟头，又跑上质夫那边来，那时候质夫已有一页讲义编好了。倪教务长拿起这页讲义来看的时候，神经过敏又自尊心颇强的质夫，觉得被他侮辱了。但是一边心里又在那里恐惧，这种复杂的心理状态，怕没有就过事的人是不能了解的。他看了讲义之后，也不说好，也不说不好，但是质夫的纤细的神经却告诉质夫说：

"可以了，可以了，他已经满足了。"

恐惧的心思去了之后，质夫的自尊心又长了一倍，被侮辱的心思比从前也加一倍抬起头来，但是一种自然的势力，把这自尊心压了下去，教他忍受了。这教他忍受的心思，大约就是卑鄙的行为的原动力，若再长进几级，就不得不变成奴隶性质。现在社会上的许多成功者，多因为有这奴隶性质，才能成功，质夫初次的小成功，大约也是靠他这时候的这点奴隶性质而来的。

这一天晚上质夫上床的时候，却有两种矛盾的思想，在他的胸中来往。一种是恐惧的心思，就是怕学生不能赞成他。一种是喜悦的心思，就是觉得自家是专门学校的教授了。正在那里想的时候，他觉得有一个人钻进他的被来。他闭着眼睛，伸手去一摸，却是吴迟生。他和吴迟生颠颠倒倒地讲了许多话。到第二天的早晨，斋夫进房来替他倒洗面水，他被斋夫惊醒的时候，才知道是一场好梦，他醒来的时候，两只手还紧紧地抱住在那里。

第二次上课钟打后，质夫跟了倪教务长去上课。倪教务长先替他向学生介绍了几句，出课堂门去了，质夫就踏上讲坛去讲。这一天因为没有讲义稿子，所以他只空说了两点钟。正在那里讲的时候，质夫觉得有一种想博人欢心的虚伪的态度和言语，从他的面上口里流露出来。他心里一边在那里鄙笑自家，一边却怎么也禁不住这一种态度和这一种言语。

大约这一种心理和前节所说的忍受的心理就是构成奴隶性质的基础罢？

好不容易破题儿的第一天过去了。到了晚上九点钟的时候，倪教务长的苍黄的脸上浮着了微笑，跑上质夫房里去。质夫匆忙站起来让他坐下之后，倪教务长便用了日本话，笑嘻嘻地对质夫说：

"你成功了。你今天大成功，你所教的几班，都来要求加钟点了。"

质夫心里虽然非常喜欢，但是面上却只装着一种漠不相关的样子。倪教务长到了这时候，也没有什么隐瞒了，便把学校里的内情全讲了出来。

"我们学校里，因为陆校长今年夏天同军阀李星狼、麦连邑打了一架，并反对违法议员和驱逐李麦的走狗韩省长，没有一天不被军阀仇视。现在李麦和那些议员出了三千元钱，买收了几个学生，想在学校里捣乱。所以你没有到的几天，我们是一夕数惊，在这里防备的。今年下半年新聘了几个先生，又是招怪，都不能得学生的好感。所以要是你再受他们学生的攻击，那我们的教课上就站不住了。一个学校中，若聘的教员，不能得学生的好感，教课上不能铜墙铁壁地站住，风潮起来的时候，那你还有什么法子？现在好了，你总站得住了，我也大可以放心了。呵呵呵呵（底下又用了一句日本话），你成功了呀！"

质夫听了这些话，因为不晓得这A省的情形，所以也不十分明了，但是倪教务长对质夫是很满足的一件事情，质夫明明在他的言语态度上可以看得出来。从此质夫当初所怀着的那一种对学生对教务长的恐惧心，便一天一天地减少下去了。

四

学校内外浮荡着的暗云，一层一层地紧迫起来。本来是神经质的倪教务长和态度从容的陆校长常常在那里做密谈。质夫因为不谙那学校的情形，所以也没有什么惧怕，尽在那里干他自家的事。

初到学校后两三天的紧张的精神,渐渐地弛缓下去的时候,质夫的许久不抬头的性欲,又露出头角来了。因为时间与空间的关系,吴迟生的印象一天一天在他的脑海里消失下去。于是代此而兴,支配他的全体精神的欲情,便分成了两个方向一起作用来。一种是纯一的爱情,集中在他的一个年轻的学生身上。一种是间断偶发的冲动。这种冲动发作的时候,他竟完全成了无理性的野兽,非要到城里街上,和学校附近的乡间的贫民窟里去乱跑乱跳走一次,偷看几个女性,才能把他的性欲的冲动压制下去。有一天晚上,正是这冲动发作的时候,倪教务长不声不响地走进他的房里来忠告他说:

"质夫,你今天晚上不要跑出去。我们得着了一个消息,说是几个被李麦买取了的学生,预备今晚起事,我们教职员还是住在一处,不要出去的好。"

质夫在房里电灯下坐着,守了一个钟头,觉得苦极了。他对学校的风潮,还未曾经验过,所以并没有什么害怕,并且因为他到这学校不久,缠绕在这学校周围的空气,不能明白,所以更无畏惧的心思。他听了倪教务长的话之后,只觉得有一种看热闹的好奇心起来,并没有别的观念。同西洋小孩在圣诞节的晚上盼望圣诞老人到来的样子,他反而一刻一刻地盼望这捣乱事件快些出现。等了一个钟头,学校里仍没有什么动静,他的好奇心,竟被他原有的冲动的发作压倒了。他从座位里站了起来,在房里走了几圈,又坐了一忽,又站起来走了几圈,觉得他的兽性终究压不下去。换了一套中国衣服,他便悄悄地从大门走了出去。浓蓝的天影里,有几颗游星,在那里开闭。学校附近的郊外的路上黑得可怕。幸亏这一条路是沿着城墙沟渠的,所以黑暗中的城墙的轮廓和黑沉沉的城池的影子,还当作了他的行路的目标。他同瞎子似的在不平的路上跌了几脚,踏了几次空,走到北门城门外的时候,忽然想起城门是快要闭了。若或进城去,他在城里又无熟人,又没有法子弄得到一张出城券,事情是不容易解决的。所以在城门外迟疑了一会儿,他就回转了脚,一直沿了向北的那一条乡下的官道跑去。跑了一段,他跑到一处狭的街上了。他以为这样的城外市镇里,必有那些奇形怪状的最下流的妇人住着,他的冲动的目的物,正是这一流妇人。但是他在黄昏的小市上,跑来跑去跑了许多时候,终究寻不出一个妇人来。有时候虽有一二个蓬头的女子走过,却是人家的未成年的使婢。他在街上走了一会儿,又穿到漆黑的侧巷里去走了一会儿,终究不能达到他的目的。在一条无人通过的漆黑的侧巷里站着,他仰起头来看看幽远的天空,便轻轻地叹着说:

"我在外国苦了这许多年数,如今到中国来还要吃这样的苦。唉!我何苦呢,可怜我一生还未曾得着女人的爱惜过。啊,恋爱呀,你若可以学识来换的,我情愿将我所有的知识,完全交出来,与你换一个有血有泪的拥抱。啊,恋爱呀,我恨你是不能糊涂了事的。我恨你是不能以资格地位名誉来换的。我要灭这一层烦恼,我只有自杀……"

讲到了这里,他的面上忽然滚下了两粒粗泪来。他觉得站在这里,终究不是长久之计,就又同饿犬似的走上街来了。垂头丧气地正想回到校里来的时候,他忽然看见一家小小的卖香烟洋货的店里,有一个二十五六的女人坐在灰黄的电灯下,对了账簿算盘在那里结账。他远远地站在街上看了一忽,走来走去地走了几次,便不声不响地踱进了店去。那女人见他进去,就丢下了账目来问他:

"要买什么东西?"

先买了几封香烟,他便对那女人呆呆地看了一眼。由他这时候的眼光看来,这女人的容貌却是商家所罕有的。其实她也只是一个平常的女人,不过身材生得小,所以俏得很,衣服穿得还时髦,所以觉得有些动人的地方。他如饿犬似的贪看了一二分钟,便问她说:

"你有针卖没有?"

"是缝衣服的针么?"

"是的,但是我要一个用熟的针,最好请你卖一个新针给我之后,将拿新针与你用熟的针交换一下。"

那妇人便笑着回答说：

"你是拿去煮在药里的么？"

他便含糊地答应说：

"是的是的，你怎么知道？"

"我们乡下的仙方里，老有这些玩意儿的。"

"不错不错，这针倒还容易办到，还有一件物事，可真是难办。"

"是什么呢？"

"是妇人们用的旧手帕，我一个人住在这里，又无朋友，所以这物事是怎么也求不到的，我已经决定不再去求了。"

"这样的也可以的么？"

那妇人一边说，一边从她的口袋里拿了一块洋布的旧手帕出来。质夫一见，觉得胸前就乱跳起来，便涨红了脸说：

"你若肯让给我，我情愿买一块顶好的手帕来和你换。"

"那请你拿去就对了，何必换呢？"

"谢谢，谢谢，真真是感激不尽了。"

质夫得了她的用旧的针和手帕，就跌来碰去地奔跑回家。路上有一阵凉冷的西风，吹上他的微红的脸来，那时候他觉得爽快极了。

回到了校内，他看看还是未曾熄灯。幽幽地回到房里，闩上了房门，他马上把骗来的那用旧的针和手帕从怀里取了出来。在桌前椅子上坐下，他就把那两件宝物掩在自家的口鼻上，深深地闻了一回香气。他又忽然注意到了桌上立在那里的那一面镜子，心里就马上想把现在的他的动作一一地照到镜子里去。取了镜子，把他自家的痴态看了一忽，他觉得这用旧的针，还没有用得适当。呆呆地对镜子看了一两分钟。他就狠命地把针向颊上刺了一下。本来为了兴奋的缘故，变得一块红一块白的面上，忽然滚出了一滴同玛瑙珠似的血来。他用那手帕揩了之后，看见镜子里的面上又滚了一颗圆润的血珠出来。对着镜子里的面上的血珠，看看手帕上的猩红的血迹，闻闻那旧手帕和针的香味，想想那手帕的主人公的态度,他觉得一种快感,把他的全身都浸遍了。

不多一忽,电灯熄了,他因为怕他现在所享受的快感,要被打断,所以动也不动地坐在黑暗的房里,还在那里贪尝那变态的快味。打更的人打到他的窗下的时候,他才同从梦里头醒来的人一样,抱着了那针和手帕摸上他的床上去就寝。

五

清秋的好天气一天一天地连续过去,A地的自然景物,与质夫生起情感来了的学生对质夫的感情,也一天一天地浓厚起来,吃过晚饭之后,在学校近旁的菱湖公园里,与一群他所爱的青年学生,看看夕阳返照在残荷枝上的暮景,谈谈异国的流风遗韵,确是平生的一大快事。质夫觉得这一般智识欲很旺的青年,都成了他的亲爱的兄弟。

有一天也是秋高气爽的晴朗的早晨,质夫与雀鸟同时起了床,盥洗之后,便含了一支伽利克,缓缓地走到菱湖公园去散步。东天角上,太阳刚才起程,银红的天色渐渐地向西薄了下去,成了一种淡青的颜色。远近的泥田里,还有许多荷花的枯干同鱼栅似的立在那里。远远的山坡上,有几只白色的山羊同神话里的风景似的在那里吃枯草。从学校近旁的山坡上,一直沿了一条向北的田塍细路走了过去,看看四围的田园清景,想想他目下所处的境遇,质夫觉得从前在东京的海岸酒楼上,对着了夕阳发的那些牢骚,不知消失到什么地方去了。

"我也可以满足了,照目下的状态能够持续得一二十年,那我的精神,怕更要发达呢。"

穿过了一条红桥,在一个空亭里立了一会儿,他就走到公园中心的那条柳荫路上去。回到学校之后,他又接着了一封从上海来的信,说他著的一部小说集已经快出版了。

这一天午后他觉得精神非常爽快,所以上课的时候竟多讲了十分钟,他看看学生的面色，也都好像是很满足的样子。正要下课堂的时候，他忽听见前面寄宿舍和事务室的中间的通路上，有一阵摇铃的声音和学生喧闹的声音传了过来。他下了课堂，拿了书本跑过去一看，只见一群学生围着了一个青脸的学生在那里吵闹。那青脸的学生，面上带着一味杀气。他的颊下的一条刀伤痕更形容得他的狞恶。一群围住他的学生都摩拳擦掌地要打他。质夫看了一会儿，不晓得是怎么一回事，正在疑惑的时候，看见他的同乡教体操的王先生，从包围在那里的学生丛中，辟开了一条路，挤到那被包围的青脸学生面前，不问皂白，把那学生一把拖了到教员的议事厅上去。一边质夫又看见他的同事的监学唐伯名温温和和地对一群激愤的学生说：

"你们不必动气，好好地回到自修室去罢，对于江杰的捣乱，我们自有办法在这里。"

一半学生回自修室去了，一半学生跟在那青脸的学生后面叫着说：

"打！打！"

"打！打死他。不要脸的，受了李麦的金钱，你难道想卖同学么？"

质夫跟了这一群学生，跑到议事厅上，见他的同事都立在那里。同事中的最年长者，戴着一副墨镜，头上有一块秃的许明先，见了那青脸的学生，就对他说：

"你是一个好好的人，家里又还可以，何苦要干这些事呢？开除你的是学校的规则，并不是校长。钱是用得完的，你们年轻的人还是名誉要紧。李麦能利用你来捣乱学校，也定能利用别人来杀你的，你何苦去干这些事呢？"

许明先还没有说完，门外站着的学生都叫着说：

"打！"

"李麦的走狗！"

"不要脸的，摇一摇铃三十块钱，你这买卖真好啊。"

"打打！"

许明先听了门外学生的叫唤，便出来对学生说：

"你们看我面上，不要打他，只要他能悔过就对了。"

许明先一边说一边就招那青脸的学生——名叫江杰——出来，对众谢罪。江杰谢罪之后，许明先就护送他出门外，命令他以后不准再来，江杰就垂头丧气地走了。

江杰走后，质夫从学生和同事的口头听来，才知道这江杰本来也是校内的学生，因为闹事，在去年被开除的。现在他得了李麦的钱，以要求复学为名，想来捣乱，与校内八九个得钱的学生约好，用摇铃做记号，预备一齐闹起来。质夫听了心里反觉得好笑，以为像这样的闹事，便闹死也没有什么。

过了三四天，也是一个晴朗的上午十点钟的时候，质夫正在预备上课，忽然听见几个学生大声哄号起来。质夫出来一看，见议事厅上有八九个长大的学生，吃得酒醉醺醺，头向了天，带着了笑容，在那里哄号。不过一两分钟，全体教职员和许多学生都向议事厅走来。那八九个学生中间的一个最长的人便高声地对众人说：

"我们几个人是来搬校长的行李的。他是一个过激党，我们不愿意受过激党的教育。"

八九个中的一个矮小的人也对众人说：

"我们既然做了这事，就是不怕死的。若有人来拦阻我们，那要对不起他了。"

说到这里，他在马褂袖里，拿了一把八寸长的刀出来。质夫看着门外站在那里的学生，起初同蜂巢里的雄蜂一样，还有些喃喃呐呐的声音，后来看了那矮小的人的小刀，大家就静了下去。质夫心里有点不平，想出来讲几句话，但是被他的同乡教体操的王先生拖住了。王先生对他说：

"事情到了这样，我与你站出去也压不下来了。我们都是外省人，何苦去与他们为难呢？他们本省的学生，尚且在那里旁观。"

那八九个学生一霎时就打到议事厅间壁的校长房里去，却好这时候校长还不在家，他们就把校长的铺盖捆好了。因为那一个拿刀的人在门口守着，所以另外的人一个也不敢进到校长房里去拦阻他们。那八九个学生同做新戏似的笑了一声，最后跟着了那个拿刀的矮子，抬了校长的被褥，就慢慢地走出门去了。等他们走了之后，倪教务长和几个教员都指挥其余的学生，不要紊乱秩序，依旧去上课。上了两个钟头课，吃午膳的时候，教职员全体主张停课一二天以观大势。午后质夫得了这闲空时间，倒落得自在，便跑上西门外的大观亭玩去了。

大观亭的前面是汪洋的江水。江中靠右的地方，有几个沙渚浮在那里。阳光射在江水的微波上，映出了几条反射的光线来。洲渚上的苇草，也有头白了的，也有青黄色的，远远望去，同一片平沙一样。后面有一方湖水，映着了青天，静静地躺在太阳的光里。沿着湖水有几处小山，有几处黄墙的寺院。看了这后面的风景，质夫忽然想起在洋画上看见过的瑞士四林湖的山水来了。一个人逛到傍晚的时候，看了西天日落的景色，他就回到学校来。一进校门，遇着了几个从里面出来的学生，质夫觉得那几个学生的微笑的目光，都好像在那里哀怜他的样子。他胸里感着一种不快的情怀，觉得是回到了不该回的地方来。

吃过了晚饭，他的同事都锁着了眉头，议论起那八九个学生搬校长铺盖时候的情形和解决的方法来。质夫脱离了这议论的团体，私下约了他的同乡教体操的王亦安，到菱湖公园去散步。太阳刚才下山，西天还有半天金赤的余霞留在那里。天盖的四周，也染了这余霞的返照，映出一种紫红的颜色来。天心里有大半规月亮白洋洋地挂着，还没有放光。田塍路的角里和枯荷枝的脚上，都有些薄暮的影子看得出来了。质夫和亦安一边走一边谈，亦安把这次风潮的原因细细地讲给了质夫听：

"这一次风潮的历史，说起来也长得很。但是它的原因，却伏在今年六月里，当李星狼、麦连邑杀学生蒋可奇的时候。那时候陆校长讲的几句话是的确厉害的。因为议员和军阀杀了蒋可奇，所以学生联合会有澄清选举反对非法议员的举动。因为有了这举动，所以不得不驱逐李麦的

105

走狗想来召集议员的省长韩上成。因这几次政治运动的结果,军阀和议员的怨恨,都结在陆校长一人的身上。这一次议员和军阀想趁新省长来的时候,再开始活动,所以首先不得不去他们的劲敌陆校长。我听见说这几个学生从议员处得了二百元钱一个人。其余守中立的学生,也有得着十元十五元的。他们军阀和议员,连警察厅都买通了的,我听见说,今天北门站岗的巡警一个人还得着二元贿赂呢。此外还有想夺这校长做的一派人,和同陆校长倪教务长有反感的一派人也加在内,你说这风潮的原因复杂不复杂?"

穿过了公园西北面的空亭,走上园中大路的时候,质夫邀亦安上东面水田里的纯阳阁里去。

夜阴一刻一刻地深了起来,月亮也渐渐地放起光来了。天空里从银红到紫蓝,从紫蓝到淡青地变了好几次颜色。他们进纯阳阁的时候,屋内已经漆黑了。从黑暗中摸上了楼。他们看见有一盏菜油灯点在上首的桌上。从这一粒微光中照出来的红漆的佛座,和桌上的供物,及两壁的幡对之类,都带着些神秘的形容。亦安向四周看了一看,对质夫说:

"纯阳祖师的签是非常灵的,我们各人求一张罢。"

质夫同意了,得了一张三十八签中吉。

他们下楼,走到公园中间那条大路的时候,星月的光辉已经把道旁的杨柳影子印在地上了。

闹事之后,学校里停了两天课。到了礼拜六的下午,教职员又开了一次大会,决定下礼拜一暂且开始上课—礼拜,若说官厅没有适当的处置,再行停课。正是这一天的晚上八点钟的时候,质夫刚在房里看他的从外国寄来的报,忽听见议事厅前后,又有哄号的声音传了过来。他跑出去一看,只见有五六个穿农夫衣服、相貌狞恶的人,跟了前次的八九个学生,在那里乱跳乱叫。当质夫跑近他们身边的时候,八九个人中最长的那学生就对质夫拱拱手说:

"对不起,对不起,请老师不要惊慌,我们此次来,不过是为搬教务长和监学的行李来的。"

质夫也着了急,问他们说:

"你们何必这样呢?"

"实在是对不起老师!"

那一个最长的学生还没有说完,质夫看见有一个农夫似的人跑到那学生身边说:

"先生,两个行李已经搬出去了,另外还有没有?"

那学生却回答说:

"没有了,你们去罢。"

这样的下了一个命令,他又回转来对质夫拱了一拱手说:

"我们实在也是出于不得已,只有请老师原谅原谅。"

又拱了拱手,他就走出去了。

这一天晚上行李被他们搬去的倪教务长和唐监学二人都不在校内。闹了这一场之后,校内同暴风过后的海上一样,反而静了下去。王亦安和质夫同几个同病相怜的教员,合在一处谈议此后的处置。质夫主张马上就把行李搬出校外,以后绝对的不再来了。王亦安光着眼睛对质夫说:

"不能不能,你和希圣怎么也不能现在搬出去。他们学生对希圣和你的感情最好。现在他们中立的多数学生,正在那里开会,决计留你们几个在校内,继续替他们上课。并且有人在大门口守着,不准你们出去。"

中立的多数学生果真是像在那里开会似的,学校内弥漫着一种紧迫沉默的空气,同重病人的房里沉默着的空气一样。几个教职员合议的结果,议决方希圣和于质夫二人,于晚上十二点钟乘学生全睡着的时候出校,其余的人一律于明天早晨搬出去。

天潇潇地下起雨来了。质夫回到房里,把行李物件收拾了一下,便坐在电灯下连连续续地吸起烟来。等了好久,王亦安轻轻地来说:

"现在可以出去了。我陪你们两个人出去,希圣立在桂花树底下等你。"

他们三人轻轻地走到门口的时候,门房里忽然走出了一个学生来问说:

"三位老师难道要出去么?我是代表多数同学来求三位老师不要出去的。我们总不能使他们几个学生来破坏我们的学校,到了明朝,我们总要想个法子,要求省长来解决他们。"

讲到这里,那学生的眼睛已有一圈红了。王亦安对他作了一揖说:

"你要是爱我们的,请你放我们走罢,住在这里怕有危险。"

那学生忽然落了一颗眼泪,咬了一咬牙齿说:

"既然这样,请三位老师等一等,我去寻几位同学来陪三位老师进城,夜深了,怕路上不便。"

那学生跑进去之后,他们三人马上叫门房开了门,在黑暗中冒着雨就走了。走了三五分钟,他们忽听见后面有脚步声在那里追逐,他们就放大了脚步赶快走来,同时后面的人却叫着说:

"我们不是坏人,请三位老师不要怕,我们是来陪老师们进城的。"

听了这话,他们的脚步便放小来。质夫回头来一看,见有四个学生拿了一盏洋油行灯,跟在他们的后面。其中有二个学生,却是质夫教的一班里的。

六

第二天的午后,从学校里搬出来的教职员全体,就上省长公署去见新到任的省长。那省长本来是质夫的胞兄的朋友,质夫与他亦曾在西湖上会过的。历任过交通司法总长的这省长,讲了许多安慰教职员的话之后,却作了一个"总有办法"的回答。

质夫和另外的几个教职员,自从学校里搬出来之后,便同丧家之犬一样,陷到了去又去不得留又不能留的地位。因为连续地下了几天雨,所以质夫只能蛰居在一家小客栈里,不能出去闲逛。他就把他自己与另外的几个同事的这几日的生活，比作了未决囚的生活。每自嘲自慰地对人说：

"文明进步了，目下教员都要蒙尘了。"

性欲比人一倍强盛的质夫，处了这样的逆境，当然是不能安分的。他竟瞒着了同住的几个同事，到娼家去进出起来了。

从学校里搬出来之后，约有一礼拜的光景。他恨省长不能速行解决闹事的学生，所以那一天晚上吃晚饭的时候就多喝了几杯酒。这兴奋剂一下喉，他的兽性又起作用来，就独自一个走上一位带有家眷的他的同事家里去。那一位同事本来是质夫在 A 地短时日中所得的最好的朋友。质夫上他家去，本来是有一种漠然的预感和希望怀着，坐谈了一会儿，他竟把他的本性显露了出来，那同事便用了英文对他说：

"你既然这样的无聊，我就带你上班子里逛去。"

穿过了几条街巷，从一条狭而又黑的巷口走进去的时候，质夫的胸前又跳跃起来，因为他虽在日本经过这种生活，但是在他的故国，却从没有进过这些地方。走到门前有一处卖香烟橘子的小铺和一排人力车停着的一家墙门口，他的同事便跑了进去。他在门口仰起头来一看，门楣上有一块白漆的马口铁写着"鹿和班"三个红字，挂在那里，他迟了一步，也跟着他的同事进去了。

坐在门里两旁的几个奇形怪状的男人，看见了他的同事和他，便站了起来，放大了喉咙叫着说：

"引路，荷珠姑娘房里。吴老爷来了！"

他的同事吴凤世不慌不忙地招呼他进了一间二丈来宽的房里坐下之后，便用了英文问他说：

"你要怎么样的姑娘？你且把条件讲给我听，我好替你介绍。"

质夫在一张红木椅上坐定后，便也用了英文对吴凤世说：

"这是你情人的房么？陈设得好精致，你究竟是一位有福的嫖客。"

"你把条件讲给我听罢，我好替你介绍。"

"我的条件讲出来你不要笑。"

"你且讲来罢。"

"我有三个条件,第一要她是不好看的,第二要年纪大一点儿,第三要客少。"

"你倒是一个老嫖客。"

讲到这里,吴风世的姑娘进房来了。她头上梳着辫子,皮色不白,但是有一种婉转的风味,穿的是一件虾青大花的缎子夹衫、一条玄色素缎的短脚裤,一进房就对吴风世说:

"说什么鬼话,我们不懂的呀!"

"这一位于老爷是外国来的,他是外国人,不懂中国话。"

质夫站起来对荷珠说:

"假的假的,吴老爷说的是谎,你想我若不懂中国话,怎么还要上这里来呢?"

荷珠笑着说:

"你究竟是不是中国人?"

"你难道还在疑信么?"

"你是中国人,你何以要穿外国衣服?"

"我因为没有钱做中国衣服。"

"做外国衣服难道不要钱的么?"

吴风世听了一忽,就叫荷珠说:

"荷珠,你给于老爷荐举一个姑娘罢。"

"于老爷喜欢怎么样的?碧玉好不好?春红?香云?海棠?"

吴风世听了海棠两字,就对质夫说:

"海棠好不好?"

质夫回答说:

"我又不曾见过,怎么知道好不好呢?海棠与我提出的条件合不合?"

风世便大笑说:

"条件悉合，就是海棠罢。"

荷珠对她的假母说：

"去请海棠姑娘过来。"

假母去了一忽来回说：

"海棠姑娘在那里看戏，打发人叫去了。"

从戏院到那鹿和班来回总有三十分钟，这三十分钟中间，质夫觉得好像是被悬挂在空中的样子，正不知如何消遣才好。他讲了些闲话，一个人觉得无聊，不知不觉，就把两只手抱起膝来。吴风世看了他这样子，就马上用了英文警告他说：

"不行不行，抱膝的事，在班子里是大忌的。因为这是闲空的象征。"

质夫听了，觉得好笑，便也用了英文问他说：

"另外还有什么礼节没有？请你全对我说了罢，免得被她们姑娘笑我。"

正说到这里，门帘开了，走进了一个二十二三岁、身材矮小的姑娘来。她的青灰色的额角广得很，但是又低得很，头发也不厚，所以一眼看来，觉得她的容貌同动物学上的原始猴类一样。一双鲁钝挂下的眼睛，和一张比较长狭的嘴，一见就可以知道她的性格是忠厚的。她穿的是一件明蓝花缎的夹袄，上面罩着一件雪色大花缎子的背心，底下是一条雪灰的牡丹花缎的短脚裤。她一进来，荷珠就替她介绍说：

"对你的是这一位于老爷，他是新从外国回来的。"

质夫心里想，这一位大约就是海棠了。她的面貌却正合我的三个条件，但是她何以会这样一点儿娇态都没有？海棠听了荷珠的话，也不做声，只呆呆地对质夫看了一眼。荷珠问她今天晚上的戏好不好，她就显出了一副认真的样子，说今晚上的戏不好，但是新上台的《小放牛》却好得很，可惜只看了半出，没有看完。质夫听了她那慢慢的无娇态的话，心里觉得奇怪得很，以为她不像妓院里的姑娘。吴风世等她讲完了话之后，就叫她说：

111

"海棠！到你房里去罢，这一位于老爷是外国人，你可要待他格外客气才行。"

质夫、风世和荷珠三人都跟了海棠到她房里去。质夫一进海棠的房，就看见一个四十上下的女人，鼻上起了几条皱纹，笑嘻嘻地迎了出来。她的青青的面色，和角上有些吊起的一双眼睛，薄薄的淡白的嘴唇，都使质夫感着一种可怕可恶的印象，她待质夫也很殷勤，但是质夫总觉得她是一个恶人。

在海棠房里坐了一个多钟头，讲了些无边无际的话，质夫和风世都出来了。一出那条狭巷，就是大街，那时候街上的店铺都已闭门，四周静寂得很，质夫忽然想起了英文的"Dead City"两个字来，他就幽幽地对风世说：

"风世！我已经成了一个 Living Corpse。"

走到十字路口，质夫就和风世分了手。他们两个各听见各人的脚步声渐渐儿地低了下去，不多一忽，这入人心脾的足音，也被黑暗的夜气吞没下去了。

一九二二年二月

怀乡病者

一

当日光与夜阴接触的时候，在茫茫的荒野中间，头向着了混沌宽广的天空，一步一步地走去，既不知道他自家是什么，又不知道他应该做什么，也不知道他是向什么地方去的，只觉得他的两脚不得不一步一步地放出去——这就是于质夫目下的心理状态。

在半醒半觉的意识里，他只蒙蒙眬眬地的知道世界从此就要黑暗下去了，这荒野的干燥的土地就要渐渐地变成带水的沼泽了，他的两脚的行动，就要一刻一刻地不自由起来了，但是他也没有改变方向的意思，还是头朝着了幽暗的天空，一步一步地走去——

质夫知道他若把精神振刷一下，放一声求救的呼声，或者也还可以从这目下的状态里逃出来，但是他既无这样的毅力，也无这样的心愿。

若仔细一点来讲一个譬喻，他的状态就是在一条面上好像静止的江水里浮着的一只小小的孤船。那孤船上也没有舵工，也没有风帆，尽是缓缓地随了江水面下的潮流在那里浮动的样子。

若再进一步来讲一句现在流行的话，他目下的心理状态，就同奥勃洛目夫的麻木状态一样。

在这样的消沉状态中的于质夫朝着了窗，看看白云来往的残春的碧落，听听樱花小片，无风飞坠的微声，觉得眼面前起了一层纱障，他的膝上，忽而积了两点水滴。他站起来想伸出手去把书架上的书拿一本出来翻阅，却又停住了。好像在做梦似的呆呆地不知坐了多久，他却听得隔壁的挂钟，当当地响了五下。举起头来一看，他才知道他自家仍旧是呆呆地坐在他寄寓的这间小楼上。

且慢且慢，那挂钟的确是响了五下么？或者是不错的，因为太阳已经沉在西面植物园的树枝下了。

二

在一天清和首夏的晚上，那钱塘江上的小县城，同欧洲中世纪各封建诸侯的城堡一样，带着了银灰的白色，躺在流霜似的月华影里。涌了半弓明月，浮着万叠银波，不声不响，在浓淡相间的两岸山中，往东流去的，是东汉逸民垂钓的地方。披了一层薄雾，半含半吐，好像华清池里试浴的宫人，在烟月中间浮动的，是宋季遗民痛哭的台榭。被这些前朝的遗迹包围住的这小县城的西北区里，有一对十四五岁的少年男女，沿了城河上石砌的长堤，慢慢地在柳荫底下闲步。大约已经是二更天气了，城里的人家都已沉在酣睡的中间，只有一座幽暗的古城，默默地好像在那里听他们俩的月下的痴谈。

那少年颊上浮动了两道红晕，呼吸里带着些薄酒的微醺，好像是在什么地方买了醉来的样子。女孩的腮边，虽则有一点儿桃红的血气，然而因为她那妩媚的长眉，和那高尖的鼻梁的缘故，终觉得有一层凄冷的阴影，投在她那同大理石似的脸上。他们两人默默无言地静了一会儿就好像是水里的双鱼，慢慢地在清莹透澈的月光里游泳。

这是质夫少年梦里的生涯，计算起来已经是十年前的事情了。她后来嫁了他的一位同学，质夫四年前回国的时候，有一天清静的秋天的午后，于故乡的市上，只看见了她一次，只看见了她的一怀孕的侧身。

三

　　阴历九月二十日午前三点钟，东方未白的时候，质夫身体一边发抖，一边在一盏乌灰灰的洋灯光影里，从被窝里起来穿他那半新不旧的棉袍。院子里有几声悉索悉索的落叶声传来，大约是棵海棠树在那里凋谢了。他的寝室后的厨房里有一个旗人的厨子和厨子的侄儿——便是他哥哥家里的车夫，一声两声在那里谈话。在这深夜的静寂里，他觉得他们的话声很大，但是他却听不出什么话来。质夫出到院子里来一看，觉得这北方故都里的残夜的月明，也带着些亡国的哀调。因为这幽暗的天空里悬着的那下弦月，光线好像在空中冻住了。他吃了一碗炒饭，拿了笔墨，轻轻地开了门，坐了哥哥的车走出胡同口儿的时候，觉得只有他一个人此刻还醒着开了眼浮在王城的人海中间。在冷灰似的街灯里穿过了几条街巷，走上玉蛛桥的时候，忽有几声哀寂的喇叭声，同梦中醒来的小孩儿的哭声似的，传到他的两只冰冷的耳朵里来。他朝转头来看看西南角上那同一块冰似的月亮，又仰起头来，看看那发喇叭声的城墙里的灯光，觉得一味惨伤的情怀，同冰水似的泼满了他的全身。

　　与一群摇头摆尾的先生进了东华门，在太和殿外的石砌明堂里候点名的时候，质夫又仰起头来看了一眼将明未明的春天，不知是什么缘故，他心里好像受了千万委屈的样子，摇了一摇头，叹了一口气，忽然打了几个冷噤，质夫恨不得马上把手里提着的笔墨丢了，跑上外国去研究制造炸弹去。

　　这是数年前质夫在北京考留学生考试时候的景象。头场考完之后，新闻上忽报了一件奇事说："留学生何必考呢？""这一次应该考取的人，在未考之先早由部里指定了，可怜那些外省来考的人，还在那里梦做洋翰林洋学士呢！"

　　这又是几年前头的一幕悲喜剧的回忆。

四

　　质夫在楼上，糊里糊涂地断定了隔壁的挂钟，确是敲过五点之后，就慢慢地走下楼来，因为他的寓舍里是定在五点开晚饭的。

　　红花的小碗里盛了半碗饭，他觉得好像要吃不完的样子，但是却好一口气就吃下去了。吃完了这半碗饭，他也不想再添，所以就上楼去拿了一顶黄黑的软帽走出门外去。

　　门外是往植物园去的要路，顺了这一条路走下了斜坡，往右手一转便是植物园的正门。他走到植物园正门的一段路上，遇着了许多青年的男女，穿了花绿的衣裳，拖了柔白肥胖的脚，好像是游倦了似的，想趁着天还未黑的时候走回家去。这些青年男女的容貌不识究竟是美是丑？若他在半年前头遇着她们，是一定要看个仔细的，但是今天他却头也不愿意抬起来。他只记得路上有一个十七八岁的女学生，好像对她同伴说：

　　"我真不喜欢他！"

　　走来走去走了一阵，质夫觉得有些倦了。这岛国的首都的夜景，觉得也有些萧条起来了。仰起头来看看两面的街灯，都是不能进去休息的地方，他不得已就仍旧寻了最近的路走回寓舍来。走到植物园门口的时候，有一块用红绿色写成的招牌，忽然从一盏一百烛的电灯光里，射进了他的眼帘。拖了一双走倦了的脚，他就慢慢地走上了这家中国酒馆的楼。楼上一个客人也没有，叫定了一盘菜一壶酒，他就把两只手垫了头在桌上睡了几分钟。酒菜拿来之后，他仰起头来一看，才知道站在他面前的是一个十六七岁的中国女孩。一个圆形的面貌，眉目也还清秀。他问她是什么地方人，她说：

　　"娥是上海。"

　　她一边替质夫斟酒，一边好像在那里讲什么话的样子。质夫口里好像在那里应答她，但是心里脑里却全不觉得。她讲完了话不再讲的时候，质夫反而被这无言的沉默惊了一下，所以就随便问她说：

"你喝酒么?"

她含了微笑,对质夫点了一点头,质夫就把他手里的酒杯给了她。质夫一杯一杯地不知替她斟了几杯酒,她忽然把杯子向桌上一丢,跳进了他的怀里,用了两手紧紧地抱住了质夫的颈项,她那小嘴尽咬上他的脸来。

"娥热得厉害,热得厉害。娥想回自家屋里去。"

她一边这样的说,一边把她上下的衣裳在那里解,质夫呆呆地看了几分钟,忽觉得他的右颊与她的左颊的中间有一条冰冷的眼泪流下来了。到这时候他才知道她是醉了。他默默地替她把上下的衣裳扣好,把她安置在他坐的椅上之后,就走下楼来付账。走出这家菜馆的时候,他忽然想了一想:

"这女孩儿不晓究竟怎么的。"

在沉浊的夜气中间走了几步,他就把她忘记了;菜馆他也忘记了,今天的散步,他也忘记了,他连自家的身体都忘记了。他一个人只在黑暗中向前地慢慢走去,时间与空间的观念,世界上一切的存在,在他的脑里是完全消失了。

一九二二年四月初二日午前五时作
于东京之酒楼

空　虚

　　"我近来的心理状态，正不晓得怎么才写得出来。有野心的人，他的眼前，常有着种种伟大的幻象，一步一步跟了这些幻象走去，就是他的生活。对将来抱希望的人，他的头上有一颗明星，在那里引路，他虽在黑暗的沙漠中行走，但是他的心里终有一个犹太人的主存在，所以他的生活，终于是有意义的。在过去的追忆中活着的人，过去的可惊可喜的情景，都环绕在他的左右，所以他虽觉得这现在的人生是寂寞得很，但是他的生活，却也安闲自在。天天在那里做梦的人，他的对美的饥渴，就可以用梦里的浓情来填塞，他是在天使的翼上过日子的人，还不至于感得这人生的空虚。我是从小没有野心的，如今到了人生的中道，对将来的希望，不消说是没有了。我的过去的半生是一篇败残的历史，回想起来，只有眼泪与悲叹。几年前头，我还有一片享受这悲痛的余情，还有些自欺自慰的梦想，到今朝非但享受这种苦中乐 Sweet Bitterness 的心思没有了，便是愚人的最后的一件武器——开了眼睛做梦，——也被残虐的命运夺去了。啊，啊，年轻的维特呀，我佩服你的勇敢，我佩服你的有果断的柔心！"

　　质夫提起笔来，对着了他那红木边的小玻璃窗，写了这几行字，就不再写下去了。窗外是一个小小的花园，园里栽着几株梧桐树和桂花树，树下的花坛上，正开着些西洋草花。梅雨晴时的太阳光线，洒在这嫩绿的丛叶上，反射出一层鲜艳的光彩来，大约蝉鸣的节季，来也不远了。

　　园里树荫下有几只半大的公鸡母鸡，咯咯地在被雨冲松的园地里觅食，若没有这几只鸡的悠闲的喉音，这一座午后的庭园，怕将静寂得与格林姆童话里的被魔术封禁的城池无异了。

质夫搁下了笔，呆呆地对窗外看了好久，便同梦游病者似的立了起来。在房里走了几圈，他忽觉得同时存在在这世界上的人类，与他亲热起来了。

他在一个月前头，染了不眠症，食欲不振，身体一天一天地消瘦下去。无论上什么地方去，他总觉得有一个人跟在他的后面，在那里催促他的样子。他以为东京市内的空气不好，所以使他变成神经衰弱的，因此他就到这东中野的旷野里，租了一间小屋子搬了过来。这小屋子的四面，都是荒田蔓草。他那小屋子只有两间平屋。一间是朝南的长方的读书室。南面有一口小窗，窗外便是那小小的花园。一间是朝门的二丈宽的客室。客室的西面，便附着一个三尺长二尺宽的煮饭的地方。出了门，沿了一条水沟，朝北走不上五十步路，便是一条乡间的大道。这大道的东面，靠着一条绿草丛生的矮小山岭，在这小山上有几家红顶的小别庄，藏在忍冬茑萝的绿叶堆中。他无聊的时候，每拿了一支粗大的樱杖，回绕了这座小山，在纵横错落的野道上试他的闲步。

当初搬来的时候，他觉得这同修道院似的生活，正合他的心境。过了几天，他觉得流散在他周围的同坟墓中一样的沉默有些难耐起来了，所以他就去请了一位六十余岁的老婆婆来和他同住。这老婆婆也没有男人，也没有亲戚，本来是在质夫的朋友家里帮忙的，他的朋友于一礼拜前头回中国去了，所以质夫反做了一个人情，把她邀了过来。这老婆婆另外没有嗜好，只喜欢养些家畜在她的左右，自从她和质夫同住之后，质夫的那间小屋子里便多出了一只小白花猫和几只雌雄鸡来；质夫因为孤独得难堪，所以对这老婆婆的这一点儿少年心，也并不反对。有时质夫从他那书室的小玻璃窗里探头出去，看看那在花荫下贪午睡的小家畜，倒反觉得他那小屋的周围，增加了一段和平的景象。

质夫同梦游病者似的在书室里走了几圈，忽然觉得世间的人类与他

119

亲热起来了。换了一套洋服,他就出了门缓缓地走上东中野郊外电车的车站上去。

他坐了郊外电车,一直到离最热闹的市街不远的有乐町才下车。在太阳光底下,灰土很深的杂闹的街上走来走去走了一会儿,他觉得热起来了。进了一家冰激凌兼水果店的一层楼上坐下的时候,他呆呆地朝窗外的热闹的市街看了一忽。他觉得这乱杂的热闹,人和人的纠葛、繁华、堕落、男女、物品和其他的一切东西,都与他完全没有关系的样子。吃了一杯冰激凌,一杯红茶,他便叫侍女过来付钱。他把钞票交给那侍女的时候,看见了那侍女的五个红嫩的手指。一时的联想,就把他带到五年前头的一场悲喜剧中间去。

也是六月间黄梅雨后的时节,他那时候还在 N 市高等学校里念书。放暑假后,他的同学都回中国去了。他因为神经衰弱,不能耐长途的跋涉,所以便一个人到离 N 市不远的汤山温泉去过暑假。在深山里的这温泉场,暑中只有几个 N 市附近的富家的病弱儿女去避暑的。他那一天在梅雨晴后的烈日底下,沿了乱石巉岩的一条清溪,从硅石和泥沙结成的那条清洁的上山路,走到那温泉场的一家旅馆红叶馆的时候,已经是午后五点多钟了,洗了澡,吃了晚饭,喝了几杯啤酒,他日里的疲倦就使他睡着了。不知道睡了几个钟头,他那同沉在海底里似的酣睡,忽被一阵开纸壁门的声响惊觉。他睁开了两只黑盈盈的眼睛,朝着纸壁门开响的地方一看,只见一个十六七岁的少女,消瘦长方的脸上,装着惊恐的形容,披散了漆黑的头发,长长地立在半开的纸壁门槛上。浮满在室内的苍黄的电灯光和她那披散的黑发,更映出了她的面色的苍白,她的一双瞳人黑得很、大得很的眼睛,张着了在那里注视质夫,她的灰白的嘴唇,全无血色,微微地颤动着,好像急得有话说不出来的样子。窗外的雷雨声、山间老树的咆哮声、门窗楼屋的震动声,充满了室中,质夫觉得好像在大海中遇着了暴风,船被打破了的样子。

深山的夜半,一个人在客里,猛然醒来,遇见了这一场情景,质夫当然大吃了一惊。质夫与那少女呆呆地注视了一忽，那少女便走近质夫的床来，发了颤声，对质夫说：

"……对，对不起……对不……起得很，……在这……这半夜里来惊醒你。……可……可是今天我的运气不好，偏偏母亲回去了的今夜，就发起这样大的风雨来。……我怕得很吓，我怕得很吓，是对不起得很……但是我请你今夜放我在这里过一夜，这样大的雷雨，我无论如何也不敢一个人住在隔壁那样大的房里的。"

她讲完了这几句话，好像精神已经镇静起来了。脸上的惊恐的形容，去了一半，嫩白的颊上，忽然起了两个红晕。大约因为质夫呆呆地太看得出神了，所以她的眼角上，露了一点儿害羞的样子，把她那同米粉做成似的纤嫩的颈项，少微动了一动，头也低下去了。当时只有二十一岁的质夫，同这样妙龄的少女还没有接触过，急得他额上涨出了一条青筋，格格地讲不出一句回话来。听她讲完了话，质夫才硬地开了口请她不要客气，请她不要在席上跪着，请她快到蓝绸的被上坐下。半吞半吐地说这些话的时候，质夫因为怕羞不过，想做出一番动作来，把他那怕羞的不自然的样子混过去，所以他一边说，一边就从被里站了起来，跑上屋子的角上去拿了几个坐垫来摆在他的床边上。质夫俯了首，在坐垫上坐下的时候，那少女却早在质夫的被上坐好了。她看质夫坐定后，又连接着对质夫说：

"我们家住在 N 市内。我因为染了神经衰弱症，所以学校里的暑假考也没有考，到此地来养病已经有一个多月了。我的母亲本来陪我在这里的，今天因为她想回家去看看家里的情形，才于午后下山去的。你在路上有没有遇着？"

质夫听了她的话，才想起了他白天火车站上遇着的那一个很优美的中年妇人。

"是不是一位三十五六岁的妇人，身上穿着紫色绉绸的衣服，外面罩着玄色的纱外套的？"

"是的是的,那一定是母亲了。你在什么地方看见她的?"

"我在车站上遇着的。我下车的时候,她刚到车站上。"

"那么你是坐一点二十分的车来的么?"

"是的!"

"你是N市的么?"

"不是。"

"东京么?"

"不是。"

"学堂呢?"

质夫听她问他故乡的时候,脸上忽然红了一阵,因为中国人在日本是同犹太人在欧洲一样,到处都被日本人轻视的;及听到她问他学校的时候,心里却感得了几分骄气,便带了笑容指着衣架上挂着的有两条白线的帽子说:

"你看那就是我的制帽。"

"哦,你原来也是在第×高等的么?我有一位表哥你认识不认识?他姓N,是去年在英法科毕业的。今年进了东京的帝国大学,怕不久就要回来呢!"

"我不认识他,因为我是德法科。"

窗外疾风雷雨的狂吼声,竟被他们两人的幽幽的话声压了下去。可是他们的话声一断,窗外的雨打风吹的响声也马上会传到他们的耳膜上来。但是奇怪得很,他们两人那样依依对坐在那里的中间,就觉得楼屋的震动,和老树的摇撼全没有一点儿可怕的地方。质夫听听她那柔和的话声,看看她那可爱的相貌,心里只怕雷雨就晴了。和她讲了四五十分钟的话,质夫竟好像同她自幼相识的样子。两人讲到天将亮的时候。雷雨晴了,闲话也讲完了。那少女好像已经感到了疲倦,竟把身子伏倒在质夫的被上,嘶嘶地睡着了。她睡着之后,质夫的精神愈加亢奋起来,他只怕惊醒了她的好梦,所以身体不敢动一动,但是他心里真想伸出手来到她那柔软的腰部前后去摸她一摸。她那伏倒的颈项后面的曲线，质夫在心里完全地把她描写了出来。

"从这面下去是肩峰，除去了手的曲线，向前便是胸部，唉，唉，这胸部的曲线，这胸部的曲线，下去便是腹部，腰部……"

眼看着了那少女的粉嫩洁白的颈项，耳听着了她的微微的鼾声，他脑里却在那里替她解开衣服来。他想到了她的腹部、腰部的时候，他的气息也屏住吐不出来了。一个有血液流着带些微温的香味的大理石的处女裸像，现在伏在他的面前。质夫心里想哭又哭不出来，想啊啊地叫又叫不出来，他的脸色涨得同夹竹桃一样的红。他实在按捺不住了，便把右手轻轻地到她头发上去摸了一摸。她的鼾声忽然停止了，质夫骤觉得眼睛转了一转黑，好像从高山顶上，一脚被跌在深坑里去的样子。她果然举起头来，开了半只蒙眬的睡眼，微微地笑着对质夫说：

"你还醒着么？怎么不睡一下呢？我正好睡吓！对不起，我要放肆了。"

含含糊糊地说了几句话，她索性把身体横倒，睡着在质夫的被上。质夫看看她腰部和臀部的曲线，愈觉得眼睛里要喷出火来的样子，没有方法，他也只能在她的背后睡下。原来她是背朝了质夫打侧睡的，质夫睡下的时候，本想两头分睡，后来因为怕自家的脚要跌上她的头去，所以只能和她并头睡倒。他先是背朝背的，但是质夫的心里，因为不能看见她的身体，正同火里的毛虫一样，苦闷得难堪。他在心里思恼得好久，终究轻轻地把身子翻了过来，将他的面朝着了她的背。翻转了身子，他又觉得苦闷得难堪。不知不觉轻轻地一点一点地他又把身子挨了过去。到了他自家的腹部离她的突出的后部只有二寸余的时候，他觉得怎么也不能再挨近前去了，不得已他只得把眼睛闭拢。但是一阵阵从她的肉体里发散出来的香气，正同刀剑一般，直割到他的心里去。他眼睛闭了之后，倒反觉得她精赤裸裸地睡在他的面前。他的苦闷到了极点，唉地长叹了一声，放大了胆他就把身子翻了转来，与她又成了个背朝背的局面。他因为样子不好看，就把腰曲了一曲，把两只腿缩拢了。

同上刑具被拷问似的苦了好久,到天亮之后,质夫才蒙眬地睡着。他正要睡去的时候,那少女醒了。她翻过身来,坐起了半身,对质夫说:

"对不起得很,吵闹了你一夜。天也明了,雷雨也晴了,我不怕什么了,我要回到间壁自家的房里睡去。"

质夫被她惊醒,昏昏沉沉地听了这几句话,便连接着说:

"你说什么话,有什么对不起呢?"

等她走到隔壁自家房里之后,质夫完全醒了。朝了她的纸壁看了一眼,质夫就马上将身体横伏在刚才她睡过的地方。质夫把两手放到身底下去做了一个紧抱的形状,他的四体却感着一种被上留着的她的余温。闭了口用鼻子深深地在被上把她的香气闻吸了一回,他觉得他的肢体都酥软起来了。

…………

质夫醒来,已经是午前十点钟的光景,昨宵的暴风雨,不留半点儿痕迹,映在格子窗上的日光,好像在那里对他说:

"今天天气好得很,你该起来了。"

质夫起床开了格子窗一望,觉得四山的绿叶,清新得非常。从绿叶丛中透露出来的青天,也同秋天的苍空一样,使人对之能得着一种强健的感觉。含了牙刷,质夫就上温泉池去洗浴。出了格子窗门,在回廊上走过隔壁的格子门的时候,质夫的末梢神经,感觉得她还睡在那里。刷了牙,洗了面,浸在温泉水里,他从玻璃窗口看看户外的青天,觉得身心爽快得非常,昨晚上的苦闷,正同噩梦一样,想起来倒引起了自家的微笑。他正在那里追想的时候,忽然听见一种娇脆的喉音说:

"你今天好么?昨天可对不起你了,闹了你一夜。"

质夫仰转头来一看,只见她那纤细的肉体,丝缕不挂,只两手捏了一块手巾,盖在那里;她那形体,同昨天他脑里描写过的竟无半点儿的出入。他看了一眼,涨红了脸,好像犯了什么罪似的,就马上朝转了头,一面对她说:

"你也醒了么？你今天觉得疲倦不疲倦？"

她一步一步地浸入了温泉水里，走近他的身边来，他想不看她，但是怎么也不能不看。他同饥狼见了肥羊一样，饱看了一阵她的腰部以上的曲线，渐渐地他觉得他的下部起作用来了。在温泉里浸了许久，她总不走出水来，质夫等着急起来，就想平心静气地想想另外的事情，好教他的身体得复平时的状态，但是在这禁果的前头他的政策终不见效。不得已他直等得她回房间去之后，才走出水来。

吃完了朝中兼带的饭，质夫走上隔壁的她的房里去，他们讲讲闲话，不知不觉天就黑了，平时他每嫌太阳的迟迟不落，今天却只觉得落得太早。

第二天质夫又同她玩了一天，同在梦里一样，他只觉得时间过去得太快。

第三天的早晨，质夫醒来的时候，忽听见隔壁她房里，有男人的声音在那里问她说：

"你近来看不看小说？"（男音）

"我近来懒得很，什么也不看。"（她）

"姨母说你太喜欢看小说，这一次是她托我来劝止你的？"

"啊拉，什么话，我本来是不十分看小说的。"

质夫尖着了两耳听了一忽，心里想这男人定是她的表哥。他一想到了自家的孤独的身世，和她的表哥对比对比，不觉滴了两颗伤感的眼泪。不晓得什么原因，他心里觉得这一回的恋爱事情已经终结了。

一个人在被里想了许多悲愤的情节，哭了一阵。自嘲自骂地笑了一阵，质夫又睡着了。

这一天又忽而下起雨来了，质夫在被里看看外面，觉得天气同他的心境一样，也带着了灰色。他一直睡到十二点钟才起来，洗了面，刷了牙，回到房里的时候，那少女同一个二十七八岁的很时髦的大学生也走进了他的房里。质夫本来是不善交际的，又加心里怀着鬼胎，并且那大学生的品貌学校年龄，都在他之上，他又不得不感着一种劣败的悲哀，所以见她和那大学生进来的时候，质夫急得几乎要出眼泪，分外恭恭敬敬地逊让了一番，讲了许多和心里的思想成两极端的客气话，质夫才觉得胸前稍微安闲了些。那少女替他们介绍之后，质夫方知道这真是她的表兄N。质夫偷眼看看那少女的面色，觉得今天她的容貌格外的好像觉得快乐。三人讲了些闲话，那少女和那大学生就同时立了起来，告辞出去了。质夫心里恨得很，但是你若问他恨谁，他又说不出来。他只想把他周围的门窗桌椅完全敲得粉碎，才能泄他这气愤。旅馆的侍女拿饭来的时候，他命她拿了许多酒来饮了。中饭毕后，在房里坐了一忽，他觉得想睡的样子，在席上睡下之后，他听见那少女又把纸壁门一开，进他的房来。质夫因为恨不过，所以不朝转身来向她说话。她一步一步地走近了他的身边，在席上坐下，用了一只柔软的手搭上他的腰，含了媚意，问他说：

"你在这里恨我么？"

质夫听了她这话，才把身子朝过来，对她一看，只见她的表哥同她并坐在那里。质夫气愤极了，就拿了席上放着的一把刀砍过去。一刀砍去，正碰着她的手臂，刹的一声，她的一只纤手竟被他砍落，鲜血淋漓地躺在席上。他拼命地叫了一声，隔壁的那纸壁门开了，在五寸宽的狭缝里，露出了一张红白的那少女的面庞来，她笑微微地问说：

"你见了噩梦么？"

质夫擦擦眼睛，看看她那带着笑容的红白的脸色，怎么也不信刚才见的是一场噩梦。质夫再注意看了她一眼，觉得她的脸色分外的鲜艳，颊上的两颗血色，是平时所没有的，所以就问说：

"你喝了酒么？"

"啊拉，什么话，我是从来不喝酒的。"

"你表哥呢？"

"他还在浴池里，我比他先出来一步，刚回到房里，就听见你大声地叫了一声。"

　　质夫又擦了一擦眼睛，注意到她那垂下的一双纤手上去。左右看了一忽，觉得她的两只手都还在那里，他才相信刚才见的是一场噩梦。

　　这一天下午三点钟的时候，质夫冒了微雨，拿了一个小小的藤箧，走下山来赶末班火车回 N 市去，那少女和她的表哥还送了他一里多路。质夫一个人在汤山温泉口外的火车站上火车的时候，还是呆呆地对着了汤山的高峰在那里出神；那火车站的月台板，若用分析化学的方法来分析起来，怕还有几滴他的眼泪中的盐分含在那里呢。

　　质夫拿钞票付给冰店里那侍女的时候，见了她的五个嫩红的手指，一霎时就把五年前在温泉场遇见的那少女的纤手联想了出来。他进这店的时候，并没注意到这店里有什么人。他只晓得命店里的人拿了一杯冰激凌来；吃完了冰激凌，就又命拿一杯冰浸的红茶来，既不知道他的冰激凌和红茶是谁拿来的，也不知道这店里有几个侍女。直到看见了那侍女的手指之后，他才晓得刚才的物事是她拿来的。仰起头来向那侍女的面貌一看，质夫觉得面熟得很，她也嫣然对质夫笑了一脸问说：

　　"你不认识我了么？"

　　她的容貌虽不甚美，但在平常的妇女中间却系罕有的。一双眼睛常带着媚人的微笑，鹅蛋形的面庞，细白的皮肤，血色也好得很，质夫只觉得面熟，一时却想不出在什么地方见过的。她见质夫尽在那里疑惑，便对他说：

　　"你难道忘了么？Café sans souci 里的事情，你难道还会忘记不成？"

　　被她这样的一说，质夫才想了起来。Café sans souci 是开在大学附近的一家咖啡店，他那时候，正在放浪的时候，所以时常去进出的。这侍女便是一二年前那咖啡店的当垆少妇。质夫点了一点头，微微地笑了一脸，把五元的一张钞票交给了她。她拿找头来的时候，质夫正拿出一支纸烟来吸，她就马上把桌上的洋火点了给他上火。质夫道了一声谢，便把找头塞在她手里，慢慢地下楼走了。又在街上走了一忽，拿出表来一看，还不甚迟，他便走到丸善书店去看新到的书；许多新到的英德法国的书籍，在往时他定要倾囊购买的，但是他看了许多时候，终究没有一本书，能引起他的兴味。他看看 Harold Nicolson（哈罗德·尼克尔森）著的 *Verlaine*（《魏尔伦》），看看 Gourmont（古尔蒙）的论文集《颓废派论》，也觉得都无趣味。正想出来的时候，他在右手的书架角上，却见了一本黄色纸面的 *Dreams Book, Fortune Teller*（《说梦·算命》）。他想回家的时候，电车上没有书看，所以就买定了这本书。在街上走了一忽，他想去看看久不见面的一位同学，等市内电车到他跟前的时候，他又不愿去了，所以就走向新桥的郊外电车的车站上来，买了一张东中野的乘车券回到了家里，太阳已将下山去了。

又是几天无聊的日子过去了。质夫这次从家里拿来的三百余元钱，将快完了。

他今年三月在东京帝国大学的经济学部，得了比较好的成绩卒了业，马上就回国了一次。那时候他的意气还没有同现在一样的消沉。他以为有了学问，总能糊口，所以他到上海的时候，还并不觉得前途有什么悲观的地方。

阳历四月初的时候，正是阳春日暖的节季，他在上海的同大海似的复杂的社会里游泳了几日，觉得上海的男男女女，穿的戴的都要比他高强数倍。当他回国的时候，他想中国人在帝国大学卒业的人并不多，所以他这一次回来，社会上占的位置定是不小的。直到上海住了几天之后，他才觉得自家是同一粒泥沙，混在金刚石库里的样子。中国的社会不但不知道学问是什么，简直把学校里出身的人看得同野马尘埃一般的小。他看看这些情形又好气又好笑，想马上仍旧回到日本来，但回想了一下：

"我终究是中国人，在日本总不能过一生的，既回来了，我且暂时寻一点儿事情干罢。"

他在上海有四五个朋友，都是在东京的时候或同过学或共过旅馆的至友。一位姓 M 的是质夫初进高等学校时候的同住者，当质夫在那里看几何化学,预备高等学校功课的时候,M却早进了某大学的三年级。M因为不要自家去考的,所以日本话也不学,每天尽是去看电影,吃大菜。有一天晚上M吃得酒醉醺醺回来,质夫还在那里念 tangent(正切),cotangent(余切),sine(正弦),cosine(余弦),M嘴里含了一支雪茄烟,对质夫说:

"质夫,你何苦,我今天快活极了。我在岳阳楼(东京的中国菜馆)里吃晚饭的时候,遇着了一位中国公使馆员。我替他付了菜饭钱,他就邀我到日本桥妓女家去逛了一次。唉,痛快痛快,我平生从没有这样欢乐的日子过。"

M话没有说完,就歪倒在席上睡了;从此之后,M便每天跑上公使馆去,有的时候到晚上十二点钟前后,他竟有坐汽车回来的日子。M说公使待他怎么好怎么好,他请公使和他的姨太太上什么地方去看戏吃饭。像这样的话,M日日来说的。

一年之后质夫转进了N市的高等学校,M却早回了国。有一天质夫在上海报上看见M的名氏,说他做了某洋行的经理,M在上海是大出风头的一个阔人了。质夫因为M是他的旧友,所以到上海住了两三天之后,去访问了一次。第一次去的时候,是午前十一点钟前后,门房回复他说:

"还没有起来。"

第二天午后质夫又去访问了一次,门房拿名片进去,质夫等了许多时候,那门房出来说:

"老爷出去了,请你有话就对我说。"

质夫把眼睛张了一张,把嘴唇咬了一口,吞了几口气,就对门房说:

"我没有别的事情。"

质夫更有两个朋友是在 C.P. 书馆里当编辑的,本来是他的老同学。到上海之后,质夫也照例去访问了一次,这两位同学,因为多念了几年书,好像在社会上也没有十分大势力,还各自穿着一件藤青的哔叽洋服,脸上带着了一道绝望的微笑,温温和和在 C.P. 书馆编辑所的会客室里接待他。质夫讲了几句无关紧要的话，就告辞了。到了晚上五点钟的时候，他的两位同学到旅馆里来看质夫，就同质夫到旅馆附近的一家北京菜馆去吃晚饭。他们两个让质夫点菜，质夫因为不晓得什么菜好，所以执意不点。他们两个就定了一个和菜、半斤黄酒。质夫问他们什么叫作和菜。他们笑着说：

"和菜你都不晓得么？"

质夫还有一位朋友，是他在N高等学校时代同住过的N市医专的选科生。这一位朋友在N市的时候，是以吸纸烟贪睡出名的，他的房里都是黑而又短的吸残的纸烟头，每日睡在被窝里吸吸纸烟，唱几句不合板的"小东人"便是他的日课。他在四五年前回国之后，质夫看见报上天天只登他的广告。这一次质夫回到上海，问问旅馆里的茶房，茶房都争着说：

"这一位先生，上海有什么人不晓得呢！他是某人的女婿，现在他的生意好得很呀！"质夫因为已经访问过M，同M的门房见过两次面，所以就不再去访问他这位朋友了。

质夫在上海旅馆里住了一个多月，吃了几次和菜，看了几回新世界大世界里的戏，钱倒也花得不少。他看看在中国终究是没有什么事情可干了，所以就跑回家去托他母亲向各处去借了三百元钱仍复回到日本来做闲住的寓公。

质夫回到日本的时候，正是夹衣换单衣的五月初旬。在杂闹不洁的神田的旅馆里住了半个月，他的每年夏天要发的神经衰弱症又萌芽起来了。不眠，食欲不进。白日里觉得昏昏欲睡，疏懒，易怒，这些病状一时地都发作了。他以为神田的空气不好，所以就搬上了东中野的旷野里去住。他搬上东中野之后，只觉得一天一天地消沉了下去。平时他对于田园清景，是非常爱惜的，每当日出日没的时候，他也着实对了大自然流过几次清泪，但是现在这自然的佳景，亦不能打动他的心了。

有一天六月下旬的午后，朝晨下了一阵微微雨，所以午后太阳出来的时候,觉得清快得很。他呆呆地在书斋里坐了一忽,因七月七快到了,所以就拿了一本《天河传说》(*The romance of the milky way*)出来看,翻了几页,他又觉得懒看下去;正坐得不耐烦的时候,门口忽然来了一位来访的客人。他出去一看,却是他久不见的一位同学。这位同学本来做过一任陆军次长,他的出来留学,也是有文章在里面的。质夫请他上来坐下之后,他便对质夫说:

"我想于后天动身回国,现在L氏新任总统,统一问题也有些希望,正是局面展开的时候,我接了许多北京的同事的信,促我回去,所以我想回国去走一次。"

质夫听了他同学的话,心里想说:

"南北统一,废督裁兵,正是很有希望的时候;但是这些名目,难道是真的为中国的将来计算的人做出来的么?不是的,不是的,他们不过想利用了这些名目,来借几亿外债,大家分分而已。统一、裁兵、废督,名目是好得很呀!但外债借到,大家分好之后,你试看还有什么人来提起这些事情。再过几年,必又有一班人出来再提倡几个更好的名目,来设法借一次外债的。革命、共和,过去了,制宪、地方自治也被用旧了。现在只能用统一、裁兵、废督,来欺骗国民,借几个外债。你看将来必又有人出来用了无政府主义的名目来立名谋利呢!聪明的中国人呀,你们想的那些好名目,大约总有一国人来实行的。我劝你们还不如老老实实地说'要名!要利!预备做奴隶'的好呀!"

质夫心里虽是这样的想,口里却不说一句话;想了一阵之后,他又觉得自家的这无聊的爱国心没有什么意思,便含了微笑,轻轻地问他的同学说:

"那么你坐几点钟的车上神户去?"

"大约是坐后天午后三点五十分的车。"

讲了许多闲话,他的朋友去了。质夫便拿了樱杖,又上各处野道上去走了一回。吃了晚饭,汲了一桶井水,把身体洗了一洗,质夫就服了两服催眠粉药入睡了。

六月二十八日的午后,倒也是一个晴天。质夫吃了午饭,从他的东中野的小屋里出来上东京中央驿去送他的同学回国。他到东京驿的时候已经是二点五十分了。他的同学脸上出了一层油汗,尽是匆匆地在那里料理行李并和来送的人行礼。来送的人中间质夫认识的人很多。也有几位穿白衣服戴草帽的女学生立在月台上和他的同学讲话。质夫因为怕他应接不暇,所以同他点了一点头之后,就一个人清踽踽地站开了。来送的人中,有一位姓W的大学生,也是质夫最要好的朋友。W看见质夫远远地站在那里,小嘴上带了一痕微笑,便慢慢地走近了质夫的身边来。W把眼睛闭了几次,轻轻地问质夫说:

"质夫,二年前你拼死地崇拜过的那位女英雄,听说今天也在这里送行,是哪一个?"

质夫听了只露了一脸微笑,便慢慢地回答说:

"在这里么?我看见的时候指给你看就对了。"

二年前头,质夫的殉情热意正涨到最高度的时候,在爱情上蹉跌了几次,有一天正是懊恼伤心,苦得不能生存的时候,偶然在同乡会席上遇见了一位他的同乡K女士。当时K女士正是十六岁,脸上带有一种纯洁的处女的娇美,并且因为她穿的是女子医学专门学校的黑色制服,所以质夫一见,便联想到文艺复兴时代的圣画上去。质夫自从那一天见她之后,便同中了催眠术的人一般,到夜半风雪凛烈的时候,每一个人喝醉了酒,走上她的学校的附近去探望。后来他知道她不住在那学校的寄宿舍里,便天天跑上她住的地方附近去守候。那时候质夫寄住在上野不忍池边的他的朋友家里。从质夫寓处走上她住的地方,坐郊外电车,要三十几分钟。质夫不怨辛苦,不怕风霜雨雪,只管天天地跑上她住的地方去徘徊顾望。事不凑巧,质夫守候了两个多月,终没有遇着她一次;并且又因为恶性感冒流行的缘故,有一天晚上他从那地方回来,路上冒了些风寒,竟病了一个多月。后来因为学校的考试和种种另外的关系,质夫就把她忘记了。质夫病倒在病院里的时候，他的这一段癞蛤蟆想吃天鹅肉的故事，竟传遍了东京的留学生界。从那时候起直到现在，质夫从没有见过她一面。前二月质夫在中国的时候，听说她在故乡湖畔遇见了一个歹人，淘了许多气。到如今有二个多月了，质夫并不知道她在中国呢或在东京。

质夫远远地站着，用了批判的态度在那里看那些将离和送别的人。听见发车的铃响了，质夫就慢慢地走上他同学的车窗边上去。在送行的人丛里，他无意中竟看见了一位戴金丝平光眼镜的中国女子。质夫看了一眼，便想起刚才他同学W对他说的话来。

"原来就是她么？长得多了。大得多了。面色也好像黑了些。穿在那里的白色中国服也还漂亮，但是那文艺复兴式的处女美却不见了。"

这样的静静儿地想了一遍，质夫听见他的朋友从车窗里伸出头来向他话别：

"质夫，你也早一点儿回中国去罢，我一到北京就写信来给你……"

火车开后，质夫认识的那些送行的人，男男女女，还在那里对了车上的他的同学挥帽子手帕，质夫一个人却早慢慢地走了。

东中野质夫的小屋里又是几天无聊的夏日过去了。那天午后他接到了一封北京来的他同学的信，说：

"你的位置已经为你说定了，此信一到，马上就请你回到北京来。"

质夫看了一遍，心里只是淡淡的。想写回信，却是难以措辞。以目下的心境而论，他却不想回中国去，但又不能辜负他同学的好意。质夫拿了一支纸烟吸了几口，对了桌上的镜子看了一忽，就想去洗澡。洗了澡回来，喝了一杯啤酒，他就在书斋的席上睡着了。

又过了几天，质夫呆呆地在书斋里睡了一日。吃完了晚饭出去散步回来，已经九点钟了。他把抽斗抽开来想拿催眠药服了就寝，却又看见了几日前到的他同学的信。他直到今朝，还没有写回信给他同学。搁下了催眠药，他就把信笺拿出来想做回信。把信笺包一打开来，半个月前头他写的那一张小说不像小说,信不像信的东西还在那里。他从第一句"我近来的心理状态,正不晓得怎么才写得出来……"看起,静静地看了一遍,看到末句的"……啊,啊,年轻的维特呀,我佩服你的勇敢,我佩服你的有果断的柔心"。

他的嘴角上却露了一痕冷笑。静静地想了一想,他又不愿意写信了。把催眠药服下,灭去了电灯,他就躺上他的褥上去就睡,不多一忽,微微的鼾声,便从这灰黑的书室里传了出来。书斋的外面,便是东中野的旷野,一幅夏夜的野景横在星光微明的天盖下,大约秋风也快吹到这岛国里来了。

一九二二年七月改作

采石矶

> 文章憎命达，魑魅喜人过。
> ——杜甫

一

自小就神经过敏的黄仲则，到了二十三岁的现在，也改不过他的孤傲多疑的性质来。他本来是一个负气殉情的人，每逢兴致激发的时候，不论讲得讲不得的话，都涨红了脸，放大了喉咙，抑留不住地直讲出来。听话的人，若对他的话有些反抗，或是在笑容上，或是在眼光上，表示一些不赞成他的意思的时候，他便要拼命地辩驳，讲到后来他那双黑晶晶的眼睛老会张得很大，好像会有火星飞出来的样子。这时候若有人出来说几句迎合他的话，那他必喜欢得要奋身高跳，他那双黑而且大的眼睛里也必有两泓清水涌漾出来，再进一步，他的清瘦的颊上就会有感激的眼泪流下来了。

像这样的发泄一会儿之后，他总有三四天守着沉默，无论何人对他说话，他总是噤口不作回答的。在这沉默期间，他也有一个人关上了房门，在那学使衙门东北边的寿春园西室里兀坐的时候，也有青了脸，一个人上清源门外的深云馆怀古台去独步的时候，也有跑到南门外姑熟溪边上的一家小酒馆去痛饮的时候。不过在这期间他对人虽不说话，对自家却总一个老在幽幽地好像讲论什么似的。他一个人，在这中间，无论上什么地方去，有时或轻轻地吟诵着诗或文句，有时或对自家嬉笑嬉笑，有时或望着了天空而做叹惜，竟似忙得不可开交的样子。但是一见着人，他那双呆呆的大眼，举起来看你一眼，他脸上的表情就会变得同毫无感觉的木偶一样，人在这时候遇着他，总没有一个不被他骇退的。

学使朱笥河，虽则非常爱惜他，但因为事务烦忙的缘故，所以当他沉默忧郁的时候，也不能来为他解闷。当这时候，学使左右上下四五十人中间，敢接近他，进到他房里去与他谈几句话的，只有一个他的同乡洪稚存。与他自小同学，又是同乡的洪稚存，很了解他的性格。见他与人论辩，愤激得不堪的时候，每肯出来为他说几句话，所以他对稚存比自家的弟兄还要敬爱。稚存知道他的脾气，当他沉默起头的一两天，故意地不去近他的身。有时偶然同他在出入的要路上遇着的时候，稚存也只装成一副忧郁的样子，不过默默地对他点一点头就过去了。待他沉默过了一两天，暗地里看他好像有几首诗作好，或者看他好像已经在市上酒肆里醉过了一次，或在城外孤冷的山林间痛哭了一场之后，稚存或在半夜或在清晨，方敢慢慢地走到他的房里去，与他争诵些《离骚》或批评韩昌黎李太白的杂诗，他的沉默之戒也就能因此而破了。

学使衙门里的同事们，背后虽在叫他作黄疯子，但当他的面，却个个怕他得很。一则因为他是学使朱公最钟爱的上客，二则也因为他习气太深，批评人家的文字，不顾人下得起下不起，只晓得顺了自家的性格，直言乱骂的缘故。

他跟提督学政朱笥河公到太平，也有大半年了，但是除了洪稚存朱公二人而外，竟没有第三个人能同他讲上半个钟头的话。凡与他见过一面的人，能了解他的，只说他恃才傲物，不可订交，不能了解他的，简直说他一点儿学问也没有，只仗着了朱公的威势爱发脾气。他的声誉和朋友一年一年地少了下去，他的自小就有的忧郁症反一年一年地深起来了。

二

　　乾隆三十六年的秋也深了。长江南岸的太平府城里，已吹到了凉冷的北风，学使衙门西面园里的杨柳梧桐榆树等杂树，都带起鹅黄的淡色来。园角上荒草丛中，在秋月皎洁的晚上，凄凄唧唧的候虫的鸣声，也觉得渐渐地幽下去了。

　　昨天晚上，因为月亮好得很，仲则竟犯了风露，在园里看了一晚的月亮。在疏疏密密的树影下走来走去地走着，看看地上同严霜似的月亮，他忽然感触旧情，想到了他少年时候的一次悲惨的爱情上去。

　　"唉，唉！但愿你能享受你家庭内的和乐！"

　　这样的叹了一声，远远地向东天一望，他的眼睛，忽然现出了一个十六岁的伶俐的少女来。那时候仲则正在宜兴沇里读书，他同学陈某龚某都比他有钱，但那少女的一双水盈盈的眼光，却只注视在瘦弱的他的身上。他过年的时候因为要回常州，将别的那一天，又到她家里去看她，不晓是什么缘故，这一天她只是对他暗泣而不多说话。同她痴坐了半个钟头，他已经走到门外了，她又叫他回去，把一条当时流行的淡黄绸的汗巾送给了他。这一回当临去的时候，却是他要哭了，两人又拥抱着痛哭了一场，把他的眼泪，都揩擦在那条汗巾的上面。一直到航船要开的将晚时候，他才把那条汗巾收藏起来，同她别去。这一回别后，他和她就再没有谈话的机会了。他第二回重到宜兴的时候，他的少年的悲哀，只成了几首律诗，流露在抄书的纸上：

　　　　大道青楼望不遮，年时系马醉流霞。
　　　　风前带是同心结，怀底人如解语花。
　　　　下杜城边南北路，上阑门外去来车。
　　　　匆匆觉得扬州梦，检点闲愁在鬓华。

唤起窗前尚宿酲,啼鹃催去又声声。
丹青旧誓相如札,禅榻经时杜牧情。
别后相思空一水,重来回首已三生。
云阶月地依然在,细逐空香百遍行。

遮莫临行念我频,竹枝留涴泪痕新。
多缘刺史无坚约,岂视萧郎作路人。
望里彩云疑冉冉,愁边春水故粼粼。
珊瑚百尺珠千斛,难换罗敷未嫁身。

从此音尘各悄然,春山如黛草如烟。
泪添吴苑三更雨,恨惹邮亭一夜眠。
讵有青鸟缄别句,聊将锦瑟记流年。
他时脱便微之过,百转千回只自怜。

后三年,他在扬州城里看城隍会,看见一个少妇,同一年约三十、状似富商的男人在街上缓步。她的容貌绝似那宜兴的少女,他晚上回到了江边的客寓里,又作成了四首感旧的杂诗。

风亭月榭记绸缪,梦里听歌醉里愁。
牵袂几曾终絮语,掩关从此入离忧。
明灯锦幄珊珊骨,细马春山蔋蔋眸。
最忆频行尚回首,此心如水只东流。

而今潘鬓渐成丝,记否羊车并载时。
挟弹何心惊共命,抚柯底苦破交枝。
如馨风柳伤思曼,别样烟花恼牧之。

莫把鹍弦弹昔昔,经秋憔悴为相思。

柘舞平康旧擅名,独将青眼到书生。
轻移锦被添晨卧,细酌金卮遣旅情。
此日双鱼寄公子,当时一曲怨东平。
越王祠外花初放,更共何人缓缓行。

非关惜别为怜才,几度红笺手自裁。
湖海有心随颖士,风情近日逼方回。
多时掩幔留香住,依旧窥人有燕来。
自古同心终不解,罗浮冢树至今哀。

他想想现在的心境,与当时一比,觉得七年前的他,正同阳春暖日下的香草一样,轰轰烈烈,刚在发育。因为当时他新中秀才,眼前尚有无穷的希望,在那里等他。

"到如今还是伊人碌碌!"

一想到现在的这身世,他就不知不觉地悲伤起来了。这时候忽有一阵凉冷的西风,吹到了园里。月光里的树影索索落落地颤动了一下,他也打了一个冷噤,不晓得是什么缘故,觉得毛细管都竦竖了起来。

"似此星辰非昨夜,为谁风露立中宵?"

于是他就稍微放大了声音把这两句诗吟了一遍,又走来走去地走了几步,一则原想借此以壮壮自家的胆,二则他也想把今夜所得的这两句诗,凑成一首全诗。但是他的心思,乱得同水淹的蚁巢一样,想来想去怎么也凑不成上下的句子。园外的围墙弄里,打更的声音和灯笼的影子过去之后,月光更结练得怕人了。好像是秋霜已经下来的样子,他只觉得身上一阵一阵地寒冷了起来。想想穷冬又快到了,他箧里只有几件大布的棉衣,过冬若要去买一件狐皮的袍料,非要有四十两银子不可,并且家里他也许久不寄钱去了，依理而论，正也该寄几十两银子回去，为老母辈添置几件衣服，但是照目前的状态看来，叫他能到何处去弄这许多银子？他一想到此，心里又添了一层烦闷。呆呆地对西斜的月亮看了一忽，他却顺口念出了几句诗来：

"茫茫来日愁如海，寄语羲和快着鞭。"

回环念了两遍之后，背后的园门里忽而走了一个人出来，轻轻地叫着说：

"好诗，好诗，仲则！你到这时候还没有睡么？"

仲则倒骇了一跳，回转头来就问他说：

"稚存！你也还没有睡么？一直到现在在那里干什么？"

"竹君要我为他起两封信稿，我现在刚搁下笔哩！"

"我还有两句好诗，也念给你听罢：似此星辰非昨夜，为谁风露立中宵？"

"诗是好诗，可惜太衰飒了。"

"我想把它们凑成两首律诗来，但是怎么也作不成功。"

"还是不作成的好。"

"何以呢？"

"作成之后，岂不是就没有兴致了么？"

"这话倒也不错，我就不作了吧。"

"仲则，明天有一位大考据家来，你知道么？"

"谁呀？"

"戴东原。"

"我只闻诸葛的大名，却没有见过这一位小孔子，你听谁说他要来呀？"

"是北京纪老太史给竹君的信里说出的，竹君正预备着迎接他呢！"

"周秦以上并没有考据学，学术反而昌明，近来大名鼎鼎的考据学家很多，伪书却日见风行，我看那些考据学家都是盗名欺世的。他们今日讲诗学,明日弄训诂,再过几天,又要来谈治国平天下,九九归原,他们的目的,总不外乎一个翰林学士的衔头,我劝他们还是去参注酷吏传的好,将来束带立于朝,由礼部而吏部,或领理藩院,或拜内阁大学士的时候,倒好照样去做。"

"你又要发痴了,你不怕旁人说你在妒忌人家的大名么?"

"即使我在妒忌人家的大名,我的心地,却比他们的大言欺世、排斥异己,光明得多哩!我究竟不在陷害人家,不在卑污苟贱地迎合世人。"

"仲则,你在哭么?"

"我在发气。"

"气什么?"

"气那些挂羊头卖狗肉的未来的酷吏!"

"戴东原与你有什么仇?"

"戴东原与我虽然没有什么仇,但我是疾恶如仇的。"

"你病刚好,又愤激得这个样子,今晚上可是我害了你。仲则,我们为了这些无聊的人呕气也犯不着,我房里还有一瓶绍兴酒在,去喝酒吧。"

他与洪稚存两人,昨晚喝酒喝到鸡叫才睡,所以今朝太阳射照在他窗外的花坛上的时候,他还未曾起来。

门外又是一个清冷的好天气。绀碧的天空,高得渺渺茫茫。窗前飞过的鸟雀的影子,也带有些悲凉的秋意。仲则窗外的几株梧桐树叶,在这浩浩的白日里,虽然无风,也萧索地自在凋落。

一直等太阳射照到他的朝西南的窗下的时候,仲则才醒,从被里伸出了一只手,撩开帐子,向窗上一望,他觉得晴光射目,竟感觉得有些眩晕。仍复放下了帐子,闭了眼睛,在被里睡了一忽,他的昨天晚上的亢奋状态已经过去了,只有秋虫的鸣声、梧桐的疏影和云月的光辉,成了昨夜的记忆,还印在他的今天早晨的脑里。又开了眼睛呆呆地对帐顶看了一回,他就把昨夜追忆少年时候的情绪想了出来。想到这里,他的

141

创作欲已经抬起头来了。从被里坐起,把衣服一披,他拖了鞋就走到书桌边上去。随便拿起了桌上的一张破纸和一支墨笔,他就叉手写出了一首诗来:

　　络纬啼歇疏梧烟,露华一白凉无边。
　　纤云微荡月沉海,列宿乱摇风满天。
　　谁人一声歌子夜,寻声宛转空台榭。
　　声长声短鸡续鸣,曙色冷光相激射。

三

　　仲则写完了最后的一句,把笔搁下,自己就摇头反复地吟诵了好几遍。呆着向窗外的晴光一望,他又拿起笔来伏下身去,在诗的前面添了"秋夜"两字,作了诗题。他一边在用仆役拿来的面水洗面,一边眼睛还不能离开刚才写好的诗句,微微地仍在吟着。

　　他洗完了面,饭也不吃,便一个人走出了学使衙门,慢慢地只向南面的龙津门走去。十月中旬的和煦的阳光,不暖不热地洒满在冷清的太平府城的街上。仲则在蓝苍的高天底下,出了龙津门,渡过姑熟溪,尽沿了细草黄沙的乡间的大道,在向着东南前进。道旁有几处小小的杂树林,也已现出了凋落的衰容,枝头未坠的病叶,都带了黄苍的浊色,尽在秋风里微颤。树梢上有几只乌鸦,好像在那里赞美天晴的样子,呀呀地叫了几声。仲则抬起头来一看,见那几只乌鸦,以树林作了中心,却在晴空里飞舞打圈。树下一块草地,颜色也有些微黄了。草地的周围,有许多纵横洁净的白田,因为稻已割尽,只留了点点的稻草根株,静静地在享受阳光。仲则向四面一看,就不知不觉地从官道上,走入了一条衰草丛生的田塍的小路里去。走过了一块干净的白田,到了那树林的草地上,他就在树下坐下了。静静地听了一忽鸦噪的声音,他举手却见了前面的一带秋山,划在晴朗的天空中间。

"相看两不厌,只有敬亭山。"

这样的念了一句,他忽然动了登高望远的心思。立起了身,他就又回到官道上来了。走了半个钟头的样子,他过了一座小桥,在桥头树林里忽然发现了几家泥墙的矮草舍。草舍前空地上一只在太阳里躺着的白花犬,听见了仲则的脚步声,呜呜地叫了起来。半掩的一家草舍门口,有一个五六岁的小孩跑出来窥看他了。仲则因为将近山麓了,想问一声上谢公山是如何走法的,所以就对那跑出来的小孩问了一声。那小孩把小指头含在嘴里,好像怕羞似的一语也不答又跑了进去。白花犬因为仲则站住不走了,所以叫得更加厉害。过了一会儿,草舍门里又走出了一个头上包青布的老农妇来。仲则做了笑容恭恭敬敬地问她说:

"老婆婆,你可知道前面的是谢公山不是?"

老妇摇摇头说:

"前面的是龙山。"

"那么谢公山在哪里呢?"

"不知道,龙山左面的是青山,还有三里多路啦。"

"是青山么?那山上有坟墓没有?"

"坟墓怎么会没有!"

"是的,我问错了,我要问的,是李太白的坟。"

"噢噢,李太白的坟么?就在青山的半脚。"

仲则听了这话,喜欢得很,便告了谢,放轻脚步,从一条狭小的歧路折向东南的谢公山去。谢公山原来就是青山,乡下老妇只晓得李太白的坟,却不晓得青山一名谢公山,仲则一想,心里觉得感激得很,恨不得想拜她一下。他的很易激动的感情,几乎又要使他下泪了。他渐渐地前进,路也渐渐窄了起来。路两旁的杂树矮林,也一处一处地多起来了。又走了半个钟头的样子,他走到青山脚下了。在细草簇生的山坡斜路上,他遇见了两个砍柴的小孩,唱着山歌,挑了两肩短小的柴担,兜头在走

143

下山来。他立住了脚，又恭恭敬敬地问说：

"小兄弟，你们可知道李太白的坟是在哪里的？"

两小孩好像没有听见他的话，尽管在向前地冲来。仲则让在路旁，一面又放声发问了一次。他们因为尽在唱歌，没有注意到仲则，所以仲则第一次问的时候，他们简直不知道路上有一个人在和他们兜头地走来，及走到了仲则的身边，看他好像在发问的样子，他们才歇了歌唱，忽而向仲则惊视了一眼，听了仲则的问话，前面的小孩把手向仲则的背后一指，好像求同意似的，回头向后面的小孩看着说：

"李太白？是那一个坟吧？"

后面的小孩也争着以手指点说：

"是的，是那一个有一块白石头的坟。"

仲则回转了头，向他们指着的方向一看，看见几十步路外有一堆矮林，矮林边上果然有一穴前面有一块白石的低坟躺在那里。

"啊，这就是么？"

他的这叹声里，也有惊喜的意思，也有失望的意思，可以听得出来。他走到了坟前，只看见了一个杂草生满的荒冢。并且背后的那两个小孩的歌声，也已渐渐地幽了下去；忽然听不见了，山间的沉默，马上就扩大了开来，包压在他的左右上下。他为这沉默一压，看看这一堆荒冢，又想到了这荒冢底下葬着的是一个他所心爱的薄命诗人，心里的一种悲感，竟同江潮似的涌了起来。

"啊，啊，李太白，李太白！"

不知不觉地叫了一声，他的眼泪也同他的声音同时滚下来了。微风吹动了墓草，他的模糊的泪眼，好像看见李太白的坟墓在活起来的样子。他向坟的周围走了一圈，又回到墓前来跪下了。

他默默地在墓前草上跪坐了好久。看看四围的山间透明的空气，想想诗人的寂寞的生涯，又回想到自家的现在被人家虐待的境遇，眼泪只是陆陆续续地流淌下来。看看太阳已经低了下去，坟前的草影长起来了，他方把今天睡到了日中才起来,洗面之后跑出衙门,一直还没有吃过食物的事情想了出来,这时候却一忽儿地觉得饥饿起来了。

四

他挨了饿,慢慢地朝着斜阳走回来的时候,短促的秋日已经变成了苍茫的白夜。他一面赏玩着日暮的秋郊野景,一面一句一句地尽在那里想诗。敲开了城门,在灯火零星的街上,走回学使衙门去的时候,他的吊李太白的诗也想完成了。

  束发读君诗,今来展君墓。
  清风江上洒然来,我欲因之寄微慕。
  呜呼!有才如君不免死,我固知君死非死。
  长星落地三千年,此是昆明劫灰耳。
  高冠岌岌佩陆离,纵横击剑胸中奇。
  陶镕屈宋入《大雅》,挥洒日月成瑰词。
  当时有君无著处,即今遗躅犹相思。
  醒时兀兀醉千首,应是鸿蒙借君手。
  乾坤无事入怀抱,只有求仙与饮酒。
  一生低首惟宣城,墓门正对青山青。
  风流辉映今犹昔,更有灞桥驴背客(贾岛墓亦在侧)。
  此间地下真可观,怪底江山总生色。
  江山终古月明里,醉魄沉沉呼不起。
  锦袍画舫寂无人,隐隐歌声绕江水。
  残膏剩粉洒六合,犹作人间万余子。
  与君同时杜拾遗,空石却在潇湘湄。
  我昔南行曾访之,衡云惨惨通九疑。

即论身后归骨地,俨与诗境同分驰。
终嫌此老太愤激,我所师者非公谁?
人生百年要行乐,一日千杯苦不足。
笑看樵牧语斜阳,死当埋我兹山麓。

仲则走到学使衙门里,只见正厅上灯烛辉煌,好像是在那里张宴。他因为人已疲倦极了,所以便悄悄地回到了他住的寿春园的西室。命仆役搬了菜饭来,在灯下吃了一碗,洗完手面之后,他就想上床去睡。这时候稚存却青了脸,张了鼻孔,做了悲寂的形容,走进他的房来了:

"仲则,你今天上什么地方去了?"

"我倦极了,我上李太白的坟前去了一次。"

"是谢公山么?"

"是的,你的样子何以这样的枯寂,没有一点儿生气?"

"唉,仲则,我们没有一点儿小名气的人,简直还是不出外面来的好。啊,啊,文人的卑污呀!"

"是怎么一回事?"

"昨晚上我不是对你说过了么?那大考据家的事情。"

"哦,原来是戴东原来了。"

"仲则,我真佩服你昨晚上的议论。戴大家这一回出京来,拿了许多名人的荐状,本来是想到各处来弄几个钱的。今晚上竹君办酒替他接风,他在席上听了竹君夸奖你我的话,就冷笑了一脸说'华而不实'。仲则,叫我如何忍受下去呢!这样卑鄙的文人,这样的只知排斥异己的文人,我真想和他拼一条命。"

"竹君对他这话,也不说什么么?"

"竹君自家也在著《十三经文字同异》,当然是与他志同道合的了。并且在盛名的前头,哪一个能不为所屈?啊,啊,我恨不能变一个秦始皇,把这些卑鄙的伪儒,杀个干净。"

"伪儒另外还讲些什么？"

"他说你的诗他也见过，太少忠厚之气，并且典故用错的也着实不少。"

"混蛋，这样的胡说乱道，天下难道还有真是非么？他住在什么地方？去，去，我也去问他个明白。"

"仲则，且忍耐着吧，现在我们是闹他不赢的。如今世上盲人多，明眼人少，他们只有耳朵，没有眼睛，看不出究竟谁清谁浊，只信名气大的人，是好的、不错。我们且待百年后的人来判断罢！"

"但我总觉得忍耐不住，稚存，稚存。"

"⋯⋯⋯⋯"

"稚存，我，我⋯⋯我想⋯⋯想回家去了。"

"⋯⋯⋯⋯"

"稚存，稚存，你⋯⋯你⋯⋯你怎么样？"

"仲则，你有钱在身边么？"

"没有了。"

"我也没有了。没有川资，怎么回去呢？"

五

仲则的性格，本来是非常激烈的，对于戴东原的这辱骂自然是忍受不过去的，昨晚上和稚存两人默默地在房间里走来走去走了半夜，打算回常州去，又因为没有路费，不能回去。半夜过了，学使衙门里的人都睡着之后，仲则和稚存还是默默地背着了手在房里走来走去。稚存看看灯下的仲则的消瘦的影子，想叫他睡了，但是看看他的水汪汪的注视着地板的那双眼睛，和他的全身的微颤着的愤激的身体，却终说不出话来，所以稚存举起头来对仲则偷看了好几眼，依旧把头低下去了。到了天将亮的时候，他们两人的愤激已消散了好多，稚存就对仲则说：

"仲则,我们的真价,百年后总有知者,还是保重身体要紧。戴东原不是史官,他能改变百年后的历史么?一时的胜利者未必是万世的胜利者,我们还该自重些。"

仲则听了这话,就举起他的一双水汪汪的眼睛,对稚存看了一眼。呆了一忽,他才对稚存说:

"稚存,我头痛得很。"

这样的讲了一句,仍复默默地俯了首,走来走去走了一会儿,他又对稚存说:

"稚存,我怕要病了。我今天走了一天,身体已经疲倦极了,回来又被那伪儒这样的辱骂一场,稚存,我若是死了,要你为我复仇的呀!"

"你又要说这些话了,我们以后还是务其大者远者,不要在那些小节上消磨我们的志气吧!我现在觉得戴东原那样的人,并不在我的眼中了。你且安睡吧。"

"你也去睡吧,时候已经不早了。"

稚存去后,仲则一个人还在房里俯了首走来走去地走了好久,后来他觉得实在是头痛不过了,才上床去睡。他从睡梦中哭醒来了好几次。到第二天中午,稚存进他房去看他的时候,他身上发热,两颊绯红,尽在那里讲谵语。稚存到他床边伸手到他头上去一摸,他忽然坐了起来问稚存说:

"京师诸名太史说我的诗怎么样?"

稚存含了眼泪勉强笑着说:

"他们都在称赞你,说你的才在渔洋①之上。"

"在渔洋之上?呵呵,呵呵。"

稚存看了他这病状,就止不住地流下眼泪来。本想去通知学史朱筠河,但因为怕与戴东原遇见,所以只好不去。稚存用了湿毛巾把他头脑

---

① 王渔洋,清初诗人。

凉了一凉,他才睡了一忽。不上三十分钟,他又坐起来问稚存说:

"竹君……竹君怎么不来?竹君怎么这几天没有到我房里来过?难道他果真信了他的话么?我要回去了,我要回去了,谁愿意住在这里!"

稚存听了这话,也觉得这几天竹君对他们确有些疏远的样子,他心里虽则也感到了非常的悲愤,但对仲则却只能装着笑容说:

"竹君刚才来过,他见你睡着在这里,教我不要惊醒你来,就悄悄地出去了。"

"竹君来过了么?你怎么不讲?你怎么不叫他把那大盗赶出去?"

稚存骗仲则睡着之后,自己也哭了一个爽快。夜阴侵入仲则的房里来的时候,稚存也在仲则的床沿上睡着了。

六

岁月迁移了。乾隆三十七年的新春带了许多风霜雨雪到太平府城里来,一直到了正月尽头,天气方才晴朗。住在学使衙门东北边寿春园西室的病夫黄仲则,也同阴暗的天气一样,到了正月尽头却一天一天地强健了起来。本来是清瘦的他,遭了这一场伤寒重症,更清瘦得可怜。但稚存与他的友情,经了这一番患难,倒变得一天浓厚似一天了。他们二人各对各的天分,也更互相尊敬了起来,每天晚上,各讲自家的抱负,总要讲到三更过后才肯入睡,两个灵魂,在这前后,差不多要化作一个的样子。

二月以后,天气忽然变暖了。仲则的病体也眼见得强壮了起来。到二月半,仲则已能起来往浮邱山下的广福寺去烧香了。

他的孤傲多疑的性质,经了这一番大病,并没有什么改变。他总觉得自从去年戴东原来了一次之后,朱竹君对他的态度,不如从前的诚恳了。有一天日长的午后,他一个人在房里翻开旧作的诗稿来看,却又看见去年初见朱竹君学使时候一首《上朱笥河先生》的柏梁古体诗。他想想当时一见如旧的知遇,与现在的无聊的状态一比,觉得人生事事,都无长局。拿起笔来他就又添写了四首律诗到诗稿上去。

　　抑情无计总飞扬,忽忽行迷坐若忘。
　　遁拟凿坏因骨傲,吟还带索为愁长。
　　听猿讵止三声泪,绕指真成百炼钢。
　　自傲一呕休示客,恐将冰炭置人肠。

　　岁岁吹箫江上城,西园桃梗托浮生。
　　马因识路真疲路,蝉到吞声尚有声。
　　长铗依人游未已,短衣射虎气难平。
　　剧怜对酒听歌夜,绝似中年以后情。

　　鸢肩火色负轮囷,臣壮何曾不若人?
　　文倘有光真怪石,足如可析是劳薪。
　　但工饮啖犹能活,尚有琴书且未贫。
　　芳草满江容我采,此生端合附灵均。

　　似绮年华指一弹,世途惟觉醉乡宽。
　　三生难化心成石,九死空尝胆作丸。
　　出郭病躯愁直视,登高短发愧旁观。
　　升沉不用君平卜,已办秋江一钓竿。

七

　　天上没有半点儿浮云,浓蓝的天色受了阳光的蒸染,蒙上了一层淡紫的晴霞,千里的长江,映着几点青螺,同逐梦似的流奔东去。长江腰际，青螺中一个最大的采石山前，太白楼开了八面高窗，倒影在江心牛渚中间；山水、楼阁，和楼阁中的人物，都是似醉似痴地在那里点缀阳春的烟景。这是三月上巳的午后，正是安徽提督学政朱笥河公在太白楼大会宾客的一天。翠螺山的峰前峰后，都来往着与会的高宾，或站在三台阁上，在数水平线上的来帆，或散在牛渚矶头，在寻前朝历史上的遗迹。从太平府到采石山，有二十里的官路。澄江门外的沙郊，平时不见有人行的野道上，今天热闹得差不多路空不过五步的样子。八府的书生，正来当涂应试，听得学使朱公的雅兴，都想来看看朱公药笼里的人才。所以江山好处，蛾眉燃犀诸亭都被游人占领去了。

黄仲则当这青黄互竞的时候，也不改他常时的态度。本来是纤长清瘦的他，又加以久病之余，穿了一件白夹春衫，立在人丛中间，好像是怕被风吹去的样子。清癯的颊上，两点红晕，大约是薄醉的风情。立在他右边的一个肥矮的少年，同他在那里看对岸的青山的，是他的同乡同学洪稚存。他们两人在采石山上下走了一转回到太白楼的时候，柔和肥胖的朱笥河笑问他们说：

"你们的诗作好了没有？"

洪稚存含着了微笑摇头说：

"我是闭门觅句的陈无已。"

万事不肯让人的黄仲则，就抢着笑说：

"我却作好了。"

朱笥河看了他这一种少年好胜的形状，就笑着说：

"你若是作得这样快，我就替你磨墨，你写出来吧。"

黄仲则本来是和朱笥河说说笑话的，但等得朱笥河把墨磨好，横轴摊开来的时候，他也不得不写了。他拿起笔来，往墨池里扫了几扫，就模模糊糊地写了下去：

红霞一片海上来，照我楼上华筵开。

倾觞绿酒忽复尽,楼中谪仙安在哉!
谪仙之楼楼百尺,笥河夫子文章伯。
风流仿佛楼中人,千一百年来此客。
是日江上同云开,天门淡扫双蛾眉。
江从慈母矶边转,潮到燃犀亭下回。
青山对面客起舞,彼此青莲一抔土。
若论七尺归蓬蒿,此楼作客山是主。
若论醉月来江滨,此楼作主山作宾。
长星动摇若无色,未必常作人间魂。
身后苍凉尽如此,俯仰悲歌亦徒尔!
杯底空余今古愁,眼前忽尽东南美。
高会题诗最上头,姓名未死重山丘。
请将诗卷掷江水,定不与江东向流。

不多几日,这一首太白楼会宴的名诗,就宣传在长江两岸的士女的口上了。

一九二二年十一月二十日午前

茑萝行

　　同居的人全出外去后的这沉寂的午后的空气中独坐的我，表面上虽则同春天的海面似的平静，然而我胸中的寂寥、我脑里的愁思，什么人能够推想出来？现在是三点三十分了。外面的马路上大约有和暖的阳光夹着了春风，在那里助长青年男女的游春的兴致；但我这房里的透明的空气，何以会这样的沉重呢？龙华附近的桃林草地上，大约有许多穿着时式花样的轻绸绣缎的恋爱者在那里对着苍空发愉乐的清歌；但我的这从玻璃窗里透过来的半角青天，何以总带着一副嘲弄我的形容呢？啊，啊，在这样薄寒轻暖的时候，当这样有作有为的年纪，我的生命力，我的活动力，何以会同冰雪下的草芽一样，一些儿也生长不出来呢？啊，啊，我的女人！我的不能爱而又不得不爱的女人！我终觉得对不起你！

　　计算起来你的列车大约已经好过松江驿了，但你一个人抱了小孩儿在车窗里呆看陌上行人的景状，我好像在你旁边看守着的样子。可怜你一个弱女子，从来没有单独出过门，你此刻呆坐在车里，大约在那里回忆我们两人同居的时候，我虐待你的一件件的事情了吧！啊，啊，我的女人，我的不得不爱的女人，你不要在车中滴下眼泪来，我平时虽则常常虐待你，但我的心中却在哀怜你的，却在痛爱你的；不过我在社会上受来的种种苦楚、压迫、侮辱，若不向你发泄，教我更向谁去发泄呢？啊，啊，我的最爱的女人，你若知道我这一层隐衷，你就该饶恕我了。

　　唉，今天是旧历的二月二十一日，今天正是清明节呀！大约各处的男女都出到郊外去踏青的，你在车窗里见了火车路线两旁郊野里游行的夫妇，你能不怨我的么？你怨我也罢了，你倘能恨我怨我，怨得我望我速死，那就好了。但是办不到的，怎么也办不到的，你一边怨我，一边又必在原谅我的，啊，啊，我一想到你这一种优美的灵心，教我如何忍得过去呢！

细数从前，我同你结婚之后，共享的安乐日子，能有几日？我十七岁去国之后，一直在无情的异国蛰住了八年。这八年中间就是暑假寒假也不回国来的原因，你知道么？我八年间不回国来的事实，就是我对旧式的父母主张的婚约的反抗呀！这原不是你的错，也不是我的错，作孽者是你的父母和我的母亲。但我在这八年之中，不该默默地无所表示的。

后来看到了我们乡间的风习的牢不可破，离婚的事情的万不可能，又因你家父母的日日催促，我的母亲的含泪规劝，大前年的夏天，我才勉强应承了与你结婚。但当时我提出的种种苛刻的条件，想起来我在此刻还觉得心痛。我们也没有结婚的种种仪式，也没有证婚的媒人，也没有请亲朋来喝酒，也没有点一对蜡烛、放几声花炮。你在将夜的时候，坐了一乘小轿从去城六十里的你的家乡到了县城里的我的家里；我的母亲陪你吃了一碗晚饭，你就一个人摸上楼上我的房里去睡了。那时候听说你正患疟疾，我到夜半拿了一支蜡烛上床来睡的时候，只见你穿了一件白纺绸的单衫，在暗黑中朝里床睡在那里。你听见了我上床来的声音，却朝转来默默地对我看了一眼。啊！那时候的你的憔悴的形容，你的水汪汪的两眼，神经常在那里颤动的你的小小的嘴唇，我就是到死也忘不了的。我现在想起来还要滴眼泪哩！

在穷乡僻壤生长的你，自幼也不曾进过学校，也不曾呼吸过通都大邑的空气，提了一双纤细缠小了的足，抱了一箱家塾里念过的《列女传》、女四书等旧籍，到了我的家里。既不知女人的娇媚是如何装作，又不知时样的衣裳是如何剪裁，你只奉了柔顺两字，作为你的行动的规范。

结婚之后，因为城中天气暑热的缘故，你就同我上你家去住了几天，总算过了几天安乐的日子。但无端又遇了你侄儿的暴行，淘了许多说不出来的闲气，滴了许多拭不干净的眼泪，我与你在你侄儿闹事的第二天就匆匆地回到了城里的家中。过了两三天我又害起病来，你也疟病复发了。我就决定挨着病离开了我那空气沉浊的故乡。将行的前夜，你也不说什么，我也没有什么话好对你说。我从朋友家里喝醉了酒回来，睡在床上，只见你呆呆地坐在灰黄的灯下。可怜你一直到第二天的早晨我将要上船的时候止，终没有横到我床边上来睡一忽儿，也没有讲一句话。第二天天刚亮的时候，母亲就来催我起身，说轮船已到鹿山脚下了。

从此一别，又同你远隔了两年。你常常写信来说家里的老祖母想念我，暑假寒假若有空闲，叫我回家来探望探望祖母母亲，但我因为异乡的花草，和年轻的朋友挽留我的缘故，终究没有回来。

唉！唉！那两年中间的我的生活！红灯绿酒的沉湎，荒妄的邪游，不义的淫乐。在中宵酒醒的时候，在秋风凉冷的月下，我也曾想念及你，我也曾痛哭过几次。但灵魂丧失了的那一群妩媚的游女，和她们的娇艳动人的假笑佯啼，终究把我的天良迷住了。

前年秋天我虽回国了一次，但因为朋友邀我上A地去了，我又没回到故乡来看你。在A地住了三个月，回到上海来过了旧历的除夕，我又回东京去了。直到了去年的暑假前，我提出了卒业论文，将我的放浪生活做了个结束，方才拖了许多饥不能食寒不能衣的破书旧籍回到了中国。一踏了上海的岸，生计问题就逼紧到我的眼前来，缚在我周围的运命的铁锁圈，就一天一天地扎紧起来了。

留学的时候，多谢我们孱弱无能的政府，和没有进步的同胞，像我这样的一个生则于世无补，死亦于人无损的零余者，也考得了一个官费生的资格。虽则每月所得不能敷用，是租了屋没有食，买了食没有衣的状态，但究竟每月还有几十块钱的出息，调度得好也能勉强免于死亡，

155

并且又可进了病院向家里勒索几个医药费，拿了书店的发票向哥哥乞取几块买书钱，所以在繁华的新兴国的首都里，我却过了几年放纵的生活。如今一定的年限已经到了，学校里因为要收受后进的学生，再也不能容我在那绿树荫森的图书馆里，做白昼的痴梦了。并且我们国家的金库，也受了几个磁石心肠的将军和大官的吮吸，把供养我们一班不会作乱的割势者的能力伤失了。所以我在去年的六月就失了我的维持生命的根据，那时候我的每月的进款已经没有了。以年纪讲起来，像我这样二十六七的青年，正好到社会去奋斗。况且又在外国国立大学里卒业了的我，谁更有这样厚的面皮，再去向家中年老的母亲，或狷洁自爱的哥哥，乞求养生的资料？我去年暑假里到上海流寓了一个多月没有回家来的原因，你知道了么？我现在索性对你讲明了罢，一则虽因为一天一天地挨过了几天，把回家的旅费用完了，其他我更有这一段不能回家的苦衷在的呀，你可能了解？

啊，啊，去年六月在灯火繁华的上海市外，在车马喧嚷的黄浦江边，我一边念着 Housman 的 A Shropshire Lad 里的

    Come you home a hero,
    Or come not home at all,
    The lads you leave will mind you
    Till Ludlow tower shall fall.

几句清诗，一边呆呆地看着江中黝黑混浊的流水，曾经发了几多的叹声，滴了几多的眼泪。你若知道我那时候的绝望的情怀，我想你去年的那几封微有怨意的信也不至于发给我了。——啊，我想起了，你是不懂英文的，这几句诗我顺便替你译出罢。

    汝当衣锦归，

否则永莫回，
令汝别后之儿童
望到拉德罗塔毁。

平常责任心很重，并且在不必要的地方，反而非常隐忍持重的我，当留学的时候，也不曾著过一书，立过一说。天性胆怯，从小就害着自卑狂的我，在新闻杂志或稠人广众之中，从不敢自家吹一点儿小小的气焰。不在图书馆内，便在咖啡店里、山水怀中过活的我，当那些现代的青年当作科场看的群众运动起来的时候，绝不曾去慷慨悲歌地演说一次，出点儿无意义的风头。赋性愚鲁、不善交游、不善钻营的我，平心讲起来，在生活竞争剧烈，到处有陷阱设伏的现在的中国社会里，当然是没有生存的资格的。去年六月间，寻了几处职业失败之后，我心里想我自家若想逃出这恶浊的空气，想解决这生计困难的问题，最好唯有一死。但我若要自杀，我必须先弄几个钱来，痛饮饱吃一场，大醉之后，用了我的无用的武器，至少也要击杀一二个世间的人——若他是比我富裕的时候，我就算替社会除了一个恶。若他是和我一样或比我更苦的时候，我就算解决了他的困难，救了他的灵魂——然后从容就死。我因为有这一种想头，所以去年夏天在睡不着的晚上，拖了沉重的脚，上黄浦江边去了好几次，仍复没有自杀。到了现在我可以老实地对你说了，我在那时候，并不曾想到我死后你将如何生活过去。我的八十五岁的祖母，和六十来岁的母亲，在我死后又当如何的种种问题，当然更不在我的脑里了。你读到这里，或者要骂我没有责任心，丢下了你，自家一个去走干净的路。但我想这责任不应该推给我负的，第一，我们的国家社会，不能用我去做他们的工，使我有了气力不能卖钱来养活我自家和你，所以现代的社会，就应该负这责任。即使退一步讲，第二，你的父母不能教育你，使你独立营生，便是你父母的坏处，所以你的父母也应该负这责任。第三，我的母亲戚族，知道我没有养活你的能力，要苦苦地劝我结婚，他们也应该负这责任。这不过是现在我写到这里想出来的话,当时原是没有想到的。

　　上海的T书局和我有些关系,是你所知道的。你今天午后不是从这T书局编辑所出发的么?去年六月经理T君看我可怜不过,却为我关说了几处,但那几处不是说我没有声望,就嫌我脾气太大,不善趋奉他们的旨意,不愿意用我。我当初把我身边的衣服金银器具一件一件地典当之后,在烈日蒸照、灰土很多的上海市街中,整日地空跑了半个多月,几个有职业的先辈,和在东京曾经受过我的照拂的朋友的地方,我都去访问了。他们有的时候,也约我上菜馆吃一次饭;有的时候,知道我的意思便也陪我做了一副忧郁的形容,且为我筹了许多没有实效的计划。我于这样的晚上,不是往黄浦江边去徘徊,便是一个人跑上法国公园的草地上去呆坐。在那时候,我一个人看看天上悠久的星河,听听远远从那公园的跳舞室里飞过来的舞曲的琴音,老有放声痛哭的时候,幸亏在黄昏的时节,公园的四周没有人来往,所以我得尽情地哭泣;有时候哭得倦了,我也曾在那公园的草地上露宿过的。

　　阳历六月十八日的晚上——是我忘不了的一晚——T君拿了一封A地的朋友寄来的信到我住的地方来。平常只有我去找他,没有他来找我的,T君一进我的门,我就知道一定有什么机会了。他在我用的一张破桌子前坐下之后,果然把信里的事情对我讲了。他说:

　　"A地仍复想请你去教书,你愿不愿意去?"

　　教书是有识无产阶级的最苦的职业,你和我已经住过半年,我如何不愿意教书,教书的如何苦法,想是你所知道的,我在此处不必说了。况且A地的这学校里又有许多黑暗的地方,有几个想做校长的野心家,又是忌刻心很重的,像这样的地方的教席,我也不得不承认下去当时的苦况,大约是你所意想不到的,因为我那时候同在伦敦的屋顶下挨饿的

Chatterton①一样，一边虽在那里吃苦，一边我写回来的家信上还写得娓娓有致，说什么地方也在请我，什么地方也在聘我哩！

啊，啊！同是血肉造成的我，原是有虚荣心，有自尊心的呀！请你不要骂我作燔间乞食的齐人吧！唉，时运不济，你就是骂我，我也甘心受骂的。

我们结婚后，你给我的一个钻石戒指，我在东京的时候，替你押卖了，这是你当时已经知道的。我在T君将A地某校的聘书交给我的时候，身边值钱的衣服器具已经典当尽了。在东京学校的图书馆里，我记得读过一个德国薄命诗人Grabbe的传记。一贫如洗的他想上京去求职业，同我一样贫穷的他的老母将一副祖传的银的食器交给了他，作他的求职的资斧。他到了孤冷的首都里，今日吃一个银匙，明日吃一把银刀，不上几日，就把他那副祖传的食器吃完了。我记得Heine还嘲笑过他的。去年六月的我的穷状，可是比Grabbe更甚了；最后的一点值钱的物事，就是我在东京买来，预备送你的一个天赏堂制的银的装照相的架子，我在穷急的时候，早曾打算把它去换几个钱用，但一次一次的难关都被我打破，我决心把这一点儿微物，总要安安全全地送到你的手里；殊不知到了最后，我接到了A地某校的聘书之后，仍不得不把它去押在当铺里，换成了几个旅费，走回家来探望年老的祖母母亲，探望怯弱可怜同绵羊一样的你。

去年六月，我于一天晴朗的午后，从杭州坐了小汽船，在风景如画的钱塘江中跑回家来。过了灵桥里山等绿树连天的山峡，将近故乡县城的时候，我心里同时感着了一种可喜可怕的感觉。立在船舷上，呆呆地凝望着春江第一楼前后的山景，我口里虽在微吟"近乡情更怯，不敢问来人"的二句唐诗，心里却在这样的默祷：

"……天帝有灵，当使埠头一个我认识的人也不在！要不使他们知道

---

① 查特顿，英国诗人。

才好，要不使他们知道我今天沦落了回来才好……"

　　船一靠岸，我左右手里提了两只皮箧，在晴日的底下从乱杂的人丛中伏倒了头，逃也似的走回家来。我一进门看见母亲还在偏间的膳室里喝酒。我想张起喉音来亲亲热热地叫一声母亲的，但一见了亲人，我就把回国以来受的社会的侮辱想了出来，所以我的咽喉便梗住了；我只能把两只皮箧向凳上一抛，就匆匆地跑上楼上的你的房里来，好把我的没有丈夫气，到了伤心的时候就要流泪的坏习惯藏藏躲躲；谁知一进你的房，你却流了一脸的汗和眼泪，坐在床前呜咽地暗在啜泣。我动也不动地呆看了一忽，方提起了干燥的喉音，幽幽地问你为什么要哭。你听了我这句问话反哭得更加厉害，暗泣中间却带起几声压不下去的唏嘘声来了。我又问你究竟为什么，你只是摇头不说。本来是伤心的我，又被你这样的引诱了一番，就不得不抱了你的头同你对哭起来。喝不上一碗热茶的工夫，楼下的母亲就大骂着说：

　　"……什么的公主娘娘，我说着这几句话，就要上楼去摆架子。……轮船埠头谁对你这小畜生讲了，在上海逛了一个多月，走将家来，一声也不叫，狠命地把皮箧在我面前一丢……这算是什么行为！……你便是封了王回来，也没有这样的行为的呀！……两夫妻暗地里通通信，商量商量……你们好来谋杀我的……"

　　我听见了母亲的骂声，反而止住不哭了。听到"封了王回来"这一句话，我觉得全身的血流都倒注了上来。在炎热的那盛暑的时候，我却同在寒冬的夜半似的手脚都发了抖。啊，啊，那时候若没有你把我止住，我怕已经冒了大不孝的罪名，要永久地和我那年老的母亲诀别了。若那时候我和我母亲吵闹一场，那今年的祖母的死，我也是送不着的，我为了这事，也不得不重重地感谢你的呀。

　　那一天我的忽而从上海的回来，原是你也不知道，母亲也不知道的。后来母亲的气平了下去，你我的悲感也过去了的时候，我才知道我没到家之先，母亲因为我久住上海不回家来的原因，在那里发脾气骂你。

啊，啊，你为了我的缘故，害骂害说的事情大约总也不止这一次了。也难怪你当我告诉你说我将于几日内动身到Ａ地去的时候，哀哀地哭得不住的。你那柔顺的性质，是你一生吃苦的根源。同我的对于社会的虐待，丝毫没有反抗能力的性质，却是一样。啊，啊！反抗反抗，我对于社会何尝不晓得反抗，你对于加到你身上来的虐待也何尝不晓得反抗，但是怯弱的我们，没有能力的我们，教我们从何处反抗起呢？

到了痛定之后，我看看你的形容，比前年患疟疾的时候更消瘦了。到了晚上，我捏到你的下腿，竟没有那一段肥突的脚肚，从脚后跟起，到脚弯膝止，完全是一条直线。啊，啊！我知道了，我知道白天我对你说我要上Ａ地去的时候你就流眼泪的原因了。

我已经决定带你同往Ａ地。将催Ａ地的学校里速汇二百元旅费来的快信寄出之后，你我还不敢将这计划告诉母亲，怕母亲不赞成我们。到了旅费汇到的那天晚上，你还是疑惑不决地说：

"万一外边去不能支持，仍要回家来的时候，如何是好呢！"

可怜你那被威权压服了的神经，竟好像是希腊的巫女，能预知今天的劫运似的。唉，我早知道有今天的一段悲剧，我当时就不该带你出来了。

我去年暑假郁郁地在家里和你住了几天，竟不料就会种下一个烦恼的种子。等我们同到了Ａ地将房屋什器安顿好的时候，你的身体已经不是平常的身体了，吃几口饭就要呕吐，每天只是懒懒地在床上躺着。头一个月我因为不知底细，曾经骂过你几次，到了三四个月上，你的身体一天一天地重起来，我的神经受了种种激刺，也一天一天地粗暴起来了。

第一，因为学校里的课程干燥无味，我天天去上课就同上刑具被拷问一样，胸中只感着一种压迫。

第二，因为我在杂志上发表了一篇旧作的文字，淘了许多无聊的闲气。更有些忌刻我的恶劣分子，就想以此作为我的葬歌，纷纷地攻击起我来。

第三，我平时原是挥霍惯了的，一想到辞了教授的职后，就又不得不同六月间一样，尝那失业的苦味。况且现在又有了家室，又有了未来的儿女，万一再同那时候一样的失起业来，岂不要比曩时更苦？

我前面也已经提起过了：在社会上虽是一个懦弱的受难者的我，在家庭内却是一个凶恶的暴君。在社会上受的虐待、欺凌、侮辱，我都要一一回家来向你发泄的。可怜你自从去年十月以来，竟变了一只无罪的羔羊，日日在那里替社会赎罪，做了供我这无能的暴君的牺牲。我在外面受了气回来，不是说你做的菜不好吃，就是骂你是害我吃苦的原因。我一想到了将来失业的时候的苦况，神经激动起来的时候每骂着说：

"你去死！你死了我方有出头的日子。我辛辛苦苦，是为什么人在这里做牛马的呀？要只有我一个人，我何处不可去，我何苦要在这死地方作苦工呢！只知道在家里坐食的你这行尸，你究竟是为了什么目的生存在这世上的呀？……"

你被我骂不过，就暗哭起来。我骂你一场之后，把胸中的悲愤发泄完了，大抵总立时痛责我自家，上前来爱抚你一番，并且每用了柔和的声气，细细地把我的发气的原因——社会对我的虐待——讲给你听。你听了反替我抱着不平，每又哀哀地为我痛哭，到后来，终究到了两人相持对泣而后已。像这样的情景，起初不过间几日一次的，到后来将放年假的时候，变了一日一次或一日数次了。

唉唉，这悲剧的出生，不知究竟是结婚的罪恶呢，还是社会的罪恶？若是为结婚错了的原因而起的，那这问题倒还容易解决；若是社会的组织不良，致使我不能得适当的职业，你不能过安乐的日子，因而生出这种家庭的悲剧的，那我们的社会就不得不根本地改革了。

在这样的忧患中间，我与你的悲哀的继承者，竟生了下来，没有足月的这小生命，看来也是一个神经质的薄命的相儿。你看他那哭时的额上的一条青筋，不是神经质的证据么？饥饿的时候，你喂乳若迟一点儿，他老要哭个不止,像这样的性格,便是将来吃苦的基础。唉,唉,我既生到了世上,受这样的社会的煎熬,正在求生不可、求死不得的时候,又何苦多此一举,生这一块肉在人世呢?啊,啊!矛盾,惭愧,我是解说不了的了。以后若有人动问,就请你答复罢!

悲剧的收场,是在一个月的前头。那时候你的神经已经昏乱了,大约已记不清楚,但我却牢牢记着的。那天晚上,正是下弦月刚从东边升起来的时候。

我自从辞去了教授职后,托哥哥在某银行里谋了一个位置。但不幸的时候,事运不巧,偏偏某银行为了政治上的问题,开不出来。我闲居A地,日日在家中喝酒,喝醉之后,便声声地骂你与刚出生的那小孩,说你与小孩是我的脚镣,我大约要为你们的缘故沉水而死。我硬要你们回故乡去,你们却是不肯。那一晚我骂了一阵,已经是蒙眬地想睡了。在半醒半睡中间,我从帐子里看出来,好像见你在与小孩儿讲话。

"……你要乖些……要乖些……小宝睡了罢……不要讨爸爸的厌……不要讨……娘去之后……要……要……乖些……"

讲了一阵,我好像看见你坐在洋灯影里揩眼泪,这是你的常态,我看得不耐烦了,所以就翻了一转身,面朝着了里床。我在背后觉得你在灯下哭了一忽,又站起来把我的帐子掀开了对我看了一回。我那时候只觉得好睡,所以没有同你讲话。以后我就睡着了。

我们街前的车夫,在我们门外乱打的时候,我才从被里跳了起来。我跌来碰去地走出门来的时候,已经是昏乱得不堪了。我只见你的披散的头发,结成了一块,围在你的项上。正是下弦月从东边升起来的时候,黄灰色的月光射在你的面上;你那本来是灰白的面色,反射出了一道冷光,你的眼睛好好地闭在那里,嘴唇还在微微地动着;你的湿透了的棉袄上,因为有几个扛你回来的车夫的黑影投射着,所以是一块黑一块青的。我把洋灯在地上一放,就抱着了你叫了几声,你的眼睛开了一开,马上就闭上了,眼角上却涌了两条眼泪出来。啊,啊,我知道你那时候心里并不怨我的,我知道你并不怨我的,我看了你的眼泪,就能辨出你的心事来,但是我哪能不哭,我哪能不哭呢!我还怕什么?我还要维持什么体面?我就当了众人的面哭出来了。那时候他们已经把你搬进了房。你床上睡着的小孩,听见了嘈杂的人声,也放大了喉咙啼泣了起来。大约是小孩的哭声传到了你的耳膜上,你才张开眼来,含了许多眼泪对我看了一眼。我一边替你换湿衣裳,一边教你安睡,不要去管那小孩。却好间壁雇在那里的乳母,也听见了这杂噪声起了床,跑了过来;我知道你念着小孩,所以就教乳母替我把小孩抱了过去。奶妈抱了小孩走过床上你的身边的时候,你又对她看了一眼,同时我却听见长江里的轮船放了一声开船的汽笛声。

在病院里看护你的十五天工夫,是我的心地最纯洁的日子。利己心很重的我,从来没有感觉到这样纯洁的爱情过。可怜你身体热到四十一度的时候,还要忽而从睡梦中坐起来问我:

"龙儿,怎么样了?"

"你要上银行去了么?"

我从 A 地动身的时候,本来打算同你同回家去住的,像这样的社会上,谅来总也没有我的位置了。即使寻着了职业,像我这样愚笨的人,也是没有希望的。我们家里,虽则不是豪富,然而也可算得中产,养养你,养养我,养养我们的龙儿的几颗米是有的。你今年二十七,我今年二十八了。即使你我各有五十岁好活,以后还有几年?我也不想富贵功名了。若为了一点儿毫无价值的浮名、几个不义的金钱,要把良心拿出来去换,要牺牲了他人做我的踏脚板,那也何苦哩!这本来是我从 A 地同你和龙儿动身时候的决心。不是动身的前几晚,我同你拿出了许多建筑的图案来看了么?我们两人不是把我们回家之后,预备到北城近郊的地里,由我们自家的手去造的小茅屋的样子画得好好的么?我们将走的前几天不是到 A 地的可记念的地方,与你我有关的地方都去逛了么?我在长江轮船上的时候,这决心还是坚固得很的。

我这决心的动摇,在我到上海的第二天。那天白天我同你照了照相,吃了午膳,不是去访问了一位初从日本回来的朋友么?我把我的计划告诉了他,他也不说可,不说否,但只指着他的几位小孩说:

"你看看我,看我是怎么也不愿意逃避的。我的系累,岂不是比你更多么?"

啊,啊!好胜的心思,比人强一倍的我,到了这兵残垓下的时候,同落水鸡似的逃回乡里去——这一出失意的还乡记,就是比我更怯弱的青年,也不愿意上台去演的呀!我回来之后,一晚不曾睡着。你知道我胸中的愁郁,所以只是默默地不响,因为在这时候,你若说一句话,总难免不被我痛骂。这是我的老脾气,虽从你进病院之后直到那天还没有发过,但你那事件发生以前却是常发的。

像这样的状态,继续了三天。到了昨天晚上,你大约是看得我难受了,所以当我兀兀地坐在床上的时候,你就对我说:

"你不要急得这样,你就一个人住在上海罢。你但须送我上火车,我与龙儿是可以回去的,你可以不必同我们去。我想明天马上就搭午后的车回浙江去。"

本来今天晚上还有一处请我们夫妇吃饭的地方,但你因为怕我昨晚答应你将你和小孩先送回家的事情要变卦,所以你今天就急急地要走。我一边只觉得对不起你,一边心里不知怎么的又在恨你。所以我当你在那里捡东西的时候,眼睛里涌着两泓清泪,只是默默地讲不出话来。直到送你上车之后,在车座里坐了一忽,等车快开了,我才讲了一句:

"今天天气倒还好。"

你知道我的意思,所以把头朝向了那面的车窗,好像在那里探看天气的样子,许久不回过头来。唉,唉,你那时若把你那水汪汪的眼睛朝我看一看,我也许会同你马上就痛哭起来的,也许仍复把你留在上海,不使你一个人回去。也许我就硬地陪你回浙江去的,至少我也许要陪你到杭州。但你终不回转头来,我也不再说第二句话,就站起来走下车了。我在月台上立了一忽，故意不对你的玻璃窗看。等车开的时候，我赶上了几步，却对你看了一眼，我见你的眼下左颊上有一条痕迹在那里发光。我眼见得车去远了，月台上的人都跑了出去，我一个人落得最后，慢慢地走出车站来。我不晓得是什么原因，心里只觉得是以后不能与你再见的样子，我心酸极了。啊，啊！我这不祥之语，是多讲的。我在外国只希望你和龙儿的身体壮健，你和母亲的感情融洽。我是无论如何，不致投水自沉的，请你安心。你到家之后千万要写信来给我的哩！我不接到你平安到家的信，什么决心也不能下，我是在这里等你的信的。

一九二三年四月六日清明节午后

青　烟

　　寂静的夏夜的空气里闲坐着的我，脑中不知有多少愁思，在这里汹涌。看看这同绿水似的由蓝纱罩里透出来的电灯光，听听窗外从静安寺路上传过来的同倦了似的汽车鸣声，我觉得自家又回到了青年忧郁病时代去的样子，我的比女人还不值钱的眼泪，又映在我的颊上了。

　　抬头起来，我便能见得那催人老去的日历，时间一天一天地过去了，但是我的事业，我的境遇，我的将来，啊，啊，吃尽了千辛万苦，自家以为已有些物事被我把握住了，但是放开紧紧捏住的拳头来一看，我手里只有一溜青烟！

　　世俗所说的"成功"，于我原似浮云。无聊的时候偶尔写下来的几篇概念式的小说，虽则受人攻击，我心里倒也没有什么难过，物质上的困迫，只教我自家能咬紧牙齿，忍耐一下，也没有些微关系，但是自从我生出之后，直到如今二十余年的中间，我自家播的种，栽的花，哪里有一支是鲜艳的？哪里一支曾经结过果来？啊，啊，若说人的生活可以涂抹了改作的时候，我的第二次的生涯，决不愿意把它弄得同过去的二十年间的生活一样的！我从小若学做木匠，到今日至少也已有一二间房屋造成了。无聊的时候，跑到这所我所手造的房屋边上去看看，我的寂寥，一定能够轻减。我从小若学做裁缝，不消说现在定能把轻罗绣缎剪开来缝成好好的衫子了。无聊的时候，把我自家剪裁、自家缝纫的纤丽的衫裙打开来一看，我的郁闷，也定能消杀下去。但是无一艺之长的我，从前还自家骗自家，老把古今中外文人所作成的杰作拿出来自慰，现在梦醒之后，看了这些名家的作品，只是愧耐，所以目下连饮鸩也不能止我的渴了，叫我还有什么法子来填补这胸中的空虚呢？

有几个在有钱的人翼下寄生着的新闻记者说：

"你们的忧郁，全是做作，全是无病呻吟，是丑态！"

我只求能够真真地如他们所说，使我的忧郁是假作的，那么就是被他们骂得再厉害一点，或者竟把我所有的几本旧书和几块不知从何处来的每日买面包的钱，给了他们，也是愿意的。

有几个为前面那样的新闻记者做奴仆的人说：

"你们在发牢骚，你们因为没有人来使用你们，在发牢骚！"

我只求我所发的是牢骚，那么我就是连现在正打算点火吸的这枝 Felucca（帆船牌香烟），给了他们都可以，因为发牢骚的人，总有一点自负，但是现在觉得自家的精神肉体，委靡得同风的影子一样的我，还有一点什么可以自负呢？

有几个比较了解我性格的朋友说：

"你们所感得的是 Toska（苦闷、忧愁），是现在中国人人都感得的。"

但是我若有这样的 Myriad mind（极大的才华），我早成 Shakespeare（莎士比亚）了。

我的弟兄说：

"唉，可怜的你，正生在这个时候，正生在中国闹得这样的时候，难怪你每天只是郁郁的；跑上北又弄不好，跑上南又弄不好，你的忧郁是应该的，你早生十年也好，迟生十年也好……"

我无论在什么时候——就假使我正抱了一个肥白的裸体妇女，在酣饮的时候罢——听到这一句话，就会痛哭起来，但是你若再问一声："你的忧郁的根源是在此了么？"我定要张大了泪眼，对你摇几摇头说："不是，不是。"国家亡了有什么？亡国诗人 Sienkiewicz（显克微支），不是轰轰烈烈地做了一世人么？流寓在租界上的我的同胞不是个个都很安闲的么？国家亡了有什么？外国人来管理我们，不是更好么？陆剑南的"王师北定中原日，家祭无忘告乃翁"的两句好诗，不是因国亡了才做得出来的么？少年的血气干萎无遗的目下的我，哪里还有同从前那么的爱国热忱？我已经不是Chauvinist（沙文主义者）了。

窗外汽车声音渐渐地稀少下去了，苍茫六合的中间我只听见我的笔尖在纸上画字的声音。探头到窗外去一看，我只看见一弯黝黑的夏夜天空，淡映着几颗残星。我搁下了笔，在我这同火柴箱一样的房间里走了几步，只觉得一味凄凉寂寞的感觉，浸透了我的全身，我也不知道这忧郁究竟是从什么地方来的。

虽是刚过了端午节，但像这样暑热的深夜里，睡也睡不着的。我还是把电灯灭黑了，看窗外的景色罢！

窗外的空间只有错杂的屋脊和尖顶，受了几处瓦斯灯的远光，绝似电影的楼台，把它们的轮廓画在微茫的夜气里。四处都寂静了，我却听见微风吹动窗叶的声音，好像是大自然在那里幽幽叹气的样子。

远处又有汽车的喇叭声响了，这大约是西洋资本家的男女，从淫乐的裸体跳舞场回家去的凯歌罢。啊，啊，年纪要轻，颜容要美，更要有钱。

我从窗口回到了座位里，把电灯拈开对镜子看了几分钟，觉得这清瘦的容貌，终究不是食肉之相。在这样无可奈何的时候，还是吸吸烟，倒可以把自家的思想统一起来，我擦了一根火柴，把一支Felucca点上了。深深地吸了一口，我仍复把这口烟完全吐上了电灯的绿纱罩子。绿纱罩的周围，同夏天的深山雨后似的，起了一层淡紫的云雾。呆呆地对这层云雾凝视着，我的身子好像是缩小了投乘在这淡紫的云雾中间。这层轻淡的云雾，一飘一扬地荡了开去，我的身体便化而为二，一个缩小的身子在这层雾里飘荡，一个原身仍坐在电灯的绿光下远远地守望着那青烟里的我。

A Phantom（一个幻影）

已经是薄暮的时候了。

天空的周围，承受着落日的余晖，四边有一圈银红的彩带，向天心一步步变成了明蓝的颜色，八分满的明月，悠悠淡淡地挂在东半边的空中。几刻钟过去了，本来是淡白的月亮放起光来。月光下流着一条曲折的大江，江的两岸有郁茂的树林、空旷的沙渚。夹在树林沙渚中间，各自离开一里二里，更有几处疏疏密密的村落。村落的外边环抱着一群层叠的青山。当江流曲处，山岗亦折作弓形，白水的弓弦和青山的弓背中间，聚居了几百家人家，便是F县县治所在之地。与透明的清水相似的月光，平均地洒遍了这县城、江流、青山、树林，和离县城一二里路的村落。黄昏的影子，各处都看得出来了。平时非常寂静的这F县城里，今晚上却带着些跃动的生气，家家的灯火点得比平时格外的辉煌，街上来往的行人也比平时格外的嘈杂，今晚的月亮，几乎要被小巧的人工比得羞涩起来了。这一天是旧历的五月初十，正是F县城里每年演戏行元帅会的日子。

一个年纪四十左右的清瘦的男子，当这黄昏时候，拖了一双走倦了的足慢慢地进了F县城的东门，踏着自家的影子，一步一步地夹在长街上行人中间向西走来，他的青黄的脸上露着一副惶恐的形容，额上眼下已经有几条皱纹了。嘴边上乱生在那里的一丛芜杂的短胡，和身上穿着的一件龌龊的半旧竹布大衫，证明他是一个落魄的人。他的背脊屈向前面，一双同死鱼似的眼睛，尽在向前面和左旁右旁偷看，好像是怕人认识他的样子,也好像是在那里寻知己的人的样子。他今天早晨从 H 省城动身,一直走了九十里路,这时候才走到他二十年不见的故乡 F 城里。

  他慢慢地走到了南城街的中心,停住了足向左右看了一看,就从一条被月光照得灰白的巷里走了进去。街上虽则热闹,但这条狭巷里仍是冷冷清清。向南地转了一个弯,走到一家大墙门的前头,他迟疑了一会儿,便走过去了。走过了两三步,他又回了转来。向门里偷眼一看,他看见正厅中间桌上有一盏洋灯点在那里。明亮的洋灯光射到上首壁上,照出一张钟馗图和几副蜡笺的字对来。此处厅上空空寂寂,没有人影。他在门口走来走去地走了几遍,眼睛里放出了两道晶莹的黑光,好像是要哭哭不出来的样子。最后他走转来过这墙门口的时候,里面却走出了一个与他年纪相仿的女人来。因为她走在他与洋灯的中间,所以他只看见她的蓬蓬的头发,映在洋灯的光线里,他急忙走过了三五步,就站住了。那女人走出了墙门,走上和他相反的方向去。他仍复走转来,追到了那女人的背后。那女人听见了他的脚步声忽儿把头朝了转来。他在灰白的月光里对她一看就好像触了电似的呆住了。那女人朝转来对他微微看了一眼,仍复向前地走去。他就赶上一步,轻轻地问那女人说:

  "嫂嫂这一家是姓于的人家么?"

  那女人听了这句问语,就停住了脚,回答他说:

  "嗳!从前是姓于的,现在卖给了陆家。"

  在月光下他虽辨不清她穿的衣服如何,但她脸上的表情是很憔悴,她的话声是很凄楚的,他的问语又轻了一段,带起颤声来了:

  "那么于家搬上哪里去了呢?"

  "大爷在北京,二爷在天津。"

  "他们的老太太呢?"

  "婆婆去年故了。"

  "你是于家的嫂嫂么?"

  "嗳!我是三房里的。"

"那么于家就是你一个人住在这里么？"

"我的男人，出去了二十多年，不知道在什么地方，所以我也不能上北京去，也不能上天津去，现在在这里帮陆家烧饭。"

"噢噢！"

"你问于家干什么？"

"噢噢！谢谢……"

他最后的一句话讲得很幽，并且还没有讲完，就往后地跑了。那女人在月光里呆看了一会儿他的背影，眼见得他的影子一步一步地小了下去，同时又远远地听见了一声他的暗泣的声音，她的脸上也滚了两行眼泪出来。

月亮将要下山去了。

江边上除了几声懒懒的犬吠声外，没有半点生物的动静，隔江岸上，有几家人家，和几处树林，静静地躺在同霜华似的月光里。树林外更有一抹青山，如梦如烟地浮在那里。此时F城的南门江边上，人家已经睡尽了。江边一带的房屋，都披了残月，倒影在流动的江波里。虽是首夏的晚上，但到了这深夜，江上也有些微寒意。

停了一会儿有一群从戏场里回来的人，破了静寂，走过这南门的江上。一个人朝着江面说：

"好冷吓，我的毛发都竦竖起来了，不要有溺死鬼在这里讨替身哩！"

第二个人说：

"溺死鬼不要来寻着我，我家里还有老婆儿子要养的哩！"

第三第四个人都哈哈地笑了起来。这一群人过去了之后，江边上仍复归还到一刻前的寂静状态去了。

月亮已经下山了，江边上的夜气，忽而变成了灰色。天上的星宿，一颗颗放起光来，反映在江心里。这时候南门的江边上又闪出了一个瘦长的人影，慢慢地在离水不过一二尺的水际徘徊。因为这人影的行动很慢，所以它的出现，并不能破坏江边上的静寂的空气。但是几分钟后这人影忽而投入了江心，江波激动了，江边上的沉寂也被破了。江上的星光摇动了一下，好像似天空掉下来的样子。江波一圆一圆地阔大开来，映在江波里的星光也随而一摇一摇地动了几动。人身入水的声音和江上静夜里生出来的反响与江波的圆圈消灭的时候，灰色的江上仍复有死灭的寂静支配着，去天明的时候，正还远哩！

Epilogue（尾声）

  我呆呆地对着了电灯的绿光，一支一支把我今晚刚买的这一包烟卷差不多吸完了。远远的鸡鸣声和不知从何处来的汽笛声，断断续续地传到我的耳膜上来，我的脑筋就联想到天明上去。

  可不是么？你看！那窗外的屋瓦，不是一行一行地看得清楚了么？

  "啊，啊，这明蓝的天色！"

  是黎明期了！

  啊呀，但是我又在窗下听见了许多洗便桶的声音。这是一种象征，这是一种象征。我们中国的所谓黎明者，便是秽浊的手势戏的开场呀！

一九二三年旧历五月十日午前四时

春风沉醉的晚上

一

在沪上闲居了半年，因为失业的结果，我的寓所迁移了三处。最初我住在静安寺路南的一间同鸟笼似的永也没有太阳晒着的自由的监房里。这些自由的监房的住民，除了几个同强盗小窃一样的凶恶裁缝之外，都是些可怜的无名文士，我当时所以送了那地方一个 Yellow Grub Street[①] 的称号。在这 Grub Street 里住了一个月，房租忽涨了价，我就不得不拖了几本破书，搬上跑马厅附近一家相识的栈房里去。后来在这栈房里又受了种种逼迫，不得不搬了，我便在外白渡桥北岸的邓脱路中间，日新里对面的贫民窟里，寻了一间小小的房间，迁移了过去。

邓脱路的这几排房子，从地上量到屋顶，只有一丈几尺高。我住的楼上的那间房间，更是矮小得不堪。若站在楼板上伸一伸懒腰，两只手就要把灰黑的屋顶穿通的。从前面的衖里跻进了那房子的门，便是房主的住房。在破布、洋铁罐、玻璃瓶、旧铁器堆满的中间，侧着身子走进两步，就有一张中间有几根横档跌落的梯子靠墙摆在那里。用了这张梯子往上面的黑黝黝的一个二尺宽的洞里一接，即能走上楼去。黑沉沉的这层楼上，本来只有猫额那样大，房主人却把它隔成了两间小房，外面一间是一个 N 烟公司的工女住在那里，我所租的是梯子口头的那间小房，

---

① 黄种人的寒士街。（按：寒士街系伦敦以往的一条街名。）

因为外间的住者要从我的房里出入，所以我的每月的房租要比外间的便宜几角小洋。

我的房主，是一个五十来岁的弯腰老人，他的脸上的青黄色里，映射着一层暗黑的油光。两只眼睛是一只大一只小，颧骨很高，额上颊上的几条皱纹里满砌着煤灰，好像每天早晨洗也洗不掉的样子。他每日于八九点钟的时候起来，咳嗽一阵，便挑了一只竹篮出去，到午后的三四点钟总仍旧是挑了一只空篮回来的，有时挑了满担回来的时候，他的竹篮里便是那些破布、破铁器、玻璃瓶之类。像这样的晚上，他必要去买些酒来喝喝，一个人坐在床沿上瞎骂出许多不可捉摸的话来。

我与间壁的同寓者的第一次相遇，是在搬来的那天午后。春天的急景已经快晚了的五点钟的时候，我点了一根蜡烛，在那里安放几本刚从栈房里搬过来的破书。先把它们叠成了两方堆，一堆小些，一堆大些，然后把两个二尺长的装画的画架覆在大一点的那堆书上。因为我的器具都卖完了，这一堆书和画架白天要当写字台，晚上可当床睡的。摆好了画架的板，我就朝着了这张由书叠成的桌子，坐在小一点的那堆书上吸烟，我的背系朝着梯子的接口。我一边吸烟，一边在那里呆看放在桌子上的蜡烛火，忽而听见梯子口上起了响动。回头一看，我只见了一个自家的扩大的投射影子，此外什么也辨不出来，但我的听觉分明告诉我说："有人上来了。"我向暗中凝视了几秒钟，一个圆形灰白的面貌，半截纤细的女人的身体，方才映到我的眼帘上来。一见了她的容貌，我就知道她是我的间壁的同居者了。因为我来找房子的时候，那房主的老人便告诉我说，这屋里除了他一个人外，楼上只住着一个工女。我一则喜欢房价的便宜，二则喜欢这屋里没别的女人小孩，所以立刻就租定了的。等她走上了梯子，我才站起来对她点了点头说：

"对不起，我是今朝才搬来的。以后要请你照应。"

她听了我这话，也并不回答，放了一双漆黑的大眼，对我深深地看了一眼，就走上她的门口去开了锁，进房去了。我与她不过这样的见了一面，不晓是什么原因，我只觉得她是一个可怜的女子。她的高高的鼻梁，灰白长圆的面貌，清瘦不高的身体，好像都是表明她是可怜的特征。但是当时正为了生活问题在那里操心的我，也无暇去怜惜这还未曾失业的工女，过了几分钟我又动也不动地坐在那一小堆书上看蜡烛光了。

在这贫民窟里过了一个多礼拜，她每天早晨七点钟去上工和午后六点多钟下工回来，总只见我呆呆地对着了蜡烛或油灯坐在那堆书上。大约她的好奇心被我那痴不痴呆不呆的态度挑动了罢，有一天她下了工走上楼来的时候，我依旧和第一天一样的站起来让她过去。她走到了我的身边忽而停住了脚，看了我一眼，吞吞吐吐好像怕什么似的问我说：

"你天天在这里看的是什么书？"

（她操的是柔和的苏州音，听了这一种声音以后的感觉，是怎么也写不出来的，所以我只能把她的言语译成普通的白话。）

我听了她的话，反而脸上涨红了。因为我天天呆坐在那里，面前虽则有几本外国书摊着，其实我的脑筋昏乱得很，就是一行一句也看不进去。有时候我只用了想象在书的上一行与下一行中间的空白里，填些奇异的模型进去。有时候我只把书里边的插画翻开来看看，就了那些插画演绎些不近人情的幻想出来。我那时候的身体因为失眠与营养不良，实际上已经成了病的状态。况且又因为我的唯一的财产的一件棉袍子已经破得不堪，白天不能走出外面去散步和房里全没有光线进来，不论白天晚上，都要点着油灯或蜡烛的缘故，非但我的全部健康不如常人，就是我的眼睛和脚力，也局部的非常萎缩了。在这样状态下的我，听了她这一问，如何能够不红起脸来呢？所以我只是含含糊糊地回答说：

"我并不在看书，不过什么也不做呆坐在这里，样子一定不好看，所以把这几本书摊放着的。"她听了这话，又深深地看了我一眼，做了一种不了解的形容，依旧走到她的房里去了。

那几天里，若说我完全什么事情也不去找，什么事情也不曾干，却是假的。有时候，我的脑筋稍微清新一点下来，也会译过几首英法的小诗，和几篇不满四千字的德国的短篇小说，于晚上大家睡熟的时候，不声不响地出去投邮，寄投给各新开的书局。因为当时我的各方面就职的希望，早已经断绝了，只有这一方面，还能靠了我的枯燥的脑筋，想想法子看。万一中了他们编辑先生的意，把我译的东西登了出来，也不难得着几块钱的酬报。所以我自迁移到邓脱路以后，当她第一次同我讲话的时候，这样的译稿已经发出三四次了。

二

在乱昏昏的上海租界里住着，四季的变迁和日子的过去是不容易觉得的。我搬到了邓脱路的贫民窟之后，只觉得身上穿在那里的那件破棉袍子一天一天地重了起来，热了起来，所以我心里想：

"大约春光也已经老透了罢！"

但是囊中很羞涩的我，也不能上什么地方去旅行一次，日夜只是在那暗室的灯光下呆坐。有一天，大约是午后了，我也是这样的坐在那里，间壁的同住者忽而手里拿了两包用纸包好的物件走了上来，我站起来让她走的时候，她把手里的纸包放了一包在我的书桌上说：

"这一包是葡萄浆的面包，请你收藏着，明天好吃的。另外我还有一包香蕉买在这里，请你到我房里来一道吃罢！"

我替她拿住了纸包，她就开了门邀我进她的房里去。共住了这十几天，她好像已经信用我是一个忠厚的人的样子。我见她初见我的时候脸上流露出来的那一种疑惧的形容完全没有了。我进了她的房里，才知道天还未暗，因为她的房里有一扇朝南的窗，太阳反射的光线从这窗里投射进来，照见了小小的一间房，由两条板铺成的一张床，一张黑漆的半桌，一只板箱，和一只圆凳。床上虽则没有帐子，但堆着有两条洁净的青布被褥。半桌上有一只小洋铁箱摆在那里，大约是她的梳头器具，洋铁箱上已经有许多油污的点子了。她一边把堆在圆凳上的几件半旧的洋

布棉袄、粗布裤等收在床上,一边就让我坐下。我看了她那殷勤待我的样子,心里倒不好意思起来,所以就对她说:

"我们本来住在一处,何必这样的客气。"

"我并不客气,但是你每天当我回来的时候,总站起来让路,我却觉得对不起得很。"

这样的说着,她就把一包香蕉打开来让我吃。她自家也拿了一个,在床上坐下,一边吃一边问我说:

"你何以只住在家里,不出去找点事情做做?"

"我原是这样的想,但是找来找去总找不着事情。"

"你有朋友么?"

"朋友是有的,但是到了这样的时候,他们都不和我来往了。"

"你进过学堂么?"

"我在外国的学堂里曾经念过几年书。"

"你家在什么地方? 何以不回家去?"

她问到了这里,我忽而感觉到我自己的现状了。因为自去年以来,我只是一日一日地萎靡下去,差不多把"我是什么人""我现在所处的是怎么一种境遇""我的心里是悲还是喜"这些观念都忘掉了。经她这一问,我重新把半年来困苦的情形一层一层地想了出来。所以听她的问话以后,我只是呆呆地看她,半晌说不出话来。她看了我这个样子,以为我也是一个无家可归的流浪人,脸上就立时起了一种孤寂的表情,微微地叹着说:

"唉! 你也是同我一样的么?"

微微地叹了一声之后,她就不说话了。我看她的眼圈上有些潮红起来,所以就想了一个另外的问题问她说:

"你在工厂里做的是什么工作?"

"是包纸烟的。"

"一天做几个钟头工?"

"早晨七点钟起，晚上六点钟止，中午休息一个钟头，每天一共要做十个钟头的工。少做一点钟就要扣钱的。"

"扣多少钱？"

"每月九块钱，所以是三块钱十天，三分大洋一个钟头。"

"饭钱多少？"

"四块钱一月。"

"这样算起来，每月一个钟头也不休息，除了饭钱，可省下五块钱来。够你付房钱买衣服的么？"

"哪里够呢！并且那管理人又……啊，啊！……我……我所以非常恨工厂的。你吸烟的么？"

"吸的。"

"我劝你顶好还是不吸。就吸也不要去吸我们工厂的烟。我真恨死它在这里。"

我看看她那一种切齿怨恨的样子，就不愿意再说下去。把手里捏着的半个吃剩的香蕉咬了几口，向四边一看，觉得她的房里也有些灰黑了，我站起来道了谢，就走回到了我自己的房里。她大约做工倦了的缘故，每天回来大概是马上就入睡的，只有这一晚上，她在房里好像是直到半夜还没有就寝。从这一回之后，她每天回来，总和我说几句话。我从她自家的口里听得，知道她姓陈，名叫二妹，是苏州东乡人，从小系在上海乡下长大的。她父亲也是纸烟工厂的工人，但是去年秋天死了。她本来和她父亲同住在那间房里，每天同上工厂去的，现在却只剩了她一个人了。她父亲死后的一个多月，她早晨上工厂去也一路哭了去，晚上回来也一路哭了回来的。她今年十七岁，也无兄弟姊妹，也无近亲。她父亲死后的葬殓等事，是他于死前把十五块钱交给楼下的老人，托这老人包办的。她说：

"楼下的老人倒是一个好人，对我从来没有起过坏心，所以我得同父亲在日一样的去做工；不过工厂的一个姓李的管理人却坏得很，知道我父亲死了,就天天想戏弄我。"

她自家和她父亲的身世,我差不多全知道了,但她母亲是如何的一个人,死了呢还是活在哪里,假使还活着,住在什么地方,等等,她却从来还没有说及过。

三

天气好像变了。几日来我那独有的世界,黑暗的小房里的腐浊的空气,同蒸笼里的蒸气一样,蒸得人头昏欲晕。我每年在春夏之交要发的神经衰弱的重症,遇了这样的气候,就要使我变成半狂。所以我这几天来,到了晚上,等马路上人静之后,也常常走出去散步。一个人在马路上从狭隘的深蓝天空里看看群星,慢慢地向前行走,一边做些漫无涯涘的空想,倒是于我的身体很有利益。当这样的无可奈何,春风沉醉的晚上,我每要在各处乱走,走到天将明的时候才回家里。我这样的走倦了回去就睡,一直可睡到第二天的日中,有几次竟要睡到二妹下工回来的前后方才起来。睡眠一足,我的健康状态也渐渐地回复起来了。平时只能消化半磅面包的我的胃部,自从我的深夜游行的练习开始之后,进步得几乎能容纳面包一磅了。这事在经济上虽则是一大打击,但我的脑筋,受了这些滋养,似乎比从前稍能统一。我于游行回来之后,就睡之前,却做成了几篇 Allan Poe[①]式的短篇小说,自家看看,也不很坏。我改了几次,抄了几次,一一投邮寄出之后,心里虽然起了些微细的希望,但是想想前几回的译稿的绝无消息,过了几天,也便把它们忘了。

邻住的二妹,这几天来,当她早晨出去上工的时候,我总在那里酣睡,只有午后下工回来的时候,有几次有见面的机会。但是不晓是什么原因,我觉得她对我的态度,又回到从前初见面的时候的疑惧状态去了。

---

① 即爱伦·坡,美国小说家。

有时候她深深地看我一眼,她的黑晶晶、水汪汪的眼睛里,似乎是满含着责备我规劝我的意思。

我搬到这贫民窟里住后,约莫已经有二十天的样子。一天午后我正点上蜡烛,在那里看一本从旧书铺里买来的小说的时候,二妹却急急忙忙地走上楼来对我说:

"楼下有一个送信的在那里,要你拿了印子去拿信。"

她对我讲这话的时候,她的疑惧我的态度更表示得明显,她好像在那里说:"呵呵,你的事件是发觉了啊!"我对她这种态度,心里非常痛恨,所以就气急了一点,回答她说:

"我有什么信?不是我的!"

她听了我这气愤愤的回答,更好像是得了胜利似的,脸上忽涌出了一种冷笑说:

"你自家去看罢!你的事情,只有你自家知道的!"

同时我听见楼底下门口果真有一个邮差似的人在催着说:

"挂号信!"

我把信取来一看,心里就突突地跳了几跳,原来我前回寄去的一篇德文短篇的译稿,已经在某杂志上发表了,信中寄来的是五元钱的一张汇票。我囊里正是将空的时候,有了这五元钱,非但月底要预付的来月的房金可以无忧,并且付过房金以后,还可以维持几天食料。当时这五元钱对我的效用的广大,是谁也不能推想出来的。

第二天午后,我上邮局去取了钱,在太阳晒着的大街上走了一会儿,忽而觉得身上就淋出了许多汗来。我向我前后左右的行人一看,复向我自家的身上一看,就不知不觉地把头低俯了下去。我颈上头上的汗珠,更同盛雨似的,一颗一颗地钻出来了。因为当我在深夜游行的时候,天上并没有太阳,并且料峭的春寒,于东方微白的残夜,老在静寂的街巷中留着,所以我穿的那件破棉袍子,还觉得不十分与节季违异。如今到了阳和的春日晒着的这日中,我还不能自觉,依旧穿了这件夜游的敝袍,在大街上阔步，与前后左右的和节季同时进行的我的同类一比，我哪得不自惭形秽呢？我一时竟忘了几日后不得不付的房金，忘了囊中本来将尽的些微的积聚，便慢慢地走上了闸路的估衣铺去。好久不在天日之下行走的我，看看街上来往的汽车人力车，车中坐着的华美的少年男女，和马路两边的绸缎铺金银铺窗里的丰丽的陈设，听听四面的同蜂衙似的嘈杂的人声、脚步声、车铃声，一时倒也觉得是身到了大罗天上的样子。我忘记了我自家的存在，也想和我的同胞一样的欢歌欣舞起来，我的嘴里便不知不觉地唱起几句久忘了的京调来了。这一时的涅槃幻境，当我想横越过马路，转入闸路去的时候，忽而被一阵铃声惊破了。我抬起头来一看，我的面前正冲来了一乘无轨电车，车头上站着的那肥胖的机器手，伏出了半身，怒目地大声骂我说：

"猪头三！侬（你）艾（眼）睛勿散（生）咯！跌杀时，叫旺（黄）够（狗）抵侬（命）噢！"我呆呆地站住了脚，目送那无轨电车尾后卷起了一道灰尘，向北过去之后，不知是从何处发出来的感情，忽而竟禁不住哈哈哈哈地笑了几声。等得四面的人注视我的时候，我才红了脸慢慢地走向了闸路里去。

我在几家估衣铺里，问了些夹衫的价钱，还了他们一个我所能出的数目。几个估衣铺的店员，好像是一个师父教出的样子，都摆下了脸面，嘲弄着说：

"侬（你）寻萨咯（什么）凯（开）心！马（买）勿起好勿要马（买）咯！"

一直问到五马路边上的一家小铺子里，我看看夹衫是怎么也买不成了，才买定了一件竹布单衫，马上就把它换上。手里拿了一包换下的棉袍子，默默地走回家来。一边我心里却在打算：

"横竖是不够用了，我索性来痛快地用它一下罢。"同时我又想起了那天二妹送我的面包香蕉等物。不等第二次的回想，我就寻着了一家卖糖食的店，进去买了一块钱巧克力、香蕉糖、鸡蛋糕等杂食。站在那店里，等店员在那里替我包好来的时候，我忽而想起我有一月多不洗澡了，今天不如顺便也去洗一个澡罢。

洗好了澡，拿了一包棉袍子和一包糖食，回到邓脱路的时候，马路两旁的店家，已经上电灯了。街上来往的行人也很稀少，一阵从黄浦江上吹来的日暮的凉风，吹得我打了几个冷噤。我回到了我的房里，把蜡烛点上，向二妹的房门一照，知道她还没有回来。那时候我腹中虽则饥饿得很，但我刚买来的那包糖食怎么也不愿意打开来，因为我想等二妹回来同她一道吃。我一边拿出书来看，一边口里尽在咽唾液下去。等了许多时候，二妹终不回来，我的疲倦不知什么时候出来战胜了我，我就靠在书堆上睡着了。

四

二妹回来的响动把我惊醒的时候，我见我面前的一支十二盎司一包的洋蜡烛已经点去了二寸的样子。我问她是什么时候了，她说：

"十点的汽笛刚刚放过。"

"你何以今天回来得这样迟？"

"厂里因为销路大了，要我们做夜工。工钱是增加的，不过人太累了。"

"那你可以不去做的。"

"但是工人不够，不做是不行的。"

她讲到这里，忽而滚了两粒眼泪出来，我以为她是做工做得倦了，故而动了伤感，一边心里虽在可怜她，但一边看了她这同小孩似的脾气，却也感着了些儿快乐。把糖食包打开，请她吃了几颗之后，我就劝她说：

"初做夜工的时候不惯，所以觉得困倦，做惯了以后，也没有什么的。"

她默默地坐在我的半高的由书叠成的桌上，吃了几颗巧克力，对我

看了几眼,好像是有话说不出来的样子。我就催她说:

"你有什么话说?"

她又沉默了一会儿,便断断续续地问我说:

"我……我……早想问你了,这几天晚上,你每晚在外边,可在与坏人做伙友么?"

我听了她这话,倒吃了一惊,她好像在疑我天天晚上在外面与小窃恶棍混在一块儿。她看我呆了不答,便以为我的行为真的被她看破了,所以就柔柔和和地连续着说:

"你何苦要吃这样好的东西,要穿这样好的衣服?你可知道这事情是靠不住的。万一被人家捉了去,你还有什么面目做人?过去的事情不必去说它,以后我请你改过了罢。……"

我尽是张大了眼睛,张大了嘴,呆呆地在看她,因为她的思想太奇突了,使我无从辩解起。她沉默了数秒钟,又接着说:

"就以你吸的烟而论,每天若戒绝了不吸,岂不可省几个铜子?我早就劝你不要吸烟,尤其是不要吸那我所痛恨的 N 工厂的烟,你总是不听。"

她讲到了这里,又忽而落了几滴眼泪。我知道这是她为怨恨 N 工厂而滴的眼泪,但我的心里,怎么也不许我这样的想,我总要把它们当作因规劝我而洒的。我静静儿地想了一会儿,等她的神经镇静下去之后,就把昨天的那封挂号信的来由说给她听,又把今天的取钱买物的事情说了一遍,最后更将我的神经衰弱症和每晚何以必要出去散步的原因说了。她听了我这一番辩解,就信用了我,等我说完之后,她颊上忽而起了两点红晕,把眼睛低下去看着桌上,好像是怕羞似的说:

"噢,我错怪你了,我错怪你了。请你不要多心。我本来是没有歹意的。因为你的行为太奇怪了,所以我想到了邪路里去。你若能好好儿地用功,岂不是很好么?你刚才说的那——叫什么的——东西,能够卖五块钱,要是每天能做一个,多么好呢!"

185

我看了她这种单纯的态度,心里忽而起了一种不可思议的感情,我想把两只手伸出去拥抱她一回,但是我的理性却命令我说:

"你莫再作孽了!你可知道你现在处的是什么境遇!你想把这纯洁的处女毒杀了么?恶魔,恶魔,你现在是没有爱人的资格的呀!"

我当那种感情起来的时候,曾把眼睛闭上了几秒钟,等听了理性的命令以后,才把眼睛开了开来,我觉得我的周围,忽而比前几秒钟更光明了。对她微微地笑了一笑,我就催她说:

"夜也深了,你该去睡了罢!明天你还要上工去的呢!我从今天起,就答应你把纸烟戒下来罢!"

她听了我这话,就站了起来,很喜欢地回到她的房里去睡了。

她去之后,我又换上一支洋蜡烛,静静儿地想了许多事情:

"我的劳动的结果,第一次得来的这五块钱已经用去了三块。连我原有的一块多钱合起来,付房钱之后,只能省下二三角小洋来,如何是好呢?

"就把这破棉袍子去当罢!但是当铺里恐怕不要。

"这女孩子真是可怜,但我现在的境遇,可是还赶她不上,她是不想做工而工作要强迫她做,我是想找一点工作,终于找不到。

"就去做筋肉的劳动罢!啊,啊,但是我这一双弱腕,怕吃不下一部黄包车的重力。

"自杀!我有勇气,早就干了。现在还能想到这两个字,足证我的志气还没有完全消磨尽哩!

"哈哈哈哈!今天的那无轨电车的机器手!他骂我什么来?

"黄狗,黄狗倒是一个好名词……

"…………"

我想了许多零乱断续的思想,终究没有一个好法子,可以救我出目下的穷状来。听见工厂的汽笛,好像在报十二点钟了,我就站了起来,换上了白天脱下的那件破棉袍子,仍复吹熄了蜡烛,走出外面去散步。

贫民窟里的人已经睡眠静了。对面日新里的一排临邓脱路的洋楼里,还有几家点着了红绿的电灯,在那里弹罢拉拉衣加。一声二声清脆的歌音,带着哀调,从静寂的深夜的冷空气里传到我的耳膜上来,这大约是俄国的飘泊的少女,在那里卖钱的歌唱。天上罩满了灰白的薄云,同腐烂的尸体似的沉沉地盖在那里。云层破处也能看得出一点两点星来,但星的近处,黝黝看得出来的天色,好像有无限的哀愁蕴藏着的样子。

一九二三年七月十五日

薄　奠

上

一天晴朗的春天的午后，我因为天气太好，坐在家里觉得闷不过，吃过了较迟的午饭，带了几个零用钱，就跑出外面去逛。北京的晴空，颜色的确与南方的苍穹不同。在南方无论如何晴快的日子，天上总有一缕薄薄的纤云飞着，并且天空的蓝色，总带着一道很淡很淡的白味。北京的晴空却不是如此，天色一碧到底，你站在地上对天注视一会儿，身上好像能生出两翼翅膀来，就要一扬一摆地飞上空中去的样子。这可是单指不起风的时候而讲，若一起风，则人在天空下眼睛都睁不开，更说不到晴空的颜色如何了。那一天的午后，空气非常澄清，天色真青得可怜。我在街上夹在那些快乐的北京人士中间，披了一身和暖的阳光，不知不觉竟走到了前门外最热闹的一条街上。踏进了一家卖灯笼的店里，买了几张奇妙的小画，重新回上大街缓步的时候，我忽而听出了一阵中国戏园特有的那种原始的锣鼓声音来。我的两只脚就受了这声音的牵引，自然而然地踏了进去。听戏听到了第三出，外面忽而起了呜呜的大风，戏园的屋顶也有些儿摇动。戏散之后，推来让去地走出戏园，扑面就来了一阵风沙。我眼睛闭了一忽，走上大街来雇车，车夫都要我七角六角大洋，不肯按照规矩折价。那时候天虽则还没有黑，但因为风沙飞满在空中，所以沉沉的大地上，已经现出了黄昏前的急景。店家的电灯，也都已上火，大街上汽车马车洋车挤塞在一处。一种车铃声叫唤声，并不知从何处来的许多杂音，尽在那里奏错乱的交响乐。大约是因为夜宴的时刻逼近，车上的男子定是去赴宴会，奇装的女子想来是去陪席的。

　　一则因为大风，二则因为正是一天中间北京人士最繁忙的时刻，所以我雇车竟雇不着，一直地走到了前门大街。为了上举的两种原因，洋车夫强索昂价，原是常有的事情，我因零用钱花完，袋里只有四五十枚铜子，不能应他们的要求，所以就下了决心，想一直走到西单牌楼再雇车回家。走下了正阳桥边的步道，被一辆南行的汽车喷了一身灰土，我的决心，又动摇起来，含含糊糊地向道旁停着的一辆洋车问了一句："嗳！四十枚拉巡捕厅儿胡同拉不拉？"那车夫竟恭恭敬敬地向我点了点头说：

　　"坐上罢，先生！"

　　坐上了车，被他向北地拉去，那么大的风沙，竟打不上我的脸来，我知道那时候起的是南风了。我不坐洋车则已，若坐洋车的时候，总爱和洋车夫谈闲话，想以我的言语来缓和他的劳动之苦；因为平时我们走路，若有一个朋友和我们闲谈着走，觉得不费力些。我从自己的这种经验着想，老是在实行浅薄的社会主义，一边高踞在车上，一边向前面和牛马一样在奔走的我的同胞攀谈些无头无尾的话。这一天，我本来不想开口的，但看看他的弯曲的背脊，听听他嘿嘿的急喘，终觉得心里难受，所以轻轻地对他说：

　　"我倒不忙，你慢慢地走罢。你是哪儿的车？"

　　"我是巡捕厅胡同西口儿的车。"

　　"你在哪儿住家啊？"

　　"就在那南顺城街的北口，巡捕厅胡同的拐角儿上。"

　　"老天爷不知怎么的，每天刮这么大的风。"

　　"是啊！我们拉车的也苦，你们坐车的老爷们也不快活，这样的大风天气，真真是招怪啊！"

这样的一路讲,一路被他拉到我寄住的寓舍门口的时候,天已经快黑了。下车之后,我数铜子给他,他却和我说起客气话来,他一边拿出了一条黑黝黝的手巾来擦头上身上的汗,一边笑着说:

"您带着罢,我们是街坊,还拿钱么?"

被他这样的一说,我倒觉得难为情了,所以虽只应该给他四十枚铜子的,而到这时候却不得不把尽我所有的四十八枚铜子都给了他。他道了谢,拉着空车在灰黑的道上向西边他的家里走去,我呆呆地目送了他一程,心里却在空想他的家庭。——他走回家去,他的女人必定远远地闻声就跑出来接他。把车斗里的铜子拿出,将车交还了车行,他回到自己屋里来打一盆水洗洗手脸,吸几口烟,就可在洋灯下和他的妻子享受很健康的夜膳。若他有兴致,大约还要喝一两个铜子的白干。喝了微醉,讲些东西南北的废话,他就可以抱了他的女人小孩儿,钻进被去酣睡。这种酣睡,大约是他们劳动阶级的唯一的享乐。

"啊,啊!……"

空想到了此地,我的伤感病又发了。

"啊,啊!可怜我两年来没有睡过一个整整的夜!这倒还可以说是因病所致,但是我的远隔在三千里外的女人小孩儿,又为了什么,不能和我在一处享乐吃苦呢?难道我们是应该永远隔离的么?难道这也是病么?……总之是我不好,是我没有能力养活妻子。啊,啊,你这车夫,你这向我道谢、被我怜悯的车夫,我不如你吓,我不如你!"

我在门口灰暗的空气里呆呆地立了一会儿,忽而想起了自家的身世,就不知不觉地心酸起来,红润的眼睛,被我所依赖的主人看见,是不大好的,因此我就复从门口走了下来,远远地跟那洋车走了一段。跟它转了弯,看那车夫进了胡同拐角上的一间破旧的矮屋,我又走上平则门大街去跑了一程,等天黑了,才走回家来吃晚饭。

自从这一回后,我和他的洋车,竟有了缘分,接连地坐了它好几次。他和我也渐渐地熟起来了。

中

　　平则门外，有一道城河。河道虽比不上朝阳门外的运河那么宽，但春秋雨霁，绿水粼粼，也尽可以浮着锦帆，乘风南下。两岸的垂杨古道，倒影入河水中间，也大有板渚随堤的风味。河边隙地，长成一片绿芜，晚来时候，老有闲人在那里调鹰放马。太阳将落未落之际，站在这城河中间的渡船上，往北望去，看得出西直门的城楼，似烟似雾的，溶化成金碧的颜色，飘飏在两岸垂杨夹着的河水高头。春秋佳日，向晚的时候，你若一个人上城河边上来走走，好像是在看后期印象派的风景画，几乎能使你忘记是身在红尘十丈的北京城外。西山数不尽的诸峰，又如笑如眠，带着紫苍的暮色，静躺在绿荫起伏的春野西边；你若叫它一声，好像是这些远山，都能慢慢地走上你身边来的样子。西直门外有几处养鹅鸭的庄园，所以每天午后，城河里老有一对一对的白鹅在那里游泳。夕阳最后的残照，从杨柳荫中透出一两条光线来，射在这些浮动的白鹅背上时，愈能显得这幅风景的活泼鲜灵，别饶风致。我一个人渺焉一身，寄住在人海的皇城里，衷心郁郁，老感着无聊。无聊至极，不是从城的西北跑往城南，上戏园茶楼，娼寮酒馆，去夹在许多快乐的同类中间，忘却我自家的存在，和他们一样的学习醉生梦死，便独自一个跑出平则门外，去享受这本地的风光。玉泉山的幽静、大觉寺的深邃，并不是对我没有魔力，不过一年有三百五十九日穷的我，断没有余钱，去领略它们的高尚的清晨。五月中旬的有一天午后，我又无端感着了一种悲愤，本想上城南的快乐地方，去寻些安慰的，但袋里连几个车钱也没有了，所以只好走出平则门外，去坐在杨柳荫中，尽量地呼吸呼吸西山的爽气。我守着西天的颜色，从浓蓝变成了淡紫，一忽儿，天的四周围又染得深红了，远远的法国教会堂的屋顶和许多绿树梢头，刹那间返射了一阵赤赭的残光，又一忽儿空气就变得澄苍静肃，视野内招唤我注意的物体，什么也没有了。四周的物影，渐渐散乱起来，我也感着了一种日暮的悲哀，无意识地滴了几滴眼泪，就慢慢地，真是非常缓慢，好像在梦里游行似的，走回家来。进平则门往南一拐，就是南顺城街，南顺城街路东的第一条胡同便是巡捕厅胡同。我走到胡同的西口，正要进胡同的时候，忽而从角上的一间破屋里漏出几声大声来。这声音我觉得熟得很，稍微用了一点心力，回想了一想，我马上就记起那个身材瘦长、脸色黝黑、常拉我上城南去的车夫来。我站住静听了一会儿，听得他好像在和人拌嘴。我坐过他许多次数的车，他的脾气是很好的，所以听到他在和人拌嘴，心里倒很觉得奇怪。看他的样子，好像有五十多岁的光景，但他自己说今年只有四十二岁。他平常非常沉默寡言，不过你和他说话的时候，他却总来回答你一句两句。他身材本来很高，但是不晓得是因为社会的压迫呢，还是因为他天生的病症，背脊却是弯着，看去好像不十分高。他脸上浮着的一种谨慎的劳动者特有的表情，我怎么也形容不出来，他好像是在默想他的被社会虐待的存在是应该的样子，又好像在这沉默的忍苦中间，在表示他的无限的反抗，和不断的挣扎的样子。总之，他那一种沉默忍受的态度，使人家见了便能生出无限的感慨来。况且是和他社会的地位相去无几，而受的虐待又比他更甚的多，平常坐他的车，和他谈话的时候，总要感着一种抑郁不平的气，横上心来；而这种抑郁不平之气，他也无处去发泄，我也无处去发泄，只好默默地闷受着，即使闷受不过，最多亦只能向天长啸一声。有一天我在前门外喝醉了酒，往一家相识的人家去和衣睡了半夜，醒来的时候，已经是下弦月上升的时刻。我从韩家潭雇车雇到西单牌楼，在西单牌楼换车的时候，又遇见了他。半夜酒醒，从灰白死寂，除了一乘两乘汽车飞过搅起一阵灰来，此外别无动静的长街上，慢慢被拖回家来。这种悲哀的情调，已尽够我消受的了，况又遇着了他，一路上听了他许多不堪再听的话……他说这个年头儿真教人生存不得。他说洋车价涨了一两个铜子，而煤米油盐，都要各涨一倍。他说洋车出租的东家，真会挑剔，一根骨子弯了一点，一个小钉不见了，就要赔许多钱。他说他一天到晚拉车，拉来的几个钱还不够供洋车租主的狡诈，皮带破了，弓子弯了的时候，更不必说了。他说他的女人不会治家，老要白花钱。他说他的大小孩今年八岁，二小孩今年三岁了。……我默默地坐在车上，看看天上惨淡的星月，经过了几条灰黑静寂的狭巷，细听着他的一条条的诉说，觉得这些苦楚，都不是他一个人的苦楚。我真想跳下车来，同他抱头痛哭一场，但是我着在身上的一件竹布长衫，和盘在脑里的一堆教育的绳矩，把我的真率的情感缚住了。自从那一晚以后，我心里就存了一种怕与他相见的思想，所以和他不见了半个多月。这一天日暮，我自平则门走回家来，听了他在和人吵闹的声音，心里竟起了一种自责的心思，好像是不应该躲避开这个可怜的朋友，至半月之久的样子。我静听了一忽，才知道他吵闹的对手，是他的女人。一时心情为他的悲惨的声音所挑动，我竟不待回思，一脚就踏进了他住的那所破屋。他的住屋，只有一间小屋，小屋的一半，却被一个大炕占据了去。在外边天色虽还没有十分暗黑，但在他那矮小的屋内，却早已黑影沉沉，辨不出物体来了。他一手插在腰里，一手指着炕上缩成一堆坐在那里的一个妇人，一声两声地在那里数骂。两个小孩趴在炕的里边。我一进去时，只见他自家一个站着的背影，他的女人和小孩都看不出来。后来招呼了他，向他手指着的地方看去，才看出了一个女人，又站了一忽，我的眼睛在黑暗里已经习惯了，重复看出了他的两个小孩。我进去叫了他一声，问他为什么要这样的动气，他就把手一指，指着炕沿上的那女人说：

"这臭东西把我辛辛苦苦积下来的三块多钱，一下子就花完了，去买了这些捆尸体的布来。……"说着他用脚一踢，地上果然滚了一包白色的布出来。他一边向我问了些寒暄话，一边就蹙紧了眉头说：

"我的心里，她们一点儿也不晓得，我要积这几块钱干什么！我不过想自家去买一辆旧车来拉，可以免掉那车行的租钱呀！天气热了，我们穷人，就是光着脊肋儿，也有什么要紧？她却要去买这些白洋布来做衣服。你说可气不可气啊？"

我听了这一段话，心里虽则也为他难受，但口上只好安慰他说：

"做衣服倒也是要紧的，积几个钱，是很容易的事情，你但须忍耐着，三四块钱是不难再积起来的。"

我说完了话，忽而在沉沉的静寂中，从炕沿上听出了几声暗泣的声音来。这时候我若袋里有钱，一定要全部拿出来给他，请他息怒。但是我身边一摸，却摸不着一个铜银的货币。呆呆地站着，心里打算了一会儿，我觉得终究没有方法好想。正在着恼的时候，我里边小褂袋里唧唧响着的一个银表的针步声，忽而敲动了我的耳膜。我知道若在此时，当面把这银表拿出来给他，他是一定不肯受的。迟疑了一会儿，我想出了一个主意，乘他不注意的时候，悄悄地把表拿了出来；和他讲着些慰劝他的话，一边我走上前去一步，顺手把表搁在一张半破的桌上。随后又和他交换了几句言语，我就走出来了。我出到了门外，走进胡同，心里感得的一种沉闷，比午后上城外去的时候更甚了。我只恨我自家太无能力，太没有勇气。我仰天看看，在深沉的天空里，只看出了几颗星来。

第二天的早晨，我刚起床，正在那里刷牙漱口的时候，听见门外有人打门。出去一看，就看见他拉着车站在门口。他问了我一声好，手向车斗里一摸，就把那个表拿出来，问我说：

"先生，这是你的罢？你昨晚上掉下的罢？"

我听了脸上红了一红，马上就说：

"这不是我的，我并没有掉表。"

他连说了几声奇怪，把那表的来历说了一阵，见我坚不肯认，就也没有方法，收起了表，慢慢地拉着空车向东走了。

下

夏至以后，北京接连下了半个多月的雨。我因为一天晚上没有盖被睡觉，惹了一场很重的病，直到了两礼拜前才得起床。起床后第三天的午后，我看看久雨新霁，天气很好，就拿了一根手杖踏出门去。因为这是病后第一次的出门，所以出了门就走往西边，依旧想到我平时所爱的平则门外的河边去闲行。走过那胡同角上的破屋的时候，我只看见门口立了一群人，在那里看热闹。屋内有人在低声啜泣。我以为那拉车的又在和他的女人吵闹了，所以也就走了过去，去看热闹，一边我心里却暗暗地想着：

"今天若他们再因金钱而争吵，我却可以解决他们的问题。"

因为那时候我家里寄出来为我做医药费的钱还没有用完，皮包里还有几张五块钱的钞票收藏着哩。我踏近前去一看，破屋里并没有拉车的影子，只有他的女人坐在炕沿上哭，一个小一点的小孩，坐在地上他母亲的脚跟前，也在陪着她哭。看了一会儿，我终摸不着头脑，不晓得她为什么要哭。和我一块儿站着的人，有的唧唧地在那里叹息，有的也拿出手巾来在擦眼泪说："可怜哪，可怜哪！"我向一个立在我旁边的中年妇人问了一番，才知道她的男人，前几天在南下洼的大水里淹死了。他死了之后，她还不晓得，直到第二天的傍晚，由拉车的同伴认出了他的相貌，才跑回来告诉她。她和她的两个儿子，得了此信，冒雨走上南横街南边的尸场去一看，就大哭了一阵。后来她自己也跳在附近的一个水池里自尽过一次，经她儿子的呼救，附近的居民费了许多气力，才把她捞救上来。过了一天，由那地方的慈善家出了钱，把她的男人埋葬完毕，且给了她三十斤面票、八十吊铜子，方送她回来。回来之后，她白天晚上只是哭，已经哭了好几天。我听了这一番消息，看了这一场光景，心里只是难受。同一两个月前头，半夜从前门回来，坐在她男人的车上，听他的诉说时一样，觉得这些光景，绝不是她一个人的。我忽而想起了我的可怜的女人，又想起了我的和那在地上哭的小孩一样大的儿女，也觉得眼睛里热起来痒起来了。我心里正在难受。忽而从人丛里挤来了一个八九岁的小孩赤足袒胸地跑了进来。他小手里拿了几个铜子蹑手蹑脚地对她说：

"妈，你瞧，这是人家给我的。"

看热闹的人，看了他那小脸上的严肃的表情，和他那小手的滑稽的样子，有几个笑着走了，只有两个以手巾擦着眼泪的老妇人还站在那里。我看看周围的人数少了，就也踏了进去问她说：

"你还认得我么？"

她举起肿红的眼睛来，对我看了一眼，点了一点头，仍复伏倒头去在哀哀地哭着。我想叫她不哭，但是看看她的情形，觉得是不可能的，所以只好默默地站着，眼睛看见她的瘦削的双肩一起一缩地在抽动。我这样的静立了三五分钟，门外又忽而挤了许多人拢来看我。我觉得被他们看得不耐烦了，就走出了一步对他们说：

"你们看什么热闹？人家死了人在这里哭，你们有什么好看？"

那八岁的孩子，看我心里发了恼，就走上门口，把一扇破门关上了。喀丹一响，屋里忽而暗了起来，他的哭着的母亲，好像也为这变化所惊动，一时止住哭声，擎起眼来看她的孩子和离门不远呆立着的我。我乘此机会，就劝她说：

"看养孩子要紧，你老是哭也不是道理，我若可以帮你的忙，总没有不为你出力的。"

她听了这话，一边啜泣，一边断断续续地说：

"我……我……别的都不怪，我……只……只怪他何以死得那么快。也……也不知他……他是自家沉河的呢，还是……"

她说了这一句又哭起来了，我没有方法，就从袋里拿出了皮包，取了一张五块钱的钞票递给她说：

"这虽然不多，你拿着用罢！"

她听了这话，又止住了哭，啜泣着对我说：

"我……我们……是不要钱用，只……只是他……他死得……死得太可怜了。……他……他活着的时候，老……老想自己买一辆车，但是……但是这心愿儿终究没有达到。……前天我……我到冥衣铺去定一辆纸糊的洋车，

196

想烧给他,那一家掌柜的要我六块多钱,我没有定下来。你……你老爷心好,请你,请你老爷去买一辆好好的纸车来烧给他罢!"

说完,她又哭了。我听了这一段话,心里愈觉得难受,呆呆地立了一忽,只好把刚才的那张钞票收起,一边对她说:"你别哭了罢!他是我的朋友,那纸糊的洋车,我明天一定去买了来,和你一块儿烧到他的坟前去。"

又对两个小孩儿说了几句话,我就打开门走了出来。我从来没有办过丧事,所以寻来寻去,总寻不出一家冥衣铺来定那纸糊的洋车。后来直到四牌楼附近,我找定了一家,付了他钱,要他赶紧为我糊一辆车。

两天之后,那纸洋车糊好了,恰巧天气也不下雨,我早早吃了午饭,就雇了四辆洋车,同她及两个小孩儿一道去上她男人的坟。车过顺治门内大街的时候,因为我前面的一乘人力车上只载着一辆纸糊的很美丽的洋车和两包锭子,大街上来往的红男绿女只是凝目地在看我和我后面车上的那个眼睛哭得红肿、衣服褴褛的中年妇人。我被众人的目光鞭挞不过,心里起了一种不可抑遏的反抗和诅咒的毒念,只想放大了喉咙向着那些红男绿女和汽车中的贵人狠命地叫骂着说:

"猪狗!畜生!你们看什么?我的朋友,这可怜的拉车者,是为你们所逼死的呀!你们还看什么?"

一九二四年八月十四日作于北京

清冷的午后

　　昙云布满的天空，在万人头上压了几日，终究下起微雪来了。年事将尽的这十二月的下旬，若在往年，街上各店里，总满呈着活气，拥挤得不堪的，而今年的市况，竟萧条得同冷水泉一样，过了中午，街上还是行人稀少得很。

　　聚芳号的老板，同饱食后的鸽子似的，独踞在柜台上，呆呆地看店门外街上的雪片。门面不满一丈宽的这小店里，热闹的时候也有二三十元钱一日的进款，可是这一个月来，门市忽然减少了下去，前两个月配来的化妆品类和妇女杂用品等，依旧动也不动地堆在两壁的箱盒里。他呆看了一回飞雪，又转头来看看四边的存货，眉头竟锁紧了起来，往里面放大了喉音，叫了几声之后，就站起来把柜台后柱上挂着的一件黑呢外套穿上了身去。

　　答应了一声"嗳呀"，接着从里面走出来的，是一位年纪二十左右、身材中大、皮肤很细白、长得眉目清秀的妇人。看了她那种活泼的气象，和丰肥的肉体，谁也知道她是和这位老板结合不久的新妇。尤其可以使人感得这一种推测的确实的，是当她走上这位老板面前之后的一脸微笑。

　　"云芳！你在这儿看一忽店，我出去和震大公司结账去。万一老李来，你可以问问他昨天托他的事情怎么样了。"

　　她向柜台边上壁间的衣钩上，把一顶黑绒的帽子拿下来后，就走上了一步，站在他面前，给他戴上了。他向柜台下桌上站着的一面小镜子照了一照，又把外套的领子竖了起来，更对云芳——他的新妇——点了一点头，就从柜台侧面的一扇小门里走了出去。

这位老板，本来是郑聚芳本店的小老板，结了婚以后，他父亲因为他和新妇住在店里，不晓得稼穑的艰难，所以在半年前，特地为他设了一家分店在这新市场的延龄路上，教他自己去独立营生。

他初开店的时候，因为布置的精巧，价钱的公道，又兼以香市的热闹，每月竟做了千元内外的买卖。两个月后，香客也绝迹了。游西湖的人也少起来了，又兼以战事发生，人心惶恐，这一个月来银根奇紧，弄得他那家小店，一落千丈。近来的门市，至多也卖不到五六块钱，而这寒冬逼至，又是一年中总结账的时候了，这几日来，他着实为经济问题，费了许多的愁虑。

"千不该，万不该，总不该把小天王接到城里来的！"他在雪中的街上俯首走到清和坊去，一边在自家埋怨自家。

他的悔怨的心思动了一动，继续就想起了小天王的笑脸和嘴唇，想起了去年也是这样下微雪的晚上，他和小天王在拱宸桥她的房里烫酒吃猪头肉的情趣。抬起头来，向前后左右看了一看，把衣袖上的雪片打扫了一下，他那双本来是在走向清和坊去的脚，不知不觉地变了方向。先从马路的右边，走向了马路的左边，又前进了几步，他就向一条小巷走了进去。

离新市场不远，在一条沿河的小巷的一家二楼上，他为小天王租了两间房子住着，这是他和他的新妇云芳搬往新市场之后，瞒过了云芳常来住宿的地方。

他和小天王的相识，是在两年前，有一天他朋友请他去吃花酒的晚上。那一天他的中学校的朋友李芷春请客，硬要他和他一同上拱宸桥去。他平时本来是很谨慎的人，从来没有到拱宸桥去玩过一次。自从那一天李芷春为他叫了小天王后，他觉得店里的酒饭，味儿粗淡起来了。尤其是使他感到不满的，是他父亲的那一种起早落晚计算金钱的苦相。他在店里那一种紧张的空气里，一想到小天王房里的那一种温香娇艳的空气，

199

眼前就会昏花起来，鼻子里就会闻到一种特异的香味，耳朵里也会响出胡琴的弦索和小曲儿的歌声来。他若把眼睛一闭，就看得见一张很光亮的铜床，床上面有雪白的毡毯和绯红的绸被铺着。床面前的五桶柜上摆在那里的描金小钟，和花瓶香盒之类，也历历地在他心眼上旋转。

其中顶使他魂销的，是在他跟李芷春去了三五回后，小天王留他住夜的那一晚的情事。

那时候，他还只是童男的二十一岁。小天王的年纪虽然比他小，然而世故人情，却比他懂得多。所以她一见了他，就竭力地灌迷魂汤，弄得当时还没有和女人接触过的他，几乎把世界一切都忘掉了。

两年前的那一天晚上，是李芷春带他去逛后约有半个月的光景的时候，他却一个人搭了五点十分的夜车上拱宸桥小天王那里去。那一天晚上，不晓为什么原因，天气很冷很冷。他记得清清楚楚，那一天不过是中秋刚过的八月二十几里，但不晓怎么的，忽而吹来了几阵凉风，使冬衣未曾制就的一班杭州的市民，都感觉得比大寒前后还更凉冷的样子。他坐在小天王房里，喝喝酒，吃吃晚饭，听她唱唱小曲，竟把半夜的时光于不知不觉的中间飞度了过去。到了半夜十二点钟，他想出来，也已经不行了，所以就猫猫虎虎，留在她那里住了一夜。

自从那一夜后，他才知道了女人的滋味。小天王的嘴唇，她的脱下衣服来的时候的娇羞的样子，从帐子外面射进来的电灯光下的她的淡红的小汗衫，上半段纽扣解开以后的她的苍白的胸部。被他紧紧抱住以后的那一种触觉，最像同脱了骨肉似的那 种出神。凡此种种的情况，在他脑里盘踞了半个多月。无论在什么时候什么地方，只教他一想到这前后的感觉，他的耳朵就会嗡的响起来，他的身子的全体，就好像坐在火焰的峰头；两只大腿的中间，实际上就会同触着一块软肉似的酸涨起来。嗣后两年中间，他在小天王身上花的钱，少算算也有五千多块。

到了今年四月，他的父亲对于他的游荡，实在是无法子抵抗了，结局还是依了他母舅之计，为他娶了云芳过来，想教云芳来加以劝告和束缚。

他和云芳，本来是外舅家的中表，两人从小就很要好的。新婚的头夜，闹房的客人都出去以后，他和云芳，就讲了半夜的话。他含着眼泪，向云芳说小天王的身世，说小天王待他的情谊，更说他自家对云芳虽有十分的热爱，但对小天王也不能断念的痴心。结果他说若要他和小天王绝交，除非把他先送到棺材里去之后才可以。聪明贤慧的云芳，对他这一种决心，当然不想用蛮法子来对付，三朝以后，倒是她出来向他的父母说情了。他果然中了云芳的诡计，结婚以后的两个月中间，并没有去过拱宸桥一次。

他父亲给他新市场开设分店以后约莫一个月，有一天午后，他往城站去送客，在车站上忽又遇见了小天王。

那时候正是太阳晒得很热的六月中旬。他在车站里见了两月来不见的小天王的清淡的装束，旧日的回忆就复活了。当天晚上，他果然瞒过了云芳，上拱宸桥去过夜。在拱宸桥埠上以善应酬著名的这小天王，当然知道如何再把他从云芳那里争夺过来的术数。那一晚小天王于哭骂他薄情之后，竟拿起了一把小刀来要自杀。后来听了他的许多誓咒和劝慰的话后，两人才收住眼泪抱着入睡，嗣后两三个月中间，他借依分店里进款的宽绰，竟暗地里把小天王赎了出来，把她藏住在这一条小巷的楼上。

说到小天王的相貌，实际上比云芳也美不了许多。可是她那娇小的身材、灵活的眼睛，和一双红曲的嘴唇，却特别的能够勾引男人，使和她发生过一两次关系的人，永也不能忘记。

他一边在小巷里冒雪走着，一边俯伏着头，尽在想小天王那双嘴唇。他想起了三天前在她那里过夜的事情，他又想起了第二天早晨回到店里的时候，云芳含着微笑问他的话："小天王好么？你又有几天不去了，昨晚上可能睡着？"

走到了那一家门口，他开门进去，一直走到很黑的退堂夹弄的扶梯跟前,也没有遇见一个人。

"我们的这房东老太婆,今天怕又在楼上和小天王说话罢?让我悄悄地上去,骇她们一下。"

他心里这样的想着,脚步就自然而然地放轻了。幽脚幽手地走上了楼,走到了房门口,他举手轻轻一推,房门却闩在那里。站住了脚,屏着气,侧耳一听,房里头并没有说话的声音。他就想伸出手来,敲门进去,但回头再一想时,觉得这事情有点奇怪。因为平时他来,老太婆总坐在楼下堂前糊火柴盒子。他一向上楼来,还没有一次遇见小天王的房门闩锁过。含神屏气地更静立了几分钟,他忽而听见靠板壁的他和小天王料睡的床上,有一个男人的口音在轻轻地说:

"小天王!小天王!醒来!天快晚了,怕老郑要来了吧?"

他的全身的血,马上凝结住了,头发一根一根地竖立了起来。瞪着眼睛,捏紧拳头,他就想一脚踢进房去。但这铁样的决心,还没有下的时候,他又听见小天王睡态朦朦地说:

"像这样落雪的时候,他不会来的。"

他听了小天王的声气,同时飞电似的想起了她的那双嘴唇,喉头更是干烈起来,胸前的一腔杀气,更是往上奔塞得厉害。举了那只捏紧的拳头,正要打上门板上去的一刹那,他又听见男人说:

"我要去了,昨天老郑还托我借钱来着,我答应他今天去做回音的。让我去看看,他若在店里哩,我晚上再好来的。"

"啊!这男人原来是李芷春!"

他听出了李芷春的声音,一只举起来的手就缩回来了。向后抽了脚步,他一口气就走下了楼来。幸而那老太婆还没回家,他一走出门,仍复轻轻地把门关上,就同发了疯的人似的狠命地在被雪下得微滑的小巷里飞奔跑跳。气也吐不出来,眼面前的物事也看不清楚,脑盖底下,他只觉得有一片火在那里烧着。方向也辨不清,思想也完全停止,迎面吹来的冷风和雪片也感觉不到,他只把两只脚同触了电似的尽在交换前进,不知跑了多少路，走了多少地方，等得神志清醒了一点的时候，他看看四周已经灰暗了。在这灰暗的空气里，还有一片一片的雪片在飞舞着。举起头来一看，眼面前却是黑黝黝的一片湖水。再举起眼来向远处看时，模糊的雪片层里，透射着几张灯火。同时湖水面上返射着的模糊的灯光和灰颓颓冷沉沉的山影，也射到了他的眼里。举起手来向衣袖上一摸，积在那里的雪片，很硬很冷地向他的触觉神经激刺了一下，他完全恢复了知觉，静静地站住了脚，把被飞雪湿透了的那顶黑绒帽子拿下来的时候，头上就放射了一阵蒸发出来的热气。更向眼下的空气里一看，他只看见几阵很急促地由他自己口中吐出来的白气，在和雪片争斗。这时候他身旁的枯树枝上，背后的人家屋上，和屋后的山上，已经有一层淡白的薄雪罩上了。从外套袋里，拿出手帕来把头上的汗擦了一擦，在灰暗的冷空气里静立了一会儿，向四边看了几周，他才辨出了方向，知道他自家的身体，站立在去钱王祠不远的湖滨的野道上面。

他把眼睛开闭了几次，咽下了几口唾沫，又静静地把喘着的气调节了一下，才把今天下午的事情，原原本本地想了起来。

"啊，啊！怎么对得起云芳！怎么对得起云芳！"

"今天我出门的时候的她那一种温柔体贴的样子！"

"啊，啊！我还有什么面目做人？"

他想到了这里，火热的颊上，就流下了两滴很大很冷的眼泪来。从他的喉咙里，渐渐地，发出了一种怖人的、和受了伤就快死的野兽似的鸣声。这声音起初很幽很沉重，渐渐地加响，终于号地一响吐露完结；一声完了，接着又是一声，静寂的山隩水上，和枯冷的树林，都像起了反应，他自家的耳朵里也听出了一种可怕的哀鸣声来。背后树枝上的积雪，索落索落地落下了几滴，他回头去一看，在白茫茫的夜色里，仿佛看见了一只极大极大的黑手，在那里向他扑掠似的。他心里急了，不管东西南北，只死劲地向前跑跳，扑通地一响，他只觉得四肢半体，同时冰冷地凝聚了拢来。神志又清了一清，他晓得自家的身子，已经跌在湖里了。喉咙里想叫出"救命"两个字来，但愈急愈叫不出，他只觉得他的颈项前后，好像有一个铁圈在那里抽紧来的样子。两只脚乱踢了一阵，两只手向湖面上划了几划，他的身体就全部淹没到水底里去了。

一九二七年一月十八日在上海

东梓关

一夜北风,院子里的松泥地上,已结成了一层短短的霜柱,积水缸里,也有几丝冰骨凝成了。从长年漂泊的倦旅归来,昨晚上总算在他儿时起居惯的屋栋底下,享受了一夜安眠的文朴,从楼上起身下来,踏出客堂门,上院子里去一看,陡然间却感到了一身寒冷。

"这一区江滨的水国,究竟要比半海洋性的上海冷些。"

瞪目呆看着晴空里的阳光,正在这样凝想着的时候,从厨下刚走出客堂里来的他那年老的娘,却忽而大声地警告他说:

"朴,一侵早起来,就站到院子里去干什么?今天可冷得很哩!快进来,别遭了凉!"

文朴听了她这仍旧是同二十几年前一样的告诫小孩子似的口吻,心里头便突然间起了一种极微细的感触,这正是有些甜苦的感触。眼角上虽渐渐带着了潮热,但面上却不能自已地流露出了一脸微笑,他只好回转身来,文不对题的对他娘说:

"娘!我今天去就是,上东梓关徐竹园先生那里去看一看来就是,省得您老人家那么的为我担心。"

"自然啦,他的治吐血病是最灵也没有的,包管你服几帖药就能痊愈。那两张钞票,你总收藏好了吧?要是不够的话,我这里还有。"

"哪里会得不够呢。我自己也还有着,您放心好了,我吃过早饭,就上轮船局去。"

"早班轮船怕没有这么早。你先进来吃点点心,回头等早午饭烧好,吃了再去，也还来得及哩。你脸洗过了没有？"

洗了一洗手脸，吃了一碗开水冲蛋，上各处儿时走惯的地方去走了一圈回来，文朴的娘已经摆好了四碗蔬菜，在等他吃早午饭了。短短的冬日，在白天的时候也实在短不过，文朴满以为还是早晨的此刻，可是一坐下来吃饭，太阳却早已经晒到了那间朝南的客堂的桌前，看起来总也有十点多钟的样子了。早班轮船是早晨七点从杭州开来的，到埠总在十一点左右，所以文朴的这一顿早午饭，自然是不能吃得十分从容。倒是在上座和他对酌的他那年老的娘，看他吃得太快了，就又宽慰他说：

"吃得这么快干什么？早班轮赶不着，晚班的总赶得上的，当心别噎嗝起来！"依旧是同二十几年前对小孩子说话似的那一种口吻。

刚吃完饭，擦了擦脸，文朴想站起来走了，他娘却又对他叮嘱着说：

"我们和徐竹园先生，也是世交，用不着客气的。你虽则不认得他，可是到了那里，今天你就可以服一帖药，就在徐先生的春和堂里配好，托徐先生家里的人代你煎煎就对。……"

"好，好，我晓得的。娘，你慢用吧，我要走了。"

正在这个时候，轮船报到的汽笛声，也远远地从江面上传了过来。

这小县城的码头上，居然也挤满了许多上船的行旅客商和自乡下来上城市购办日用品的农民，在从码头挤上船去的一段浮桥上，文朴也遇见了许多儿时熟见的乡人的脸。汽笛重叫了一声，轮船离埠开行之后，文朴对着渐渐退向后去的故乡的一排城市人家，反吐了一口如释重负似的深长的气。因为在外面漂泊惯了，他对于小时候在那儿生长，在旅途中又常在想念着的老巢，倒在感到一种莫名其妙的压迫。一时重复身入了舟车逆旅的中间，反觉得是回到了熟习的故乡来的样子。更况且这时候包围在他坐的那只小轮船的左右前后的，尽是些蓝碧的天、澄明的水，和两岸的青山红树、江心的暖日和风，放眼向四周一望，他觉得自己譬如一只在山野里飞游惯了的鸟，又从狭窄的笼里飞出，飞回到大自然的怀抱里来了。

东梓关在富春江的东岸，钱塘江到富阳而一折，自此以上，为富春江，已经将东西的江流变成了南北的向道。轮船在途中停了一二处，就到了东梓关的埠头。东梓关虽则去县城只有三四十里路程，但文朴因自小就在外面漂流，所以只在极幼小的时候因上祖坟来过一次之外，自有确实的记忆以后却还从没有到过这一个在他们的故乡也是很有名的村镇。

江上太阳西斜了，轮船在一条石砌的码头上靠了岸。文朴跟着几个似乎是东梓关附近土著的农民上岸之后，第一就问他们，徐竹园先生是住在哪里的。

"徐竹园先生吗？就是那间南面的大房子！"

一个和他一道上岸来的农民在岸边站住了，用了他那只苍老曲屈的手指，向南指点了一下。

文朴以手遮着日光，举头向南一看，只看出了疏疏落落的几家人家和许多树叶脱尽的树木来。因稻已经收割尽了，空地里草场上，只堆着一堆一堆的干稻草在那里反射阳光。一处离埠头不远的池塘里，游泳着几只家畜的鸭，时而一声两声地叫着。池塘边上水浅的地方，还浸着一只水牛，在水面上擎起了它那个两角峥嵘的牛头，和一双黑沉沉的大眼，静静儿地守视着从轮船上走下来的三五个行旅之人。村子里的小路很多，有些是石砌的，有些是黄泥的，只有一条石板砌成的大道，曲折横穿在村里的人家和那池塘的中间，这大约是官道了。文朴跟着了那个刚才教过他以徐先生的住宅的农夫，就朝南顺着了这一条大道走向前去。

东梓关的全村，大约也有百数家人家，但那些乡下的居民似乎个个都很熟识似的。文朴跟了农夫走不上百数步路，却听他把自那里来为办什么事去的历史述说了一二十次，因为在路上遇见他的人，个个都以同样的话问他一句，而他总也一边前进，一边以同样的话回答他们。直到走上了一处有四五条大小的叉路交接的地方，他的去路似乎和文朴的不同了，高声一喊，他便喊住了一位在一条小路上慢慢向前行走的中老农夫，自己先说了一遍自何处来为办什么事而去的历史，然后才将文朴交托了他，托他领到徐先生的宅里，他自己就顺着大道，向前走了。

徐竹园先生的住宅，果然是近邻中所少见的最大的一所，但墙壁梁栋，也都已旧了，推想起来，大约总也是洪杨战后所筑的旧宅无疑。文朴到了徐家屋里，由那中老农夫进去告诉了一声，等了一会儿，就走出来了一位面貌清秀、穿长衫做学生装束的青年。听取了文朴的自己介绍和来意以后，他就很客气地领他进了一间光线不十分充足的厢房。这时候虽则已进了午后，可是门外面的晴冬的空气，干燥得分外鲜明，平面的太阳光线，也还照耀得辉光四溢，而一被领进到了这一间分明是书室兼卧房的厢房的中间，文朴觉得好像已经是寒天日暮的样子了。厢房的三壁，各摆满了许多册籍图画，一面靠壁的床上陈设着有一个长方的紫檀烟托和一盏小小的油灯。文朴走到了床铺的旁边，躺在床上刚将一筒烟抽完的徐竹园先生也站起来了。

"是文先生么？久仰久仰。令堂太太的身体近来怎么样？请躺下去歇歇吧，轮船里坐得不疲乏么？彼此都不必客气，就请躺下去歇歇，我们可以慢慢地谈天。"

竹园先生总约莫有五十岁了，清癯的面貌，雅洁的谈吐，绝不像是一个未见世面的乡下先生。文朴和他夹着烟盘躺下去后，一边在看他烧装捏吸，一边也在他停烧不吸的中间，听取了许多关于他自己当壮年期里所以要去学医的由来。

东梓关的徐家，本来是世代著名的望族，在前清嘉道之际，徐家的一位豪富，曾在北京任过显职，嗣后就一直没脱过科甲。竹园先生自己年纪轻的时候，也曾做过救世拯民的大梦，可是正当壮年时期，大约是因为用功过度，在不知不觉的中间，竟尔染上了吐血的宿疾，于是大梦也醒了，意志也灰颓了，幡然悔悟，改变方针，就于求医采药之余，一味地看看医书，试试药性，像这样的生活，到如今已经过了二十多年了。

"就是这一口烟……"

徐竹园先生继续着说，

"就是这一口烟，也是那时候吸上的。病后上的瘾，真是不容易戒绝，所以我劝你，要根本地治疗，还是非用药石不行。"

世事看来，原是塞翁失马，徐竹园先生因染了疾病，才绝意于仕进，略有余闲，也替人家看看病，自己读读书，经管经管祖上的遗产；每年收入，薄有盈余，就在村里开了一家半施半卖的春和堂药铺。二十年来大局尽变，徐家其他的各房，都因宦途艰险，起落无常，现在已大半中落了，可是徐竹园先生的一房，男婚女嫁，还在保持着旧日的兴隆，他的长子，已生下了孙儿，三代见面了。

文朴静躺在烟铺的一旁，一边在听着徐竹园先生的述怀，一边也暗自在那里下这样的结论。忽而前番引领他进来的那位青年，手里拿了一盏煤油灯走进了房来，并且报告着说：

"晚饭已经摆上了！"

徐竹园先生从床上立了起来，整整衣冠，陪文朴走上厅去的中间，文朴才感到了乡下生活的悠闲，不知不觉，在烟盘边一躺却已经有三四个钟头飞驰过去了。丰盛的一餐夜饭吃完之后，自然地就又走回到了烟铺。竹园先生的兴致愈好了，饭后的几筒烟一抽，谈话就转到了书版掌故的一方面去。因为文朴也是喜欢收藏一点古书古董之类的旧货的，所以一谈到了这一方面，他的精神，也自然而然地振作了一下。

竹园先生更取出了许多收藏的砖砚、明版的书籍，和傅青主手写的道情卷册来给文朴鉴赏。文朴也将十几年来在外面所见过的许多珍彝古器的大概说给了徐先生听。听到了欧战期间巴黎博物院里保藏古物的苦心的时候，竹园先生竟以很新的见解，发表了一段反对战争的高论。为证明战争的祸患无穷，与只有和平的老百姓受害独烈的实际起见，他最后又说到了这东梓关地方的命名的出处。

东梓关本来叫作"东指关"的，吴越行军，到此暂驻，顺流直下，东去就是富阳山嘴，是一个天然的关隘，是以行人到此，无不东望指关，

209

因而有了这一个名字。但到了明末，倭寇来侵，江浙沿海一带，处处都遭了蹂躏，这儿一隅，虽然处在内地，可是烽烟遍野，自然也民不安居。忽而有一天晚上，大兵过境，将此地土著的一位农民强拉了去。他本来是一个独子，父母都已经去世了，只剩下两个弱妹，全要凭他的力田所入来养活三人的。哥哥被拉了去后的两位弱妹，当然是没有生路了，于是只有朝着东方她们哥哥被拉去的方向，举手狂叫，痛哭悲号，来减轻她们的忧愁与恐怖。这样的哭了一日一夜，眼睛里哭出血来了，突然间天上就起了狂风，将她们的哭声送到了她们哥哥的耳里。她们的哥哥这时候正被铁链锁着，在军营里服牛马似的苦役。大风吹了一日一夜，他流着眼泪，远听她们的哭声也听了一日一夜。直到第三天的天将亮的时候，他拖着铁链，爬到了富春江下游的钱塘江岸，纵身一跳，竟于狂风大雨之中跳到了正在涨潮的大江心里。同时他的两位弱妹，也因为哭了二日二夜，眼睛里的血也流完了之故，于天将亮的时候在"东指关"的江边，跳到水里去了。第三天天晴风息，"东指关"的住民早晨起来一看，附近地方的树头，竟因大风之故，尽曲向了东方。当时这里所植的都是梓树，所以以后，地名就变作了东梓关。过了几天，潮退了下去，在东梓关西面的江心里，忽然现出了两大块岩石来。在这两大块岩石旁边，他们兄妹三人的尸体却颜色如生地静躺在那里，但是三人的眼睛，都是哭得红肿不堪的。

"那两大块岩石，现在还在那里，可惜天晚了，不能陪你去看……"

徐竹园先生慢慢地说：

"我们东梓关人，以后就把这一堆岩石称作了'姐妹山'。现在岁时伏腊，也还有人去顶礼膜拜哩！战争的毒祸，你说厉害不厉害？"

将这一大篇故事述完之后，竹园先生就又大口地抽了两口烟，咕地喝了一口浓茶。点上一支雪茄，放到嘴里衔上了，他就坐了起来对文朴说：

"现在让我来替你诊脉吧！看你的脸色，你那病还并没有什么不得了的。"

伏倒了头,屏绝住气息,他轻一下重一下地替文朴按了约莫有三十分钟的脉,又郑重地看了一看文朴的脸色和舌苔,他却好像已经得到了把握似的欢笑了起来:

"不要紧,不要紧,你这病还轻得很呢!我替你开两个药方,一个现在暂时替你止血,一个你以后可以常服的。"

说了这几句话后,他又凝神屏气地向洋灯注视了好几分钟,然后伸手磨墨,预备写下那两张药方来了。

这时候时间似乎已经到了夜半,沉沉的四壁之内,文朴只听见竹园先生磨墨的声音响得很厉害。时而窗外面的风声一动,也听得见一丝一丝远处的犬吠之声,但四面却似乎早已经是睡尽了。文朴一个人坐在竹园先生的背后,在这深夜的沉寂里静静地守视着他这种聚精会神的神气,和一边咳嗽一边伸纸吮笔的风情,心里头却自然而然地起了一种畏敬的念头。

"啊,啊,这的确是名医的风度!"

文朴在心里想,

"这的确是名医的样子,我的病大约是有救药了。"

竹园先生把两个药方开好了,搁下了笔,他又重将药方仔细检点了一遍。文朴立起来走向了桌前,接过药方,就躬身道了个谢,旋转身又和竹园先生躺下在烟盘的两旁。竹园先生又抽了几口之后,厅上似乎起了一点响动,接着就有人送点心进来了,是热烘烘的一壶酒、四碟菜、两碗面。文朴因为食欲不佳,所以只喝了一杯酒就搁下了筷,在陪着竹园先生进用饮食的当中,他却忍不住地打了两个呵欠。竹园先生看见了,向房外叫了一声,白天的那位青年就走了进来,执着灯陪文朴进了一间小小的客房。

文朴睡不上几个钟头,窗外面已经有早起的农人起来了,一睡醒后,他第二觉是很不容易睡着的,撩起帐子来一看,窗外面似乎依旧是干燥的晴天。他张开眼想了一想，就匆匆地披衣着袜，起身走出了卧床。徐家的上下，除打洗脸水来的佣人之外，当然是全家还在高卧。文朴问佣人要了一副纸笔，向竹园先生留下了一张打扰告罪的字条，便从徐家走了出来。因为下水的早班轮船，是于八点前后经过东梓关埠头的，他就想乘了这班早班，重回到他老母的身边去，在徐家服药久住，究竟觉得有点不便。

　　屋外面的空气着实有点尖寒得难受，可是静躺在晴冬的朝日之下的这东梓关的村景，却给予了文朴以不能忘记的印象。

　　一家一家的瓦上，都盖上了薄薄的层霜。枯树枝头，也有几处似金刚石般地在反射着刚离地平线不远的朝阳光线。村道上来往的人，并不见多，但四散着的人家烟突里，却已都在放出同天的颜色一样的炊烟来了。隔江的山影，因为日光还没有正射着的缘故，浓黑得可怕，但朝南的一面旷地里，却已经洒满了金黄的日色和长长的树影之类。文朴走到了江边，埠头还不见有一个候船的人，向一位刚自江里挑了一担水起来的工人问了一声，知道轮船的到来，总还有一个钟头的光景。

　　文朴呆呆地在埠头立了几分钟，举头便向徐竹园先生的那所高大的房屋一望，看见他们的朝东的一道白墙头上，也已经晒上了太阳。

　　"大约像他老先生那样舒徐浑厚的人物，现在总也不多了吧？这竹园先生，也许是旧时代的这种人物的最后一个典型！"

　　心里这样的想着，他脑里忽而想起了昨晚上所谈的一宵闲话：

　　"像这一种夜谈的情景，却也是不可多得的。龚定庵所说的'小屏红烛话冬心'，趣味哪里有这样的悠闲隽永？"

　　"小屏——红烛——话——冬心！""小屏——红烛——话——冬心！"茫然在口里这样轻轻念了几句，他的面前，却忽而又闪出了一个年纪很轻的挑水的人来。那少年对他望了几眼，他倒觉得有点难为情起来了，踏上了一步，就只好借点因头来遮遮盖盖自己的那一种独立微吟的蠢相。

　　"小弟弟，要看姐妹山，应该是怎么样走的？"

"只教沿着岸边,朝上直跑上去就对。"

"谢谢你。"

文朴说了这一句谢词,沿江在走向姐妹山去的中间,那少年还呆立在埠头的朝阳里,在默视着这位疯不像疯、痴不像痴的清瘦的中年人的背影。

一九三二年九月

迟桂花

××兄：

　　突然间接着我这一封信，你或者会惊异起来，或者你简直会想不出这发信的翁某是什么人。但仔细一想，你也不在做官，而你的境遇，也未见得比我的好几多倍，所以将我忘了的这一回事，或者是还不至于的。因为这除非是要贵人或境遇很好的人才做得出来的事情。前两礼拜为了采办结婚的衣服家具之类，才下山去。有好久不上城里去了，偶尔去城里一看，真是像丁令威的化鹤归来，触眼新奇，宛如隔世重生的人。在一家书铺门口走过，一抬头就看见了几册关于你的传记评论之类的书。再踏进去一问，才知道你的著作竟积成了八九册之多。将所有的你的和关于你的书全买将回来一读，仿佛是又接见了十余年不见的你那副音容笑语的样子。我忍不住了，一遍两遍地尽在翻读，愈读愈想和你通一次信，见一次面。但因这许多年数的不看报、不识世务、不亲笔砚的缘故，终于下了好几次决心，而仍不敢把这心愿来实现。现在好了，关于我的一切结婚的事情的准备，也已经料理到了十之七八，而我那年老的娘，又在打算着于明天一侵早就进城去，早就上床去躺下了。我那可怜的寡妹，也因为白天操劳过了度，这时候似乎也已经坠入了梦乡，所以我可以静静儿地来练这久未写作的笔，实现我这已经怀念了有半个多月的心愿了。

提笔写将下来,到了这里,我真不知将如何地从头写起。和你相别以后,不通闻问的年数,隔得这么的多,读了你的著作以后,心里头触起的感觉情绪,又这么的复杂;现在当这一刻的中间,汹涌盘旋在我脑里想和你谈谈的话,的确,不止像一部《二十四史》那么的繁而且乱,简直是同将要爆发的火山内层那么的热而且烈,急遽寻不出一个头来。

　　我们自从房州海岸别来,到现在总也约莫有十多年光景了罢!我还记得那一天晴冬的早晨,你一个人立在寒风里送我上车回东京去的情形。你那篇《南迁》的主人公,写的是不是我?我自从那一年后,竟为这胸腔的恶病所压倒,与你再见一次面和通一封信的机会也没有,就此回国了。学校当然是中途退了学,连生存的希望都没有了的时候,哪里还顾得到将来的立身处世,哪里还顾得到身外的学艺修能?到这时候为止的我的少年豪气、我的绝大雄心,是你所晓得的。同级同乡的同学,只有你和我往来得最亲密。在同一公寓里住得最长久的,也只有你一个人。时常劝我少用些功,多保养身体,预备将来为国家为人类致大用的,也就是你。每于风和日朗的晴天,拉我上多摩川上井之头公园及武藏野等近郊去散走闲游的,除你以外,更没有别的人了。那几年高等学校时代的愉快的生活,我现在只教一闭上眼,还历历透视得出来。看了你的许多初期的作品,这记忆更加新鲜了。我的所以愈读你的作品,愈想和你通一次信者,原因也就在这些过去的往事的追怀。这些都是你和我两人所共有的过去,我写也没有写得你那么好,就是不写你总也还记得的,所以我不想再说。我打算详详细细向你来做一个报告的,就是从那年冬天回故乡以后的十几年光景的山居养病的生活情形。

　　那一年冬天咯了血,和你一道上房州去避寒,在不意之中，又遇见了那个肺病少女——是真砂子罢？连她的名字我都忘了——无端惹起了那一场害人害己的恋爱事件。你送我回东京之后，住了一个多礼拜，我就回国来了。我们的老家在离城市有二十来里地的翁家山上，你是晓得的。回家住下，我自己对我的病，倒也没什么惊奇骇异的地方，可是我痰里的血丝、脸上的苍白，和身体的瘦削，却把我那已经守了好几年寡的老母急坏了，因为我那短命的父亲，也是患这同样的病而死去的。于是她就四处地去求神拜佛，采药求医，急得连粗茶淡饭都无心食用，头上的白发，也似乎一天一天地加多起来了。我哩！恋爱已经失败了，学业也已辍了，对于此生，原已没有多大的野心，所以就落得去由她摆布，积极地虽尽不得孝，便消极地尽了我的顺。初回家的一年中间，我简直门外也不出一步，各色各样的奇形的草药，和各色各样的异味的单方，差不多都尝了一个遍。但是怪得很，连我自己都满以为没有希望的这致命的病症，一到了回国后所经过的第二个春天，竟似乎有神助似的忽然减轻了，夜热也不再发，盗汗也居然止住，痰里的血丝早就没有了。我的娘的喜欢，当然是不必说，就是在家里替我煮药缝衣，代我操作一切的我那位妹妹，也同春天的天气一样，时时展开了她的愁眉，露出了她那副特有的真真是讨人欢喜的笑容。到了初夏，我药也已经不服，有兴致的时候，居然也能够和她们一道上山前山后去采采茶，摘摘菜，帮她们去服一点小小的劳役了。是在这一年的——回家后第三年的——秋天，在我们家里，同时候发生了两件似喜而又可悲、说悲却也可喜的悲喜剧。第一，就是我那妹妹的出嫁，第二，就是我定在城里的那家婚约的解除。妹妹那年十九岁了，男家是只隔一支山岭的一家乡下的富家。他们来说亲的时候，原是因为我们祖上是世代读书的，总算是来和诗礼人家攀婚的意思。定亲已经定过了四五年，起初我娘却嫌妹妹年纪太小，不肯马上准他们来迎娶，后来就因为我的病，一搁就又搁起了两三年。到了这一回，我的病总算已经恢复，而妹妹却早到了该结婚的年龄。男家来一说，我娘也就应允了他们，也算完了她自己的一件心事。至于我的这家亲事呢，却是我父亲在死的前一年为我定下的，女家是城里的一家相当有名的旧家。那时候我的年纪虽还很小，而我们家里的不动产却着实还有一点可观。并且我又是一个长子，将来家里要培植我读书处世是无疑的，所以那一家旧家居然也应允了我的婚事。以现在的眼光看来，这门亲事，当然是我们去竭力高攀的，因为杭州人家的习俗，是吃粥的人家的女儿，非要去嫁吃饭的人家不可的。还有乡下姑娘，嫁往城里，倒是常事，城里的千金小姐，却不大会下嫁到乡下来的，所以当时的这个婚约，起初在根本上就有点儿不对。后来经我父亲的一死，我们家里，丧葬费用，就用去了不少。嗣后年复一年，母子三人，只吃着家里的死饭。亲族戚属，少不得又要对我们孤儿寡妇，时时加以一点剥削。母亲又忠厚无用，在出卖田地山场的时候，也不晓得市价的高低，大抵是任凭族人在从中勾搭。就因这种种关系的结果，到我考取了官费，上日本去留学的那一年，我们这一家世代读书的翁家山上的旧家，已经只剩得一点仅能维持衣食的住屋山场和几块荒田了。当我初次出国的时候，承蒙他们不弃，我那未来的亲家，还送了我些赆仪路费。后来于寒假暑假回国的期间，也曾央原媒来催过完姻。可是接着就是我那致命的病症的发生，与我的学业的中辍，于是两三年中，他们和我们的中间，便自然而然地断绝了交往。到了这一年的晚秋，当我那妹妹嫁后不久的时候，女家忽而又央了原媒来对母亲说："你们的大少爷，有病在身，婚娶的事情，当然是不大相宜的，而他家的小姐，也已经下了绝大的决心，

217

立志终身不嫁了，所以这一个婚约，还是解除了的好。"说着就打开包裹，将我们传红时候交去的金玉如意、红绿帖子等，拿了出来，退还了母亲。我那忠厚老实的娘，人虽则无用，但面子却是死要的，一听了媒人的这一番说话，目瞪口僵，立时就滚下了几颗眼泪来。幸亏我在旁边，做好做歹地对娘劝慰了好久，她才含着眼泪，将女家的回礼及八字全帖等拣出，交还了原媒。媒人去后，她又上山后我父亲的坟边去大哭了一场。直到傍晚，我和同族邻人等一道去拉她回来，她在路上，还流着满脸的眼泪鼻涕，在很伤心地呜咽。这一出赖婚的怪剧，在我只有高兴，本来是并没有什么大不了的，可是由头脑很旧的她看来，却似乎是翁家世代的颜面家声都被他们剥尽了。自此以后，一直下来，将近十年，我和她母子二人，就日日地寡言少笑，相对茕茕，直到前年的冬天，我那妹夫死去，寡妹回来为止，两个所过的，都是些在炼狱里似的沉闷的日子。

　　说起我那寡妹，她真也是前世不修。人虽则很长大，身体虽则很强壮，但她的天性，却永远是一个天真活泼的小孩子。嫁过去那一年，来回郎的时候，她还是笑嘻嘻地如同上城里去了一趟回来了的样子，但双满月之后，到年下边回来的时候，从来不晓得悲泣的她，竟对我母亲掉起眼泪来了。她们夫家的公公虽则还好，但婆婆的繁言吝啬、小姑的刻薄尖酸和男人的放荡凶暴，使她一天到晚过不到一刻安闲自在的生活。工作操劳本是她在家里的时候所习惯的，倒并不以为苦，所最难受的，却是多用一根火柴，也要受婆婆责备的那一种俭约到不可思议的生活状态。还有两位小姑，左一句尖话，右一句毒语，仿佛从前我娘的不准他们早来迎娶，致使她们的哥哥染上了游荡的恶习，在外面养起了女人这一件事情，完全是我妹妹的罪恶。结婚之后，新郎的恶习，仍旧改不过来，反而是在城里他那旧情人家里过的日子多，在新房里过的日子少。这一笔账，当然又要写在我妹妹的身上。婆婆说她不会侍奉男人，小姑们说她不会劝，不会骗。有时候公公看得难受，替她申辩一声，婆婆就尖着喉咙，要骂上公公的脸去："你这老东西！脸要不要，脸要不要，你这扒灰老！"因我那妹夫，过的是这一种不自然的生活，所以前年夏天，就染了急病死掉了，于是我那妹妹又多了一个克夫的罪名。妹妹年轻守寡，公公少不得总要对她客气一点，婆婆在这里就算抓住了扒灰的证据，三日一场吵，五日一场闹，还是小事，有几次在半夜里，两老夫妇还会大哭大骂地喧闹起来。我妹妹于有一回被骂被逼得特别厉害的争吵之后，就很坚决地搬回到家里来住了。自从她回来之后，我娘非但得到了一个很大的帮手，就是我们家里的沉闷的空气，也缓和了许多。

　　这就是和你别后，十几年来，我在家里所过的生活的大概。平时非但不上城里去走走，当风雪盈途的冬季，我和我娘简直有好几个月不出门外。我妹妹回来之后，生活又约略变过了。多年不做的焙茶事业，去年也竟出产了一二百斤。我的身体，经了十几年的静养，似乎也有一点把握了。从今年起，我并且在山上的晏公祠里参加入了一个训蒙的小学，居然也做了一位小学教师。但人生是动不得的，稍稍一动，就如滚石下山，变化便要接连不断地簇生出来。我因为在教教书，而家里头又勉强地干起了一点事业，今年夏季居然又有人来同我议婚了。新娘是近邻乡村里的一位老处女，今年二十七岁，家里虽称不得富有，可也是小康之家。这位新娘，因为从小就读了些书，曾在城里进过学堂，相貌也还过得去——好几年前，我曾经在一处市场上看见过她一眼的——故而高不凑，低不就，等闲便度过了她的锦样的青春。我在教书的学校里的那位名誉校长——也是我们的同族——本来和她是旧亲，所以这位校长就在中间做了个传红线的冰人。我独居已经惯了，并且身体也不见得分外强健，若一结婚，难保旧病的不会复发，故而对这门亲事，当初是断然拒绝了的。可是我那年老的母亲，却仍是雄心未死，还在想我结一头亲，生下几个玉树芝兰来，好重振我们的这已经坠落了很久的家声，于是这亲事就又同当年生病的时候服草药一样，勉强地被压到我的身上来了。我哩，本来也已经入了中年，百事原都看得很穿，又加以这十几年的疏散和无为，觉得在这世上任你什么也没甚大不了的事情，落得随随便便地过去，横竖是来日也无多了。只教我母亲喜欢的话，那就是我稍稍牺牲一点意见也使得。于是这婚议，就在很短的时间里，成熟得妥妥帖帖，现在连迎娶的日期也已经拣好了，是旧历九月十二。

　　是因为这一次的结婚，我才进城里去买东西，才发见了多年不见的你这老友的存在，所以结婚之日，我想请你来我这里吃喜酒，大家来谈谈过去的事情。你的生活，从你的日记和著作中看来，本来也是同云游的僧道一样的。让出一点工夫来，上这一区僻静的乡间来住几日，或者也是你所喜欢的事情。你来，你一定来，我们又可以回顾回顾一去而不复返的少年时代。

　　我娘的房间里，有起响动来了，大约天总就快亮了罢。这一封信，整整地费了我一夜的时间和心血，通宵不睡，是我回国以后十几年来不曾有过的经验，你只看取了我的这一点热忱，我想你也不好意思不来。

　　啊，鸡在叫了，我不想再写下去了，还是让我们见面之后再来谈罢！

一九三二年九月　翁则生上

　　刚在北平住了个把月，重回到上海的翌日，和我进出的一家书铺里，就送了这一封挂号加邮托转交的厚信来。我接到了这信,捏在手里,起初还以为是一位我认识的作家,寄了稿子来托我代售的。但翻转信背一看,却是杭州翁家山的翁某某所发,我立时就想起了那位好学不倦、面容妩媚、多年不相闻问的旧同学老翁。他的名字叫翁矩,则生是他的小名。人生得矮小娟秀,皮色也很白净,因而看起来总觉得比他的实际年龄要小五六岁。在我们的一班里,算他的年纪最小,操体操的时候,总是他立在最后的,但实际上他也只不过比我小了两岁。那一年寒假之后,和他同去房州避寒,他的左肺尖,已经被结核菌损蚀得很厉害了。住不上几天,一位也住在那近边养肺病的日本少女,很热烈地和他要好了起来,结果是那位肺病少女因兴奋而病剧,他也就同失了舵的野船似的迂回到了中国。以后一直十多年,我虽则在大学里毕了业,但关于他的消息,却一向还不曾听见有人说起过。拆开了这封长信,上书室去坐下,从头至尾细细读完之后,我呆视着远处,茫茫然如失了神的样子,脑子里也触起了许多感慨与回思。我远远地看出了他的那种柔和的笑容,听见了他的沉静而又清澈的声气。直到天将暗下去的时候,我一动也不动,还坐在那里呆想,而楼下的家人却来催吃晚饭了。在吃晚饭中间,我就和家里的人谈起了这位老同学,将那封长信的内容约略说了一遍。家里的人,就劝我落得上杭州去旅行一趟,像这样的秋高气爽的时节,白白地消磨在煤烟灰土很深的上海,实在有点可惜,有此机会,落得去吃吃他的喜酒。

第二天仍旧是一天晴和爽朗的好天气,午后二点钟的时候,我已经到了杭州城站,在雇车上翁家山去了。但这一天,似乎是上海各洋行与机关的放假的日子,从上海来杭州旅行的人,特别的多。城站前面停在那里候客的黄包车,都被火车上下来的旅客雇走了,不得已,我就只好上附近的一家酒店去吃午饭。在吃酒的当中,问了问堂倌以去翁家山的路径,他便很详细地指示我说:

"你只教坐黄包车到旗下的陈列所,搭公共汽车到四眼井下来走上去好了。你又没有行李，天气又这么的好，坐黄包车直去是不上算的。"

得到了这一个指教，我就从容起来了，慢慢地喝完了半斤酒，吃了两大碗饭，从酒店出来，便坐车到了旗下。恰好是三点前后的光景，湖六段的汽车刚载满了客人，要开出去。我到了四眼井下车，从山下稻田中间的一条石板路走进满觉陇去的时候，太阳已经平西到了三五十度斜角度的样子，是牛羊下山、行人归舍的时刻了。在满觉陇的狭路中间，果然遇见了许多中学校的远足归来的男女学生的队伍。上水乐洞口去坐下喝了一碗清茶，又拉住了一位农夫，问了声翁则生的名字，他就晓得很详细似的告诉我说：

"是山上第二排的朝南的一家，他们那间楼房顶高，你一上去就看得见。则生要讨新娘子了，这几天他们正在忙着收拾。这时候则生怕还在晏公祠的学堂里哩。"

谢过了他的好意，付过了茶钱，我就顺着上烟霞洞去的石级，一步一步地走上了山去。渐走渐高，人声人影是没有了，在将暮的晴天之下，我只看见了许多树影。在半山亭里立住歇了一歇，回头向东南一望，看得见的，只是些青葱的山和如云的树，在这些绿树丛中又是些这儿几点、那儿一簇的屋瓦与白墙。

"啊，啊，怪不得他的病会得好起来了，原来翁家山是在这样的一个好地方。"

烟霞洞我儿时也曾来过的，但当这样晴爽的秋天，于这一个西下夕阳东上月的时刻，独立在山中的空亭里，来仔细赏玩景色的机会，却还不曾有过。我看见了东天的已经满过半弓的月亮，心里正在羡慕翁则生他们老家的处地的幽深，而从背后又吹来了一阵微风，里面竟含满着一种说不出的撩人的桂花香气。

"啊……"

我又惊异了起来，

"原来这儿到这时候还有桂花？我在以桂花著名的满觉陇里，倒不曾看到,反而在这一块冷僻的山里面来闻吸浓香,这可真也是奇事了。"

这样的一个人独自在心中惊异着,闻吸着,赏玩着,我不知在那空亭里立了多少时候。突然从脚下树丛深处,却幽幽地有晚钟声传过来了,东嗡,东嗡……这钟声实在真来得缓慢而凄清。我听得耐不住了,拔起脚跟,一口气就走上了山顶,走到了那个山下农夫曾经教过我的烟霞洞西面翁则生家的近旁。约莫离他家还有半箭路远的时候,我一面喘着气,一面就放大了喉咙向门里面叫了起来:

"喂,老翁!老翁!则生!翁则生!"

听见了我的呼声,从两扇关在那里的腰门里开出来答应的却不是为我所唤的翁则生自己,而是我从来也没有见过面的、比翁则生略高三五分的样子、身体强健、两颊微红、看起来有二十四五岁的一位女性。

她开出了门,一眼看见了我,就立住脚惊疑似的略呆了一呆。同时我看见她脸上却涨起了一层红晕,一双大眼睛眨了几眨,深深地吞了一口气。她似乎已经镇静下去了,便很腼腆地对我一笑。在这一脸柔和的笑容里,我立时就看到了翁则生的面相与神气,当然她是则生的妹妹无疑了,走上了一步,我就也笑着问她说:

"则生不在家么?你是他的妹妹不是?"

听了我这一句问话,她脸上又红了一红,柔和地笑着,半俯了头,她方才轻轻地回答我说:

"是的,大哥还没有回来,你大约是上海来的客人罢?吃中饭的时候,大哥还在说哩!"

这沉静清澈的声气,也和翁则生的一色而没有两样。

"是的,我是从上海来的。"

我接着说,

"我因为想使则生惊骇一下,所以电报也不打一个来通知,接到他的信后,马上就动身来了。不过你们大哥的好日也太逼近了,实在可也没有写一封信来通知的时间余裕。"

223

"你请进来罢，坐坐吃碗茶，我马上去叫了他来。怕他听到了你来，真要惊喜得像疯了一样哩。"

走上台阶，我还没有进门，从客堂后面的侧门里，却走出了一位头发雪白、面貌清癯、有六十内外的老太太来。她的柔和的笑容，也是和她的女儿儿子的笑容一色一样的。似乎已经听见了我们在门口所交换过的谈话，她一开口就对我说：

"是郁先生么？为什么不写一封快信来通知？则生中上还在说，你若要来，他打算进城上车站去接你的。请坐，请坐，晏公祠只有十几步路，让我去叫他来罢，怕他真要高兴得像什么似的哩。"说完了，她就朝向了女儿，吩咐她上厨下去烧碗茶来。她自己却踏着很平稳的脚步，走出大门，下台阶去通知则生去了。

"你们老太太倒还轻健得很。"

"是的，她老人家倒还好。你请坐罢，我马上起了茶来。"

她上厨下去起茶的中间，我一个人，在客堂里倒得了一个细细观察周围的机会。则生他们的住屋，是一间三开间而有后轩后厢房的楼房。前面阶沿外走落台阶，是一块可以造厅造厢楼的大空地。走过这块数丈见方的空地，再下两级台阶，便是村道了。越村道而下，再低数尺，又是一排人家的房子。但这一排房子，因为都是平屋，所以挡不杀翁则生他们家里的眺望。立在翁则生家的空地里，前山后山的山景，是依旧历历可见的。屋前屋后，一段一段的山坡上，都长着些不大知名的杂树，三株两株夹在这些杂树中间、树叶短狭、叶与细枝之间满撒着锯末似的黄点的，却是木犀花树。前一刻在半山空亭里闻到的香气，源头原来就系在这一块地方的。太阳似乎已下了山，澄明的光里，已经看不见日轮的金箭，而山脚下的树梢头，也早有一带晚烟笼上了。山上的空气，真静得可怜，老远老远的山脚下的村里，小儿在呼唤的声音，也清晰地听得出来。我在空地里立了一会儿，背着手又踱回到了翁家的客厅，向四壁挂在那里的书画一看，却使我想起了翁则生信里所说的事实。琳琅满目,挂在那里的东西,果然是件件精致,不像是乡下人家的俗恶的客厅。尤其使我看得有趣的,是陈豪写的一堂《归去来辞》的屏条,墨色的鲜艳、字迹的秀腴,有点像董香光而更觉得柔媚。翁家的世代书香,只需上这客厅里来一看就可以知道了。我立在那里看字画还没有看得周全,忽而背后门外老远地就飞来了几声叫声:

"老郁!老郁!你来得真快!"

翁则生从小学校里跑回来了,平时总很沉静的他,这时候似乎也感到了一点兴奋。一走进客堂,他握住了我的两手,尽在喘气,有好几秒钟说不出话来。等落在后面的他娘走到的时候,三人才各放声大笑了起来。这时候他妹妹也已经将茶烧好,在一个朱漆盘里放着三碗搬出来摆上桌子来了。

"你看,则生这小孩,他一听见我说你到了,就同猴子似的跳回来了。"他娘笑着对我说。

"老翁!说你生病生病,我看你倒仍旧不见得衰老得怎么样,两人比较起来,怕还是我老得多哩!"

我笑说着,将脸朝向了他的妹妹,去征她的同意。她笑着不说话,只在守视着我们的欢喜笑乐的样子。则生把头一扭,向他娘指了一指,就接着对我说:

"因为我们的娘在这里,所以我不敢老下去吓。并且媳妇儿也还不曾娶到,一老就得做老光棍了,那还了得!"

经他这么一说,四个人重又大笑起来了,他娘的老眼里几乎笑出了眼泪。则生笑了一会儿,就重新想起了似的替他妹妹介绍:

"这是我的妹妹,她的事情,你大约是晓得的罢?我在那信里是写得很详细的。"

"我们可不必你来介绍了,我上这儿来,头一个见到的就是她。"

"噢,你们倒是有缘啊!莲,你猜这位郁先生的年纪,比我大呢,还是比我小?"

225

他妹妹听了这一句话,面色又涨红了,正在喂嚅困惑的中间,她娘却止住了笑,问我说:

"郁先生,大约是和则生上下年纪罢?"

"那里的话,我要比他大得多哩。"

"娘,你看是我老呢,还是他老?"

则生又把这问题转向了他的母亲。他娘仔细看了我一眼,就对他笑骂般地说:

"自然是郁先生来得老成稳重,谁更像你那样的不脱小孩子脾气呢!"

说着,她就走近了桌边,举起茶碗来请我喝茶。我接过来喝了一口,在茶里又闻到了一种实在是令人欲醉的桂花香气。掀开了茶碗盖,我俯首向碗里一看,果然在绿莹莹的茶水里散点着有一粒一粒的金黄的花瓣。则生以为我在看茶叶,自己拿起了一碗喝了一口,就对我说:

"这茶叶是我们自己制的,你说怎么样?"

"我并不在看茶叶,我只觉这触鼻的桂花香气,实在可爱得很。"

"桂花吗?这茶叶里的还是第一次开的早桂,现在在开的迟桂花,才有味哩!因为开得迟,所以日子也经得久。"

"是的是的,我一路上走来,在以桂花著名的满觉陇里,倒闻不着桂花的香气。看看两旁的树上,都只剩了一簇一簇的淡绿的桂花托子了,可是到了这里,却同做梦似的,所闻吸的尽是这种浓艳的气味,老翁,你大约是已经闻惯了,不觉得什么罢?我……我……"

说到了这里,我自家也忍不住笑了起来。则生尽管在追问我:"你怎么样?你怎么样?"到了最后,我也只好说了:

"我,我闻了,似乎要起性欲冲动的样子。"

则生听了,马上就大笑了起来,他的娘和妹妹虽则并没有明确地了解我们说话的内容,但也晓得我们是在说笑话,母女俩便含着微笑,上厨下去预备晚饭了。

我们两人在客厅上谈谈笑笑,竟忘记了点灯,一道银样的月光,从门里洒进来了。则生看见了月亮，就站起来想去拿煤油灯，我却止住了他，说：

"在月光底下清谈，岂不是很好么？你还记不记得起，那一年在井之头公园里的一夜游行？"

所谓那一年者，就是翁则生患肺病的那一年秋天，他因为用功过度，变成了神经衰弱症。有一天，他课也不去上，竟独自一个在公寓里发了一天的疯。到了傍晚，他饭也不吃，从公寓里跑出去了。我接到了公寓主人的注意，下学回来，就远远地在守视着他，看他走出公寓，就也追踪着他，远远地跟他一道到了井之头公园。从东京到井之头公园去的高架电车，本来是有前后的两乘，所以在电车上，我和他并不遇着。直到下车出车站之后，我假装无意中和他冲见了似的同他招呼了。他红着双颊，问我这时候上这野外来干什么，我说是来看月亮的，记得那一晚正是和这天一样的有月亮的晚上。两人笑了一笑，就一道的在井之头公园的树林里走到了半夜方才回来。后来听他的自白，他是在那一天晚上想到井之头公园去自杀的，但因为遇见了我，谈了半夜，胸中的烦闷，有一半消散了，所以就同我一道又转了回来。"无限胸中烦闷事，一宵清话又成空！"他自白的时候，还念出了这两句诗来，借作解嘲。以后他就因伤风而发生了肺炎，肺炎愈后，就一直的为结核菌所压倒了。

谈了许多怀旧谈后，话头一转，我就提到了他的这一回的喜事。

"这一回的喜事么？我在那信里也曾和你说过。"

谈话的内容，一从空想追怀转向了现实，他的声气就低了下去，又回复了他旧日的沉静的态度。

"在我是无可无不可的，对这事情最起劲的，倒是我的那位年老的娘。这一回的一切准备麻烦，都是她老人家在替我忙的。这半个月中间，她差不多日日跑城里。现在是已经弄得完完全全，什么都预备好了，明朝一日，就要来搭灯彩，下午是女家送嫁妆来，后天就是正日。可是老郁，有一件事情，我觉得很难受，就是莲儿——这是我妹妹的小名——近来，似乎是很不高兴的样子，她话虽则不说，但因为她是很天真的缘故，所以在态度上表情上处处我都看得出来。你是初同她见面，所以并不觉得什么，平时她着实要活泼哩，简直活泼得同现代的那些时髦女郎一样，不过她的活泼是天性的纯真，而那些现代女郎，却是学来的时髦。……按说哩，这心绪的恶劣，也是应该的，她虽则是一个纯真的小孩子，但人非木石，究竟总有一点感情，看到了我们这里的婚事热闹，无论如何，总免不得要想起她自己的身世凄凉的。并且还有一个最重要的动机，仿佛是她在觉得自己今后的寄身无处。这儿虽是娘家，但她却是已经出过嫁的女儿了，哥哥讨了嫂嫂，她还有什么权利再寄食在娘家呢？所以我当这婚事在谈起的当初，就一次两次地对她说过了，不管它怎样，她总是我的妹妹，除非她要再嫁，则没有话说，要是不然的话，那她是一辈子有和我同居，和我对分财产的权利的，请她千万不要自己感到难过。这一层意思，她原也明白，我的性情，她是晓得的，可是不晓得怎么，她近来似乎总有点不大安闲的样子。你来得正好，顺便也可以劝劝她。并且明天发嫁妆结灯彩之类的事情，怕她看了又要想到自己的身世，我想明朝一早就叫她陪你出去玩，省得她在家里一个人在暗中受苦。"

"那好极了，我明天就陪她出去玩一天回来。"

"那可不对，假使是你陪她出去玩的话，那是形迹更露，愈加要使她难堪了。非要装作是你要她去作陪不行。仿佛是你想出去玩，但我却没有工夫陪你，所以只好勉强请她和你一道出去。要这样，她才安逸。"

"好，好，就这么办，明天我要她陪我去逛五云山去。"

正谈到了这时，他的那位老母从客室后面的那扇侧门里走出来了，看到了我们坐在微明灰暗的客室里谈天，她又笑了起来说：

"十几年不见的一段总账，你们难道想在这几刻工夫里算它清来么？有什么话谈得那么起劲，连灯都忘了点一点？则生，你这孩子真像是疯了，快立起来，把那盏保险灯点上。"

说着她又跑回到了厨下，去拿了一盒火柴出来。则生爬上桌子，在

点那盏悬在客室正中的保险灯的时候,她就问我吃晚饭之先,要不要喝酒。则生一边在点灯,一边就从肩背上叫他娘说:

"娘,你以为他也是肺痨病鬼么?郁先生是以喝酒出名的。"

"那么你快下来去开坛罢,今天挑来的那两坛酒,不晓得好不好,请郁先生尝尝看。"

他娘听了他的话后,就也昂起了头,一面在看他点灯,一面在催他下来去开酒。

"幸而是酒,请郁先生先尝一尝新,倒还不要紧,要是新娘子,那可使不得。"

他笑说着从桌子上跳了下来,他娘眼睛望着了我,嘴唇却朝着了他啐了一声说:

"你看这孩子,说话老是这样不正经的!"

"因为他要做新郎官了,所以在高兴。"

我也笑着对他娘说了一声,旋转身就一个人踱出了门外,想看一看这翁家山的秋夜的月明,屋内且让他们母子俩去开酒去。

月光下的翁家山,又不相同了。从树枝里筛下来的千条万条的银线,像是电影里的白天的外景。不知躲在什么地方的许多秋虫的鸣唱,骤听之下,满以为在下急雨。白天的热度,日落之后,忽然收敛了,于是草木很多的这深山顶上,就也起了一层白茫茫的透明雾障。山上电灯线似乎还没有接上,远近一家一家看得见的几点煤油灯光,仿佛是大海湾里的渔灯野火。一种空山秋夜的沉默的感觉,处处在高压着人,使人肃然会起一种畏敬之思。我独立在庭前的月光亮里看不上几分钟,心里就有点寒辣辣地怕了起来,回身再走回客室,酒菜杯筷,都已热气蒸腾地摆好在那里候客了。

四个人当吃晚饭的中间,则生又说了许多笑话。因为在前回听取了一番他所告诉我的衷情之后,我于举酒杯的瞬间,偷眼向他妹妹望望,觉得在她的柔和的笑脸上,的确似乎是有一种说不出的悲寂的表情流露在那里的样子。这一餐晚饭，吃尽了许多时间，我因为白天走路走得不少，而谈话之后又感到了一点兴奋，肚子有点饿了，所以酒和菜，竟吃得比平时要多一倍。到了最后将快吃完的当儿，我就向则生提出说：

"老翁，五云山我倒还没有去玩过，明天你可不可以陪我一道去玩一趟？"

则生仍复以他的那种滑稽的口吻回答我说：

"到了结婚的前一日，新郎官哪里走得开呢？还是改天再去罢。等新娘子来了之后，让新郎新娘抬了你去烧香，也还不迟。"

我却仍复主张着说，明天非去不行。则生就说：

"那么替你去叫一顶轿子来，你坐了轿子去，横竖是明天轿夫会来的。"

"不行不行，游山玩水，我是喜欢走的。"

"你认得路么？"

"你们这一种乡下的僻路，我哪里会认得呢？"

"那就怎么办呢？……"

则生抓着头皮，露出了一脸为难的神气。停了一二分钟，他就举目向他的妹妹说：

"莲！你怎么样？你是一位女豪杰，走路又能走，地理又熟悉，你替我陪了郁先生去怎么样？"

他妹妹也笑了起来，举起眼睛来向她娘看了一眼。接着她娘就说：

"好的，莲，还是你陪了郁先生去罢，明天你大哥是走不开的。"

我一看她脸上的表情，似乎已经有了答应的意思，所以又追问了她一声说：

"五云山可着实不近哩，你走得动的么？回头走到半路，要我来背，那可办不到。"

她听了这话，就真同从心坎里笑出来的一样笑着说：

"别说是五云山，就是老东岳，我们也一天要往返两次哩。"

从她的红红的双颊、挺突的胸脯，和肥圆的肩臂看来，这句话也绝

230

不是她夸的大口。吃完晚饭，又谈了一阵闲天，我们因为明天各有忙碌的操作在前，所以一早就分头到房里去睡了。

山中的清晓，又是一种特别的情景。我因为昨天夜里多喝了一点酒，上床去一睡，就同大石头掉下海里似的，一直就酣睡到了天明。窗外面吱吱唧唧的鸟声喧噪得厉害，我满以为还是夜半，月明将野鸟惊醒了，但睁开眼掀开帐子来一望，窗内窗外已饱浸着晴天爽朗的清晨光线，窗子上面的一角，却已经有一缕朝阳的红箭射到了。急忙滚出了被窝，穿起衣服，跑下楼去一看，他们母子三人，也已梳洗得妥妥服服，说是已经在做了个把钟头的事情之后。平常他们总是于五点钟前后起床的。这一种日出而作、日入而息的山中住民的生活秩序，又使我对他们感到了无穷的敬意。四人一道吃过了早餐，我和则生的妹妹，就整了一整行装，预备出发。临行之际，他娘又叫我等一下子，她很迅速地跑上楼去取了一支黑漆手杖下来，说，这是则生生病的时候用过的，走山路的时候，用它来撑扶撑扶，气力要省得多。我谢过了她的好意，就让则生的妹妹上前带路，走出了他们的大门。

早晨的空气，实在澄鲜得可爱。太阳已经升高了，但它的领域，还只限于屋檐、树梢、山顶等突出的地方。山路两旁的细草上，露水还没有干，而一味清凉触鼻的绿色草气，和人在桂花香味之中，闻了好像是宿梦也能摇醒的样子。起初还在翁家山村内走着，则生的妹妹，对村中的同性，三步一招呼，五步一立谈地应接得忙不暇给。走尽了这村子的最后一家，沿了入谷的一条石板路走上下山面的时候，遇见的人也没有了，前面的眺望，也转换了一个样子。朝我们去的方向看去，原又是冈峦的起伏和别墅的纵横，但稍一住脚，掉头向东面一望，一片同呵了一口气的镜子似的湖光，却躺在眼下了。远远从两山之间的谷顶望去，并且还看得出一角城里的人家，隐约藏躲在尚未消尽的湖雾当中。

我们的路先朝西北，后又向西南，先下了山坡，后又上了山背，因为今天有一天的时间，可以供我们消磨，所以一离了村境，我就走得特别的慢。每这里看看,那里看看地看个不住。若看见了一件稍可注意的东西,那不管它是风景里的一点一堆、一山一水,或植物界的一草一木与动物界的一鸟一虫,我总要拉住了她,寻根究底地问得它仔仔细细。说也奇怪,小时候只在村里的小学校里念过四年书的她——这是她自己对我说的——对于我所问的东西,却没有一样不晓得的。关于湖上的山水古迹,庙宇楼台哩,那还不要去管它,大约是生长在西湖附近的人,个个都能够说出一个大概来的,所以她知道得那么详细,倒还在情理之中,但我觉得最奇怪的,却是她的关于这西湖附近的区域之内的种种动植物的知识。无论是如何小的一只鸟、一个虫、一株草、一棵树,她非但各能把它们的名字叫出来,并且连几时孵化、几时他迁、几时鸣叫、几时脱壳,或几时开花、几时结实、花的颜色如何、果的味道如何等,都说得非常有趣而详尽,使我觉得仿佛是在读一部活的桦候脱的《赛儿鹏自然史》(G. White's *Natural History and Antiquities of Selborne*)。而桦候脱的书,却绝没有叙述得她那么朴质自然而富于刺激,因为听听她那种舒徐清澈的语气,看看她那一双天生成像饱使过耐吻胭脂棒般的红唇,更加上以她所特有的那一脸微笑,在知识分子之外还不得不添一种情的成分上去,于书的趣味之上更要兼一层人的风韵在里头。我们慢慢地谈着天,走着路,不上一个钟头的光景,我竟恍恍惚惚,像又回复了青春时代似的完全为她迷倒了。

她的身体,也真发育得太完全,穿的虽是一件乡下裁缝做的不大合适的大绸夹袍,但在我的前面一步一步地走去,非但她的肥突的后部、紧密的腰部,和斜圆的胫部的曲线,看得要簇生异想,就是她的两只圆而且软的肩膊,多看一歇,也要使我贪鄙起来。立在她的前面和她讲话哩,则那一双水汪汪的大眼,那一个隆正的尖鼻,那一张红白相间的椭圆嫩脸,和因走路走得气急,一呼一吸涨落得特别快的那个高突的胸脯,又要使我恼杀。还有她那一头不曾剪去的黑发哩,梳的虽然是一个自在的懒髻,但一映到了她那个圆而且白的额上,和短而且腴的颈际,看起来,又格外的动人。总之,我在昨天晚上,不曾在她身上发现的康健和自然的美点,今天因这一回的游山,完全被我观察到了。此外我又在她的谈话之中,证实了翁则生也和我曾经讲到过的她的生性的活泼与天真。譬如我问她今年几岁了,她说,二十八岁。我说这真看不出,我起初还以为你只有二十三四岁。她说,女人不生产是不大会老的。我又问她,对于则生这一回的结婚有点什么感触。她说,另外也没有什么,不过以后长住在娘家,似乎有点对不起大哥和大嫂。像这一类的纯粹直率的谈话,我另外还听取了许多许多,她的朴素的天性,真真如翁则生之所说,是一个永久的小孩子的天性。

爬上了龙井狮子峰下的一处平坦的山顶,我于听了一段她所讲的如何栽培茶叶,如何摘取焙烘,与那时候的山家生活的如何紧张而有趣的故事之后,便在路旁的一块大岩石上坐下了。遥对着在晴天下太阳光里躺着的杭州城市,和近水遥山,我的双眼只凝视着苍空的一角,有半晌不曾说话。一边在我脑里,却只在回想着德国的一位名延生(Jenson)的作家所著的一部小说《野紫薇爱立喀》(*Die Braune Erika*)。这小说后来又有一位英国的作家哈特生(Hodson)摹仿了,写了一部《绿荫》(*Green Mansions*)。两部小说里所描写的,都是一个极可爱的生长在原野里的天真的女性,而女主人公的结果,后来都是不大好的。我沉默着痴想了好久,她却从我背后用了她那只肥软的右手很自然地搭上了我的肩膀。

"你一声也不响地在那里想什么?"

我就伸上手去把她的那只肥手捏住了,一边就扭转了头微笑着看入了她的那双大眼,因为她是坐在我的背后的。我捏住了她的手又默默对她注视了一分钟,但她的眼里脸上却丝毫也没有羞惧兴奋的痕迹出现,她的微笑,还依旧同平时一点儿也没有什么的笑容一样。看了我这一种奇怪的形状,她过了一歇,反又很自然地问我说:

"你究竟在那里想什么?"

233

倒是我被她问得难为情起来了,立时觉得两颊就潮热了起来。先放开了那只被我捏住在那儿的她的手,然后干咳了两声,最后我就鼓动了勇气,发了一声同被绞出来似的答语:

"我……我在这儿想你!"

"是在想我的将来如何和他们同住么?"

她的这句反问,又是非常的率真而自然,满以为我是在为她设想的样子。我只好沉默着把头点了几点,而眼睛里却酸溜溜地觉得有点热起来了。

"啊,我自己倒并没有想得什么伤心,为什么,你,你却反而为我流起眼泪来了呢?"

她像吃了一惊似的立了起来问我,同时我也立起来了,且在将身体起立的行动当中,乘机拭去了我的眼泪。我的心地开朗了,欲情也净化了,重复向南慢慢走上岭去的时候,我就把刚才我所想的心事,尽情告诉了她。我将那两部小说的内容讲给了她听,我将我自己的邪心说了出来,我对于我刚才所触动的那一种自己的心情,更下了一个严正的批判,末后,便这样的对她说:

"对于一个洁白得同白纸似的天真小孩,而加以玷污,是不可赦免的罪恶。我刚才的一念邪心,几乎要使我犯下这个大罪了。幸亏是你的那颗纯洁的心,那颗同高山上的深雪似的心,却救我出了这一个险。不过我虽则犯罪的形迹没有,但我的心,却是已经犯过罪的。所以你要罚我的话,就是处我以死刑,我也毫无悔恨。你若以为我是那样卑鄙,而将来永没有改善的希望的话,那今天晚上回去之后,向你大哥母亲,将我的这一种行为宣布了也可以。不过你若以为这是我的一时糊涂,将来是永也不会再犯的话,那请你相信我的誓言,以后请你当我作你大哥一样那么的看待,你若有急有难,有不了的事情,我总情愿以死来代替着你。"

当我在对她做这些忏悔的时候,两人起初是慢慢在走的,后来又在

234

路旁坐下了。说到了最后的一节，倒是她反同小孩子似的发着抖，捏住了我的两手，倒入了我的怀里，呜呜咽咽地哭了起来。我等她哭了一阵之后，就拿出了一块手帕来替她揩干了眼泪，将我的嘴唇轻轻地搁到了她的头上。两人偎抱着沉默了好久，我又把头俯了下去，问她，我所说的这段话的意思，究竟明白了没有。她眼看着了地上，把头点了几点。我又追问了她一声：

"那么你承认我以后做你的哥哥了不是？"

她又俯视着把头点了几点。我撒开了双手，又伸出去把她的头捧了起来，使她的脸正对着了我。对我凝视了一会儿，她的那双泪珠还没有收尽的水汪汪的眼睛，却笑起来了。我乘势把她一拉，就同她挽着手并立了起来。

"好，我们是已经决定了，我们将永久地结作最亲爱最纯洁的兄妹。时候已经不早了，让我们快一点走，赶上五云山去吃午饭。"

我这样说着，挽着她向前一走，她也恢复了早晨刚出发的时候的元气，和我并排着走向了前面。

两人沉默着向前走了几十步之后，我侧眼向她一看，同奇迹似的忽而在她的脸上看出了一层一点儿忧虑也没有的满含着未来的希望和信任的圣洁的光耀来。这一种光耀，却是我在这一刻以前的她的脸上从没有看见过的。我愈看愈觉得对她生起敬爱的心思来了，所以不知不觉，在走路的当中竟接连着看了她好几眼。本来只是笑嘻嘻地注视着前面太阳光里的五云山的白墙头的她，因为我的脚步的迟乱，似乎也感觉到了我的注意力的分散了，将头一侧，她的双眼，却和我的视线接成了两条轨道。她又笑起来了，同时也放慢了脚步。再向我看了一眼，她才腼腆地开始问我说：

"那我以后叫你什么呢？"

"你叫则生叫什么，就叫我也叫什么好了。"

"那么——大哥！"

235

大哥的两字,是很急速地紧连着叫出来的,听到了我的一声高声的"啊!"的应声之后,她就涨红了脸,撒开了手,大笑着跑上前面去了。一面跑,一面她又回转头来,"大哥!""大哥!"地接连叫了我好几声。等我一面叫她别跑,一面我自己也跑着追上了她背后的时候,我们的去路已经变成了一条很窄的石岭,而五云山的山顶,看过去也似乎是很近了。仍复了平时的脚步,两人分着前后,在那条窄岭上缓步的当中,我才觉得真真是成了她的哥哥的样子,满含着了慈爱,很正经地吩咐她说:

"走得小心,这一条岭多么险啊!"

走到了五云山的财神殿里,太阳刚当正午,庙里的人已经在那里吃中饭了。我们因为在太阳底下的半天行路,口已经干渴得像旱天的树木一样,所以一进客堂去坐下,就教他们先起茶来,然后再开饭给我们吃。洗了一个手脸,喝了两三碗清茶,静坐了十几分钟,两人的疲劳兴奋,都已平复了过去,这时候饥饿却抬起头来了,于是就又催他们快点开饭。这一餐只我和她两人对食的五云山上的中餐,对于我正敌得过英国诗人所幻想着的亚力山大王的高宴,若讲到心境的满足、和谐,与食欲的高潮亢进,恐怕亚力山大王还远不及当时的我。

吃过午饭,管庙的和尚又领我们上前后左右去走了一圈。这五云山,实在是高,立在庙中阁上,开窗向东北一望,湖上的群山,都像是青色的土堆了。本来西湖的山水的妙处,就在于它的比舞台上的布景又真实伟大一点,而比各处的名山大川又同盆景似的整齐渺小一点这地方。而五云山的气概,却又完全不同了。以其山之高与境的僻,一般脚力不健的游人是不会到的,就在这一点上,五云山已略备着名山的资格了,更何况前面远处,蜿蜒盘曲在青山绿野之间的,是一条历史上也着实有名的钱塘江水呢?所以若把西湖的山水,比作一只锁在铁笼子里的白熊来看,那这五云山峰与钱塘江水,便是一只深山的野鹿。笼里的白熊,是只能满足满足胆怯无力者的冒险雄心的;至于深山的野鹿,虽没有高原的狮虎那么雄壮,但一股自由奔放之情,却可以从它那里摄取得来。

我们在五云山的南面又看了一会儿钱塘江上的帆影与青山,就想动身上我们的归路了,可是举起头来一望,太阳还在中天,只西偏了没有几分。从此地回去,路上若没有耽搁,是不消两个钟头就能到翁家山上的;本来是打算出来把一天光阴消磨过去的我们,回去得这样的早,岂不是辜负了这大好的时间了么?所以走到了五云山西南角的一条狭路边上的时候,我就又立了下来,拉着了她的手亲亲热热地问了她一声:

"莲,你还走得动走不动?"

"起码三十里路总还可以走的。"

她说这句话的神气,是富有着自信和决断,一点也不带些夸张卖弄的风情,真真是自然到了极点,所以使我看了不得不伸上手去,向她的下巴底下拨了一拨。好怕痒;缩着头颈笑起来了,我也笑开了大口,对她说:

"让我们索性上云栖去罢!这一条是去云栖的便道,大约走下去,总也没有多少路的,你若是走不动的话,我可以背你。"

两人笑着说着,似乎只转瞬之间,已经把那条狭窄的下山便道走尽了大半。山下面尽是些绿玻璃似的翠竹,西斜的太阳晒到了那条坞里,一种又清新又寂静的淡绿色的光同清水一样,满浸在这附近的空气里在流动。我们到了云栖寺里坐下,刚喝完了一碗茶,忽而前面的大殿上,有嘈杂的人声起来了,接着就走进了两位穿着分外宽大的黑布和尚衣的老僧来。知客僧便指着他们夸耀似的对我们说:

"这两位高僧,是我们方丈的师兄,年纪都快八十岁了,是从城里某公馆里回来的。"

城里的某巨公,的确是一位佞佛的先锋,他的名字,我本来也听见过的,但我以为同和尚来谈这些俗天,也不大相称,所以就把话头扯了开去,问和尚大殿上的嘈杂的人声,是为什么而起的。知客僧轻鄙似的笑了一笑说:

"还不是城里的轿夫在敲酒钱?轿钱是公馆里付了来的,这些穷人心

237

实在太凶。"

这一个伶俐世俗的知客僧的说话，我实在听得有点厌起来了，所以就要求他说：

"你领我们上寺前寺后去走走罢？"

我们看过了"御碑"及许多石刻之后，穿出大殿，那几个轿夫还在咕噜着没有起身。我一半也觉得走路走得太多了，一半也想给那个知客僧以一点颜色看看，所以就走了上去对轿夫说：

"我给你们两块钱一个人，你们抬我们两人回翁家山去好不好？"

轿夫们喜欢极了，同打过吗啡针后的鸦片嗜好者一样，立时将态度一变，变得有说有笑了。

知客僧又陪我们到了寺外的修竹丛中，我看了竹上的或刻或写在那里的名字诗句之类，心里倒有点奇怪起来，就问他这是什么意思。于是他也同轿夫他们一样，笑迷迷地对我说了一大串话。我听了他的解释，倒也觉得非常有趣，所以也就拿出了五圆纸币，递给了他，说：

"我们也来买两枝竹放放生罢！"

说着我就向立在我旁边的她看了一眼，她却正同小孩子得到了新玩意儿还不敢去抚摸的一样，微笑着靠近了我的身边轻轻地问我：

"两枝竹上，写什么名字好？"

"当然是一支上写你的，一支上写我的。"

她笑着摇摇头说：

"不好，不好，写名字也不好，两个人分开了写也不好。"

"那么写什么呢？"

"只教把今天的事情写上去就对。"

我静立着想了一会儿，恰好那知客僧向寺里去拿的油墨和笔也已经拿到了。我拣取了两株并排着的大竹，提起笔来，就各写上了"郁翁兄妹放生之竹"八个字。将年月日写完之后，我搁下了笔，回头来问她这八个字怎么样，她真像是心花怒放似的笑着，不说话而尽在点头。在绿竹之下的这一种她的无邪的憨态，又使我深深地，深深地受到了一个感动。

坐上轿子，向西向南地在竹荫之下走了六七里坂道，出梵村，到闸口西首，从九溪口折入九溪十八涧的山坳，登杨梅岭，到南高峰下的翁家山的时候，太阳已经悬在北高峰与天竺山的两峰之间了。他们的屋里，早已挂上了满堂的灯彩，上面的一对红灯，也已经点尽了一半的样子。嫁妆似乎已经在新房里摆好，客厅上看热闹的人，也早已散了。我们轿子一到，则生和她的娘，就笑着迎了出来。我付过轿钱，一踱进门槛，他娘就问我说：

"早晨拿出去的那支手杖呢？"

我被她一问，方才想起，便只笑着摇摇头对她慢声地说：

"那一支手杖么——做了我的祭礼。"

"做了你的祭礼？什么祭礼？"则生惊疑似的问我。

"我们在狮子峰下，拜过天地，我已经和你妹妹结成了兄妹。那一支手杖，大约是忘记在那块大岩石的旁边的。"

正在这个时候，先下轿而上楼去换了衣服下来的他的妹妹，也嬉笑着，走到了我们的旁边。则生听了我的话后，就也笑着对他的妹妹说：

"莲，你们真好！我们倒还没有拜堂，而你和老郁，却已经在狮子峰拜过天地了，并且还把我的一支手杖忘掉，做了你们的祭礼。娘！你说这事情应怎么罚罚他们？"

经他这一说，大家都笑了起来，我也情愿自己认罚，就认定后日馈房，算作我一个人的东道。

这一晚翁家请了媒人，及四五个近族的人来吃酒，我和新郎官，在下面奉陪。做媒人的那位中老乡绅，身体虽则并不十分肥胖，但相貌态度，却也是很富裕的样子。我和他两人干杯，竟干了十八九杯。因酒有点微醉，而日里的路，也走得很多，所以这一晚睡得比前一晚还要沉熟。

九月十二的那一天结婚正日，大家整整忙了一天。婚礼虽系新旧合

239

参的仪式,但因两家都不喜欢铺张,所以百事也还比较简单。午后五时,新娘轿到,行过礼后,那位好好先生的媒人硬要拖我出来,代表来宾,说几句话。我推辞不得,就先把我和则生在日本念书时候的交情说了一说,末了我就想起了则生同我说的迟桂花的好处,因而就抄了他的一段话来恭祝他们:

"则生前天对我说,桂花开得愈迟愈好,因为开得迟,所以经得日子久。现在两位的结婚,比较起平常的结婚年龄来,似乎是觉得大一点了,但结婚结得迟,日子也一定经得久。明年迟桂花开的时候,我一定还要上翁家山来。我预先在这儿计算,大约明年来的时候,在这两株迟桂花的中间,总已经有一株早桂花发出来了。我们大家且等着,等到明年这个时候,再一同来吃他们的早桂的喜酒。"

说完之后,大家就坐拢来吃喜酒。猜猜拳,闹闹房,一直闹到了半夜,各人方才散去。当这一日的中间,我时时刻刻在注意着偷看则生的妹妹的脸色,可是则生所说而我也曾看到过的那一种悲寂的表情,在这一日当中却终日没有在她的脸上流露过一丝痕迹。这一日,她笑的时候,真是乐得难耐似的完全是很自然的样子。因了她的这一种心情的反射的结果,我当然可以不必说,就是则生和他的母亲,在这一日里,也似乎是愉快到了极点。

因为两家都喜欢简单成事的缘故,所以三朝回郎等繁缛的礼节,都在十三那一天白天行完了,晚上馈房,总算是我的东道。则生虽则很希望我在他家里多住几日,可以和他及他的妹妹谈谈笑笑,但我一则因为还有一篇稿子没有做成,想另外上一个更僻静点的地方去做文章,二则我觉得我这一次吃喜酒的目的也已经达到了,所以在馈房的翌日,就离开翁家山去乘早上的特别快车赶回上海。

送我到车站的,是翁则生和他的妹妹两个人。等开车的信号钟将打,而火车的机关头上在吐白烟的时候,我又从车窗里伸出了两手,一只捏着了则生,一只捏着了他的妹妹,很重很重地捏了一回。汽笛鸣后,火

车微动了,他们兄妹俩又随车前走了许多步,我也俯出了头,叫他们说:
"则生!莲!再见,再见!但愿得我们都是迟桂花!"
火车开出了老远老远,月台上送客的人都回去了,我还看见他们兄妹俩直立在东面月台篷外的太阳光里,在向我挥手。

一九三二年十月在杭州写

散文编

故都的秋 / 钓台的春昼 / 雁荡山的秋月 / 江南的冬景 / 北平的四季 / 花坞 / 给一位文学青年的公开状 / 归航 / 还乡记 / 一个人在途上 / 志摩在回忆里 / 光慈的晚年

故都的秋

秋天,无论在什么地方的秋天,总是好的;可是啊,北国的秋,却特别的来得清,来得静,来得悲凉。我的不远千里,要从杭州赶上青岛,更要从青岛赶上北平来的理由,也不过想饱尝一尝这"秋",这故都的秋味。

江南,秋当然也是有的;但草木凋得慢,空气来得润,天的颜色显得淡,并且又时常多雨而少风;一个人夹在苏州上海杭州,或厦门香港广州的市民中间,浑浑沌沌地过去,只能感到一点点清凉,秋的味,秋的色,秋的意境与姿态,总看不饱,尝不透,赏玩不到十足。秋并不是名花,也并不是美酒,那一种半开、半醉的状态,在领略秋的过程上,是不合式的。

不逢北国之秋,已将近十余年了。在南方每年到了秋天,总要想起陶然亭的芦花、钓鱼台的柳影、西山的虫唱、玉泉的夜月、潭柘寺的钟声。在北平即使不出门去罢,就是在皇城人海之中,租人家一椽破屋来住着,早晨起来,泡一碗浓茶,向院子一坐,你也能看得到很高很高的碧绿的天色,听得到青天下驯鸽的飞声。从槐树叶底,朝东细数着一丝一丝漏下来的日光,或在破壁腰中,静对着像喇叭似的牵牛花(朝荣)的蓝朵,自然而然地也能够感觉到十分的秋意。说到了牵牛花,我以为以蓝色或白色者为佳,紫黑色次之,淡红者最下。最好,还要在牵牛花底,教长着几根疏疏落落的尖细且长的秋草,使作陪衬。

北国的槐树,也是一种能使人联想起秋来的点缀。像花而又不是花的那一种落蕊，早晨起来，会铺得满地。脚踏上去，声音也没有，气味也没有，只能感出一点点极微细极柔软的触觉。扫街的在树影下一阵扫后，灰土上留下来的一条条扫帚的丝纹，看起来既觉得细腻，又觉得清闲，潜意识下并且还觉得有点儿落寞，古人所说的梧桐一叶而天下知秋的遥想，大约也就在这些深沉的地方。

秋蝉的衰弱的残声，更是北国的特产；因为北平处处全长着树，屋子又低，所以无论在什么地方，都听得见它们的啼唱。在南方是非要上郊外或山上去才听得到的。这秋蝉的嘶叫，在北平可和蟋蟀耗子一样，简直像是家家户户都养在家里的家虫。

还有秋雨哩，北方的秋雨，也似乎比南方的下得奇，下得有味，下得更像样。

在灰沉沉的天底下，忽而来一阵凉风，便息列索落地下起雨来了。一层雨过，云渐渐地卷向了西去，天又晴了，太阳又露出脸来了；着着很厚的青布单衣或夹袄的都市闲人，咬着烟管，在雨后的斜桥影里，上桥头树底去一立，遇见熟人，便会用了缓慢悠闲的声调，微叹着互答着地说：

"唉，天可真凉了——"（这"了"字念得很高，拖得很长。）

"可不是么？一层秋雨一层凉啦！"

北方人念"阵"字，总老像是"层"字，平平仄仄起来，这念错的歧韵，倒来得正好。

北方的果树，到秋来，也是一种奇景。第一是枣子树；屋角、墙头、茅房边上、灶房门口，它都会一株株地长大起来。像橄榄又像鸽蛋似的这枣子颗儿，在小椭圆形的细叶中间，显出淡绿微黄的颜色的时候，正是秋的全盛时期；等枣树叶落，枣子红完，西北风就要起来了，北方便是尘沙灰土的世界，只有这枣子、柿子、葡萄，成熟到八九分的七八月之交,是北国的清秋的佳日,是一年之中最好也没有的 Golden Days[1]。

有些批评家说,中国的文人学士,尤其是诗人,都带着很浓厚的颓废色彩,所以中国的诗里,赞颂秋的文字特别的多。但外国的诗人,又何尝不然?我虽则外国诗文念得不多,也不想开出账来,做一篇秋的诗歌散文钞,但你若去一翻英德法意等国诗人的集子,或各国的诗文的 anthology[2] 来,总能够看到许多关于秋的歌颂与悲啼。各著名的大诗人的长篇田园诗或四季诗里,也总以关于秋的部分,写得最出色而最有味。足见有感觉的动物,有情趣的人类,对于秋,总是一样的能特别引起深沉、幽远、严厉、萧索的感触来的。不单是诗人,就是被关闭在牢狱里的囚犯,到了秋天,我想也一定会感到一种不能自已的深情;秋之于人,何尝有国别,更何尝有人种阶级的区别呢?不过在中国,文字里有一个"秋士"的成语,读本里又有着很普遍的欧阳子的《秋声》与苏东坡的《赤壁赋》等,就觉得中国的文人,与秋的关系特别深了。可是这秋的深味,尤其是中国的秋的深味,非要在北方,才感受得到的。

南国之秋,当然是也有它的特异的地方的,譬如廿四桥的明月、钱塘江的秋潮、普陀山的凉雾、荔枝湾的残荷,等等,可是色彩不浓,回味不永。比起北国的秋来,正像是黄酒之与白干、稀饭之与馍馍、鲈鱼之与大蟹、黄犬之与骆驼。

秋天,这北国的秋天,若留得住的话,我愿意把寿命的三分之二折去,换得一个三分之一的零头。

一九三四年八月,在北平

---

[1] 英文:黄金日月。
[2] 英文:选集。

钓台的春昼

因为近在咫尺,以为什么时候要去就可以去,我们对于本乡本土的名区胜景,反而往往没有机会去玩,或不容易下一个决心去玩的。正唯其是如此,我对于富春江上的严陵,二十年来,心里虽每在记着,但脚却没有向这一方面走过。一九三一,岁在辛未,暮春三月,春服未成,而中央党帝,似乎又想玩一个秦始皇所玩过的把戏了,我接到了警告,就仓皇离去了寓居。先在江浙附近的穷乡里游息了几天,偶尔看见了一家扫墓的行舟,乡愁一动,就定下了归计。绕了一个大弯,赶到故乡,却正好还在清明寒食的节前。和家人等去上了几处坟,与许久不曾见过面的亲戚朋友来往热闹了几天,一种乡居的倦怠,忽而袭上心来了,于是乎我就决心上钓台去访一访严子陵的幽居。

钓台去桐庐县城二十余里,桐庐去富阳县治九十里不足,自富阳溯江而上,坐小火轮三小时可达桐庐,再上则须坐帆船了。

我去的那一天,记得是阴晴欲雨的养花天,并且系坐晚班轮去的,船到桐庐,已经是灯火微明的黄昏时候了,不得已就只得在码头近边的一家旅馆的楼上借了一宵宿。

桐庐县城,大约有三里路长,三千多烟灶,一二万居民,地在富春江西北岸,从前是皖浙交通的要道,现在杭江铁路一开,似乎没有一二十年前的繁华热闹了。尤其要使旅客感到萧条的,却是桐君山脚下的那一队花船的失去了踪影。说起桐君山,原是桐庐县的一个接近城市的灵山胜地,山虽不高,但因有仙,自然是灵了。以形势来论,这桐君山,也的确是可以产生出许多口音生硬、别具风韵的桐严嫂来的生龙活脉。地处在桐溪东岸,正当桐溪和富春江合流之所,依依一水,西岸便瞰视着桐庐县市的人家烟树。南面对江,便是十里长洲,唐诗人方干的故居,就在这十里桐洲九里花的花田深处。向西越过桐庐县城,更遥遥对着一排高低不定的青峦,这就是富春山的山子山孙了。东北面山下,是一片桑麻沃地,有一条长蛇似的官道,隐而复现,出没盘曲在桃花杨柳洋槐榆树的中间;绕过一支小岭,便是富阳县的境界,大约去程明道的墓地程坟,总也不过一二十里地的间隔,我的去拜谒桐君,瞻仰道观,就在那一天到桐庐的晚上,是淡云微月,正在做雨的时候。

鱼梁渡头,因为夜渡无人,渡船停在东岸的桐君山下。我从旅馆踱了出来,先在离轮埠不远的渡口停立了几分钟,后来向一位来渡口洗夜饭米的年轻少妇,弓身请问了一回,才得到了渡江的秘诀。她说:"你只需高喊两三声,船自会来的。"先谢了她教我的好意,然后以两手围成了播音的喇叭,"喂,喂,船渡请摇过来!"地纵声一喊,果然在半江的黑影当中,船身摇动了。渐摇渐近,五分钟后,我在渡口,却终于听出了咿呀柔橹的声音。时间似乎已经入了酉时的下刻,小市里的群动,这时候都已经静息,自从渡口的那位少妇,在微茫的夜色里,藏去了她那张白团团的面影之后,我独立在江边,不知不觉心里头却兀自感到了一种他乡日暮的悲哀。渡船到岸,船头上起了几声微微的水浪清音,又铜东地一响,我早已跳上了船,渡船也已经掉过头来了。坐在黑沉沉的舱里,我起先只在静听着柔橹划水的声音,然后却在黑影里看出了一星船家在吸着的长烟管头上的烟火,最后因为被沉默压迫不过,我只好开口说话了:"船家!你这样的渡我过去,该给你几个船钱?""随你先生把几个就是。"船家说话冗慢幽长,似乎已经带着些睡意了。我就向袋里摸出了两角钱来:"这两角钱,就算是我的渡船钱,请你候我一会儿,上去烧一次夜香,我是依旧要渡过江来的。"船家的回答,只是嗯嗯、呜呜,幽幽同牛叫似的一种鼻音,然而从继这鼻音而起的两三声轻快的喀声听来,他

249

却似已经在感到满足了,因为我也知道,乡间的义渡,船钱最多也不过是两三枚铜子而已。

到了桐君山下,在山影和树影交掩着的崎岖道上,我上岸走不上几步,就被一块乱石绊倒,滑跌了一次。船家似乎也动了恻隐之心,一句话也不发,跑将上来,却突然交给了我一盒火柴。我于感谢了一番他的盛意之后,重整步武,再摸上山去,先是必须点一支火柴走三五步路的,但到得半山,路既就了规律,而微云堆里的半规月色,也朦胧地现出一痕银线来了,所以手里还存着的半盒火柴,就被我藏入了袋里。路是从山的西北,盘曲而上,渐走渐高,半山一到,天也开朗了一点,桐庐县市上的灯光,也星星可数了。更纵目向江心望去,富春江两岸的船上和桐溪合流口停泊着的船尾船头,也看得出一点一点的火来,走过半山,桐君观里的晚祷钟鼓,似乎还没有息尽,耳朵里仿佛听见了几丝木鱼钲铍的残声。走上山顶,先在半途遇着了一道道观外围的女墙,这女墙的栅门,却已经掩上了。在栅门外徘徊了一刻,觉得已经到了此门而不进去,终于是不能满足我这一次暗夜冒险的好奇怪癖的。所以细想了几次,还是决心进去,非进去不可,轻轻用手往里面一推,栅门却呀的一声,早已退向了后方开开了,这门原来是虚掩在那里的。进了栅门,踏着为淡月所映照的石砌平路,向东向南地前走了五六十步,居然走到了道观的大门之外,这两扇朱红漆的大门,不消说是紧闭在那里的。到了此地,我却不想再破门进去了,因为这大门是朝南向着大江开的。门外头是一条一丈来宽的石砌步道,步道的一旁是道观的墙,一旁便是山坡,靠山坡的一面,并且还有一道二尺来高的石墙筑在那里,大约是代替栏杆,防人倾跌下山去的用意,石墙之上,铺的是二三尺宽的青石,在这似石栏又似石凳的墙上,尽可以坐卧游息,饱看桐江和对岸的风景,就是在这里坐它一晚,也很可以,我又何必去打开门来,惊起那些老道的噩梦呢?

空旷的天空里,流涨着的只是些灰白的云,云层缺处,原也看得出半角的天，和一点两点的星，但看起来最饶风趣的，却仍是欲藏还露、将见仍无的那半规月影。这时候江面上似乎起了风，云脚的迁移，更来得迅速了，而低头向江心一看，几多散乱着的船里的灯光，也忽明忽灭地变换了一变换位置。

这道观大门外的景色，真神奇极了。我当十几年前，在放浪的游程里，曾向瓜洲京口一带，消磨过不少的时日，那时觉得果然名不虚传的，确是甘露寺外的江山，而现在到了桐庐，昏夜上这桐君山来一看，又觉得这江山的秀而且静，风景的整而不散，却非那天下第一江山的北固山所可与比拟的了。真也难怪得严子陵，难怪得戴征士，倘使我能在这样的地方结屋读书，颐养天年，那还要什么的高官厚禄，还要什么的浮名虚誉哩？一个人在这桐君观前的石凳上，看看山，看看水，看看城中灯火和天上的星云，更做做浩无边际的无聊的幻梦，我竟忘记了时刻，忘记了自身，直等到隔江的击柝声传来，向西一看，忽而觉得城中的灯影微茫地减了，才跑也似的走下了山来，渡江奔回了客舍。

第二日侵晨，觉得昨天在桐君观前做过的残梦正还没有续完的时候，窗外面忽而传来了一阵吹角的声音。好梦虽被打破，但因这同吹篪篥似的商音哀咽，却很含着些荒凉的古意，并且晓风残月，杨柳岸边，也正好候船待发，上严陵去；所以心里虽怀着了些儿怨恨，但脸上却只现出了一痕微笑，起来梳洗更衣，叫茶房去雇船。雇好了一只双桨的渔舟，买就了些酒菜鱼米，就在旅馆前面的码头上上了船。轻轻向江心摇出去的时候，东方的云幕中间，已现出了几丝红晕，有八点多钟了；舟师急得厉害，只在埋怨旅馆的茶房，为什么昨晚不预先告诉，好早一点出发。因为此去就是七里滩头，无风七里，有风七十里，上钓台去玩一趟回来，路程虽则有限，但这几日风雨无常，说不定要走夜路，才回来得了的。

过了桐庐，江心狭窄，浅滩果然多起来了。路上遇着的来往的行舟，数目也是很少，因为早晨吹的角，就是往建德去的快班船的信号，快班船一开，来往于两埠之间的船就不十分多了。两岸全是青青的山，中间

251

是一条清浅的水,有时候过一个沙洲,洲上的桃花菜花,还有许多不晓得名字的白色的花,正在喧闹着春暮,吸引着蜂蝶。我在船头上一口一口地喝着严东关的药酒,指东话西地问着船家,这是什么山,那是什么港;惊叹了半天,称颂了半天,人也觉得倦了,不晓得什么时候,身子却走上了一家水边的酒楼,在和数年不见的几位已经做了党官的朋友高谈阔论。谈论之余,还背诵了一首两三年前曾在同一的情形之下作成的歪诗:

不是尊前爱惜身,伴狂难免假成真,
曾因酒醉鞭名马,生怕情多累美人。
劫数东南天作孽,鸡鸣风雨海扬尘,
悲歌痛哭终何补,义士纷纷说帝秦。

直到盛筵将散,我酒也不想再喝了,和几位朋友闹得心里各自难堪,连对旁边坐着的两位陪酒的名花都不愿意开口。正在这上下不得的苦闷关头,船家却大声地叫了起来说:

"先生,罗芷过了,钓台就在前面,你醒醒吧,好上山去烧饭吃。"

擦擦眼睛,整了一整衣服,抬起头来一看,四面的水光山色又忽而变了样子。清清的一条浅水,比前又窄了几分,四围的山包得格外的紧了,仿佛是前无去路的样子。并且山容峻削,看去觉得格外的瘦格外的高。向天上地下四围看看,只寂寂的看不见一个人类。双桨的摇响,到此似乎也不敢放肆了,钩的一声过后,要好半天才来一个幽幽的回响,静,静,静,身边水上,山下岩头,只沉浸着太古的静、死灭的静,山峡里连飞鸟的影子也看不见半只。前面的所谓钓台山上,只看得见两个大石垒、一间歪斜的亭子、许多纵横芜杂的草木。山腰里的那座祠堂,也只露着些废垣残瓦,屋上面连炊烟都没有一丝半缕,像是好久好久没人住了的样子。并且天气又来得阴森,早晨曾经露一露脸过的太阳,这

252

时候早已深藏在云堆里了，余下来的只是时有时无从侧面吹来的阴飕飕的半箭儿山风。船靠了山脚，跟着前面背着酒菜鱼米的船夫走上严先生祠堂的时候，我心里真有点害怕，怕在这荒山里要遇见一个干枯苍老得同丝瓜筋似的严先生的鬼魂。

在祠堂西院的客厅里坐定，和严先生的不知第几代的裔孙谈了几句关于年岁水旱的话后，我的心跳也渐渐儿地镇静下去了，嘱托了他以煮饭烧菜的杂务，我和船家就从断碑乱石中间爬上了钓台。

东西两石垒，高各有二三百尺，离江面约两里来远，东西台相去只有一二百步，但其间却夹着一条深谷。立在东台，可以看出罗芷的人家，回头展望来路，风景似乎散漫一点，而一上谢氏的西台，向西望去，则幽谷里的清景，却绝对的不像是在人间了。我虽则没有到过瑞士，但到了西台，朝西一看，立时就想起了曾在照片上看见过的威廉退儿的祠堂。这四山的幽静，这江水的青蓝，简直同在画片上的珂罗版色彩，一色也没有两样；所不同的，就是在这儿的变化更多一点，周围的环境更芜杂不整齐一点而已，但这却是好处，这正是足以代表东方民族性的颓废荒凉的美。

从钓台下来，回到严先生的祠堂——记得这是洪杨以后严州知府戴槃重建的祠堂——西院里饱啖了一顿酒肉，我觉得有点酩酊微醉了。手拿着以火柴柄制成的牙签，走到东面供着严先生神像的龛前，向四面的破壁上一看，翠墨淋漓，题在那里的，竟多是些俗而不雅的过路高官的手笔。最后到了南面的一块白墙头上，在离屋檐不远的一角高处，却看到了我们的一位新近去世的同乡夏灵峰先生的四句似邵尧夫而又略带感慨的诗句。夏灵峰先生虽则只知崇古，不善处今，但是五十年来，像他那样的顽固自尊的亡清遗老，也的确是没有第二个人。比较起现在的那些官迷财迷的南满尚书和东洋宦婢来，他的经术言行，姑且不必去论它，就是以骨头来称称，我想也要比什么罗三郎郑太郎辈，重到好几百倍。慕贤的心一动，熏人臭技自然是难熬了，堆起了几张桌椅，借得了一支破笔，我也向高墙上在夏灵峰先生的脚后放上了一个陈屁，就是在船舱的梦里，也曾微吟过的那一首歪诗。

从墙头上跳将下来，又向龛前天井去走了一圈，觉得酒后的干喉，有点渴痒了，所以就又走回到了西院，静坐着喝了两碗清茶。在这四大无声，只听见我自己的啾啾喝水的舌音冲击到那座破院的败壁上去的寂静中间，同惊雷似的一响，院后的竹园里却忽而飞出了一声闲长而又有节奏似的鸡啼声来。同时在门外面歇着的船家，也走进了院门，高声地对我说：

"先生，我们回去吧，已经是吃点心的时候了，你不听见那只公鸡在后山啼么？我们回去吧！"

一九三二年八月在上海写

雁荡山的秋月

古人并称上天台、雁荡；而宋范成大序《桂海岩洞志》，亦以为天下同称的奇秀山峰，莫如池之九华、歙之黄山、括之仙都、温之雁荡、夔之巫峡。大约范成大，没有到过关中，故终南华山，不曾提及。我们南游三日，将天台东北部的高山飞瀑（西部寒岩、明岩未去），略一飞游——并非坐了飞机去游，是开特快车游山之意——之后，急欲去雁荡，一赏鬼工镌雕的怪石奇岩，与夫龙湫大瀑，十月二十七日在天台国清寺门前上车，早晨还只有七点。

自天台去雁荡山所在的乐清县北，要经过临海、黄岩、温岭等县。到临海（旧章安城）的东南角巾山山下，还要渡过灵江，汽车方能南驶，现在公路局筑桥未竣，过渡要候午潮；所以我们到了临海之后，倒得了两三个钟头的空，去东湖拜了忠逸樵夫之祠，上巾山的双塔下，看了华胥洞、黄华丹井——巾山之得名，盖因黄华升仙，落帻于此——等古迹，到十二点钟左右，才乘潮渡过江去。临海的山容水貌，也很秀丽，不过还不及富春江的高山大水，可以令人悠然忘去了人世。自临海到黄岩，要经过括苍山脉东头的一条大岭，岭头有一个仙人桥站；自后徐经仙人桥至大道地的三站中间，汽车尽在山上曲折旋绕，路线有点像昱岭关外与仙霞岭南的样子；据开车的司机说，这一条岭共有八十四弯，形势的险峻，也可想而知。

黄岩县城北，也有一条永江要渡，桥也尚未筑成；不过此处水深，不必候潮，所以车子一到，就渡了过去。县城的东北，江水的那边，三

255

江口上，更有一支亭山在俯瞰县城；半山中有一簇树，一个白墙头的庙，在阳光里吐气，想来总又是黄岩县的名胜了，遥望而过。黄岩一县内，多橘子树园；树并不高，而金黄的橘实，都结得累累欲坠，在反射斜阳；车驰过处，风味倒也异样，很像我年轻的时候，在日本纪州各处旅行时的光景。

自黄岩经温岭到乐清县的离大荆城南五里路的地方，村名叫作水积（或名积水，不知是哪两个字），前临大海，海中有岛，后峙双旗冈峰，峰中也有叠嶂一排，在暗示着雁荡的奇峰怪石。游人到此，已经有点心痒难熬的样子了，因为隔一条溪，隔一重山，在夕阳下，早就看得出谢公岭外老僧送客之类的奇形怪状的石岩阴影；北来自大溪镇到此，约有三十余里的行程。

在雁荡第一重口外，再渡过那条自石门潭流下来的清溪，西驰七八里，过白溪，到响岭头，就是雁荡东外谷的口子，汽车路筑到此地为止，雁荡到了。

在口外下车，远望进去，只看见了几个巉岏的石峰尖。太阳已经快下山了，我们是由东向西而入谷的，所以初走进去的时候，一眼并看不见什么。但走了半里多上灵岩寺去的石砌路后，渡过石桥，忽而一变，千千万万的奇异石壁，都同天上刚掉下来似的，直立在我们的四周；一条很大很大的溪水，穿在这些绝壁的中间，在向东缓流出来。壁来得太高太陡，天只剩下了狭狭的一条缝，日已下山，光线不似日间的充足。石壁的颜色，又都灰黑，壁缝里的树木，也生得屈曲有一种怪相；我们从东外谷走入内谷的七八里地路上，举头向前后左右望望，几乎被胁得连口都不敢开了。山谷的奇突，大与寻常习见的样子不同，教人不得不想起诗圣但丁的《神曲》，疑心我们已经跟了那位罗马诗人，入了别一个境界。

在龙王庙前折向了北去，头脑里对于一路上所见的峰嶂的名目，如猴披衣、蓼花嶂、响嵩门、霞嶂洞、听诗叟、双鲤峰之类，还没有整理得清楚，景色一变，眼前又呈出了一幅更清幽、更奇怪、更伟大的画本。原来这东内谷里的向北去灵岩寺谷里的一区，是雁荡的中心，也是雁荡山杰作里的顶点。初入是一条清溪，许多树木与竹林。再进，劈面就是一排很高很长、像罗马古迹似的展旗嶂，崛起在天边，直挂向地下，后方再高处又是一排屏霞嶂，这屏霞嶂前，左右环抱，尽是一支一支的千万丈高的大石柱，高可以不必说，面积之大周围也不知有多少里；而最奇的，是这些大柱的头和脚，大小是一样的，所以都是绝壁，都是圆柱。小龙湫瀑布，也就在灵岩寺西北的一大石峰上，从顶点直泻下来的奇景。灵岩寺，看过去很小很小，隐藏在这屏霞嶂脚，顶珠峰、展旗峰、石屏风（全在寺东）与天柱峰、双鸾峰、卷图峰、独秀峰、卓笔峰（全在寺西）等的中间；地位的好，峰岩的多而且奇，只有永康方岩的五峰书院，可以与它比比；但方岩只是伟大了一点，紧凑却还不及这里。

灵岩寺的开辟，在宋太平兴国四年，僧行亮神昭为其始祖，后屡废屡兴；现在的寺，却是数年前，由护法者蒋叔南、潘耀庭诸君所募建。蒋君今年夏季去世，潘君现任雁荡山风景区整理委员，住在寺中；当家僧名成圆，亦由蒋潘诸君自宁波去迎来者，人很能干，具有实际办事的手腕。

在灵岩寺的西楼住下之后，天已经黑了。先去请教也住在寺中、率领黄岩中学学生来雁荡旅行的两位先生，问我们在雁荡，将如何的游法。因为他们已经在灵岩寺住了三日，打算于明晨出发回黄岩去了。饭后又去请了潘委员来，打听了一番雁荡山大概的情形。

雁荡山的总括，可以约略的先在此地说一说：第一，山在乐清县东北九十里，系亘立东西的一排连山，东起石门潭，西迄白岩六十里；北自甸岭，南至斤竹涧口四十里；自东向西，历来分成东外谷、东内谷、西内谷、西外谷的四部，以马鞍岭为界而分东西。全山周围，合外境有四百二十里。雁山北部，更有南阁谷、北阁谷二区，以溪分界；南阁南至石柱，北至北屏山二里，东至马屿，西至会仙峰十六里；北阁村南北二里，东西五里，西北极甸岭山，为雁荡北址。

雁山开山者相传为晋诺讵那尊者，凡百有二峰、六十一岩、四十六洞、十八刹、十六亭、十七潭、十三瀑。入游之路线，有四条。（一）东路从白溪经响岭头自东南入谷，就是我们所经之路线。（二）北路由大荆越谢公岭自东北入谷至岭峰。（三）南路由小芙蓉经四十九盘岭自南入谷至能仁寺，从乐清来者率由此。（四）西路从大芙蓉自西南经本觉寺至梅雨潭。

峰之最高者为百冈尖，高一万一千五百公尺，雁湖在西外谷连霄岭上，高九千公尺。

这雁荡山的梗概，是根据潘委员的口述，和《广雁荡山志》及《雁山全图》而摘录下来的；我们因为走马游山，前后只有三日的工夫好费，还要包括出发和到着的日期在内，所以许多风景，都只能割爱；晚上就和潘委员在灯下拟定明日只看西石梁的大瀑布、大龙湫瀑、梅雨潭，回至能仁寺午餐。略游斤竹涧就回灵岩寺宿；出发之日（即第三日），午前一游净名寺，至灵峰略看看观音洞、北斗洞等，就出向头岭由原路出发回去。北部的绝景，中央的百冈尖当然是不能够去，就如显胜门、龙溜等处，一则因无时间，二则因无大路无宿处，也只能等下次再来了。这样拟定了游程之后，预期着明天的一天劳顿，我们就老早地爬上了床去。

约莫是午前的三四点钟，正梦见了许多岩壁，在四面移走拢来，几乎要把我的渺渺五尺之躯，压成粉碎的时候，忽而耳边一阵喇叭声，一阵嘈杂声起来了。先以为是山寺里起了火，急起披衣，踏上了西楼后面的露台去一看：既不见火，又不见人，周围上下，只是同海水似的月光，月光下又只是同神话中的巨人似的石壁，天色苍苍，只余一线，四围岑寂，远远地也听得见些断续的人声。奇异、神秘、幽寂、诡怪，当时的那一种感觉，我真不知道要用些什么字来才形容得出！起初我以为还在连续着做梦，这些月光，这些山影，仍旧是梦里的畸形；但摸摸石栏，看看那支谁也要被它威胁压倒的天柱石峰与峰头的一片残月，觉得又太明晰,太正确,绝不似梦里的神情。呆立了一会儿,对这雁荡山中的秋月顶礼了十来分钟,又是一阵喇叭声,一阵整队出发报名数的号令声传过来了,到此我才明白,原来我并不是在做梦,是那一批黄岩中学的学生要出发赶上大溪去坐轮船了!这一批学生的叫唤,这一批青年的大胆行为,既救了我梦里的危急,又指示给我了这一幅清极奇极的雁山夜月的好画图,我的心里,竟莫名其妙地感激起来了,跑下楼去,就对他们的两位临走的教师热烈地握了一回手;送他们出了寺门以后,我还在月光下立着,目送他们一个个小影子渐渐地被月光岩壁吞没了下去。

雁荡山中的秋月!天柱峰头的月亮!我想就是今天明天,一处也不游,便尔回去,也尽可以交代得过去,说一声"不虚此行"了,另外还更希望什么呢?所以等那些学生走后,我竟像疯子一样一个人在后面楼外的露台上呆对着月光峰影,坐到了天明,坐到了日出,这一天正是旧历九月二十的晚上廿一的清晨。

等同去的文伯,及偶然在路上遇着成一伙的奥伦斯登、科伯尔厂经理毕士敦(Mr. H. H. Bernstein)与戴君起来,一齐上轿,到大龙湫的时候,太阳已经升得很高,似在巳午之间了。一路上经下灵岩村、三宫殿、上灵岩村、过马鞍岭。在左右手看了些五指峰、纱帽峰、老鼠峰、猫峰、观音峰、莲台嶂、祥云峰、小剪刀峰之类,形状都很像,峰头都很奇;但因为太多了,到后来几乎想向在说明的轿夫讨饶,请他不要再说,怕看得太多,眼睛里脑里要起消化不良之症。

大龙湫的瀑布,在江南瀑布当中真可以称霸,因为石壁的高,瀑身的大,潭影的清而且深,实在是江浙皖几省的瀑布中所少有的。我们到雁荡之先,已经是旱得很久了。故而一条瀑布,直喷下来,在上面就成了点点的珠玉。一幅真珠帘,自上至地,有三四千丈高,百余尺阔;岩头系突出的,帘后可以通人,立在与日光斜射之处,无论何时,都看得出一条虹影。凉风的飒爽,潭水的清澄,和四围山岭的重叠,是当然的事情了,在大龙湫瀑布近旁,这些点景的余文,都似乎丧失了它们的价值，瀑布近旁的摩崖石刻，很多很多，然而无一语，能写得出这大龙湫的真景。《广雁荡山志》上，虽则也载了不少的诗词歌赋，来咏叹此景，但是身到了此间，哪里还看得起这些秀才的文章呢？至于画画，我想也一定不能把它的全神传写出来的，因为画纸绝没有这么长，而溅珠也绝没有这样的匀而且细。

出大龙湫，经瑞鹿峰、剪刀峰（侧看是一帆峰）下，沿大锦溪过华严岭罗汉寺前，能在石壁的半空中看得出一座石刻的罗汉像。斧凿的工巧有艺术味，就是由我这不懂雕刻的野人看来，也觉得佩服之至。从此经竹林，过一条很高很长的东岭，遥望着芙蓉峰、观音岩等（雁湖的一峰是在东岭岭上可以看见的），绕骆驼洞下面至西石梁的大瀑布。

西石梁是一块因风化而中空下坠的大石梁，下有一个老尼在住的庵，西面就是大瀑布。这瀑布的高大，与大龙湫瀑布等，但不同之处，是在它的自成一景，在石壁中流。一块数千丈的石壁，经过了几千万年的冲击，中间成了一个圆形大柱式的空洞，两面围抱突出，中间是一数丈宽数千丈高的圆洞，瀑布就从上面沿壁在这空圆洞里直泻下来。下面的潭，四壁的石，和草树清溪，都同大龙湫差仿不多。但四面连山，雁荡山的西尽头，差不多就快到了，而这瀑布之上，山顶平处，却又是一大村落；山上复有山，世外是桃源的情景，正和天台山的桐柏乡，曲异而工同。

从西石梁瀑布顺原路回来，路上又去看了梅雨潭及潭前的一座含珠峰，仍过东岭，到了自芙蓉南来经四十九盘岭可到的能仁寺里。

这能仁寺在西内谷丹芳岭下，系宋咸平二年僧全了所建。本来是雁荡山中最大的丛林，有一宋时的大铁锅在可以作证，现在却萧条之至，大殿禅房，还都在准备建筑中。寺前有燕尾瀑，顺溪南流，成斤竹涧，绕四十九盘岭，可至小芙蓉；这一路上风景的清幽绝俗，当为雁山全景之冠，可惜我们没有时间，只领略了一个大概，就赶回了灵岩寺来宿。

这一天的傍晚，本拟上寺右的天窗洞、寺左的龙鼻水去拜观灵岩寺的二奇的，但因白天跑了一天，太辛苦了，大家不想再动。我并且还忘不了今晨似的山中的残月，提议明朝也于三时起床，踏月东下，先去看了灵峰近旁的洞石，然后去响头岭就行出发，所以老早就吃了夜饭，老早就上了床。

然而胜地不常，盛筵难再，第二日早晨，虽则大家也忍着寒，抛着睡，于午前三点起了身，可是淡云蔽月，光线不明；我们真如在梦里似的走了七八里路，月亮才兹露面。而玩月光玩得不久，走到灵峰谷外朝阳洞下的时候，太阳却早已出了海，将月光的世界散文化了。

不过在残月下、晨曦里的灵峰山景，也着实可观，着实不错；比起灵岩的紧凑来，只稍稍觉得疏散一点而已。

灵峰寺是在东谷口内向北两三里地的地方，东越谢公岭可达大荆。近旁有五老峰、斗鸡峰、幞头峰、灵芝峰、犀角峰、果盒岩、船岩、观音洞、北斗洞、苦竹洞、将军洞、长春洞、响板洞诸名胜，顺鸣玉溪北上，三里可达真际寺。寺为宋天圣元年僧文吉所建，本在灵峰峰下，不知几百年前，这峰因风化倒了，寺屋尽毁。现在在这到灵峰下的一块隙地上，方在构木新筑灵峰寺。我们先在果盒岩的溪亭上坐了一会儿，就攀援上去，到观音洞去吃早餐。

一九三四年十一月九日

江南的冬景

凡在北国过过冬天的人,总都道围炉煮茗,或吃煊羊肉,剥花生米,饮白干的滋味。而有地炉、暖炕等设备的人家,不管它门外面是雪深几尺,或风大若雷,而躲在屋里过活的两三个月的生活,却是一年之中最有劲的一段蛰居异境;老年人不必说,就是顶喜欢活动的小孩子们,总也是个个在怀恋的,因为当这中间,有的萝卜、雅儿梨等水果的闲食,还有大年夜,正月初一元宵等热闹的节期。

但在江南,可又不同;冬至过后,大江以南的树叶,也不至于脱尽。寒风——西北风——间或吹来,至多也不过冷了一日两日。到得灰云扫尽,落叶满街,晨霜白得像黑女脸上的脂粉似的清早,太阳一上屋檐,鸟雀便又在吱叫,泥地里便又放出水蒸气来,老翁小孩就又可以上门前的隙地里去坐着曝背谈天,营屋外的生涯了;这一种江南的冬景,岂不也可爱得很么?

我生长江南,儿时所受的江南冬日的印象,铭刻特深;虽则渐入中年,又爱上了晚秋,以为秋天正是读读书,写写字的人的最惠节季,但对于江南的冬景,总觉得是可以抵得过北方夏夜的一种特殊情调,说得摩登些,便是一种明朗的情调。

我也曾到过闽粤,在那里过冬天,和暖原极和暖,有时候到了阴历的年边,说不定还不得不拿出纱衫来着;走过野人的篱落,更还看得见许多杂七杂八的秋花!一番阵雨雷鸣过后,凉冷一点,至多也只好换上一件夹衣,在闽粤之间,皮袍棉袄是绝对用不着的;这一种极南的气候异状,并不是我所说的江南的冬景,只能叫它作南国的长春,是春或秋的延长。

江南的地质丰腴而润泽,所以含得住热气,养得住植物;因而长江一带,芦花可以到冬至而不败,红叶也有时候会保持得三个月以上的生命。像钱塘江两岸的乌桕树,则红叶落后,还有雪白的桕子着在枝头,一点一丛,用照相机照将出来,可以乱梅花之真。草色顶多成了赭色,根边总带点绿意,非但野火烧不尽,就是寒风也吹不倒的。若遇到风和日暖的午后,你一个人肯上冬郊去走走,则青天碧落之下,你不但感不到岁时的肃杀,并且还可以饱觉着一种莫名其妙地含蓄在那里的生气;"若是冬天来了,春天也总马上会来"的诗人的名句,只有在江南的山野里,最容易体会得出。

说起了寒郊的散步,实在是江南的冬日,所给与江南居住者的一种特异的恩惠;在北方的冰天雪地里生长的人,是终他的一生,也绝不会有享受这一种清福的机会的。我不知道德国的冬天,比起我们江浙来如何,但从许多作家的喜欢以 Spaziergang 一字来做他们的创造题目的一点看来,大约是德国南部地方,四季的变迁,总也和我们的江南差仿不多。譬如说十九世纪的那位乡土诗人洛在格(Peter Rosegger, 1843—1918)罢,他用这一个"散步"做题目的文章尤其写得多,而所写的情形,却又是大半可以拿到中国江浙的山区地方来适用的。

江南河港交流,且又地滨大海,湖沼特多,故空气里时含水分;到得冬天,不时也会下着微雨,而这微雨寒村里的冬霖景象,又是一种说不出的悠闲境界。你试想想:秋收过后,河流边三五家人家会聚在一道的一个小村子里,门对长桥,窗临远阜,这中间又多是树枝桠丫的杂木树林;在这一幅冬日农村的图上,再洒上一层细得同粉也似的白雨,加上一层淡得几不成墨的背景,你说还够不够悠闲?若再要点景致进去,则门前可以泊一只乌篷小船,茅屋里可以添几个喧哗的酒客,天垂暮了,还可以加一味红黄,在茅屋窗中画上一圈暗示着灯光的月晕。人到了这一个境界，自然会得胸襟洒脱起来，终至于得失俱亡，死生不同了；我们总该还记得唐朝那位诗人作的"暮雨潇潇江上村"的一首绝句罢？诗人到此，连对绿林豪客都客气起来了，这不是江南冬景的迷人又是什么？

一提到雨，也就必然地要想到雪："晚来天欲雪，能饮一杯无"自然是江南日暮的雪景。"寒沙梅影路，微雪酒香村"，则雪月梅的冬宵三友，会合在一道，在调戏酒姑娘了。"柴门闻犬吠，风雪夜归人"，是江南雪夜，更深人静后的景况。"前村深雪里，昨夜一枝开"，又到了第二天的早晨，和狗一样喜欢弄雪的村童来报告村景了。诗人的诗句，也许不尽是在江南所写，而作这几句诗的诗人，也许不尽是江南人，但假了这几句诗来描写江南的雪景，岂不直截了当，比我这一支愚劣的笔所写的散文更美丽得多？

有几年，在江南，在江南也许会没有雨没有雪地过一个冬，到了春间阴历的正月底或二月初再冷一冷下一点春雪的；去年（一九三四年）的冬天是如此，今年的冬天恐怕也不得不然，以节气推算起来，大约大冷的日子，将在一九三六年的二月尽头，最多也总不过是七八天的样子。像这样的冬天，乡下人叫作旱冬，对于麦的收成或者好些，但是人口却要受到损伤；旱得久了，白喉、流行性感冒等疾病自然容易上身，可是想恣意享受江南的冬景的人，在这一种冬天，倒只会得到快活一点，因为晴和的日子多了，上郊外去闲步逍遥的机会自然也多；日本人叫作Hiking，德国人叫作Spaziergang狂者，所最欢迎的也就是这样的冬天。

窗外的天气晴朗得像晚秋一样；晴空的高爽，日光的洋溢，引诱得使你在房间里坐不住，空言不如实践，这一种无聊的杂文，我也不想再写下去了，还是拿起手杖，搁下纸笔，上湖上散散步罢！

一九三五年十二月一日

北平的四季

对于一个已经化为异物的故人,追怀起来,总要先想到他或她的好处;随后再慢慢地想想,则觉当时所感到的一切坏处,也会变作很可寻味的一些纪念,在回忆里开花。关于一个曾经住过的旧地,觉得此生再也不会第二次去长住了,身处入了远离的一角,向这方向的云天遥望一下,回想起来的,自然也同样只是它的好处。

中国的大都会,我前半生住过的地方,原也不在少数;可是当一个人静下来回想起从前,上海的闹热,南京的辽阔,广州的乌烟瘴气,汉口武昌的杂乱无章,甚至于青岛的清幽,福州的秀丽,以及杭州的沉着,总归都还比不上北京——我住在那里的时候,当然还是北京——的典丽堂皇,幽闲清妙。

先说人的分子罢,在当时的北京——民国十一二年前后——上自军财阀政客名优起,中经学者名人,文士美女教育家,下而至于负贩拉车铺小摊的人,都可以谈谈,都有一艺之长,而无憎人之貌;就是由荐头店荐来的老妈子,除上炕者是当然以外,也总是衣冠楚楚,看起来不觉得会令人讨嫌。

其次说到北京物质的供给哩,又是山珍海味,洋广杂货,以及萝卜白菜等本地产品,无一不备、无一不好的地方。所以在北京住上两三年的人,每一遇到要走的时候,总只感到北京的空气太沉闷,灰沙太暗淡,生活太无变化;一鞭出走,出前门便觉胸舒,过芦沟方知天晓,仿佛一出都门,就上了新生活开始的坦道似的;但是一年半载,在北京以外的各地——除了在自己幼年的故乡以外——去一住，谁也会得重想起北京，再希望回去，隐隐地对北京害起剧烈的怀乡病来。这一种经验，原是住过北京的人，个个都有，而在我自己，却感觉得格外的浓、格外的切。最大的原因或许是我那长子之骨，现在也还埋在郊外广谊园的坟山，而几位极要好的知己，又是在那里同时毙命的受难者的一群。

　　北平的人事品物，原是无一不可爱的，就是大家觉得最要不得的北平的天候，和地理联合上一起，在我也觉得是中国各大都会中所寻不出几处来的好地。为叙述的便利起见，想分成四季来约略地说说。

　　北平自入旧历的十月之后，就是灰沙满地、寒风刺骨的节季了，所以北平的冬天，是一般人所最怕过的日子。但是要想认识一个地方的特异之处，我以为顶好是当这特异处表现得最圆满的时候去领略；故而夏天去热带，寒天去北极，是我一向所持的哲理。北平的冬天，冷虽则比南方要冷得多，但是北方生活的伟大幽闲，也只有在冬季，使人感受得最彻底。

　　先说房屋的防寒装置罢，北方的住屋，并不同南方的摩登都市一样，用的是钢骨水泥、冷热气管；一般的北方人家，总只是矮矮的一所四合房，四面是很厚的泥墙；上面花厅内都有一张暖炕，一所回廊；廊子上是一带明窗，窗眼里糊着薄纸，薄纸内又装上风门，另外就没有什么了。在这样简陋的房屋之内，你只教把炉子一生，电灯一点，棉门帘一挂上，在屋里住着，却一辈子总是暖炖炖像是春三四月里的样子。尤其会得使你感觉到屋内的温软堪恋的，是屋外窗外面呜呜在叫啸的西北风。天色老是灰沉沉的，路上面也老是灰的围障，而从风尘灰土中下车，一踏进屋里，就觉得一团春气，包围在你的左右四周，使你马上就忘记了屋外的一切寒冬的苦楚。若是喜欢吃吃酒，烧烧羊肉锅的人，那冬天的北方生活，就更加不能够割舍；酒已经是御寒的妙药了，再加上以大蒜与羊肉酱油合煮的香味，简直可以使一室之内，涨满了白濛濛的水蒸温气。玻璃窗内，前半夜，会流下一条条的清汗，后半夜就变成了花色奇异的冰纹。

到了下雪的时候哩,景象当然又要一变。早晨从厚棉被里张开眼来,一室的清光,会使你的眼睛眩晕。在阳光照耀之下,雪也一粒一粒地放起光来了,蛰伏得很久的小鸟,在这时候会飞出来觅食振翎,谈天说地,吱吱地叫个不休。数日来的灰暗天空,愁云一扫,忽然变得澄清见底,翳障全无;于是年轻的北方住民,就可以营屋外的生活了,溜冰,做雪人,赶冰车雪车,就在这一种日子里最有劲儿。

我曾于这一种大雪时晴的傍晚,和几位朋友,跨上跛驴,出西直门上骆驼庄去过过一夜。北平郊外的一片大雪地,无数枯树林,以及西山隐隐现现的不少白峰头,和时时吹来的几阵雪样的西北风,所给与人的印象,实在是深刻、伟大、神秘到了不可以言语来形容。直到了十余年后的现在,我一想起当时的情景,还会得打一个寒颤而吐一口清气,如同在钓鱼台溪旁立着的一瞬间一样。

北国的冬宵,更是一个特别适合于看书、写信、追思过去,与做闲谈说废话的绝妙时间。记得当时我们兄弟三人,都住在北京,每到了冬天的晚上,总不远千里地走拢来聚在一道,会谈少年时候在故乡所遇所见的事事物物。小孩儿们上床去了,佣人们也都去睡觉了,我们弟兄三个,还会得再加一次煤再加一次煤地长谈下去。有几宵因为屋外面风紧天寒之故,到了后半夜的一两点钟的时候,便不约而同地会说出索性坐坐到天亮的话来。像这一种可宝贵的记忆,像这一种最深沉的情调,本来也就是一生中不能够多享受几次的昙花佳境,可是若不是在北平的冬天的夜里,那趣味也一定不会得像如此的悠长。

总而言之,北平的冬季,是想赏识赏识北方异味者之唯一的机会;这一季里的好处,这一季里的琐事杂忆,若要详细地写起来,总也有一部《帝京景物略》那么大的书好做;我只记下了一点点自身的经历,就觉得过长了,下面只能再来略写一点春和夏以及秋季的感怀梦境,聊作我的对这日就沦亡的故国的哀歌。

春与秋，本来是在什么地方都属可爱的时节，但在北平，却与别的地方也有点儿两样。北国的春，来得较迟，所以时间也比较短。西北风停后，积雪渐渐地消了，赶牲口的车夫身上，看不见那件光板老羊皮的大袄的时候，你就得预备着游春的服饰与金钱；因为春来也无信，春去也无踪，眼睛一眨，在北平市内，春光就会得同飞马似的溜过。屋内的炉子，刚拆去不久，说不定你就马上得去叫盖凉棚的才行。

而北方春天的最值得记忆的痕迹，是城厢内外的那一层新绿，同洪水似的新绿。北京城，本来就是一个只见树木不见屋顶的绿色的都会，一踏出九城的门户，四面的黄土坡上，更是杂树丛生的森林地了；在日光里颤抖着的嫩绿的波浪，油光光，亮晶晶，若是神经系统不十分健全的人，骤然间身入这一个淡绿色的海洋涛浪里去一看，包管你要张不开眼，立不住脚，而昏厥过去。

北平市内外的新绿，琼岛春阴，西山挹翠诸景里的新绿，真是一幅何等奇伟的外光派的妙画！但是这画的框子，或者简直说这画的画布，现在却已经完全掌握在一只满长着黑毛的巨魔的手里了！北望中原，究竟要到哪一日才能够重见得到天日呢？

从地势纬度上讲来，北方的夏天，当然要比南方的夏天来得凉爽。在北平城里过夏，实在是并没有上北戴河或西山去避暑的必要。一天到晚，最热的时候，只有中午到午后三四点钟的几个钟头，晚上太阳一下山，总没有一处不是凉阴阴要穿单衫才能过去的；半夜以后，更是非盖薄棉被不可了。而北平的天然冰的便宜耐久，又是夏天住过北平的人所忘不了的一件恩惠。

我在北平，曾经过过三个夏天；像什刹海、菱角沟、二闸等暑天游耍的地方，当然是都到过的；但是在三伏的当中，不问是白天或是晚上，你只教有一张藤榻，搬到院子里的葡萄架下或藤花荫处去躺着，吃吃冰茶雪藕，听听盲人的鼓词与树上的蝉鸣，也可以一点儿也感不到炎热与熏蒸。而夏天最热的时候，在北平顶多总不过九十四五度，这一种大热的天气,全夏顶多顶多又不过十日的样子。

在北平,春夏秋的三季,是连成一片;一年之中,仿佛只有一段寒冷的时期,和一段比较温暖的时期相对立。由春到夏,是短短的一瞬间,自夏到秋,也只觉得是过了一次午睡,就有点儿凉冷起来了。因此,北方的秋季也特别的觉得长,而秋天的回味,也更觉得比别处来得浓厚。前两年,因去北戴河回来,我曾在北平过过一个秋,在那时候,已经写过一篇《故都的秋》,对这北平的秋季颂赞过一道了,所以在这里不想再来重复;可是北平近郊的秋色,实在也正像是一册百读不厌的奇书,使你愈翻愈会感到兴趣。

秋高气爽,风日晴和的早晨,你且骑着一匹驴子,上西山八大处或玉泉山碧云寺去走走看,山上的红柿、远处的烟树人家、郊野里的芦苇黍稷,以及在驴背上驮着生果进城来卖的农户佃家,包管你看一个月也不会看厌。春秋两季,本来是到处都好的,但是北方的秋空,看起来似乎更高一点,北方的空气,吸起来似乎更干燥健全一点。而那一种草木摇落,金风肃杀之感,在北方似乎也更觉得要严肃、凄凉、沉静得多。你若不信,你且去西山脚下,农民的家里或古寺的殿前,自阴历八月至十月下旬,去住它三个月看看。古人的"悲哉,秋之为气"以及"胡笳互动,牧马悲鸣"的那一种哀感,在南方是不大感觉得到的,但在北平,尤其是在郊外,你真会得感至极而涕零,思千里兮命驾。所以我说,北平的秋,才是真正的秋;南方的秋天,不过是英国话里所说的 Indian Summer 或叫作小春天气而已。

统观北平的四季,每季每节,都有它的特别的好处;冬天是室内饮食奄息的时期,秋天是郊外走马调鹰的日子,春天好看新绿,夏天饱受清凉。至于各节各季,正当移换中的一段时间哩,又是别一种情趣,是一种两不相连,而又两都相合的中间风味,如雍和宫的打鬼、净业庵的放灯、丰台的看芍药、万牲园的寻梅花之类。

五六百年来文化所聚萃的北平,一年四季无一月不好的北平,我在遥忆，我也在深祝，祝她的平安进展，永久地为我们黄帝子孙所保有的旧都城！

一九三六年五月廿七日

花　　坞

"花坞"这一个名字,大约是到过杭州,或在杭州住上几年的人,没有一个不晓得的,尤其是游西溪的人,平常总要一到花坞。二三十年前,汽车不通,公路未筑,要去游一次,真不容易;所以明明知道这花坞的幽深清绝,但脚力不健,非好游如好色的诗人,不大会去。现在可不同了,从湖滨向北向西地坐汽车去,不消半个钟头,就能到花坞口外。而花坞的住民,每到了春秋佳日的放假日期,也会成群结队,在花坞口的那座凉亭里鹄候,预备来做一个临时导游的角色,好轻轻快快地赚取游客的两毛小洋;现在的花坞,可真成了第二云栖,或第三九溪十八涧了。

花坞的好处,是在它的三面环山,一谷直下的地理位置,石人坞不及它的深,龙归坞没有它的秀。而竹木萧疏,清溪婉绕,庵堂错落,尼媪翩翩,更是花坞独有的迷人风韵。将人来比花坞,就像浔阳商妇,老抱琵琶;将花来比花坞,更像碧桃开谢,未死春心;将菜来比花坞,只好说冬菇烧豆腐,汤清而味隽了。

我的第一次去花坞,是在松木场放马山背后养病的时候,记得是一天日和风定的清秋的下午,坐了黄包车,过古荡,过东岳,看了伴凤居,访过风木庵(是钱唐丁氏的别业),感到了口渴,就问车夫,这附近可有清静的乞茶之处,他就把我拉到了花坞的中间。

伴凤居虽则结构堂皇,可是里面却也坍败得可以;至于杨家牌楼附近的风木庵哩,丁氏的手迹尚新,茅庵的木架也在,但不晓怎么,一走进去,就感到了一种扑人的霉灰冷气。当时大厅上停在那里的两口丁氏的棺材，想是这一种冷气的发源之处，但泥墙倾圮，蛛网绕梁，与壁上挂在那里的字画屏条一对比，极自然地令人生出了"俯仰之间，已成陈迹"的感想。因为刚刚看了这两处衰落的别墅，所以一到花坞，就觉得清新安逸，像世外桃源的样子了。

自北高峰后，向北直下的这一条坞里，没有洋楼，也没有伟大的建筑，而从竹叶杂树中间透露出来的屋檐半角，女墙一围，看将过去却又显得异常的整洁，异常的清丽。英文字典里有Cottage①的这一个名字；而形容这些茅屋田庄的安闲小洁的字眼，又有着许多像Tiny，Dainty，Snug②的绝妙佳词，我虽则还没有到过英国的乡间，但到了花坞，看了这些小庵却不能自已地便想起了这种只在小说里读过的英文字母。我手指着那些在林间散点着的小小的茅阉，回头来就问车夫："我们可能进去？"车夫说："自然是可以的。"于是就在一曲溪旁，走上了山路高一段的地方，到了静掩在那里的，双黑板的墙门之外。

车夫使劲敲了几下，庵里的木鱼声停了，接着门里头就有一位女人的声音，问外面谁在敲门。车夫说明了来意，铁门闩一响，半边的门开了，出来迎接我们的，却是一位白发盈头、皱纹很少的老婆婆。

庵里面的洁净，一间一间小房间的布置的清华，以及庭前屋后树木的参差掩映，和厅上佛座下经卷的纵横，你若看了之后，仍不起皈依弃世之心的，我敢断定你就是没有感觉的木石。

那位带发修行的老比丘尼去为我们烧茶煮水的中间，我远远听见了几声从谷底传来的鹊噪的声音；大约天时向暮，鸟鹊来归巢了，谷里的静，反因这几声的急噪，而加深了一层。

我们静坐着，喝干了两壶极清极酽的茶后，该回去了，迟疑了一会儿，我就拿出了一张纸币，当作茶钱。那一位老比丘尼却笑起来了，

---

① 英文：郊外小别墅。
② 英文：极小的，优雅的，温暖而舒适的。

并且婉慢地说：

"先生！这可以不必。我们是清修的庵，茶水是不用钱买的。"

推让了半天，她不得已就将这一元纸币交给了车夫，说："这给你做个外快吧！"

这老尼的风度，和这一次逛花坞的情趣，我在十余年后的现在，还在津津地感到回味。所以前一礼拜的星期日，和新来杭州住的几位朋友遇见之后，他们问我"上哪里去玩"，我就立时提出了花坞，他们是有一乘自备汽车的，经松木场，过古荡东岳而去花坞，只需二十分钟，就可以到。

十余年来的变革，在花坞里也留下了痕迹。竹木的清幽，山溪的静妙，虽则还同太古时一样，但房屋加多了，地价当然也增高了几百倍；而最令人感到不快的，却是这花坞的住民变作了狡猾的商人。庵里的尼媪，和退院的老僧，也不像从前的恬淡了，建筑物和器具之类，并且处处还受着了欧洲的下劣趣味的恶化。

同去的几位，因为没有见到十余年前花坞的处女时期，所以仍旧感觉得非常满意，以为九溪十八涧、云栖决没有这样的清幽深邃；但在我的内心，却想起了一位素朴天真、沉静幽娴的少女，忽被有钱有势的人奸了以后又被弃的状态。

一九三五年三月二十四日

给一位文学青年的公开状

今天的风沙实在太大了，中午吃饭之后，我因为还要去教书，所以没有许多工夫，和你谈天。我坐在车上，一路地向北走去，沙石飞进了我的眼睛。一直到午后四点钟止，我的眼睛四周的红圈，还没有退尽。恐怕同学们见了要笑我，所以于上课堂之先，我从高窗口在日光大风里把一双眼睛曝晒了许多时。我今天上你那公寓里来看了你那一副样子，觉得什么话也说不出来。现在我想趁着这大家已经睡寂了的几点钟工夫，把我要说的话，写一点在纸上。

平素不认识的可怜的朋友，或是写信来，或是亲自上我这里来的，很多很多；我因为想报答两位也是我素不认识而对于我却有十二分的同情过的朋友的厚恩起见，总尽我的力量帮助他们。可是我的力量太薄弱了，可怜的朋友太多了，所以结果近来弄得我自家连一条棉裤也没有。这几天来天气变得很冷，我老想买一件外套，但终于没有买成。尤其是使我羞恼的，因为恰逢此刻，我和同学们所读的书里，正有一篇俄国郭哥儿著的嘲弄像我们一类人的小说《外套》。现在我的经济状态比从前并没有什么宽裕，从数目上讲起来，反而比从前要少——因为现在我不能向家里去要钱花，每月的教书钱，额面上虽则有五十三加六十四合一百十七块，但实际上拿得到的只有三十三四块——而我的嗜好日深，每月光是烟酒的账，也要开销二十多块。我曾经立过几次对天的深誓，想把这一笔糜费节省下来；但愈是没有钱的时候，愈想喝酒吸烟。向你讲这一番苦话，并不是因为怕你要来问我借钱，而先事预防，我不过欲以我的身体来做一个证据，证明目下的中国社会的不合理，以大学校毕业的资格来糊口的你那种见解的错误罢了。

引诱你到北京来的，是一个国立大学毕业的头衔；你告诉我说你的心里，总想在国立大学弄到毕业，毕业以后至少生计问题总可以解决。现在学校都已考完，你一个国立大学也进不去，接济你的资金的人，又因他自家的地位摇动，无钱寄你。你去投奔你同县而且带有亲属的大慈善家H，H又不纳。穷极无路，你只好写封信给一个和你素不相识而你也明明知道是和你一样穷的我。在这时候这样的状态之下，你还要口口声声地说什么大学教育，"念书"，我真佩服你的坚忍不拔的雄心。不过佩服虽可佩服，但是你的思想的简单愚直，也却是一样的可惊可异。现在你已经是变成了中性——半去势的文人了，有许多事情，譬如说高尚一点的，去当土匪，卑微一点的，去拉洋车等事情，你已经是干不了的了；难道你还嫌不足，还要想穿几年长袍，做几篇白话诗、短篇小说，达到你的全去势的目的么？大学毕业，以后就可以有饭吃，你这一种定理，是哪一本书上翻来的？

像你这样一个白脸长身、一无依靠的文学青年，即使将面包和泪吃，勤勤恳恳地在大学窗下住它五六年，难道你拿到毕业文凭的那一天，天上就忽而会下起珍珠白米的雨来的么？

现在不要说中国全国，就是在北京的一区里头，你且去站在十字街头，看见穿长袍黑马褂或哔叽旧洋服的人，你且试对他们行一个礼，问他们一个人要一个名片来看看，我恐怕你不上半天，就可以积起一大堆的什么学士，什么博士来，你若再行一个礼，问一问他们的职业，我恐怕他们都要红红脸说："兄弟是在这里找事情的。"他们是什么？他们都是大学毕业生呀，你能和他们一样的有钱读书么？你能和他们一样的有钱买长袍黑马褂哔叽洋服么？即使你也和他们一样的有了读书买衣服的钱，你能保住你毕业的时候，事情会来找你么？

大学毕业生坐汽车、吸大烟、一攫千金的原是有的。然而他们都是为新上台的大佬经手减价卖职的人，都是有大刀枪杆在后面援助的人，都是有几个什么长在他们父兄身上的人；再粗一点说，他们至少也都是会爬乌龟钻狗洞的人。你要有他们那么的后援，或他们那么的乌龟本领、狗本领，那么你就是大学不毕业，何尝不可以吃饭？

我说了这半天，不过想把你的求学读书，大学毕业的迷梦打破而已。现在为你计，最上的上策，是去找一点事情干干。然而土匪你是当不了的，洋车你也拉不了的；报馆的校对，图书馆的拿书者，家庭教师，看护男，门房，旅馆火车菜馆的伙计，因为没有人可以介绍，你也是当不了的，——我当然是没有能力替你介绍，——所以最上的上策，于你是不成功的了。其次你就去革命去吧，去制造炸弹去吧！但是革命是不是同割枯草一样，用了你那裁纸的小刀，就可以革成的呢？炸弹是不是可以用了你头发上的灰垢和半年不换的袜底里的污泥来调合的呢；这些事情，你去问上帝吧！我也不知道。

比较上可以做得到，并且也不失为中策的，我看还是弄几个旅费，回到湖南你的故土，去找出四五年你不曾见过的老母和你的小妹妹来，第一天相持对哭一天；第二天因为哭了伤心，可以在床上你的草窠里睡去一天；既可以休养，又可以省几粒米下来熬稀粥；第三天以后，你和你的母亲妹妹，若没有衣服穿，不妨三人紧紧地挤在一处，以体热互助的结果，同冬天雪夜的群羊一样，倒可以使你的老母，不至冻伤；若没有米吃，你在日中天暖一点的时候，不妨把年老的母亲交付给你妹妹的身体烘着，你自己可以上村前村后去掘一点草根树根来煮汤吃，草根树根里也有淀粉，我的祖母未死的时候，常把洪杨乱日，她老人家尝过的这滋味说给我听，我所以知道。现在我既没有余钱，可以赠你，就把这秘方相传，做个我们两位穷汉，在京华尘土里相遇的纪念吧！若说草根树根，也被你们的督军省长师长议员知事掘完，你无论走往何处再也找不出一块一截来的时候，那么你且咽着自家的口水，同唱戏似的把北京的豪富人家的蔬菜，有色有香地说给你的老母亲小妹妹听听；至少在死

276

前的一刻半刻钟中间,你们三个昏乱的脑子里,总可以大事铺张地享乐一回。

但是我听你说,你的故乡连年兵燹,房屋田产都已毁尽,老母弱妹,也不知是生是死,五年来音信不通;并且现在回湖南的火车不开,就是有路费也回去不得,何况没有路费呢?

上策不行,次之中策也不行,现在我为你实在是没有什么法子好想了。不得已我就把两个下策来对你讲吧!

第一,现在听说天桥又在招兵,并且听说取得极宽,上自五十岁的老人起,下至十六七岁的少年止,一律都收;你若应募之后,马上开赴前敌,打死在租界以外的中国地界,虽然不能说是为国效忠,也可以算得是为招你的那个同胞效了命,岂不是比饿死冻死在你那公寓的斗室里,好得多么?况且万一不开往前敌,或虽开往前敌而不打死的时候,只教你能保持你现在的这种纯洁的精神,只教你能有如现在想进大学读书一样的精神来宣传你的理想,难保你所属的一师一旅,不为你所感化。这是下策的第一个。

第二,这才是真真的下策了!你现在不是只愁没有地方住没有地方吃饭而又苦于没有勇气自杀么?你的没有能力做土匪、没有能力拉洋车,是我今天早晨在你公寓里第一眼看见你的时候,已经晓得的。但是有一件事情,我想你还能胜任的,要干的时候一定是干得到的。这是什么事情呢?啊,啊,我真不愿意说出来——我并不是怕人家对我提起诉讼,说我在嗾使你做贼,啊呀,不愿意说倒说出来了,做贼,做贼,不错,我所说的这件事情,就是叫你去偷窃呀!

无论什么人的无论什么东西,只教你偷得着,尽管偷吧!偷到了,不被发觉,那么就可以把这你偷自他,他抢自第三人的,在现在的社会里称为赃物,在将来进步了的社会里,当然是要分归你有的东西,拿到当铺——我虽然不能为你介绍职业,但是像这样的当铺,却可以为你介绍几家——里去换钱用。万一发觉了呢?也没有什么。第一,你坐坐监牢,

277

房钱总可以不付了。第二，监狱里的饭，虽然没有今天中午我请你的那家馆子里的那么好，但是饭钱可以不付的。第三，或者什么什么司令，以军法从事，把你枭首示众的时候，那么你的无勇气的自杀，总算是他来代你执行了，也是你的一件快心的事情，因为这样的活在世上，实在是没有什么意思。

  我写到这里，觉得没有话再可以和你说了，最后我且来告诉你一种实习的方法吧！

  你若要实行上举的第二下策，最好是从亲近的熟人方面做起。譬如你那位同乡的亲戚老H家里，你可以先去试一试看。因为他的那些堆积在那里的财富，不过是方法手段不同罢了，实际上也是和你一样的偷来抢来的。你若再慑于他的慈和的笑里的尖刀，不敢去向他先试，那么不妨上我这里来做个破题儿试试，我晚上卧房的门常是不关，进出很便。不过有一件缺点，就是我这里没有什么值钱的物事。但是我有几本旧书，却很可以卖几个钱。你若来时，最好是预先通知我一下，我好多服一剂催眠药，早些睡下，因为近来身体不好，晚上老要失眠，怕与你的行动不便。还有一句话——你若来时，心肠应该要练得硬一点，不要因为是我的书的原因，致使你没有偷成，就放声大哭起来——

一九二四年十一月十三日午前二时

归　航

　　微寒刺骨的初冬晚上，若在清冷同中世似的故乡小市镇中，吃了晚饭，于未敲二更之先，便与家中的老幼上了楼，将你的身体躺入温暖的被里，呆呆地隔着帐子，注视着你的低小的木桌上的灯光，你必要因听了窗外冷清的街上过路人的歌音和足声而泪落。你因了这灰暗的街上的行人，必要追想到你孩提时候的景象上去。这微寒静寂的晚间的空气，这幽闲落寞的夜行者的哀歌，与你儿童时代所经历的一样，但是睡在楼上薄棉被里，听这哀歌的人的变化却如何了？一想到这里谁能不生起伤感的情来呢？——但是我的此言，是为像我一样的无能力的将近中年的人而说的——

　　我在日本的郊外夕阳晼晚的山野田间散步的时候，也忽而起了一种同这情怀相像的怀乡的悲感；看看几个日夕谈心的朋友，一个一个地减少下去的时候，我也想把我的迷游生活结束了。

　　十年久住的这海东的岛国，把我那同玫瑰露似的青春消磨了的这异乡的天地，我虽受了她的凌辱不少，我虽不愿第二次再使她来吻我的脚底，但是因为这厌恶的情太深了，到了将离的时候，倒反而生出了一种不忍与她诀别的心来。啊，啊，这柔情一脉，便是千古的伤心种子，人生的悲剧，大约是发芽在此地的吧？

　　我于未去日本之先，我的高等学校时代的生活背景，也想再去探看一回。我于永久离开这强暴的小国之先，我的迭次失败了的浪漫史的血迹，也想再去揩拭一回。

279

"轻薄淫荡的异性者呀,你们用了种种柔术想把来弄杀了的他,现在已经化作了仙人,想回到他的须弥故国去了。请你们尽在这里试用你们的手段吧,他将要骑了白鹤,回到他的母亲怀里去了。他回去之后,定将拥挟了霓裳仙子,舞几夜通宵的歌舞,他是再也不来向你们乞怜的了。"

我也想用了微笑,代替了这一段言语,向那些愚弄过我的妇人,告个长别,用以泄泄我的一段幽恨。为了这种种琐碎的原因,我的回国日期竟一天一天地延长了许多的时日。

从家里寄来的款也到了,几个留在东京过夏的朋友为我饯行的席也设了,想去的地方,也差不多去过了,几册爱读的书也买好了,但是要上船的第一天(七月的十五)我又忽而跑上日本邮船公司去,把我的船票改迟了一班,我虽知道在黄海的这面有几个——我只说几个——与我意气相合的朋友在那里等我,但是我这莫名其妙的离情,我这像将死时一样的哀感,究竟教我如何处置呢?我到七月十九的晚上,喝醉了酒,才上了东京的火车,上神户去趁翌日出发的归舟。

二十日的早晨从车上走下来的时候,赤色的太阳光线已经将神户市的一大半房屋烧热了。神户市的附近,须磨是风光明媚的海滨村,是三伏中地上避暑的快乐园,当前年须磨寺大祭的晚上,是我与一个不相识的妇人共宿过的地方。依我目下的情怀说来,是不得不再去留一宵宿,叹几声别的,但是回故国的轮船将于午前十点钟开行,我只能在海上与她遥别了。

"妇人呀妇人,但愿你健在,但愿你荣华,我今天是不能来看你了。再会——不……不……永别了……"

须磨的西边是明石,紫式部的同画卷似的文章,蓝苍的海浪,洁白的沙滨,参差雅淡的别庄,别庄内的美人,美人的幽梦……

"明石呀明石!我只能在游仙枕上,远梦到你的青松影里,再来和你的儿女谈多情的韵事了。"

八点半钟上了船,照管行李,整理舱位,足足忙了两个钟头;船的前后铁索响的时候，铜锣报知将开船的时候，我的十年中积下来的对日本的愤恨与悲哀，不由得化作了数行冰冷的清泪，把海湾一带的风景，染成了模糊像梦里的江山。

"啊，啊，日本呀！世界一等强国的日本呀！国民比我们矮小，野心比我们强烈的日本呀！我去之后，你的海岸大约依旧是风光明媚，你的儿女大约依旧是荒淫无忌地过去的。天色的苍茫，海洋的浩荡，大约总不至因我之去而稍生变更的。我的同胞的青年，大约仍旧要上你这里来，继续了我的运命，受你的欺辱的。但是我的青春，我的在你这无情的地上化费了的青春！啊，啊，枯死的青春呀，你大约总再也不能回复到我的身上来了吧！"

二十一日的早晨，我还在三等舱里做梦的时候，同舱的鲁君就跳到我的枕边上来说："到了到了！到门司了！你起来同我们上门司去吧！"

我乘的这只船，是经过门司不经过长崎的，所以门司，便是中途停泊的最后的海港；我的从昨日酝酿成的那种伤感的情怀，听了门司两字，又在我的胸中复活了起来。一只手擦着眼睛，一只手捏了牙刷，我就跟了鲁君走出舱来。淡蓝的天色，已经被赤热的太阳光线笼罩了东方半角。平静无波的海上，贯流着一种夏天早晨特有的清新的空气。船的左右岸有几堆同青螺似的小岛，受了朝阳的照耀，映出了一种浓润的绿色。前面去左船舷不远的地方有一条翠绿的横山，山上有两株无线电报的电杆，突出在碧落的背景里；这电杆下就是门司港市了。船又行进了三五十分钟，回到那横山正面的时候，我只见无数的人家，无数的工厂烟囱，无数的船舶和桅杆，纵横错落地浮映在天水中间的太阳光线里，船已经到了门司。

门司是此次我的脚所践踏的最后的日本土地，上海虽然有日本的居民，天津汉口杭州虽然有日本的租界，但是日本的本土，怕今后与我便无缘分了。因为日本是我所最厌恶的土地，所以今后大约我总不至于再来的。因为我是无产阶级的一介分子，所以将来大约我总不至坐在赴美国的船上，再向神户横滨来泊船的。所以我可以说门司便是此次我的脚

281

所践踏的最后的日本土地了。

我因为想深深地尝一尝这最后的伤感的离情，所以衣服也不换，面也不洗，等船一停下，便一个人跳上了一只来迎德国人的小汽船，跑上岸去了。小汽船的速力，在海上振动了周围清新的空气，我立在船头上觉得一种微风同妇人的气息似的吹上了我的面来。蓝碧的海面上，被那小汽船冲起了一层波浪，汽船过处，现出了一片银白的浪花，在那里返射着朝日。

在门司海关码头上岸之后，我觉得射在灰白干燥的陆地上的阳光，几乎要使我头晕；在海上不感得的一种闷人的热气，一步一步地逼上我的面来，我觉得我的鼻上有几颗珍珠似的汗珠滚出来了。我穿过了门司车站的前庭，便走进狭小的锦町街上去。我想永久将去日本之先，不得不买一点什么东西，做做纪念，所以在街上走了一回，我就踏进了一家书店。新刊的杂志有许多陈列在那里，我因为不想买日本诸作家的作品，来培养我的创作能力，所以便走近里面的洋书架去。小泉八云[①]（Lafcadio Hearn）的著作，Modern Library[②] 的丛书占了书架的一大部分，我细细的看了一遍，觉得与我这时候的心境最适合的书还是去年新出版的 John Paris 的那本 Kimono[③]（日本衣服之名）。

我将要去日本了，我在沦亡的故国山中，万一同老人追怀及少年时代的情人一般，有追思到日本的风物的时候，那时候我就可拿出几本描写日本的风俗人情的书来赏玩。这书若是日本人所著，他的描写，必至过于真确，那时候我的追寻远地的梦幻心境，倒反要被那真实粗暴的形象所打破。我在那时候若要在沙上建筑蜃楼，若要从梦里追寻生活，非

[①] 小泉八云原名拉夫卡迪奥·海恩，日本小说家，文艺评论家。生于希腊，父为爱尔兰军医，母为希腊人。一八九〇年赴日，后与日本人小泉节子结婚，入日本籍。
[②] 英文：现代文库。
[③] 英文：约翰·巴利斯的《和服》。

要读读朦胧奇特、富有异国情调的,那些描写月下的江山,追怀远地的情事的书类不可;从此看来,这Kimono便是与这境状最适合的书了,我心里想了一遍,就把Kimono买了。从书店出来又在狭小的街上的暑热的太阳光里走了一段,我就忍了热从锦町三丁目走上幸町的通里山的街上去。幸町是三弦酒肉的巢窟,是红粉胭脂的堆栈,今天正好像是大扫除的日子,那些调和性欲,忠诚于她们的天职的妓女,都裸了雪样的洁白、风样的柔嫩的身体,在那里打扫,啊,啊,这日本的最美的春景,我今天看后,怕也不能多看了。

  我在一家姓安东的妓家门前站了一忽,同饥狼似的饱看了一回烂熟的肉体,便又走下幸町的街路,折回到了港口。路上的灰尘和太阳的光线,逼迫我的身体,致我不得不向咖啡店去休息一场;我在去码头不远的一家下等的酒店坐下的时候,身体也真疲劳极了。

  喝了一大瓶啤酒,吃了几碗日本固有的菜,我觉得我的消沉的心里,也生了一点兴致出来,便想尽我所有的金钱,上妓家去瞎闹一场;但拿出表来一看,已经过十二点了,船是午后二点钟就要拔锚的。

  我出了酒店,手里拿了一本Kimono,在街上走了两步,就把游荡的邪心改过,到浴场去洗了一个澡,因以涤尽了十几年来,堆叠在我这微躯上的日本的灰尘与恶土。

  上船的时候,已经是午后一点半了。三十分后开船的时候,我和许多去日本的中国人和日本人立在三等舱外甲板上的太阳影里看最后的日本的陆地,门司的人家远去了,工场的烟囱也看不清楚了,近海岸的无人绿岛也一个一个地少下去了,我正在出神的时候,忽听一等舱的船楼上有清脆的妇人声在那里,我抬起头来一看,见有一个年约十八九的中西杂种的少女,立在船楼的栏杆边上,在那里和一个红脸肥胖的下劣西洋人说话。那少女皮肤带着浅黑色,眼睛凹在鼻梁的两边,鼻尖高得很,瞳人带些微黄,但仍是黑色;头发用烙铁烫过,有一圈珍珠,戴在蓬蓬的发下。她穿的是黄白薄绸的一件西洋的夏天女服,双袖短得很,她若把手与肩胛平张起来,你从袖口能看得出她腋下的黑影,和胸前的乳头来。她的颈项下的前后又裸着两块可爱的黄黑色的肥肉。下面穿的是一条短短的围裙,她的瘦长的两只脚露出在鱼白的湖绉裙下。从玄色的丝袜里蒸发出来的她的下体的香味,我好像也闻得出来的样子。看看她那微笑的短短的面貌,和一排洁白的牙齿,我恨不得拿出一把手枪来,把那同禽兽似的西洋人击杀了。

"年轻的少女呀,我的半同胞呀!你母亲已经为他们异类的禽兽玷污了,你切不可再与他们接近才好呢!我并不想你,我并不在这里贪你的姿色;但是,但是像你这样的美人,万一被他们同野兽一样的西洋人蹂躏了去,教我如何能堪呢!你那柔软黄黑的肉体被那肥胖和雄猪似的洋人压着的光景,我便在想象的时候,也觉得眼睛里要喷出火来。少女呀少女!我并不要你爱我,我并不要你和我同梦。我只求你别把你的身体送给异类的外人去享乐就对了。我们中国也有美男子,我们中国也有同黑人一样强壮的伟男子,我们中国也有有几千万几万万家财的富翁,你何必要接近外国人呢!啊,啊,中国可亡,但是中国的女子是不可被他们外国人强奸去的。少女呀少女!你听了我的这哀愿吧!"

我的眼睛呆呆地在那里看守她那颧骨微突嘴巴狭小的面貌,我的心里同跪在圣女马俐亚像前面的旧教徒一样,尽在那里念这些祈祷。感伤的情怀,一时征服了我的全体,我觉得眼睛里酸热起来,她的面貌,就好像有一层 Veil① 罩着的样子,也渐渐地朦胧起来了。

海上的景物也变了。近处的小岛完全失去了影子,空旷的海面上,映着了夕照,远远里浮出了几处同眉黛似的青山;我在甲板上立得不耐烦起来,就一声也不响,低了头,回到了舱里。

太阳在西方海面上沉没了下去,灰黑的夜阴从大海的四角里聚集了拢来,我吃完了晚饭,仍复回到甲板上来,立在那少女立过的楼底直下。

---

① 英文:面纱。

我仰起头来看看她立过的地方,心里就觉得悲哀起来,前次的纯洁的心情,早已不复在了,我心里只暗暗地想:

"我的头上那一块板,就是她曾经立过的方地。啊,啊,要是她能爱我,就教我用无论什么方法去使她快乐,我也愿意的。啊,啊,所罗门当日的荣华,比到纯洁的少女的爱情,只值得什么?事也不难,她立在我头上板上的时候,我只需用一点奇术,把我的头一寸一寸地伸长起来,钻过船板去就对了。"

想到了这里,我倒感着了一种滑稽的快感;但看看船外灰黑的夜阴,我觉得我的心境也同白日的光明一样,一点一点被黑暗腐蚀了。

我今后的黑暗的前程,也想起来了。我的先辈回国之后,受了故国社会的虐待,投海自尽的一段哀史,也想起来了。

"我在那无情的岛国上,受了十几年的苦,若回到故国之后,仍不得不受社会的虐待,教我如何是好呢!日本的少女轻侮我、欺骗我时,我还可以说'我是为人在客',若故国的少女,也同日本妇人一样的欺辱我的时候,我更有什么话说呢!你看那 Euroasian① 不是已在那里轻侮我了么?她不是已经不承认我的存在了么?唉,唉,唉,唉,我错了,我错了。我是不该回国来的。一样的被人虐待,与其受故国同胞的欺辱,倒还不如受他国人的欺辱更好自家宽慰些。"

我走近船舷,向后面我所别来的国土一看,只见得一条黑线,隐隐地浮在东方的苍茫夜色里。我心里只叫着说:

"日本呀日本,我去了。我死了也不再回到你这里来了。但是,但是我受了故国社会的压迫,不得不自杀的时候,最后浮上我的脑子里来的,怕就是你这岛国哩!Avé Japon!② 我的前途正黑暗得很呀!"

一九二二年七月二十六日于上海

---

① 英文:欧亚混血儿。
② 法文:别了,日本!

还乡记

一

大约是午前四五点钟的样子,我的过敏的神经忽而颤动了起来。张开了半只眼,从枕上举起非常沉重的头,半醒半觉地向窗外一望,我只见一层灰白色的云丛,密布在微明空际,房里的角上桌下,还有些暗夜的黑影流荡着,满屋沉沉,只充满了睡声,窗外也没有群动的声息。

"还早哩!"

我的半年来睡眠不足的昏乱的脑经,这样的忖度了一下,我的有些昏痛的头颅仍复投上了草枕,睡着了。

第二次醒来,急急地跳出了床,跑到窗前去看跑马厅的大自鸣钟的时候,我的心里忽而起了一阵狂跳。我的模糊的睡眼,虽看不清那大自鸣钟的时刻,然而我的第六官却已感得了时间的迟暮,八点钟的快车大约总赶不到了。

天气不晴也不雨,天上只浮满了些不透明的白云,黄梅时节将过的时候,像这样的天气原是很多的。

我一边跑下楼去匆匆地梳洗,一边催听差的起来,问他是什么时候。因为我的一个镶金的钢表,在东京换了酒吃,一个新买的爱而近,去年在北京又被人偷了去,所以现在我只落得和桃花源里的乡老一样,要知道时刻,只能问问外来的捕鱼者"今是何世"。

听说是七点三刻了,我忽而衔了牙刷,莫名其妙地跑上楼跑下楼地跑了几次,不消说心中是在懊恼的。忙乱了一阵,后来又仔细想了一想,觉得终究是赶不上八点的早车了,我的心倒渐渐地平静下去。慢慢地洗完了脸,换了衣服,我就叫听差的去雇了一乘人力车来送我上火车站去。

我的故乡在富春山中,正当清冷的钱塘江的曲处。车到杭州,还要在清流的江上坐两点钟的轮船。这轮船有午前午后两班,午前八点,午后二点,各有一只同小孩的玩具似的轮船由江干开往桐庐去的。若在上海乘早车动身,则午后四五点钟,当午睡初醒的时候,我便可到家,与闺中的儿女相见,但是今天已经是不行了。

不能即日回家,我就不得不在杭州过夜,但是羞涩的阮囊,连买半斤黄酒的余钱也没有的我的境遇,教我那里能忍此奢侈。我心里又发起恼来了。可恶的我的朋友,你们既知道我今天早晨要走,昨夜就不该谈到这样的时候才回去的。可恶的是我自己,我已决定于今天早晨走,就不该拉住了他们谈那些无聊的闲话的。这些也不知是从哪里来的话?这些话也不知有什么兴趣?但是我们几个人愁眉蹙额地聚首的时候,起先总是默默,后来一句两句,话题一开,便倦也忘了,愁也丢了,眼睛就放起怖人的光来,有时高笑,有时痛哭,讲来讲去,去岁今年,总还是这几句话:

"世界真是奇怪,像这样轻薄的人,也居然能成中国的偶像的。"

"正唯其轻薄,所以能享盛名。"

"他的著作是什么东西呀!连抄人家的著书还要抄错!"

"唉,唉!"

"还有××呢!比××更卑鄙,更不通,而他享的名誉反而更大!"

"今天在车上看见那个犹太女子真好哩!"

"她的屁股正大得爱人。"

"她的臂膊!"

"啊,啊!"

"恩斯来的那本《彭思生里参拜记》,你念到什么地方了?"

"三个东部的野人，三个方正的男子，他们起了崇高的心愿，想去看看什，泻，奥夫，欧耳。"

"你真记得牢!"

像这样的毫无系统、漫无头绪的谈话，我们不谈则已，一谈起头，非要谈到傀儡消尽、悲愤泄完的时候不止。唉，可怜有识无产者，这些清谈，这些不平，与你们的脆弱的身体、高亢的精神者，究有何补？罢了罢了，还是回头到正路上去，理点生产罢！

昨天晚上有几位朋友，也在我这里，谈了些这样的闲话，我入睡迟了，所以弄得今天赶车不及，不得不在西子湖边，住宿一宵，我坐在人力车上，孤冷冷地看着上海的清淡的早市，心里只在怨恨朋友，要使我多破费几个旅费。

二

人力车到了北站，站上人物萧条。大约是正在快车开出之后，慢车未发之先，所以现出这沉静的状态。我得了闲空，心里倒生出了一点余裕来，就在北站构内，闲走了一回。因为我此番归去，本来想去看看故乡的景状，能不能容我这零余者回家高卧的，所以我所带的，只有两袖清风、一只空袋，和填在鞋底里的几张钞票——这是我的脾气，有钱的时候，老把它们填在鞋子底里。一则可以防止扒手，二则因为我受足了金钱迫害，借此也可以满足满足我对金钱复仇的心思，有时候我真有用了全身的气力，拼死踩践它们的举动——而已，身边没有行李，在车站上跑来跑去是非常自由的。

天上的同棉花似的浮云，一块一块地消散开来，有几处竟现出青苍的笑靥来了。灰黄无力的阳光，也有几处看得出来。虽有霏微的海风，一阵阵夹了灰土煤烟，吹到这灰色的车站中间，但是伏天的暑热，已悄悄地在人的腋下腰间送信来了。"啊，啊! 三伏的暑热，你们不要来缠扰我这消瘦的行路病者！你们且上富家的深闺里去，钻到那些丰肥红白的腿间乳下去，把她们的香液蒸发些出来罢！我只有这一件半旧的夏布长衫，若被汗水污了，明天就没得更换的呀！"这是我想对暑热央告的话头。

在车站上踏来踏去地走了几遍，站上的行人，渐渐地多起来了。男的女的，行者送者，面上都堆着满贮希望的形容，在那里左旋右转。但是我——单只是我个人——也无朋友亲戚来送我的行，更无爱人女弟，来作我的伴，我的脆弱的心中，又无端地起了万千的哀感：

"论才论貌，在中国的二万万男子中间，我也不一定说是最下流的人，何以我会变成这样的孤苦的呢！我前世犯了什么罪来？我生在什么星的底下？我难道真没有享受快乐的资格的么？我不能信的，我不能信的。"

这样的一想，我就跑上车站的旁边入口处去，好像是看见了我认识的一位美妙的女郎来送我回家的样子。我走到门口，果真见了几个穿时样的白衣裙的女子，刚从人力车上下来。其中有一个十七八岁的、戴白色运动软帽的女学生，手里提了三个很重的小皮箧，走近了我的身边。我不知不觉地伸出了一只手去，想为她代拿一个皮箧，她站住了脚，放开了黑晶晶的两只大眼很诧异地对我看了一眼。

"啊，啊！我错了，我昏了，好妹妹，请你不要动怒，我不是坏人，我不是车站上的小窃，不过我的想象力太强，我把你当作了我的想象中的人物，所以得罪了你。恕我，恕我，对不起，对不起，你的两眼的责罚，是我所甘受的，你即用了你柔软的小手，批我一颊，我也是甘受的，我错了，我昏了。"

我被她的两眼一看，就同将睡的人受了电击一样，立时涨红了脸，发出了一身冷汗，心里这样的做了一遍谢罪之辞，缩回了手，低下了头，就匆匆地逃走了。

啊，啊！这不是衣锦还乡，这不是罗皮康（Rubicon）的南渡，有谁来送我的行,有谁来作我的伴呢!我的空想也未免太不自量了,我避开了那个女学生,逃到了车站大门口的边上人丛中躲藏的时候,心里还在跳跃不住。凝神屏气地立了一会儿,向四边偷看了几眼,一种不可捉摸的感情,笼罩上我的全身,我就不得不把我的夏布长衫的小襟拖到上面去了。

三

"已经是八点四十五分了。我在这里躲藏也躲藏不过去的,索性快点去买一张票来上车去罢!但是不行不行,两边买票的人这样的多,也许她是在内的,我还是上口头的那近大门的窗口去买罢!这里买票的人正少得很呀!"

这样的打定了主意,我就东探西望地走上那玻璃窗口,去买了一张车票。伏倒了头,气喘吁吁地跑进了月台,我方晓得刚才买的是一张二等票,想想我脚下的余钱,又想想今晚在杭州不得不付的膳宿费,我心里忽而清了一清。经济与恋爱是不能两立的,刚才那女学生的事情,也渐渐地被我忘了。

浙江虽是我的父母之邦,但是浙江的知识阶级的腐败,一班教育家政治家对军人的诌媚与对平民的压制,以及小政客的婢妾的行为、无厌的贪婪,平时想起就要使我作呕。所以我每次回浙江去,总抱了一腔羞嫌的恶懔,障扇而过杭州,不愿在西子湖头做半日的勾留。只有这一回,到了山穷水尽,我委委颓颓地逃返家中,却只好仍到我所嫌恶的故土去求一个息壤!投林的倦鸟、返壑的衰狐,当没有我这样的懊丧落胆的。啊,啊!浪子的还家,只求老父慈兄,不责备我就对了,那里还有批评故乡,憎嫌故乡的心思?我一想到这一次的卑微的心境,竟不觉泫泫地落下泪来了。

我孤伶仃地坐在车里,看看外面月台上跑来跑去的旅人,和穿黄色制服的挑夫,觉得模糊零乱,他们与我的中间,有一道冰山隔住的样子。一面看看车站附近各工厂的高高的烟囱,又觉得我的头上身边,都被一层灰色的烟雾包围在那里。我深深地吸了一口气,把车窗打开来看梅雨晴时的空际。天上虽还不能说是晴朗,但一斛晴云,和几道光线,却在那里安慰旅人说:

"雨是不会下了,晴不晴开来,却看你们的运气罢!"

不多一忽,火车慢慢儿地开了。北站附近的贫民窟,同坟墓似的江北人的船室,污泥的水潴,晒在坍败的晒台上的女人的小衣、秽布,劳动者的破烂的衣衫等,一幅一幅地呈到我的眼前来,好像是老天故意把人生的疾苦,编成了这一部有系统的记录,来安慰我的样子。

啊,啊,载人离别的你这怪兽!你不终不息地前进,不休不止地前进罢!你且把我的身体,搬到世界尽处去,搬入虚无之境去,一生一世,不要停止,尽是行行,行到世界万物都化作青烟,你我的存在都变成乌有的时候,那我就感激你不尽了。

由现代的物质文明产生出来的贫苦之景,渐渐地被大自然掩盖了下去,贫民窟过了,大都会附近之小镇(Vorstadt)过了,路线的两岸,只有平绿的田畴、美丽的别业、洁净的野路,和壮健的农夫。在这调和的盛夏的野景中间,就是在路上行走的那一乘黄色人力车夫,也带有些浪漫的色彩。他好像是童话里的人物,并不是因为衣食的原因,却是为了自家的快乐,拉了车在那里行走的样子。若要在这大自然的微笑中间,指出一件令人不快的事物来,那就是野草中间横躺着的棺冢了。穷人的享乐,只有陶醉在大自然怀里的一刹那。在这一刹那中间,他能把现实的痛苦,忘记得干干净净,与悠久的天空、广漠的大地,化而为一。这是何等的残虐,何等的恶毒呢!当这样的地方,这样的时候,把人生的运命,赤裸裸地指给他看!

我是主张把中国的坟冢,把野外的枯骨,都掘起来付之一炬,或投入汪洋的大海里去的。

四

过了徐家汇、梵王渡,火车一程一程地进去,车窗外的绿色也一程一程地浓润起来,啊,啊,我自失业以来,同鼠子蚊虫,蛰居在上海的自由牢狱里,已经有半年多了。我想不到野外的自然,竟长得如此的清新,郊原的空气,会酿得如此的爽健的。啊,啊,自然呀,大地呀,生生不息的万物呀,我错了,我不应该离开了你们,到那秽浊的人海中间去觅食的。

车过了莘庄,天完全变晴了。两旁的绿树枝头,蝉声犹如雨降。我侧耳听听,回想我少年时的景象不置。悠悠的碧落,只留着几条云影,在空际做霓裳的雅舞。一道阳光,偏洒在浓绿的树叶、匀称的稻秧,和柔软的青草上面。被黄梅雨盛满的小溪、奇形的野桥、水车的茅亭、高低的土堆,与红墙的古庙、洁净的农场,一幅一幅同电影似的尽在那里更换。我以车窗做了镜框,把这些天然的图画看得迷醉了,直等火车到松江停住的时候止,我的眼睛竟瞬息也没有移动。唉,良辰美景奈何天,我在这样的大自然里怕已没有生存的资格了罢,因为我的腕力、我的精神,都被现代的文明撒下了毒药,恶化成零,我那里还有执了锄耜,去和农夫耕作的能力呢!

正直的农夫吓,你们是世界的养育者,是世界的主人公,我情愿为你们作牛作马,代你们的劳,你们能分一杯麦饭给我么?

车过了松江,风景又添了一味和平的景色。弯了背在田里工作的农夫,草原上散放着的羊群,平桥浅渚,野寺村场,都好像在那里做会心的微笑。火车飞过一处乡村的时候,一家泥墙草舍里忽有几声鸡唱声音,传了出来。草舍的门口有一个赤膊的农夫,吸着烟站在那里对火车呆看。我看了这些纯朴的村景,就不知不觉地叫了起来:

"啊,啊!这和平的村落,这和平的村落,我几年不与你相接了。"

大约是叫得太响了,我的前后的同车者,都对我放起惊异的眼光来。

幸而这是慢车。坐二等车的人不多，否则我只能半途跳下车去，去躲避这一次的羞耻了。我被他们看得不耐烦，并且肚里也觉得有些饥了，用手向鞋底里摸了一摸，迟疑了一会儿，便叫过茶房来，命他为我搬一客番菜来吃。我动身的时候，脚底下只藏着两张钞票。火车票买后，左脚下的一张钞票已变成了一块多的找头，依理而论是不该在车上大吃的。然而愈有钱愈想节省，愈贫穷愈要瞎花，是一般的心理，我此时也起了自暴自弃的念头：

"横竖是不够的，节省这几个钱，有什么意思，还是吃罢！"

一个欲望满足了的时候，第二个欲望马上要起来的，我喝了汤，吃了一块面包之后，喉咙觉得干渴起来，便又起了一种自暴自弃的念头，索性叫茶房把啤酒汽水拿了两瓶来。啊，啊，危险危险，我右脚下的一张钞票，已有半张被茶房撕去了。

一边饮食，一边我仍在赏玩窗外的水光云影。在几个小车站上停了几次，轰轰地过了几处铁桥，等我中餐吃完的时候，火车已经过嘉兴驿了。吃了个饱满，并且带了三分醉意，我心里虽时时想到今晚在杭州的膳宿费，和明天上富阳去的轮船票，不免有些忧郁，但是以全体的气概讲来，这时候我却是非常快乐，非常满足的：

"人生是现在一刻的连续，现在能够满足，不就好了么？一刻之后的事情，又何必去想它，明天明年的事情，更可丢在脑后了。一刻之后，谁能保得火车不出轨！谁能保得我不死？罢了罢了，我是满足得很！哈哈哈哈……"

我心里这样的很满足的在那里想，我的脚就慢慢的走上车后的眺望台去。因为我坐的这挂车是最后的一挂，所以站在眺望台上，既可细看野景，又可听听鸣蝉，接受些天风。我站在台上，一手捏住铁栏，一手用了半枝火柴在剔牙齿。凉风一阵阵的吹来，野景一幅幅的过去，我真觉得太幸福了。

五

我平生感得幸福的时间,总不能长久。一时觉得非常满足之后,其后必有绝大的悲怀相继而起。我站在车台上,正在快乐的时候,忽而在万绿丛中看见了一幅美满的家庭团叙之图,一个年约三十一二的壮健的农夫,两手擎了一个周岁的小孩,在桑树影下笑乐,一个穿青布衫的与农夫年纪相仿的农妇,笑微微地站在旁边守着他们。在他们上面晒着的阳光树影,更把他们的美满的意情表现得分外明显。地上摊着一只饭箩、一瓶茶、几只菜饭碗,这一定是那农妇送来飨她男人的田头食品。啊,啊,桑间陌上,夫唱妇随,更有你两个爱情的结晶,在中间做姻缘的缔带,你们是何等幸福呀!然而我呢!啊啊我啊?我是一个有妻不能爱、有子不能抚的无能力者,在人生战斗场上的惨败者,现在是在逃亡的途中的行路病者,啊!农夫吓农夫,愿你与你的女人和好终身,愿你的小孩聪明强健,愿你的田谷丰多,愿你幸福!你们的灾殃,你们的不幸,全交给了我,凡地上一切的苦恼、悲哀、患难,索性由我一人负担了去罢!

我心里虽这样的在替他祝福,我的眼泪却连连续续地落了下来。半年以来,因为失业的原因,在上海流离的苦处,我想起来了。三个月前头,我的女人和小孩,孤苦零仃地由这条铁路上经过,萧萧索索地回家去的情状,我也想出来了。啊,啊,农家夫妇的幸福,读书阶级的飘零!我女人经过的悲哀的足迹,现在更由我在一步步地践踏过去!若是有情,怎得不哭呢!

四围的景色,忽而变了,一刻前那样丰润华丽的自然的美景,都好像在那里嘲笑我的样子:

"你回来了么?你在外国住了十几年,学了些什么回来?你的能力怎么不拿些出来让我们看看?现在你有养老婆儿子的本领么?哈哈!你读书学术,到头来还是归到乡间去啃你祖宗的积聚!"

我俯首看看飞行的车轮,看看车轮下的两条白闪闪的铁轨和枕木卵石,忽而感得了一种强烈的死的诱惑。我的两脚抖了起来,踉跄前进了几步,又呆呆地俯视了一忽,两手捏住了铁栏。我闭着眼睛,咬紧牙齿,在脚尖上用了一道死力,便把身体轻轻地抬跳起来了。

六

啊,啊,死的胜利吓!我当时若志气坚强一点,早就脱离了这烦恼悲苦的世界,此刻好坐在天神Beatrice的脚下拈花做微笑了。但是我那一跳,气力没有用足。我打开眼睛来看时,大地高天,稻田草地,依旧在火车的四周驰骋,车轮的辗声,依旧在我的耳里雷鸣,我的身体却坐在栏杆的上面,绝似病了的鹦鹉,被锁住在铁条上待毙的样子。我看看两旁的美景,觉得半点钟以前的称颂自然美的心境,怎么也回复不过来。我以泪眼与碛石的灵山相对,觉得碛西公园后石山上在太阳光下游玩的几个男女青年,都是挤我出世界外去的魔鬼。车到了临平,我再也不能细赏那荷花世界柳丝乡的风味。我只觉得青翠的临平山,将要变成我的埋骨之乡。笕桥过了,艮山门过了。灵秀的宝叔山,奇兀的北高峰,清泰门外贯流着的清浅的溪流,溪流上摇映着的萧疏的杨柳,野田中交叉的窄路,窄路上的行人,前朝的最大遗物,参差婉绕的城墙,都不能唤起我的兴致来。车到了杭州城站,我只同死刑犯上刑场似的下了月台。一出站内,在青天皎日的底下,看看我儿时所习见的红墙旅舍,酒馆茶楼,和年轻气锐地生长在都会中的妙年人士,我心里只是怦怦地乱跳,仰不起头来。这种幻灭的心理,若硬要把它写出来的时候,我只好用一个譬喻。譬如当青春的年少,我遇着了一位绝世的佳人,她对我本是初恋,我对她也是第一次的破题儿。两人相携相挽,同睡同行,春花秋月地过了几十个良宵。后来我的金钱用尽,女人也另外有了心爱的人儿,她就学了樊素,同春去了。我只得和悲哀孤独,贫困恼羞,结成伴侣。几年在各地流浪之余，我年纪也大了，身体也衰了，披了一身破褴的衣服，仍复回到当时我两人并肩携手的故地来。山川草木，星月云霓，仍不改其美丽。我独坐湖滨，正在临流自吊的时候，忽在水面看见了那弃我而去的她的影像。她容貌同几年前一样的娇柔，衣服同几年前一样的华丽，项下挂着的一串珍珠，比从前更加添了一层光彩，额上戴着的一圈玛瑙，比曩时更红艳得多了。且更有难堪者，回头来一看，看见了一位文秀闲雅的美少年，站在她的背后，用了两手在那里摸弄她的腰背。

啊，啊！这一种譬喻，值得什么？我当时一下车站，对杭州的天地感得的那一种羞惭懊丧，若以言语可以形容的时候，我当时的夏布衫袖，就不会被泪汗湿透了，因为说得出譬喻得出的悲怀，还不是世上最伤心的事情呀。我慢慢俯了首，离开了刚下车的人群与争揽客人的车夫和旅馆的招待者，独行踽踽地进了一家旅馆，我的心里好像有千斤重的一块铅石锤在那里的样子。

开了一个单房间，洗了一个手脸，茶房拿了一张纸来，要我填写姓名年岁籍贯职业。我对他呆呆地看了一忽，他好像是疑我不曾出过门，不懂这规矩的样子，所以又仔仔细细地解说了一遍。啊，啊，我那里是不懂规矩，我实在是没有写的勇气哟，我的无名的姓氏，我的故乡的籍贯，我的职业！啊，啊！叫我写出什么来？

被他催迫不过，我就提起笔来写了一个假名，填上了"异乡人"的三字，在职业栏下写了一个"无"字。不知不觉我的眼泪竟噗嗒噗嗒地滴了两滴在那张纸上。茶房也看得奇怪，向纸上看了一看，又问我说：

"先生府上是那里，请你写上了罢，职业也要写的。"

我没有办法，就把"异乡人"三字圈了，写上"朝鲜"两字，在职业之下也圈了一圈，填了"浮浪"两字进去。茶房出去之后，我就关上了房门，倒在床上尽情地暗泣起来了。

七

　　伏在床上暗泣了一阵，半日来旅行的疲倦，征服了我的心身。在蒙眬半觉的中间，我听见了几声咯咯的叩门声。糊里糊涂地起来开了门，我看见祖母，不言不语地站在门外。天色好像晚了，房里只是灰黑的辨不清方向。但是奇怪得很，在这灰黑的空气里，祖母面上的表情，我却看得清清楚楚。这表情不是悲哀，当然也不是愉乐，只是一种压人的庄严的沉默。我们默默地对坐了几分钟，她才移动了那皱纹很多的嘴说：

　　"达！你太难了，你何以要这样的孤洁呢！你看看窗外！"

　　我向她指着的方向一望，只见窗下街上黑暗嘈杂的人丛里有两个大火把在那里燃烧，再仔细一看，火把中间坐着一位木偶。但是奇极怪极，这木偶的面貌，竟完全与我的一个朋友面貌一样。依这情景看来，大约是赛会了，我回转头来正想和祖母说话，房内的电灯啪地响了一声，放起光来了，茶房站在我的床前，问我晚饭如何，我只呆呆地不答，因为祖母是今年二月里刚死的，我正在追想梦里的音容，哪里还有心思回茶房的话哩？

　　遣茶房走了，我洗了一个面，就默默地走出旅馆来。夕阳的残照，在路旁的层楼屋脊上还看得出来。店头的灯火，也星星地上了。日暮的空气，带着微凉，拂上面来。我在羊市街头走了几转，穿过车站的庭前，踏上清泰门前的草地上去。沉静的这杭州故郡，自我去国以来，也受了不少的文明的侵害，各处的旧迹，一天一天被拆毁了。我走到清泰门前，就起了一种怀古之情，走上将拆而犹在的城楼上去。城外一带杨柳桑树上的鸣蝉，叫得可怜。它们的哀吟，一声声沁入了我的心脾，我如同海上的浮尸，把我的情感，全部付托了蝉声，尽做梦似的站在丛残的城堞上看那西北的浮云和暮天的急情，一种淡淡的悲哀，把我的全身溶化了。这时候若有几声古寺的钟声，当当地一下一下，或缓或徐地飞传过来，怕我就要不自觉地从城墙上跳入城濠，把我灵魂和入晚烟之中，去笼罩着这故都的城

297

市。然而南屏还远，Curfew 今晚上不会鸣了。我独自一个冷清清地立了许久，看西天只剩了一线红云，把日暮的悲哀尝了个饱满，才慢慢地走下城来。这时候天已黑了，我下城来在路上的乱石上钩了几脚，心里倒起了一种莫名其妙的恐怖。我想想白天在火车上谋自杀的心思和此时的恐怖心一比，就不觉微笑起来，啊，啊，自负为灵长的两足动物哟，你的感情思想，原只是矛盾的连续呀！说什么理性？讲什么哲学？

走下了城，踏上清冷的长街，暮色已经弥漫在市上了。各家的稀淡的灯光，比数刻前增加了一倍势力。清泰门直街上的行人的影子，一个一个从散射在街上的电灯光里闪过，现出一种日暮的情调来。天气虽还不曾大热，然而有几家却早把小桌子摆在门前，露天地在那里吃饭了。我真成了一个孤独的异乡人，光了两眼，尽在这日暮的长街上行行前进。

我在杭州并非没有朋友，但是他们或当科长，或任参谋，现在正是非常得意的时候，我若飘然去会，怕我自家的心里比他们见我之后憎嫌我的心思更要难受。我在沪上，半年来已经饱受了这种冷眼，到了现在，万一家里容我，便可回家永住，万一情状不佳，便拟自决的时候，我再也犯不着讨这些没趣了。我一边默想，一边看看两旁的店家在电灯下围桌晚餐的景象，不知不觉两脚便走入了石牌楼的某中学所在的地方。啊，啊，桑田沧海的杭州，旗营改变了，湖滨添了些邪恶的中西人的别墅，但是这一条街，只有这一条街，依旧清清冷冷，和十几年前我初到杭州考中学的时候一样。物质文明的幸福，些微也享受不着，现代经济组织的流毒，却受得很多的我，到了这条黑暗的街上，好像是已经回到了故乡的样子，心里忽感得了一种安泰，大约是兴致来了，我就踏进了巷口的一家小酒店里去买醉。

八

在灰黑的电灯底下，面朝了街心，靠着一张粗黑的桌子，坐下喝了几杯高粱，我终觉得醉不成功。我的头脑，愈喝酒愈加明晰，对于我现在的境遇反而愈加自觉起来了。我放下酒杯，两手托着了头，呆呆地向灰暗的空中凝视了一会儿，忽而有一种沉郁的哀音夹在黑暗的空气里，渐渐地从远处传了过来。这哀音有使人一步一步在感情中沉没下去的魔力，这本来也就是中国管弦乐的特色。过了几分钟，这哀音的发动者渐渐地走近我的身边，我才辨出了一种胡琴与砰击磁器的谐音来。啊，啊！你们原来是流浪的音乐家，在这半开化的杭州城里想卖艺糊口的可怜虫！

他们二三人的瘦长的清影，和后面跟着看的几个小孩儿，在酒馆前头掠过了。那一种凄楚的谐音，也一步一步地幽咽了，听不见了。我心里忽起了一种绝大的渴念，想追上他们，去饱尝一回哀音的美味。付清了酒账，我就走出店来，在黑暗中追赶上去。但是他们的几个人，不知走上了什么方向，我拼死地追寻，终究寻他们不着。唉，这昙花的一现，难道是我的幻觉么？难道是上帝显示给我的未来的预言么？但是那悠扬沉郁的弦音和磁盘砰击的声响，还缭绕在我的心中。我在行人稀少的黑暗的街上东奔西走地追寻了一会儿，没有方法，就从丰乐桥直街走到西湖的边上。

湖上没有月华，湖滨的几家茶楼旅馆，也只有几点清冷的电灯，在那里放淡薄的微光，宽阔的马路上，行人也寥落得很。我横过了湖塍马路，在湖边上立了许久。湖的三面，只有沉沉的山影，山腰山脚的别庄里，有几点微明的灯火，要静看才看得出来。几颗淡淡的星光，倒映在湖里，微风吹来，湖里起了几声豁豁的浪声。四边静极了。我把一支吸尽的纸烟头丢入湖里，啾地响了一声，纸烟的火就熄了。我被这一种静寂的空气压迫不过，就放大了喉咙，对湖心噢地发了一声长啸，我的胸中觉得舒畅了许多。沿湖向西走了一段，我忽在树荫下椅子上，发见了一对青年男女。他和她的态度太无忌惮了，我心里忽起了一种不快之感，把刚才长啸之后的畅怀消尽了。

啊，啊！青年的男女哟！享受青春，原是你们的特权，也是我平时的主张。但是，但是你们在不幸的孤独者前头，总应该谦逊一点，方能完全你们的爱情的美处。你们且牢牢记着罢！对了贫儿，切不要把你们的珍珠宝物显给他看，因为贫儿看了，愈要觉得他自家贫困的呀！

我从人家睡尽的街上，走回城站附近的旅馆里来的时候，已经是深夜了。解衣上床，躺了一会儿，终觉得睡不着。我就点上一支纸烟，一边吸着，一边在看帐顶。在沉闷的旅舍夜半的空气里，我忽而听见一阵清脆的女人声音，和门外的茶房，在那里说话。

"来哉来哉！咦哟，等得诺（你）半业（日）嗒哉！"这是轻佻的茶房的声音。

"是哪一位叫的？"

啊，啊！这一定是土娼了！

"仰（念）三号里！"

"你同我去呵！"

"噢哟，根（今）朝诺（你）个（的）面孔真白嗒！"

茶房领了她从我门口走过，开入到间壁念三号房里去。

"好哉，好哉！活菩萨来哉！"

茶房领到之后，就关上门走下楼去了。

"请坐。"

"不要客气！先生府上是哪里？"

"阿拉（我）宁波。"

"是到杭州来耍子的么？"

"来宵（烧）香个。"

"一个人么？"

"阿拉邑个宁（人）。京（今）教（朝）体（天）气轧业（热），查拉（为什么）勿赤膊？"

"啥话语！"

"诺（你）勿脱，阿拉要不（替）诺脱哉。"

"不要动手，不要动手！"

"回（还）朴（怕）倒霉索啦？"

"不要动手，不要动手！我自家来解罢。"

"阿拉要摸一摸！"

吃吃的窃笑声，床壁的震动声。

啊，啊！本来是神经衰弱的我，即在极安静的地方，尚且有时睡不着觉，哪里还经得起这样淫荡的吵闹呢！北京的浙江大佬诸君呀，听说杭州有人倡设公娼的时候，你们竭力地反对，你们难道还不晓得你们的子女姊妹在干这种营业，而在扰乱及贫苦的旅人的么？盘踞在当道，只知敲剥百姓的浙江的长官呀！你们若只知聚敛，不知济贫，怕你们的妻妾，也要为快乐的原因，学她们的妙技了。唉，唉！"邑有流亡愧俸钱"，你们曾听人说过这句诗否！

九

我睡在床上，被间壁的淫声挑拨得不能合眼，没有方法，只能起来上街去闲步。这时候大约是后半夜的一两点钟的样子，上海的夜车早已到着，羊市街福缘巷的旅店，都已关门睡了。街上除了几乘散乱停住的人力车外，只有几个敝衣凶貌的罪恶的子孙在灰色的空气里阔步。我一边走一边想起了留学时代在异国的首都里每晚每晚的夜行，把当时的情状与现在在这中国的死灭的都会里这样的流离的状态一对照，觉得我的青春，我的希望，我的生活，都已成了过去的云烟，现在的我和将来的我只剩得极微细的一些儿现实味，我觉得自家实际上已经成了一个幽灵。我用手向身上摸了一摸，觉得指头触着了一种极粗的夏布材料，又向脸上用了力摘了一把，神经感得了一种痛苦。

"还好还好，我还活在这里，我还不是幽灵，我还有知觉哩！"

这样的一想，我立时把一刻前的思想打消，却好脚也正走到了拐角头的一家饭馆前。在四邻已经睡寂的这深更夜半，只有这一家店同睡相不好的人的嘴似的空空洞洞的还开在那里。我晚上不曾吃过什么，一见了这家店里的锅子炉灶，便觉得饥饿起来，所以就马上踏了进去。

喝了半斤黄酒，吃了一碗面，到付钱的时候，我又痛悔起来了。我从上海出发的时候，本来只有五元钱的两张钞票。坐二等车已经是不该的了，况又在车上大吃了一场。此时除付过了酒面钱外，只剩得一元几角余钱，明天付过旅馆宿费，付过早饭账，付过从城站到江干的黄包车钱，哪里还有钱购买轮船票呢？我急得没有方法，就在静寂黑暗的街巷里乱跑了一阵，我的身体，不知不觉又被两脚搬到了西湖边上。湖上的静默的空气，比前半夜，更增加了一层神秘的严肃。游戏场也已经散了，马路上除了拐角头边上的没有看见车夫的几乘人力车外，生动的物事一个也没有。我走上了环湖马路，在一家往时也曾投宿过的大旅馆的窗下立了许久。看看四边没有人影，我心里忽然来了一种恶魔的诱惑。

"破窗进去罢，去撮取几个钱来罢！"

我用了心里的手，把那扇半掩的窗门轻轻地推开，把窗门外的铁杆，细心地拆去了二三支，从墙上一踏，就进了那间屋子。我的心眼，看见床前白帐子下摆着一双白花缎的女鞋，衣架上挂着一件纤巧的白华丝纱衫，和一条黑纱裙。我把洗面台的抽斗轻轻抽开，里边在一个小小儿的粉盒和一把白象牙骨折扇的旁边，横躺着一个沿口有光亮的钻珠绽着的女人用的口袋。我向床上看了几次，便把那口袋拿了，走到窗前，心里起了一种怜惜羞悔的心思，又走回去，把口袋放归原处。站了一忽，看看那狭长的女鞋，心里忽又起了一种异想，就伏倒去把一只鞋子拿在手里。我把这双女鞋闻了一回，玩了一回，最后又起了一种惨忍的决心，索性把口袋鞋子一齐拿了，跳出窗来。我幻想到了这里，忽然回复了我的意识，面上就立时变得绯红，额上也钻出了许多珠汗。我眼睛眩晕了一阵，就急急地跑回城站的旅馆来了。

十

奔回到旅馆里，打开了门，在床上静静地躺了一忽，我的兴奋，渐渐地镇静了下去。间壁的两位幸福者也好像各已倦了，只有几声短促的鼾声和时时从半睡状态里漏出来的一声二声的低幽的梦话，击动我的耳膜。我经了这一番心里的冒险，神经也已倦竭，不多一会儿，两只眼包皮就也沉沉地盖下来了。

一睡醒来，我没有下床，便放大了喉咙，高叫茶房，问他是什么时候。

"十点钟哉，鲜散（先生）！"

啊，啊！我记得接到我祖母的病电的时候，心里还没有听见这一句回话时的恼乱！即趁早班轮船回去，我的经济，已难应付，哪里还禁得在杭州再留半日呢？况且下午两点钟开的轮船是快班，价钱比早班要贵一倍。我没有方法，把脚在床上蹬踢了一回，只得悻悻地起来洗面。用了许多愤激之辞，对茶房发了一回脾气，我就付了宿费，出了旅馆从羊市街慢慢地走出城来。这时候我所有的财产，除了一个瘦黄的身体之外，就是一件半旧的夏布长衫、一套白洋纱的小衫裤、一双线袜、两只半破的白皮鞋和八角小洋。

太阳已经升上了中天，光线直射在我的背上。大约是因为我的身体不好，走不上半里路，全身的黏汗竟流得比平时更多一倍。我看看街上的行人，和两旁的住屋中的男女，觉得他们都很满足地在那里享乐他们的生活，好像不晓得忧愁是何物的样子。背后忽而起了一阵铃响，来了一乘包车，车夫向我骂了几句，跑过去了，我只看见了一个坐在车上穿白纱长衫的少年绅士的背形，和车夫的在那里跑的两只光腿。我慢慢地走了一段，背后又起了一阵车夫的威胁声，我让开了路，回转头来一看，看见了三部人力车，载着三个很纯朴的女学生，两腿中间各夹着些白皮箱铺盖之类，在那里向我冲来。她们大约是放了暑假赶回家去的。我此时心里起了一种悲愤，把平时祝福善人的心地忘了，却用了憎恶的眼睛，狠狠地对那些威胁我的人力车夫看了几眼。啊，啊，我外面的态度虽则如此凶恶，但一边心里我却在原谅你们的呀！

"你们这些可怜的走兽，可怜你们平时也和我一样，不能和那些年轻的女性接触。这也难怪你们的，难怪你们这样的乱冲，这样的兴高采烈。这几个女性的身体岂不是载在你们的车上的么？她们的白嫩的肉体上岂不是有一种电气传到你们的身上的么？虽则原因不同，动机卑微，但是你们的汗，岂不也是为了这几个女性的肉体而流的么？啊，啊，我若有气力，也愿跟了你们去典一乘车来，专拉拉这样的如花少女。我更愿意拼死地驰驱，消尽我的精力。我更愿意不受她们半分的物质上的报酬金。"

走出了凤山门，站住了脚，默默地回头来看了一眼，我的眼角又忽然涌出了两颗珠露来！

"珍重，珍重，杭州的城市！我此番回家，若不马上出来，大约总要在故乡永住了，我们的再见，知在何日？万一情状不佳，故乡父老不容我在乡间终老，我也许到严子陵的钓石矶头，去寻我的归宿的，我这一瞥，或将成了你我的最后的诀别，也未可知。我到此刻，才知道我胸际实在在痛爱你的明媚的湖山的，不过盘踞在你的地上的那些野心狼子，不得不使我怨你恨你罢了。啊，啊，珍重，珍重，杭州的城市！我若在波中淹没的时候，最后映到我的心眼上来的，也许是我儿时亲睦的你的媚秀的湖山罢！"

一九二三年七月三十日

一个人在途上

在东车站的长廊下,和女人分开以后,自家又剩了孤零丁的一个。频年漂泊惯的两口儿,这一回的离散,倒也算不得什么特别。可是端午节那天,龙儿刚死,到这时候北京城里虽已起了秋风,但是计算起来,去儿子的死期,究竟还只有一百来天。在车座里,稍稍把意识恢复转来的时候,自家就想起了卢骚晚年的作品《孤独散步者的梦想》头上的几句话:

> 自家除了己身以外,已经没有弟兄,没有邻人,没有朋友,没有社会了。自家在这世上,像这样的,已经成了一个孤独者了。……

然而当年的卢骚还有弃养在孤儿院内的五个儿子,而我自己哩,连一个抚育到五岁的儿子都还抓不住!

离家的远别,本来也只为想养活妻儿。去年在某大学的被逐,是万料不到的事情。其后兵乱迭起,交通阻绝,当寒冬的十月,会病倒在沪上,也是谁也料想不到的。今年二月,好不容易到得南方,静息了一年之半,谁知这刚养得出趣的龙儿又会遭此凶疾的呢?

龙儿的病报,本是在广州得着,匆促北航,到了上海,接连接了几个北京来的电报。换船到天津,已经是旧历的五月初十。到家之夜,一见了门上的白纸条儿,心里已经是跳得慌乱,从苍茫的暮色里赶到哥哥家中，见了衰病的她，因为在大众之前，勉强将感情压住。草草吃了夜饭，上床就寝，把电灯一灭，两人只有紧抱的痛哭，痛哭，痛哭，只是痛哭，气也换不过来，更哪里有说一句话的余裕？

受苦的时间，的确脱煞过去得太悠徐，今年的夏季，只是悲叹的连续。晚上上床，两口儿，哪敢提一句话？可怜这两个迷散的灵心，在电灯灭黑的黝暗里，所摸走的荒路，每会凑集在一条线上；这路的交叉点里，只有一块小小的墓碑，墓碑上只有"龙儿之墓"的四个红字。

妻儿因为在浙江老家内，不能和母亲同住，不得已，而搬往北京当时我在寄食的哥哥家去，是去年的四月中旬。那时候龙儿正长得肥满可爱，一举一动，处处教人欢喜。到了五月初，从某地回京，觉得哥哥家太狭小，就在什刹海的北岸，租定了一间渺小的住宅。夫妻两个，日日和龙儿伴乐，闲时也常在北海的荷花深处，及门前的杨柳荫中带龙儿去走走。这一年的暑假，总算过得最快乐、最闲适。

秋风吹叶落的时候，别了龙儿和女人，再上某地大学去为朋友帮忙，当时他们俩还往西车站去送我来哩！这是去年秋晚的事情，想起来还同昨日的情形一样。

过了一月，某地的学校里发生事情，又回京了一次，在什刹海小住了两星期，本来打算不再出京了，然碍于朋友的面子，又不得不于一个寒风刺骨的黄昏，上西车站去乘车。这时候因为怕龙儿要哭，自己和女人，吃过晚饭，便只说要往哥哥家里去，只许他送我们到门口，记得那一天晚上，他一个人和老妈子立在门口，等我们俩去了好远，还"爸爸！爸爸！"地叫了好几声。啊，啊，这几声惨伤的呼唤，便是我在这世上听到的他叫我的最后的声音！

出京之后，到某地住了一宵，就匆促逃往上海。接续便染了病，遇了强盗辈的争夺政权，其后赴南方暂住，一直到今年的五月，才返北京。

想起来，龙儿实在是一个填债的儿子，是当乱离困厄的这几年中间，特来安慰我和他娘的愁闷的使者！

自从他在安庆生落地以来，我自己没有一天脱离过苦闷，没有一处安住到五个月以上。我的女人，也和我分担着十字架的重负，只是东西南北地奔波漂泊。然当日夜难安，悲苦得不了的时候，只教他的笑脸一开，女人和我，就可以把一切穷愁，丢在脑后。而今年五月初十待我赶到北京的时候，他的尸体，早已在妙光阁的广谊园地下躺着了。

他的病，说是脑膜炎。自从得病之日起，一直到旧历端午节的午时绝命的时候止，中间经过有一个多月的光景。平时被我们宠坏了的他，听说此番病里，却乖顺得非常。叫他吃药，他就大口地吃，叫他用冰枕，他就很柔顺地躺上。病后还能说话的时候，只问他的娘："爸爸几时回来？""爸爸在上海为我定做的小皮鞋，已经做好了没有？"我的女人，于惑乱之余，每幽幽地问他："龙！你晓得你这一场病，会不会死的？"他老是很不愿意地回答说："哪儿会死的哩？"据女人含泪地告诉我说，他的谈吐，绝不似一个五岁的小孩儿。

未病之前一个月的时候，有一天午后他在门口玩耍，看见西面来了一乘马车，马车里坐着一个戴灰白色帽子的青年。他远远看见，就急忙丢下了伴侣，跑进屋里去叫他娘出来，说："爸爸回来了，爸爸回来了！"因为我去年离京时所戴的，是一样的一顶灰白呢帽。他娘跟他出来到门前，马车已经过去了，他就死劲地拉住了她娘，哭喊着说："爸爸怎么不家来呀？爸爸怎么不家来呀？"他娘说慰了半天，他还尽是哭着，这也是他娘含泪和我说的。现在回想起来，自己实在不该抛弃了他们，一个人在外面流荡，致使他那小小的心灵，常有这望远思亲的伤痛。

去年六月，搬往什刹海之后，有一次我们在堤上散步，因为他看见了人家的汽车，硬是哭着要坐，被我痛打了一顿。又有一次，也是因为要穿洋服，受了我的毒打。这实在只能怪我做父亲的没有能力，不能做洋服给他穿，雇汽车给他坐。早知他要这样的早死，我就是典当强劫，也应该去弄一点钱来，满足他这点点无邪的欲望。到现在追想起来，实在觉得对不起他，实在是我太无容人之量了。

307

我女人说，濒死的前五天，在病院里，他连叫了几夜的爸爸！她问他："叫爸爸干什么！"他又不响了，停一会儿，就又叫起来；到了旧历五月初三日，他已入了昏迷状态，医师替他抽骨髓，他只会直叫一声："干吗？"喉头的气管，咯咯在抽咽，眼睛只往上吊送，口头流些白沫，然而一口气总不肯断。他娘哭叫几声："龙！龙！"他的小眼角上，就会迸流些眼泪出来，后来他娘看他苦得难过，倒对他说：

"龙！你若是没有命的，就好好地去吧！你是不是想等爸爸回来？就是你爸爸回来，也不过是这样的替你医治罢了。龙！你有什么不了的心愿呢？龙！与其这样的抽咽受苦，你还不如快快地去吧！"

他听了这一段话，眼角上的眼泪，更是涌流得厉害。到了旧历端午节的午时，他竟等不着我的回来，终于断气了。

丧葬之后，女人搬往哥哥家里，暂住了几天。我于五月十日晚上，下车赶到什刹海的寓宅，打门打了半天，没有应声。后来抬头一看，才见了一张告示邮差送信的白纸条。

自从龙儿生病以后连日夜看护久已倦了的她，又哪里经得起最后的这一个打击？自己当到京之夜，见了她的衰容，见了她的泪眼，又哪里能够不痛哭呢？

在哥哥家里小住了两三天，我因为想追求龙儿生前的遗迹，一定要女人和我仍复搬回什刹海的住宅去住它一两个月。

搬回去那天，一进上屋的门，就见了一张被他玩破的今年正月里的花灯；听说这张花灯，是南城大姨妈送他的，因为他自家烧破了一个窟窿，他还哭过好几次来的。

其次，便是上房里砖上的几堆烧纸钱的痕迹，系当他下殓时烧给他的。

院子里有一架葡萄、两棵枣树，去年采取葡萄枣子的时候，他站在树下，兜起了大襟，仰头在看树上的我。我摘取一颗，丢入了他的大襟兜里，他的哄笑声，要继续到三五分钟。今年这两棵枣树，结满了青青的枣子，风起的半夜里，老有熟极的枣子辞枝自落。女人和我，睡在床上，有时候且哭且谈，总要到更深人静，方能入睡。在这样的幽幽的谈话中间，最怕听的，就是这滴答的坠枣之声。

到京的第二日，和女人去看他的坟墓。先在一家南纸铺里买了许多冥府的钞票，预备去烧送给他。直到到了妙光阁的广谊园茔地门前，她方从呜咽里清醒过来，说："这是钞票，他一个小孩如何用得呢？"就又回车转来，到琉璃厂去买了些有孔的纸钱。她在坟前哭了一阵，把纸钱钞票烧化的时候，却叫着说：

"龙！这一堆是钞票，你收在那里，待长大了的时候再用，要买什么，你先拿这一堆钱去用吧！"

这一天在他的坟上坐着，我们直到午后七点，太阳平西的时候，才回家来。临走的时候，他娘还哭叫着说：

"龙！龙！你一个人在这里不怕冷静的么？龙！龙！人家若来欺你，你晚上来告诉娘吧！你怎么不想回来了呢？你怎么梦也不来托一个的呢？"

箱子里，还有许多散放着的他的小衣服。今年北京的天气，到七月中旬，已经是很冷了。当微凉的早晚，我们俩都想换上几件夹衣，然而因为怕见到他旧时的夹衣袍袜，我们俩却尽是一天一天地挨着，谁也不说出口来，说"要换上件夹衫"。

有一次和女人在那里睡午觉，她骤然从床上坐了起来，鞋也不拖，光着袜子，跑上了上房起坐室里，并且更掀帘跑上外面院子里去。我也莫名其妙跟着她跑到外面的时候，只见她在那里四面找寻什么。找寻不着，呆立了一会儿，她忽然放声哭了起来，并且抱住了我急急地追问说："你听不听见？你听不听见？"哭完之后，她才告诉我说，在半醒半睡的中间，她听见"娘！娘！"地叫了两声，的确是龙的声音，她很坚定地说："的确是龙回来了。"

北京的朋友亲戚，为安慰我们起见，今年夏天常请我们俩去吃饭

309

听戏，她老不愿意和我们去，因为去年的六月，我们无论上哪里去玩，龙儿是常和我们在一处的。

今年的一个暑假，就是这样的，在悲叹和幻梦的中间消逝了。

这一回南方来催我就道的信，过于匆促，出发之前，我觉得还有一件大事情没有做了。

中秋节前新搬了家，为修理房屋，部署杂事，就忙了一个星期。出发之前，又因了种种琐事，不能抽出空来，再上龙儿的坟地里去探望一回。女人上东车站来送我上车的时候，我心里尽酸一阵痛一阵地在回念这一件恨事。有好几次想和她说出来，教她于两三日后再往妙光阁去探望一趟，但见了她的憔悴尽的颜色，和苦忍住的凄楚，又终于一句话也没有讲成。

现在去北京远了，去龙儿更远了，自家只一个人，只是孤零丁的一个人，在这里继续此生中大约是完不了的漂泊。

一九二六年十月五日在上海旅馆内

志摩在回忆里

  新诗传宇宙，竟尔乘风归去，同学同庚，老友如君先宿草。
  华表托精灵，何当化鹤重来，一生一死，深闺有妇赋招魂。

  这是我托杭州陈紫荷先生代作代写的一副挽志摩的挽联。陈先生当时问我和志摩的关系，我只说他是我自小的同学，又是同年，此外便是他这一回的很适合他身份的死。

  做挽联我是不会做的，尤其是文言的对句。而陈先生也想了许多成句，如"高处不胜寒""犹是深闺梦里人"之类，但似乎都寻不出适当的上下对，所以只成了上举的一联。这挽联的好坏如何，我也不晓得，不过我觉得文句做得太好，对仗对得太工，是不大适合于哀挽的本意的。悲哀的最大表示，是自然的目瞪口呆、僵若木鸡的那一种样子，这我在小曼夫人当初次接到志摩的凶耗的时候曾经亲眼见到过。其次是抚棺的一哭，这我在万国殡仪馆中，当日来吊的许多志摩的亲友之间曾经看到过。至于哀挽诗词的工与不工，那却是次而又次的问题了；我不想说志摩是如何如何的伟大，我不想说他是如何如何的可爱，我也不想说我因他之死而感到怎么怎么的悲哀，我只想把在记忆里的志摩来重描一遍，因而再可以想见一次他那副凡见过他一面的人都不容易忘去的面貌与音容。

  大约是在宣统二年（一九一〇年）的春季，我离开故乡的小市，去转入当时的杭府中学读书——上一期似乎是在嘉兴府中读的，终因路远之故而转入了杭府——那时候府中的监督，记得是邵伯炯先生，寄宿舍是大方伯的图书馆对面。

当时的我，是初出茅庐的一个十四岁未满的乡下少年，突然间闯入了省府的中心，周围万事看起来都觉得新异怕人。所以在宿舍里，在课堂上，我只得诚惶诚恐，战战兢兢，同蜗牛似的蜷伏着，连头都不敢伸一伸出壳来。但是同我的这一种畏缩态度正相反的，在同一级同一宿舍里，却有两位奇人在跳跃活动。

一个是身体生得很小，而脸面却是很长，头也生得特别大的小孩子。我当时自己当然总也还是一个孩子，然而看见了他，心里却老是在想，"这顽皮小孩，样子真生得奇怪"，仿佛我自己已经是一个大孩儿似的。还有一个日夜和他在一块儿、最爱做种种淘气的把戏、为同学中间的爱戴集中点的，是一个身材长得相当的高大，面上也已经满示着成年的男子的表情，由我那时候的心里猜来，仿佛是年纪总该在三十岁以上的大人——其实呢，他也不过和我们上下年纪而已。

他们俩，无论在课堂上或在宿舍里，总在交头接耳地密谈着，高笑着，跳来跳去，和这个那个闹闹，结果却终于会出其不意地做出一件很轻快很可笑很奇特的事情来吸引大家的注意的。

而尤其使我惊异的，是那个头大尾巴小、戴着金边近视眼镜的顽皮小孩儿，平时那样的不用功，那样的爱看小说——他平时拿在手里的总是一卷有光纸上印着石印细字的小本子——而考起来或作起文来却总是分数得的最多的一个。

像这样的和他们同住了半年宿舍，除了有一次两次也上了他们一点小当之外，我和他们终究没有发生什么密切一点的关系；后来似乎我的宿舍也换了，除了在课堂上相聚在一块儿之外，见面的机会更加少了。年假之后第二年的春天，我不晓为了什么，突然离去了府中，改入了一个现在似乎也还没有关门的教会学校。从此之后，一别十余年，我和这两位奇人——一个小孩，一个大人——终于没有遇到的机会。虽则在异乡漂泊的途中，也时常想起当日的旧事，但是终因为周围环境的迁移激变，对这微风似的少年时候的回忆，也没有多大的留恋。

民国十三四年——一九二三、四年[①]——之交，我混迹在北京的软红尘里；有一个风定日斜的午后，我忽而在石虎胡同的松坡图书馆里遇见了志摩。仔细一看，他的头，他的脸，还是同中学时候一样发育得分外的大，而那矮小的身材却不同了，非常之长大了，和他并立起来，简直要比我高一二寸的样子。

他的那种轻快磊落的态度，还是和孩时一样，不过因为历尽了欧美的游程之故，无形中已经锻炼成了一个长于社交的人。笑起来的时候，可还是同十几年前的那个顽皮小孩一色无二。

从这年后，和他就时时往来，差不多每礼拜要见好几次面。他的善于座谈、敏于交际、长于吟诗的种种美德，自然而然地使他成了一个社交的中心。当时的文人学者、达官丽姝，以及中学时候的倒霉同学，不论长幼，不分贵贱，都可以在他的客座上看到。不管你是如何心神不快的时候，只教经他用了他那种浊中带清的洪亮的声音"喂，老×，今天怎么样？什么什么怎么样了？"地一问，你就自然会把一切的心事丢开，被他的那种快乐的光耀同化了过去。

正在这前后，和他一次谈起了中学时候的事情，他却突然地呆了一呆，张大了眼睛惊问我说：

"老李你还记得起记不起？他是死了哩！"

这所谓老李者，就是我在头上写过的那位顽皮大人，和他一道进中学的他的表哥哥。

其后他又去欧洲，去印度，交游之广，从中国的社交中心扩大而成为国际的。于是美丽宏博的诗句和清新绝俗的散文，也一年年地积多了起来。一九二七年的革命之后，北京变了北平，当时的许多中间阶级者

[①] 原文有误，应为"一九二四、五年"。

就四散成了秋后的落叶。有些飞上了天去,成了要人,再也没有见到的机会了;有些也竟安然地在牖下到了黄泉;更有些,不死不生,仍复在歧路上徘徊着,苦闷着,而终于寻不到出路。是在这一种状态之下,有一天在上海的街头,我又忽而遇见了志摩。

"喂,这几年来你躲在什么地方?"

兜头的一喝,听起来仍旧是他那一种洪亮快活的声气。在路上略谈了片刻,一同到了他的寓里坐了一会儿,他就拉我一道到了大赉公司的轮船码头。因为午前他刚接到了无线电报,诗人太果尔回印度的船系定在午后五时左右靠岸,他是要上船去看看这老诗人的病状的。

当船还没有靠岸,岸上的人和船上的人还不能够交谈的时候,他在码头上的寒风里立着——这时候似乎已经是秋季了——静静地呆呆地对我说:

"诗人老去,又遭了新时代的摈斥,他老人家的悲哀,正是孔子的悲哀。"

因为太果尔这一回是新从美国日本去讲演回来,在日本在美国都受了一部分新人的排斥,所以心里是不十分快活的;并且又因年老之故,在路上更染了一场重病。志摩对我说这几句话的时候,双眼呆看着远处,脸色变得青灰,声音也特别的低。我和志摩来往了这许多年,在他脸上看出悲哀的表情来的事情,这实在是最初也便是最后的一次。

从这一回之后,两人又同在北京的时候一样,时时来往了。可是一则因为我的疏懒无聊,二则因为他跑来跑去的教书忙,这一两年间,和他聚谈时候也并不多。今年的暑假后,他于去北平之先曾大宴了三日客。头一天喝酒的时候,我和董任坚先生都在那里。董先生也是当时杭府中学的旧同学之一,席间我们也曾谈到了当日的杭州。在他遇难之前,从北平飞回来的第二天晚上,我也偶然地,真真是偶然地,闯到了他的寓里。

那一天晚上,因为有许多朋友会聚在那里的缘故,谈谈说说,竟说到了十二点过,临走的时候,还约好了第二天晚上的后会才兹分散。但第二天我没有去,于是就永久失去了见他的机会,因为他的灵柩到上海的时候是已经殓好了来的。

　　文人之中,有两种人最可以羡慕。一种是像高尔基一样,活到了六七十岁,而能写许多有声有色的回忆文的老寿星,其他的一种是如叶赛宁一样的光芒还没有吐尽的天才夭折者。前者可以写许多文学史上所不载的文坛起伏的经历,他个人就是一部纵的文学史。后者则可以要求每个同时代的文人都写一篇吊他哀他或评他骂他的文字,而成一部横的放大的文苑传。

　　现在志摩是死了,但是他的诗文是不死的,他的音容状貌可也是不死的,除非要等到认识他的人老老少少一个个都死完的时候为止。

一九三一年十二月十一日

附录:

　　上面的一篇回忆写完之后,我想想,想想,又在陈先生代做的挽联里加入了一点事实,缀成了下面的四十二字:

　　三卷新诗,廿年旧友,与君同是天涯,只为佳人难再得。
　　一声河满,九点齐烟,化鹤重归华表,应愁高处不胜寒。

一九三一年十二月十九日

光慈的晚年

记得是一九二五年的春天，我在上海才第一次和光赤相见。在以前也许是看见他过了，但他给我的印象一定不深，所以终于想不起来。那时候他刚从俄国回来，穿得一身很好的洋服，说得一口抑扬很清晰的普通话，身材高大，相貌也并不恶，戴在那里的一副细边近视眼镜，却使他那一种绅士的态度，发挥得更有神气。当时我们所谈的，都是些关于苏俄作家的作品，以及苏俄的文化设施等事情。因为创造社出版部，也正在草创经营的开始，所以我们很想多拉几位新的朋友进来，来加添一点力量。

光赤的态度谈吐，大约是受了西欧的文学家的影响的，说起话来，总有绝大的抱负、不逊的语气，而当时的他，却还没有写成过一篇正式的东西；因此，创造社出版部的几位新进作家，在那时候着实有些鄙视他的倾向。正在这个时候，广州中山大学，以厚重的薪金和诚恳的礼貌，来聘我们去文科教书了。

临行的时候，我们本来有邀他同去的意思的，但一则因为广州的情形不明，二则因为要和我们一道去的人数过多，所以只留了一个后约，我们便和他在上海分了手。

到了革命中心地的广州，前后约莫住了一年有半，上海的创造社出版部竟被弄得一塌糊涂了，于是在广州的几位同人，就公决教我牺牲了个人的地位和利益，重回到上海来整理出版部的事务。那时候的中山大学校长，是现在正在提倡念经礼佛的戴季陶先生，我因为要辞去中山大学的职务，曾和戴校长及朱副校长骝先，费去了不少的唇舌，这些事情和光赤无关,所以此地可以不说;总之一九二七年后,我就到了上海,自那一年后,就同光赤有了日夕见面的机会。

那时候的创造社出版部,是在闸北三德里的一间两开间的房子里面,光赤也住在近边的租界里,有时候他常来吃饭,有时候我也常和他出去吃咖啡。出版部里的许多新进作家,对他的态度,还是同前两年一样,而光赤的一册诗集和一册《少年飘泊者》,却已在亚东出版了。在一九二七年的前后,革命文学普罗文学,还没有现在这么的流行,因而光赤的作风,大为一般人所不满。他出了那两册书后,文坛上竟一点儿影响也没有,和我谈起,他老是满肚皮的不平。我于一方面安慰激励他外,一方面便促他用尽苦心,写几篇有力量的小说出来,以证他自己的实力。不久之后,他就在我编的《创造月刊》第一期上发表了《鸭绿江上》,这一篇可以说是他后期的诸作品的先驱。

革命军到上海之后,国共分家,思想起了热烈的冲突,从实际革命工作里被放逐出来的一班左倾青年,都转向文化运动的一方面来了,在一九二八、一九二九以后,普罗文学就执了中国文坛的牛耳,光赤的读者崇拜者,也在这两年里突然增加了起来。

在一九二七年里我替他介绍给北新的一册诗集《战鼓》,一直挨到了一九二九年方才出版,同时他的那部《冲出云围的月亮》,在出版的当年,就重版到了六次。

正在这一个热闹的时候,左翼文坛里却发生了一种极不幸的内讧,就是文坛 hegemony 的争夺战争。光赤领导了一班不满意于创造社并鲁迅的青年,另树了一帜,组成了太阳社的团体,在和创造社与鲁迅争斗理论。我既与创造社脱离了关系,也就不再做什么文章了,因此和光赤他们便也无形中失去了见面谈心的良会。

在这当中,白色恐怖弥漫了全国,甚至于光赤的这个名字,都觉得有点危险,所以他把名字改了,改成了光慈。蒋光慈的小说,接连又出了五六种之多,销路的迅速,依旧和一九二九年末期一样,其后我虽则不大

317

有和他见面的机会,但在旅行中,在乡村里所听到的关于他的消息,也着实不少。我听见说,他上日本去旅行了,我听见说,他和吴似鸿女士结婚了,我听见说,他的小说译成俄文了。听到了这许许多多的好消息后,我正在为故人欣喜,欣喜他的文学的成功,但不幸在一九三一年的春天,忽而又在上海的街头,遇着了清瘦得不堪、说话时老在喘着气的他。

他告诉我说,近来病得很厉害,几本好销的书,又被政府禁止了,弄得生活都很艰难。他又说,近来对于一切,都感到了失望,觉得做人真没趣得很。我们在一家北四川路的咖啡馆里,坐着谈着,竟谈尽了一个下午。因为他说及了生活的艰难,所以我就为他介绍了中华书局的翻译工作。当时中华书局正通过了一个建议。仿英国 Bohn's Library 例,想将世界各国的标准文学作品,无论已译未译的,都请靠得住的译者,直接从原文来翻译一道。

从这一回见面之后,我因为常在江浙内地里闲居,不大在上海住落,而他的病,似乎也一直缠绵不断地绕住了他,所以一别经年,以后终究没有再和他谈一次的日子了。

在这一年的夏秋之交,我偶从杭州经过,听说他在西湖广化寺养病,但我听到了这消息之后,马上向广化寺去寻他,则寺里的人,都说他没有来过,大家也不晓得他是住在哪一个寺里的。入秋之后,我不知又在哪一处乡下住了一个月的光景,回到上海不久,在一天秋雨潇潇的晚上,有人来说蒋光慈已经去世了。

吴似鸿女士,我从前是不大认识的,后来听到了光慈的讣告,很想去看她一回,致几句唁辞,可是依那传言的人说来,则女士当光慈病革之前,已和他发生了意见,临终时是不在他的病床之侧的。直到九一八事变发生之后,在总商会演宣传反帝抗日的话剧的时候,我才遇到了吴女士。当时因为人多不便谈话,所以只匆匆说了几句处置光慈所藏的遗书(俄文书籍)的事情之外,另外也没有深谈。其后在田汉先生处,屡次和吴女士相见,我才从吴女士的口里,听到了些光慈晚年的性癖。

据吴女士谈，光慈的为人，却和他的思想相反，是很守旧的。他的理想中的女性，是一个具有良妻贤母的资格、能料理家务、终日不出、日日夜夜可以在闺房里伴他著书的女性。"这，"吴女士说，"这，我却办不到。因此，在他的晚年，每有和我意见相左的地方。"我于认识了吴女士之后，又听到了她的这一段意见，平心静气地一想，觉得吴女士的行为，也的确是不得已的事情。所以当光慈作古的前后，我所听到的许多责备吴女士的说话，到此才晓得是吴女士的冤罪。

又听一位当光慈病殁时，陪侍在侧的青年之所说，则光慈之死，所受的精神上的打击，要比身体上的打击，更足以致他的命。光慈晚年每引以为最大恨事的，就是一般从事于文艺工作的同时代者，都不能对他有相当的尊敬。对于他的许多著作，大家非但不表示尊敬，并且时常还有鄙薄的情势，所以他在病倒了的一年之中，衷心郁郁，老没有一日开畅的日子。此外则党和他的分裂，也是一件使他遗恨无穷的大事，到了病笃的时候，偶一谈及，他还在短叹长吁，诉说大家的不了解他。

说到了这一层，我自己的确也不得不感到许多歉仄，因为对光慈的作品，不表示尊敬者，我也是其中的一个。我总觉得光慈的作品，还不是真正的普罗文学，他的那种空想的无产阶级的描写，是不能使一般要求写实的新文学的读者满意的。这事情，我在他初期写小说时，就和他争论过好几次，后来看到了他的作品的广受欢迎，也就不再和他谈论这些了；现在想到了他那抱憾终身、忧郁致死的晚年的情景，心里头真也觉得十分的难过。九原如可作，我倒很愿意对死者之灵，撤回我当时对他所发的许多不客气的批评，但这也不过是我聊以自慰的空想而已。

总而言之，光慈虽不是一个真正的普罗作家，但以他的热情，以他的技巧，以他的那一种抱负来写作东西，则将来一定是可以大成的无疑。无论如何，他的早死，究竟是中国文坛上的一个损失。

一九三三年三月二十五日